No contra-ataque

GRACE REILLY

No contra-ataque

Tradução de
Mariana Mortani

ROCCO

Título original
BREAKAWAY
Beyond the Play
Book 2

Copyright © 2022 by Grace Reilly

Todos os direitos reservados.
Nenhuma parte desta obra pode ser reproduzida ou transmitida
por meio eletrônico, mecânico, fotocópia ou sob
qualquer outra forma sem a prévia autorização do editor.

Imagem de aberturas de capítulos: FreePik

Direitos para a língua portuguesa reservados
com exclusividade para o Brasil à
EDITORA ROCCO LTDA.
Rua Evaristo da Veiga, 65 – 11º andar
Passeio Corporate – Torre 1
20031-040 – Rio de Janeiro – RJ
Tel.: (21) 3525-2000 – Fax: (21) 3525-2001
rocco@rocco.com.br|www.rocco.com.br

Printed in Brazil/Impresso no Brasil

Preparação de originais
THAIS CARVAS

CIP-BRASIL. CATALOGAÇÃO NA PUBLICAÇÃO
SINDICATO NACIONAL DOS EDITORES DE LIVROS, RJ

R286c

Reilly, Grace
　　No contra-ataque / Grace Reilly ; tradução Mariana Mortani. - 1. ed. - Rio de Janeiro : Rocco, 2025. (Além da jogada ; 2)

　　Tradução de: Breakaway
　　ISBN 978-65-5532-524-9
　　ISBN 978-65-5595-331-2 (recurso eletrônico)

　　1. Ficção americana. I. Mortani, Mariana. II. Título. III. Série.

25-95980　　　　　　　　　　CDD: 813
　　　　　　　　　　　　　　CDU: 82-3(73)

Gabriela Faray Ferreira Lopes - Bibliotecária - CRB-7/6643

Este livro é uma obra de ficção. Todos os personagens,
organizações e acontecimentos retratados neste romance são
produtos da imaginação da autora ou foram usados de forma fictícia.

Para Moira, que amou Cooper desde o início.

NOTA DA AUTORA

Apesar de ter tentado ser fiel ao universo do hóquei e dos esportes universitários em geral, ao longo deste livro, sempre que possível, haverá imprecisões, tanto intencionais quanto não intencionais.

Por favor, acesse meu site para ver todos os avisos de conteúdo deste livro: www.grace-reilly.com

1
COOPER

Depois de anos acordando em horários aleatórios para ir ao rinque e de duas temporadas completas de hóquei na McKee, ninguém imaginaria que eu fosse me atrapalhar com algo tão banal quanto o horário da primeira partida da temporada.

No entanto, aqui estou, correndo o mais rápido que consigo em direção ao Centro Markley, com a bolsa de treino no ombro como se estivesse cheia de grana, e eu tentasse chegar ao carro de fuga antes de a polícia me pegar. Corro pela faixa de pedestres, ignorando a buzina de um carro enquanto o motorista, indignado, freia para não me atropelar. Quase caio de bunda no chão ao passar por um grupo de estudantes que estão a caminho de uma festa antes do jogo.

Esbarro no ombro de uma garota, e ela se vira para mim, gritando:

— Olha por onde anda, seu idiota!

Não sou rápido o suficiente para me esquivar do copo de cerveja que ela joga em minha direção.

Maravilha. Tento me limpar sem parar de correr. Quando finalmente alcanço a entrada, abro as portas e deslizo para dentro.

Chego ao vestiário no exato momento em que o técnico Ryder finaliza seu discurso pré-jogo. Todos os meus companheiros estão com o uniforme roxo de sempre, usando protetores e patins, os bastões e capacetes em mãos. Esse jogo contra a Universidade de Connecticut, ou UConn, não fará diferença na classificação, mas é um lembrete de que é hora de levar esse lance a sério. Depois de tantas semanas de preparação para a temporada, essa é a nossa primeira chance de mostrarmos ao treinador que já pegamos as novas jogadas — e uma chance de eu garantir a posição de capitão.

Mas agora? Ryder me lança um olhar afiado com aqueles olhos azul-claros que parecem facas. Eles me lembram os olhos do meu pai, e isso não é nada bom.

— Mandem ver — diz ele. — Mostrem do que são capazes, senhores.

— Onde você estava? — pergunta Evan, meu parceiro de defesa. Ele sacode as tranças antes de colocar o capacete. — E por que está com cheiro de quem acabou de sair de uma casa de fraternidade?

— Fiquei preso na aula.

Tecnicamente, não é mentira; eu só pensei que tinha mais tempo para falar com a professora Morgenstern. Precisei implorar por uma extensão de prazo para o meu trabalho sobre *Macbeth* para o seminário sobre Shakespeare, e quando ela engata uma conversa, é difícil interromper. O semestre já começou há um mês, mas ainda não peguei o ritmo das aulas, principalmente graças aos três seminários que estou preparando: o de Shakespeare, de um gótico feminista e um sobre o maldito John Milton. Minhas leituras estão atrasadas há uma semana.

Tiro o moletom pela cabeça e o enfio no armário com meu boné da sorte dos Yankees.

— Te vejo no gelo.

— Callahan — chama o treinador Ryder. — Quero falar com você.

Meu estômago embrulha, embora eu já esperasse por isso. Continuo trocando de roupa e coloco minhas joelheiras o mais rápido que consigo, sem titubear, mas olho para cima quando percebo que ele está se aproximando.

Já tive muitos treinadores, mas nenhum deles tinha tanta energia de "treinador de hóquei" quanto Lawrence Ryder. Ele sempre usa uma camisa social, não apenas para os jogos, nos treinos também. E, embora não jogue desde seu último ano em Harvard — quando levou seu time à vitória no Frozen Four, o maior campeonato de hóquei universitário —, ele ostenta o nariz torto e a atitude durona para provar que cumpriu sua missão na pista de gelo. Suas técnicas melhoraram muito meu estilo de jogo em nossas duas primeiras temporadas juntos, e conversamos sobre o único futuro que consigo imaginar para mim com uma sinceridade que não tenho nem com meu pai.

Sei que meu pai nunca vai admitiria isso, provavelmente porque minha mãe não permite, mas tenho certeza de que ele ainda torce para que eu me apaixone pelo futebol como ele e James, meu irmão mais velho. Em vez disso, troquei as chuteiras pelos patins e nunca me arrependi.

— Por que você se atrasou? — pergunta o treinador.

Eu me abaixo para amarrar os patins.

— Perdi a noção do tempo, senhor.

— É por isso que está cheirando à cerveja barata?

— Uma garota derramou cerveja em mim. Fora do rinque. — Olho para ele enquanto fico de pé, equilibrando-me nos patins. — Não vai se repetir.

— O que fez você perder a noção do tempo?

A insinuação paira no ar. Não é como se eu já tivesse conversado com o treinador a respeito da minha vida pessoal, mas não é segredo para ninguém que, normalmente, passo meu tempo livre de dormitório em dormitório do campus com uma mulher mimada por vez.

— Estava em reunião com uma professora.

Ele assente.

— Entendi. Mas não quero que chegue atrasado de novo, Callahan. Ainda mais em uma partida de verdade. A preparação...

— ... define o jogo — concluo. Já o ouvi dizer essas palavras muitas vezes. Ele espera o melhor de todos nós, especialmente de jogadores como eu, que têm chance de construir um futuro no hóquei.

O técnico Ryder é um treinador universitário; nós somos estudantes, não seus funcionários. A Universidade McKee não está nos pagando para jogar. Estamos aqui para estudar, por mais que os esportes sejam importantes para a média geral da faculdade. A vida acadêmica deveria vir em primeiro lugar, mas ele sabe desde o primeiro ano que, se eu pudesse, teria me habilitado para o *draft* da NHL assim que completei dezoito anos. Estou me formando apenas por causa dos meus pais; meu pai sempre nos incentivou a pensar no que faríamos das nossas vidas para além de uma carreira esportiva. O meu plano inicial era jogar em uma liga juvenil, ser convocado para a NHL e fazer um curso on-line para ter um diploma, mas isso não foi suficiente para os meus pais. A única coisa que me consola é que estou tendo uma ótima preparação para a NHL na McKee, então espero ser capaz de ir direto para a liga, em vez de começar em um timinho qualquer depois da formatura.

Só preciso aguentar mais dois anos. Mais duas temporadas. Agora que estou no terceiro ano, a pressão aumentou. A última leva de veteranos que se formou deixou o time em uma situação complicada e, se tem uma coisa que poderia ajudar na concretização dos meus planos de uma carreira no hóquei, seriam duas temporadas completas como capitão do time, provando que posso liderar tão bem quanto jogar. Ainda não sei se o treinador está me considerando para o posto, mas espero que sim.

— Isso — concorda ele, com o olhar sério, ainda me avaliando. — Pensei que já tivéssemos resolvido seus problemas na temporada passada.

Mantenho meu queixo erguido, apesar da pontada que atravessa minha barriga e me repuxa, como um peixe preso no anzol. O desempenho do time ficou um pouco aquém das regionais na temporada passada por vários motivos, mas não vou fingir que o pênalti que levou à minha suspensão no último jogo da temporada não foi um fator decisivo. Eu deveria estar no gelo naquela partida, mas não pude jogar.

— Nós já resolvemos.

— Tudo bem — diz o treinador, me dando um tapinha no ombro. — Se aqueça rápido. Mostre do que é capaz.

Depois de um aquecimento apressado, vou direto para a pista de gelo. Mesmo sendo apenas um jogo de exibição, há muitos estudantes aqui, e até alguns torcedores da UConn. Apesar de o programa de futebol americano ser a menina dos olhos da faculdade, os jogos de hóquei da McKee costumam atrair um público bom.

Evan e eu somos os defensores titulares do primeiro tempo da partida, então, quando o técnico Ryder interrompe sua conversa com o técnico da UConn e o árbitro sinaliza o primeiro confronto, nós já estamos posicionados na pista para proteger nosso goleiro, Aaron Rembeau, também conhecido como Remmy, e nossa zona. Eu me adapto ao jogo num instante, apreciando o ritmo da partida, mesmo que seja amistosa. Quando a temporada começar oficialmente na próxima sexta-feira, vou sentir que segui em frente de verdade. Desde a primavera, tenho refletido sobre o fracasso da temporada passada e tudo o que veio como consequência, mas enfim estou perto de recomeçar de uma melhor forma.

O disco desliza pelo gelo, seguido por um dos jogadores da UConn. Eu o alcanço no limite da zona defensiva e tento empurrá-lo, mas faço a leitura errada do seu passe. O disco acaba indo parar no nosso lado da pista, sendo habilmente trazido por um atacante do time adversário. Ele atira o disco por entre as pernas de Remmy e faz gol.

Merda. Não costumo cometer esse tipo de erro.

Patino para fora da pista quando meu tempo termina e observo os jogadores do segundo tempo assumirem seus postos. Eu me sento no banco e bebo um pouco de água. Apesar de todo o condicionamento para ficar em forma na pré-temporada, estou exausto após a corrida de quase dois minutos. Esfrego meu protetor peitoral. Sinto como se algo estivesse preso em minha garganta e engulo em seco. Não se trata apenas de chegar atrasado, perder a oportunidade de me estabelecer antes do jogo e deixar o time adversário marcar um gol. É mais complicado que isso e me corrói por dentro.

É a pressão de ter um bom desempenho para que a NHL me chame quando eu me formar.

A pressão de ajudar a equipe a chegar ao Frozen Four nesta temporada, em vez de sabotar o esforço de todos.

A pressão de cuidar da minha irmã mais nova, Izzy, como meus pais esperam que eu faça, agora que ela é caloura na McKee e James foi para a NFL depois de se formar.

Normalmente, é na pista de gelo que quero estar. É onde me sinto focado. Calmo. Mas durante os treinos das últimas semanas, e agora durante este jogo, e na primavera passada — quando dei um soco na boca de Nikolai Abney-Volkov e fiz com que nós dois fôssemos expulsos do jogo —, venho perdendo o foco, assim como todo o resto.

Para ser bem sincero, há outro motivo. Algo que não quero nomear, porque parece estúpido até na minha cabeça. Uma coisa é gostar de sexo, e outra é sentir que estou prestes a explodir porque não tenho transado.

Eu não transo há meses.

Meses.

A última vez que vi peitos foi em março ou abril. Já estamos quase em outubro, e sigo dando bolas fora com todas as meninas com quem tento conversar. Meu status como estrela do hóquei no campus costuma facilitar o desenrolo com as garotas disponíveis por aí, mas ultimamente elas parecem ter perdido o interesse por mim. Não sei o que há de errado comigo; não entendo por que do nada parece que tenho piolho ou algo do tipo. A minha aparência é a mesma de sempre, ajo da mesma forma, falo do mesmo jeito, mas o charme que costumava me garantir várias propostas por noite está me rendendo um total de zero encontros.

Sexo não resolveria meus problemas, mas passar uma noite com uma garota em vez de com a própria mão seria um ótimo começo, por mais vergonhoso que seja admitir isso.

Estamos jogando apenas alguns tempos de dez minutos, já que este jogo é só um treino, então o tempo passa rápido e logo alcançamos os minutos finais, empatados em 1-1.

— Callahan — chama o treinador. — Você e Bell voltam agora.

Evan e eu saltamos para a pista e entramos no ritmo da partida. Não se passam trinta segundos até um dos novatos, Lars Halvorsen, fazer um belo gol na rede da UConn. Patinamos para parabenizá-lo. Não é um jogo de verdade, mas ele é talentoso, então tenho certeza de que logo marcará seu primeiro gol pra valer. Além do mais, isso desfaz o empate e não temos prorrogação para uma partida como esta. Só mais um minuto, e podemos tomar banho e ir para casa.

Vencemos o *face-off*, mas somos rapidamente forçados a voltar para a nossa zona defensiva graças ao bom e velho regulamento. Um jogador da UConn empurra Evan nas placas atrás da rede. Corro para ver se consigo soltar o disco e afastá-lo, forçando uma perseguição até o tempo acabar.

— Sua mãe era uma grande gostosa — o jogador da UConn provoca enquanto acerta Evan com o ombro. — Ela por acaso te teve com quinze anos?

Evan congela. Por um segundo, acho que ele está machucado, mas então reparo que está tentando conter as lágrimas. Todo o meu corpo trava, e meu coração bate tão forte que um zumbido toma conta dos meus ouvidos.

Evan não é apenas meu companheiro de equipe, é um dos meus melhores amigos.

E a mãe dele morreu de câncer no último verão.

Meu punho atinge o queixo do jogador da UConn com um golpe satisfatório.

2
COOPER

À DISTÂNCIA, OUÇO o apito do árbitro. Sinto os braços de alguém me puxando para trás. O jogador da UConn desfere um soco, derrubando meu capacete ao me acertar antes de sermos separados. Passo a língua no canto da boca e sinto o gosto metálico de sangue.

Os caras xingam uns aos outros o tempo todo, e não havia chance de ele saber que estava tocando em um assunto tão delicado. Mas eu sei, e não vou tolerar algo assim de jeito nenhum. Mesmo que isso signifique lidar com a raiva do treinador Ryder.

Seus olhos estão ardendo de raiva quando chego ao banco. Ele esfrega a mão no queixo barbeado, e os botões de sua camisa parecem prestes a estourar. Por meio segundo, estou convencido de que vou receber um esporro aqui mesmo, mas então ele balança a cabeça.

— Quero você na minha sala.

Eu assinto.

— Sim, senhor.

Mantenho a cabeça erguida enquanto caminho rumo ao vestiário. Até consigo manter o controle enquanto desamarro os patins e tiro o equipamento suado, peça por peça. A equipe se aproxima de mim, conversando baixo, apesar de termos conseguido a vitória. Vários jogadores foram tomar banho, mas sei que o treinador quer me ver agora, não depois de eu ter me livrado de toda a sujeira.

Eu me olho no espelho. Estou um desastre, meu cabelo cai nos olhos, o sangue escorre do lábio para a barba. Pego meu taco e o quebro no meio, bem acima do joelho, depois jogo os pedaços no chão. Atrás de mim, alguém tosse.

Merda.

Não me arrependo de ter defendido Evan, mas odeio que aquele babaca tenha me feito perder a cabeça. O treinador ainda está com a equipe, mas bato na porta da sua sala por hábito e afundo na cadeira em frente à mesa.

Quando a porta se abre, não olho para cima. A expressão desapontada do treinador é igual à do meu pai, algo a que já estou habituado.

Eu o ouço se acomodar em sua cadeira. Ele se recosta, e a cadeira range em meio ao silêncio. O treinador pigarreia.

— Callahan.

Eu o encaro. Aí está uma diferença: meu pai diz meu primeiro nome, Cooper, mas, aqui, sou Callahan. Sou o nome bordado nas costas da minha camisa roxa e branca da equipe McKee. É o nome da minha família, mas, pelo menos no gelo, é só meu. Meu pai e James podem usá-lo no campo de futebol americano, mas nunca me senti confortável lá. Sebastian, meu irmão adotivo e melhor amigo, pode optar por usá-lo em sua camisa de beisebol. Mas, no gelo, o nome é todo meu.

O treinador suspira.

— Atrasado, desleixado e de cabeça quente. Você me prometeu algo diferente.

Engulo em seco. Mereço ouvir o que ele está dizendo, mas dói mesmo assim.

— Eu sei, senhor.

— Quer explicar o que aconteceu? — pergunta ele. — Porque Bell não para de tagarelar, e adoro aquele garoto, mas ele não fala coisa com coisa quando fica nervoso.

Mordo o lábio, acidentalmente cravando os dentes no corte. Contenho uma careta enquanto olho para o treinador.

— Aquele cara falou uma merda sobre a mãe de Evan.

A boca do treinador se contorce.

— Droga.

— Sei que combinamos que eu não ia brigar...

— Nós não combinamos — interrompe ele. — Eu lhe dei uma ordem, e você deveria segui-la. E não fez isso.

— Eu não podia deixar o cara sair impune.

— Então se vingue de uma forma que não faça você sofrer penalidades. — O treinador aperta o nariz, balançando a cabeça enquanto fecha os olhos. — Você tem sorte de isso ter acontecido em um jogo como este. Assim, ainda consigo te manter elegível para a abertura da temporada.

O técnico Ryder olha para mim, cerrando os dentes. Quando levanta uma das sobrancelhas, eu apenas o encaro. Sei que está esperando um pedido de desculpas, mas não vou pedir. Não vou me desculpar por defender meu colega de equipe. Para falar a verdade, nem passou pela minha cabeça que a briga poderia levar a uma suspensão até este exato momento.

Outro erro. Outro deslize na direção oposta ao meu objetivo; é como descer a montanha em vez de subir em direção ao topo.

— Alguém precisava calar a boca dele — digo finalmente.

O treinador se levanta, virando para olhar uma foto na parede atrás de sua mesa. O fotógrafo capturou o momento exato em que sua equipe percebeu que havia vencido o Frozen Four — a emoção, a alegria, o alívio por terem chegado ao topo daquela montanha. Quero estar como naquela imagem, com o roxo majestoso da McKee em vez de carmesim, exibindo a taça bem alto.

E isso antes de chegar à NHL e levantar a Copa Stanley, é claro.

— Quero que você seja capitão — revela o treinador.

De todas as coisas que eu esperava que ele dissesse agora, essa não estava no topo da lista. Eu nem tinha certeza se isso *estaria* mais na lista.

— Senhor — falo, alisando meu moletom e endireitando minha postura. — Eu...

— Claro, não posso fazer isso se você for expulso por tantas penalidades — acrescenta. — Ou se for fazer uma partida vergonhosa. Você tem potencial para ser o líder desta equipe, Callahan. E eu quero que você seja. Você tem garra. — Ele aponta para a fotografia. Nela, o treinador está posicionado no centro do grupo de jogadores de Harvard, seu rosto reconhecível mesmo depois de vinte anos, o "C" em sua camisa reluzindo como um farol. — Se chegarmos a algum lugar nesta temporada, será graças a você.

Engulo a emoção que ameaça transparecer em meu rosto. Uma coisa é saber que você é talentoso, outra é ouvir isso de forma tão direta. Capitão. Eu vinha tentando cavar a posição, é claro, mas não achei que isso pudesse de fato acontecer este ano. O time realmente ficou enfraquecido quando parte da equipe do ano passado se formou, mas ainda restaram alguns veteranos talentosos.

— Mas ainda estou no terceiro ano — digo. — E quanto a um dos veteranos? Brandon ou Mickey? Brandon é o centro.

Ele balança a cabeça.

— Se for alguém, será você. Mas precisa merecer esse posto. Entendeu? Chega de brigas. Mantenha a guarda e concentre-se no jogo.

— Entendi — confirmo.

Sou capaz de fazer qualquer coisa por aquele "C" na minha camisa. James foi o capitão interino do time de futebol no ano passado e agora está liderando o ataque do Philadelphia Eagles. Não é uma comparação equiparada, considerando quão diferentes são o futebol e o hóquei, porém duas temporadas como capitão de um time — e, espero, finalista do Frozen Four — ajudarão a abrir meu caminho para a NHL e o ótimo contrato de novato que espero conseguir.

— Acho que tem uma coisa que vai te ajudar — comenta o treinador. — Sabe o rinque da cidade?

Demoro um instante, mas então faço a conexão. O Centro de Patinação Moorbridge. Fica no centro da cidade, perto do fliperama. James e eu fomos lá no ano passado com a namorada dele, Bex — agora sua noiva —, para ensiná-la a patinar.

— Sei.

— A proprietária, Nikki Rodriguez, está procurando ajuda. Eles oferecem aulas de patinação, esse tipo de coisa.

Minha empolgação se esvai. Já sei onde isso vai dar. Tudo tem um preço quando se trata do treinador Ryder.

— E?

— Acho que você seria um voluntário perfeito. Vai ajudar nas aulas a partir de quarta-feira. Há uma aula de esportes no gelo para iniciantes que acontece toda semana.

Reprimo a vontade de abrir logo o jogo e dizer a ele que transar provavelmente seria o melhor caminho para aliviar o estresse.

— Para ajudar... crianças?

— Você tinha a idade deles quando se apaixonou pela patinação e pelo hóquei. Ajude-os a se apaixonar também. Acho que isso vai te deixar mais paciente. — Ele dá um tapinha no meu ombro. — É uma habilidade que precisa ter se quiser ser meu capitão.

— Não posso — digo. — Eu nem...

— Filho, ouça. — Ele se recosta na beirada da mesa, cruzando os braços. Seu olhar é solidário, mas isso não diminui sua intensidade. — Sem querer usar uma metáfora óbvia, mas sabe o gelo? Ele é fino. Ou você faz isso e coloca a cabeça no lugar ou, da próxima vez que perder a paciência, por mais compreensivo que eu seja, você não me deixará outra escolha a não ser te colocar no banco.

3
PENNY

Introduzo o aparelho ainda mais fundo, meus dedos dos pés se curvando contra os lençóis enquanto meus joelhos se abrem. Deixo escapar um pequeno suspiro quando encontro o ângulo certo. Pode não ser um pau quente, mas pelo menos é bem grosso, o que me ajuda a embarcar mais fácil na minha fantasia. Eu o movimento para dentro e para fora, virando a cabeça no travesseiro enquanto minha mente é tomada pelas imagens certas. Braços fortes e tatuados prendendo minhas pernas em volta de sua cintura esguia. Mordendo meu pescoço antes de me virar, batendo na minha bunda enquanto abre minhas pernas. Sua voz rouca em meu ouvido, sussurrando que sou uma boa garota, cheirando a...

Não. Isso, não. Qualquer coisa menos isso.

Balanço a cabeça enquanto a fantasia vacila. Arqueio as costas, procurando uma sensação forte o suficiente para continuar, mas é inútil. Meus olhos se abrem, a cena escapa enquanto imagens negativas inundam minha mente. Mordo o lábio, ofegante. Perdi meia hora tentando chegar lá e dei de cara na parede de novo. Cubro o rosto com as mãos.

Contando com essa, já foram três vezes seguidas. Eu me dediquei durante anos para manter Preston — e quaisquer futuros Prestons — fora da minha vida, mas ultimamente ele deu um jeito de voltar para minhas fantasias. Para o meu refúgio. Há duas coisas que ele nunca foi capaz de tocar: minha imaginação e as histórias que rascunho em meus cadernos. Mas agora? Posso dizer que a primeira foi por água abaixo.

Eu costumava ser capaz de criar facilmente um cenário na minha cabeça. Algumas garotas não gostam de se masturbar, mas me divirto assim desde que percebi como isso fazia eu me sentir bem. Bastam alguns minutos pensando em Mat Barzal, ou Tyler Seguin, ou — caso eu esteja com ânimo para um enredo mais sobrenatural — em um sexy lobisomem ou orc, e me sinto pronta chegar lá. Mas nos últimos tempos? Assim que chega o momento em que o homem da minha fantasia está se empurrando para dentro de mim, meu orgasmo se dissolve como uma pedra que atinge o centro de um lago e nunca mais será recuperada. Não importa o que eu imagine, seja a posição, o cenário ou a variação específica de corpos. Nem os romances picantes têm ajudado. Nem as estrelas do hóquei. Nem mesmo revisitar as partes mais eróticas do meu romance que está parcialmente escrito me levou a algum lugar. Algo me faz voltar para aquela noite de fevereiro, para ele, e uma pitada de pânico estraga tudo.

Enquanto pressiono a mão no peito, tentando acalmar meu coração acelerado, caio nessa armadilha, desejando que essa sensação não demore a passar. Venho trabalhando há anos com a dra. Faber para me recuperar e identificar meu limite antes de perder o controle. Não tem problema sentir a frustração. Eu só preciso impedir que ela me controle.

Mas controlou, três vezes.

De repente, minha excitação desaparece por completo, substituída por uma perigosa e breve vibração de desconforto que faz meu estômago embrulhar. Engulo em seco enquanto tento relaxar meus ombros tensos. Olho para o vibrador em minha mão e luto contra uma onda de repulsa.

— Merda!

Arremesso o vibrador do outro lado do cômodo.

Minha colega de quarto entra de repente, enrolada na toalha, com o cabelo escuro caindo por cima do ombro e os olhos em pânico, arregalados. Isso é uma navalha na mão dela?

— O que está acontecendo? — pergunta Mia no exato segundo em que meu vibrador azul brilhante bate em seu rosto.

Sabe quando você vê algo horrível acontecer em tempo real e parece que está em câmera lenta? Pois é. Essa é a visão do meu vibrador atingindo a máscara facial de Mia como um disco de hóquei. Ele acerta sua bochecha, as bolas falsas balançando antes de atingir chão com um baque.

Nós nos encaramos por um momento que parece um milhão de anos. Ela aperta a navalha com muita força enquanto limpa a bochecha.

Então eu me lembro de algo muito assustador: minha melhor amiga jogava softbol e era arremessadora.

— Penny! — grita ela, cortando o ar com a navalha de forma descontrolada. Eu me abaixo, mas o objeto não sai da mão dela. — Pensei que você estivesse morrendo, ou sei lá! O que aconteceu?

Jogo o cobertor por cima da cabeça. A vergonha deste momento me atinge como uma avalanche, e, se eu olhar para Mia por mais meio segundo, talvez vomite. Minhas bochechas devem estar mais vermelhas que meu cabelo.

— Desculpa!

— Puta merda. Você jogou o *Igor* em mim? Eu vou te matar!

Isso interrompe meu suposto ataque de ansiedade, e eu me transformo em uma bolinha, dividida entre gritar de novo de frustração e sorrir. Se eu rir, porém, Mia pode fazer picadinho de mim com aquela navalha. Ela dá nomes a todos os meus brinquedos sexuais, e eu tinha esquecido o nome do grande vibrador azul. Igor.

Ela arranca o cobertor da minha cabeça. Eu o puxo de volta e cubro meus seios. Por que achei que ficar totalmente nua para isso era uma boa ideia? A expressão assassina da minha amiga dizia que era melhor eu correr o mais rápido possível, mas, em vez disso, caio na gargalhada. Eu a sinto puxar meu cabelo, mas mesmo assim não consigo parar de rir.

— O Igor — digo entre suspiros. — Simplesmente saiu *voando*.

— E agora estou traumatizada para o resto da vida.

Espio Mia, que está enxugando o rosto de novo. Não a culpo. Posso não ter chegado lá, mas isso não significa que não havia vestígios de que estava excitada. Já segurei o cabelo dela enquanto ela vomitava na sarjeta, mas não é por isso que ela vai querer minhas... coisas... espalhadas pelo seu rosto.

— Acho melhor você tomar outro banho.

— Tem sorte de eu não te matar aqui mesmo. — Ela ri, suavizando a expressão. — Você ainda não conseguiu?

— Não. E agora não consigo parar de pensar... nele. Eca.

Pressiono a palma das mãos sobre os olhos e percebo que a alegria passou.

— Foda-se. Não aguento mais me sentir presa a isso.

Mia se senta na beira da minha cama, encarando-me com seus grandes olhos castanhos. Ela esfrega a mão na minha canela.

— Ele não passa de uma lembrança.

Respiro fundo e faço que sim com a cabeça. Ela está certa. Não vejo Preston há anos, e, mesmo que isso signifique nunca mais colocar os pés no Arizona, nunca mais voltarei a ver. Mas Preston não é o problema. Sou eu. Posso ser boa com minhas fantasias e histórias na maior parte do tempo, mas elas só conseguem satisfazer uma garota até certo ponto. Embora todos ao meu redor estejam tendo as experiências universitárias dos sonhos, eu fiquei estagnada, incapaz de transformar meus desejos em realidade. Quando gozar era uma tarefa simples, eu podia fingir que não me importava. Mas agora?

Agora parece que vou gritar se não tiver um orgasmo. Foda-se Preston Biller. Foda-se o amor que pensei que tínhamos. Puxo minhas pernas para cima, abraçando-as contra o peito por cima do cobertor.

— Eu odeio me sentir quebrada. Não aguento mais isso.

— Não fala assim. — Mia pega minha mão. Nossos esmaltes combinam. Ontem fomos a um salão chique do shopping Moorbridge. As unhas dela estão verdes-neon com pontas pretas e pequenos adesivos de fantasmas, e as minhas, brancas com pontas laranja e adesivos de abóbora. Perfeitas para celebrar a chegada de outubro que acontecerá em poucos dias. Mia aperta minha mão de forma tranquilizadora. — Talvez só precise apimentar um pouco as coisas.

— Tive que incluir orcs na lista de criaturas da minha fantasia — digo por conveniência.

Ela revira os olhos.

— Você sabe o que quero dizer. Talvez tenha chegado a hora.

Parece que um buraco se abre em meu estômago, e meu coração vai parar na boca.

— Não sei.

— Você está em uma universidade enorme. Com certeza tem alguém aqui no campus com quem gostaria de ficar.

Ela não está errada; tecnicamente falando, eu poderia ficar com alguém a qualquer momento. Nós estudamos na Universidade McKee, há milhares de estudantes na graduação aqui, e não é como se alguns desses caras não tivessem tentado ficar comigo. Normalmente, começa com um flerte nojento que consiste em perguntar se meu tapete combina com a cortina, já que sou ruiva, mas mesmo assim. Os garotos do campus não precisam de muito incentivo para dar uns amassos; basta piscar para eles e ficarão no seu pé pelo restante da noite.

— Você sabe que não é assim.

— Eu sei — diz ela gentilmente. — Mas você não pode continuar desse jeito.

Mia olha para minha mesa de cabeceira, pega meu diário e o balança.

— Ei — repreendo-a, arrancando-o de sua mão. Abraço a capa rosa-choque contra o peito. — Seja gentil.

Quando comecei a me consultar com a dra. Faber, ela sugeriu que eu mantivesse um diário e, embora eu já tenha três anos registrados em cadernos, sempre começo com a mesma lista. Ela contém tudo que eu gostaria de fazer com outra pessoa na cama; tudo que eu desejo — desesperadamente —, mas ainda não consegui realizar.

Preston foi o responsável por riscar a minha primeira vez da lista, e estragou isso para mim, então eu queria recuperar o que fosse possível dela e retomar o controle da situação. Desde que a elaborei, já melhorei, retirei e acrescentei alguns itens. Quando comecei a faculdade, no ano passado, atualizei a minha lista e decidi que era hora de agir. Queria encontrar um pau amigo, o famoso PA, ou talvez só sair com alguns caras, e estava disposta a riscar item por item da lista. Mas, sempre que chegava perto do alvo, simplesmente não conseguia seguir em frente. Meus livros e minhas fantasias se tornaram minha fuga, não importa quão gostoso o cara fosse ou quão legal parecesse. Como eu poderia confiar em um estranho? Ele podia parecer gente boa naquele momento, mas não havia garantia de como seria quando estivesse sozinho e na cama comigo.

Nesse momento, estou no primeiro semestre do segundo ano e ainda não risquei nem um item sequer da lista. Olho para ela, passando o dedo pela página cheia de itens, como sexo oral, privação do orgasmo e *bondage*. O último item da lista sempre permaneceu o mesmo: sexo com penetração. Se eu fizer isso, terei superado o meu maior obstáculo. A maior demonstração de confiança.

Olho para Mia.

— E se as coisas se complicarem de novo?

Mia levanta uma das sobrancelhas.

— Se continuar esperando, só vai arranjar mais desculpas.

— Tá certa. Tá certa. Sei que está certa.

— É, você deve estar melhor mesmo, já que citou *Harry e Sally* — *feitos um para o outro*.

Sorrimos. Mia prefere assistir a praticamente qualquer outra coisa a comédia romântica, mas ela me mima de vez em quando. Nem ela consegue negar o talento de Nora Ephron.

— E, se realmente não quiser fazer isso, não vou te pressionar. — Ela se levanta, apertando a toalha debaixo dos braços e pegando a navalha. — Mas sei que você quer, Pen. Você merece transar. Ou ter um relacionamento. Ou os dois. Mas isso não vai acontecer se continuar escondida no seu quarto com Igor. Use A Lista.

— Acho que está na hora de eu perder as esperanças de que vou me dar bem como a Bella Swan, né? — digo, num tom de brincadeira.

Mia permanece séria. Ela é minha melhor amiga desde que a faculdade nos designou como colegas de quarto no ano passado. Meu pai ficou nervoso por eu morar no dormitório, mas eu tinha um bom pressentimento a respeito disso e estava certa. Mia é mais minha amiga do que as pessoas que conheci no ensino médio, antes de tudo ir por água abaixo com Preston. Embora haja momentos em que sua honestidade me deixe ressentida, geralmente a admiro por isso. Ela diz o que pensa independentemente de onde esteja ou com quem esteja falando. Se ela estivesse no meu lugar, iria para uma festa, encontraria um cara e riscaria o item número um da minha lista em dois tempos.

— Você merece isso — reforça ela. — Não deixe aquele cara continuar arruinando sua vida. Ele não vale a pena.

Respiro fundo.

Posso andar em círculos para sempre ou posso tentar quebrar o padrão. Posso continuar deixando Preston controlar minha vida ou posso soterrar a memória dele com novas experiências. Olho de novo para a lista. O primeiro item, *sexo oral (receber)*, se destaca em minha caligrafia elegante.

Comecei essa coisa para me dar algum senso de controle, mas de que adianta se nunca faço nada com ela? Qual é a finalidade disso se eu não realizo o meu desejo?

Um item de cada vez. Uma experiência de cada vez. Posso fazer isso.

Faço que sim com a cabeça, pressionando a palma da mão contra os olhos para impedir as lágrimas que ameaçam cair.

— Tudo bem.

Mia se inclina para a frente e me abraça.

— Tudo bem, mesmo?

— Sim. — Eu respiro fundo.

Meu coração está acelerado, e meu corpo está formigando, mas me sinto bem. Estou mais estável. Nunca mais quero ser aquela garota caída no gelo, presa como uma borboleta capturada no vidro. Linda e quebrada. Observada por todos que eu conhecia. Todos da minha escola e metade da cidade viram a marca de nascença que tenho perto do umbigo, e sempre que penso nisso por mais de meio segundo, preciso me esforçar muito para voltar ao presente.

Estou farta de a história terminar assim. Não tenho mais dezesseis anos. Sou adulta e mereço assumir as rédeas da minha vida. As fantasias que tenho e as histórias que escrevo me levam até certo ponto. Mia está certa. Se eu quiser ter o futuro que desejo, preciso me arriscar.

Eu me desvencilho de seu abraço e ajeito minha postura.

— Não quero mais ter medo.

Mia me dá seu maior e mais raro sorriso enquanto coloca o cabelo atrás da orelha.

— Você é fodona. Encare isso como uma pesquisa para o seu livro.

Quando ela sai, fechando a porta atrás de si, saio correndo da cama e pego Igor. Não me sinto fodona, mas definitivamente me sinto melhor, e isso vai ter que bastar.

Preciso limpar o vibrador, mas não é como se eu fosse usá-lo agora, então me concentro em colocar uma roupa, escovo os cabelos, depois enfio meu notebook e o caderno de química na bolsa.

    Pego meu celular para ver a hora. Eu tinha planejado ir ao Purple Kettle mais cedo para escrever por alguns minutos antes de encontrar meu pai para o nosso café semanal. Afinal, desde que o semestre começou, meu romance-quase-na-metade está definhando no meu notebook como uma planta doméstica esquecida. Nesse momento, porém, terei sorte se chegar na hora que combinei com meu pai. Pelo menos sei que ouvir as reclamações sobre seu time de hóquei será uma distração. Sou a razão pela qual ele trabalha aqui em vez de estar no Arizona, e, como ir aos jogos me dá urticária, esse encontro semanal é o melhor que posso oferecer.

4
PENNY

Pego minhas bebidas no balcão e agradeço ao barista, Will, que acena para mim antes de se dirigir ao próximo cliente. Não conheço todos os colegas de trabalho de Mia, mas ele é um dos poucos de quem ela fala sem repulsa. No geral, a infantilidade desses caras a incomoda — ela prefere alguém que não fique com a mão tremendo quando estiver tirando sua blusa —, mas acho que Will faz com que minha amiga se lembre de seus vários irmãos e primos.

Tomo um gole generoso do meu chai de abóbora enquanto saio do centro estudantil e encaro o ar frio. Posso ter crescido no gelo e até ser uma ex-patinadora artística e filha de um técnico de hóquei, mas ainda prefiro o calor ao frio. Quando estou patinando, ao menos meu sangue está bombeando. Ficar aqui, na beira do pátio, observando as folhas das árvores ficarem secas, significa que o frio está atravessando minha jaqueta.

— Penelope.

Eu me viro com um sorriso ao notar meu pai se aproximando. Ele me puxa para um abraço, tomando cuidado para não derramar as bebidas, depois pega seu café preto.

— Obrigado, joaninha.

Meu sorriso se alarga ao ouvir o apelido que ele me chama desde que eu tinha quatro anos. Sei que algumas pessoas devem abominar a ideia de fazer faculdade no mesmo lugar onde o pai trabalha, mas sou grata por poder encontrá-lo sempre que quiser. Somos só nós dois desde que minha mãe faleceu, então tento valorizar o tempo que temos juntos. É um milagre conseguirmos nos encontrar uma vez por semana para um café, considerando a confusão que arrumei quando tinha dezesseis anos e quão distantes estávamos antes disso. Nosso relacionamento não é o mesmo de quando eu era mais jovem, mesmo anos depois da morte de minha mãe e de tudo o que aconteceu com Preston, mas ele está tentando, então estou tentando também.

Só queria que isso estivesse acontecendo no Arizona, em vez de aqui na McKee.

— Como você está? — pergunta ele enquanto andamos pelo pátio. Embora seu nariz quebrado e torto, graças aos tempos de jogador de hóquei, esteja parecendo um pimentão, o frio não o incomoda. Ele está com uma jaqueta com o logotipo da McKee no peito. — Foi bem naquele teste de microbiologia?

— Hum, foi ok. — Mexo na tampa do meu copo para disfarçar o desconforto que a pergunta me causa. O que eu gostaria de responder é que não ligo para ser fisioterapeuta como ele acha que eu deveria, mas não falo nada, porque isso pode resultar em uma conversa que não estou pronta para ter. Não posso chegar falando com meu pai sobre sonhos, devo compartilhar apenas planos e etapas concretas. Dizer a ele que gostaria de mudar de curso e, ah, escrever romances obscenos para ganhar a vida não me levaria a lugar algum. — Quer dizer, acho que fui bem. Mia me ajudou a estudar.

— E como ela está?

Eu me lembro da situação com Igor e contenho a careta. Preciso pedir desculpas novamente.

— Ela está bem.

— Que bom. — Meu pai toma um gole de seu café. — Joaninha, vou mandar um dos meus meninos para te ajudar no rinque.

Toda semana, durante algumas tardes, trabalho ministrando aulas infantis no rinque de patinação da cidade. Como não posso mais competir, essa é a maneira que encontrei de manter minha ligação com o gelo — evitando, assim, a pista da McKee, porque prefiro desistir do meu par favorito de Riedells a esbarrar com os jogadores do meu pai. Faço uma careta para ele enquanto bebo meu chá. Esses caras se mantêm longe de mim porque sabem que sou filha do treinador, mas já ouvi o suficiente sobre eles. Sou capaz de imaginar cada um dos jogadores do time bem na minha frente. Assim como a maioria dos atletas do sexo masculino no campus, eles acham que suas proezas atléticas significam que toda garota deveria se considerar sortuda por ter pelo menos meio segundo de sua atenção. Espero que esse ajudante não seja Callahan. Fico surpresa pelo gelo não se partir com o peso de seu ego quando ele está na pista.

— Um jogador do time? Quem?

Ele coça a nuca, balançando a cabeça levemente.

— Callahan.

Droga.

— Cooper Callahan? É sério?

Cooper é o jogador mais talentoso do time masculino de hóquei da McKee, e, se as fontes de Mia estiverem corretas, parece que ele se meteu em uma briga ontem, durante o jogo de exibição contra a UConn. Por conta das partidas que fui obrigada a comparecer, reparei que ele praticamente voa enquanto patina no gelo, jogando-se na frente do disco para defender sua área e sempre acertando o gol de forma certeira. Segundo meu pai, Callahan está quase pronto para a NHL, mas não entrou no *draft* quando era elegível, então terá que ficar na McKee até o fim da graduação.

Isso também significa que ele não deveria se meter em encrenca. As coisas na faculdade funcionam de uma maneira bem diferente do que na NHL, e ele deveria saber. É ridículo cogitar colocar um troglodita desse para ensinar crianças a patinar no gelo.

— Callahan precisa aprender a controlar suas frustrações — explica meu pai. — Não sei o que está acontecendo na vida dele, mas está distraído. Achei que ele tivesse deixado a última temporada no passado, mas agora... Se ele passar um tempo com essas crianças, talvez se lembre do motivo pelo qual se apaixonou pelo esporte e recupere a concentração.

— Parece que você não o conhece, né? Ele é o jogador mais arrogante que conheço, pai.

Meu pai levanta apenas uma das sobrancelhas.

— Ele vai ajudá-la, Pen. Estará no rinque amanhã, então faça com que se sinta bem-vindo.

Quando meu pai põe uma coisa na cabeça, é praticamente impossível fazê-lo mudar de ideia, então apenas suspiro.

— Beleza. Mas, se não der certo, não é culpa minha.

— Eu sei — concorda ele. — Só depende dele. Callahan está ciente de que só há duas alternativas: andar na linha ou ficar no banco na próxima vez que não conseguir se controlar.

Sinto uma pontada no peito. Bem de leve. Podem falar o que quiser sobre os jogadores de hóquei — e, vai por mim, eu mesma tenho muito a dizer —, mas a vida deles gira em torno do esporte. Se os boatos forem reais, Cooper pode até se divertir muito fora do gelo, mas ficar no banco seria um baque imenso.

Meu coração se partiu em mil pedacinhos quando patinei pela última vez em uma competição, e, mesmo anos depois, ainda não me recuperei completamente.

— Está pegando pesado, pai.

Meu pai esfrega o nariz.

— Ele precisa manter o foco no futuro. Assim como você, joaninha. Agora, me fala sobre a prova de microbiologia.

5
COOPER

Na manhã seguinte, eu me arrasto para fora da cama antes do amanhecer e me preparo para o treino. Quando James saiu de casa, Izzy veio morar conosco. Como somos bons irmãos mais velhos quando queremos, Sebastian e eu a deixamos ficar com a suíte. Isso significa que ainda divido o banheiro com Seb, que gentilmente faz vista grossa quando esqueço a toalha no chão. Em troca, tento não reclamar quando ele demora muito no banho. Com o tempo, nós dois nos acostumamos a dividir os espaços; embora não sejamos gêmeos, somos tratados como se fôssemos. Desde que os pais de Seb faleceram em um acidente de carro, nós dois nos tornamos unha e carne. Nossos pais eram melhores amigos quando éramos crianças, e Seb entrou para nossa família quando nós dois tínhamos onze anos. James e eu o defendemos durante uma briga em sua primeira semana na escola, e o resto é história.

Não são nem cinco da manhã, então não me dou ao trabalho de bater à porta do banheiro. Sei que Izzy já está em ritmo de jogo porque tem uma partida fora de casa hoje. E, apesar de Seb às vezes malhar comigo de manhã, não vamos juntos, pois ele costuma descansar durante o intervalo da temporada. Dou um bocejo enquanto tento ignorar minha dor de cabeça. Por que fui inventar de fuçar o estoque de vinhos da Izzy ontem à noite? Vinho sempre me deixa de ressaca. Eu devia ter me contentado com um engradado de cerveja.

Assim que abro a porta, esfregando os olhos para afastar o sono, escuto um grito agudo.

— O que você está fazendo?! — alguém pergunta.

Pressiono o interruptor e aperto os olhos enquanto a luz ilumina o pequeno cômodo. Tem uma garota no meu banheiro. Uma garota pelada no meu banheiro.

Ela grita de novo, pegando a toalha mais próxima em um gancho. Recuo e cubro os olhos com as mãos.

— Quem é você? — exijo saber.

— Sebastian disse que todo mundo estaria dormindo!

— Vocês estão ficando? — lamento.

— Já me cobri com a toalha — diz ela, parecendo menos agitada. — Pode olhar.

Abaixo a mão lentamente. Agora que posso olhar sem parecer um pervertido, vejo que ela é muito bonita, mesmo com a maquiagem da noite passada borrada. Reparo que há mechas cor-de-rosa em seu cabelo escuro e que algumas tatuagens cobrem metade de seu braço direito. Eu não teria apostado que ela faz o tipo de Sebby, mas meu irmão está passando por uma maré de sorte desde o verão. Isso é muito irritante. É claro que, enquanto eu estava preso em casa ontem à noite, ponderando sobre minha nova função como instrutor de patinação, ele se divertia em alguma festa no Red's ou no dormitório.

— Desculpa. Eu não esperava que alguém estivesse acordado.

Seb aparece meio sonolento e, para meu deleite, com um pouco de baba seca perto da boca.

— Tá tudo bem?

Eu franzo a testa.

— Cara, você tem que me avisar quando for trazer uma garota pra cá.

Ele tem a decência de corar.

— Você já estava dormindo quando chegamos. Eu mandei uma mensagem.

Droga. Meu celular ainda está carregando na mesinha de cabeceira, eu tinha me esquecido de colocá-lo na tomada ontem à noite. Depois que o técnico me liberou, vim direto para casa e joguei *Dark Souls* até pegar no sono.

— Mesmo assim. Na próxima, dá um jeito de me avisar... bate na minha porta, sei lá.

— Tatuagem maneira — diz a garota, apontando para o meu braço. — É a Andúril?

— Você é fã de *Senhor dos Anéis*?

— Eu era obcecada na minha infância.

Sebastian me cutuca nas costas e diz:

— Coop, a Vanessa é muito fã de Led Zeppelin. Ela tem um programa sobre rock clássico na estação de rádio da McKee.

Eu me inclino contra o batente da porta com mais firmeza, cruzando os braços sobre o peito para que ela possa ver bem meu peitoral. A tatuagem na altura do meu coração não tem ligação com *Senhor dos Anéis*; é o nó celta, fiz com meus irmãos, mas, se ela gosta de tatuagens, talvez possamos continuar essa conversa. Vanessa não faz meu tipo, mas, neste momento, estou topando qualquer coisa.

— Vejo que você tem bom gosto.

— Hum, sim. — Ela ri um pouco, passando a mão pelos cabelos. — Bem, vou embora.

— Por que não fica para o café da manhã? — convida Seb. — Sei que está cedo, mas posso passar um café enquanto você e Cooper conversam sobre tatuagens.

Ela me olha, porém não há um pingo de desejo em sua expressão.

— Desculpa, mas não me envolvo com irmãos. Nem com atletas, na verdade. Você foi uma exceção divertida, Sebastian. — Ela passa por mim e dá um beijo na bochecha de Seb. — Vejo vocês por aí, meninos Callahan.

A garota desaparece no quarto de Seb, e ele dá de ombros, lançando-me um olhar de desculpas.

— Foi mal. Dei o meu melhor.

Sinto a irritação tomar conta de mim.

— Não preciso que desenrole garotas para mim.

— Não foi isso — diz ele. — Achei mesmo que vocês iam se dar bem.

— Depois de ter transado com ela? Caramba, valeu. — Vou até a pia e jogo uma água no rosto. — Não quero suas sobras, valeu.

— O que tá rolando? — pergunta Seb. — Ela é uma garota legal.

Solto um suspiro.

— Desculpa. Eu só ando meio... Porra, nem eu sei.

A voz do meu irmão soa tão seca quanto o deserto.

— Anda precisando de uma boa transa?

— Izzy me rogou uma praga na primavera passada, juro. Meu charme foi para o saco desde a exposição da Bex na galeria.

Ou desde aquela partida de hóquei. Talvez meus erros na pista estejam tirando meu equilíbrio e atrapalhando minha vida sexual. Ou talvez minha vida sexual inexistente tenha resultado no meu desempenho péssimo no esporte. Seja lá o que for, preciso descobrir o que está me deixando assim, principalmente agora que tenho a chance de ser o capitão do time. Mesmo que eu cumpra as exigências do técnico, se minha atuação estiver uma merda, ele não vai me colocar no comando da equipe.

Seb levanta uma das sobrancelhas.

— Me diz que você não está falando sério.

— Você é o jogador de beisebol menos supersticioso que já conheci — resmungo. — A gente se fala mais tarde. Preciso treinar.

Sebastian parece querer continuar conversando, mas dou um tapinha em seu ombro antes de empurrá-lo para o corredor.

— Diz pra Izzy que desejei boa sorte no jogo de hoje.

Seco o suor do meu rosto com a toalha e me recosto na parede da academia. Enquanto estava fazendo minha série, precisei me esforçar muito para não vomitar o chão todo. Mesmo assim, ainda me saí melhor que Evan, visto que ele fez seus exercícios com a mesma energia de um zumbi. Quando nos encontramos mais cedo, ele tentou se desculpar, mas o soco que dei naquele cara não foi culpa dele. O treinador tem razão, eu só precisava pressionar o cara no próximo jogo, tentar induzi-lo a algum um erro na pista, mas em vez disso dei um soco na cara dele. Existem várias maneiras de dar uma lição em alguém no hóquei que não envolvem violência, mas nenhuma delas veio à minha cabeça naquele momento. Talvez eu não quisesse pensar em uma alternativa. Deixar meu temperamento violento tomar conta de mim me pareceu uma ótima ideia naquele momento.

Pauso a música que estou escutando e atravesso a academia. Evan está se ajeitando no supino, e sei que precisa de assistência.

— Ei, Evan — chamo.

Ele tira um dos fones de ouvido.

— Opa.

— Precisa de uma mãozinha?

— Sim, valeu. — Sua voz é grave enquanto responde.

Eu me posiciono, observando enquanto ele ajusta o peso antes de se deitar de costas e firmar os pés no chão. Evan é um pouco pequeno para o posto de defensor, então está tentando ganhar massa. Formamos uma dupla defensiva desde a nossa primeira temporada juntos. Neste momento de sua vida, Evan merece que o hóquei seja uma boa distração, e não um fardo.

Pigarreio depois que ele faz algumas repetições.

— Cara, não precisa se preocupar com o que aconteceu ontem. Eu mereci.

Os olhos castanhos dele estão marejados de lágrimas. Merda. Desde que nos conhecemos, a mãe dele esteve doente, mas sei que isso não ajuda nem um pouco a situação.

— Pelo menos você não foi suspenso.

Eu pego a barra enquanto ele descansa por alguns instantes, limpando o suor do rosto.

— Aquele cara é um idiota. Alguém precisava calar a boca dele.

Evan se senta, olhando em volta antes de se aproximar.

— Jean disse que o técnico quer você como capitão, mas o que aconteceu ontem pode ter estragado tudo.

Mordo o interior da minha bochecha.

— Vou dar um jeito de fazer isso acontecer.

— Você sabe que Brandon também quer o posto.

— Sei, mas Brandon não tem perfil de líder. O técnico sabe disso.

Evan se acomoda de novo na posição do aparelho.

— Ele é veterano.

Olho para o outro lado da sala, onde Brandon e alguns veteranos da equipe estão conversando. Brandon é um bom jogador de hóquei, mas não é ótimo. Há um motivo para ele ter optado por não participar do *draft* e seu plano após a formatura ser trabalhar na empresa de investimentos do pai, em vez de tentar uma carreira no hóquei. Profissionalizar-se nesse esporte não é para qualquer um, mas é tudo que eu quero. Jogar na NHL é meu maior sonho desde criança. Fazer parte de uma irmandade única, não importa em que time eu esteja. Quero sentir a adrenalina dos jogos enquanto meu corpo permitir. Brandon não merece ser capitão; eu, sim. Tenho talento para liderar, meus parceiros me escutam, e eu me esforço muito para ser melhor a cada jogo.

Eu me forço a prestar atenção em Evan, para caso ele perca o controle da barra, mas minha mente está um turbilhão de pensamentos. É irônico pensar que entrei nessa confusão no meio da partida porque perdi a cabeça, mas ao mesmo tempo queria usar o esporte para estimular meu foco e liberar um pouco da pressão que não consigo tirar do peito. Como o treino não ajudou, talvez eu saia para correr. O que eu realmente precisava era encontrar alguém para algo casual. Nada é capaz de aliviar minha mente tão rápido quanto uma garota bonita usando sua mão, ou melhor ainda, a boca, no meu pau.

— Bom, eu fiz um acordo com o técnico — comento. — Vou fazer um trabalho voluntário que vai me ajudar a provar para ele que estou pronto para ser capitão.

— Isso é ótimo.

— Sim. — Não me preocupo em explicar que, basicamente, serei babá.

Quando Evan termina a série no supino, dou uma olhada no meu celular. Há uma videochamada perdida do meu pai, então ligo de volta enquanto saio da academia e vou para o corredor.

Quando ele atende, seu rosto está tão vermelho quanto o meu. Ele passa o antebraço no rosto, afastando os cabelos escuros e grisalhos grudados na testa. Mesmo pela tela do celular, posso ver a cor dos olhos dele. Um azul-claro, do mesmo tom que os meus e os dos meus irmãos, exceto Sebastian.

 A última coisa que quero ver é decepção naqueles olhos, mas tanto faz. Estou acostumado com isso. Se ele está ligando, é porque sabe o que aconteceu ontem.

 — E aí? — diz ele.

 — Onde você está?

 — Na casa do James. Bex precisava de uma ajudinha no estúdio, e seu irmão já está em Londres para o jogo contra o Saints. Ainda bem que na minha época não tínhamos partidas em outros continentes.

 — Você dirigiu até a Filadélfia?

 — Oi, Coop! — Ouço Bex dizer ao fundo.

 — Sua mãe também veio, por pouco você a via. Mas ela saiu para buscar o café da manhã. Você está bem, filho?

 Resisto à vontade de balançar a cabeça. Na primavera passada, meu pai nem queria que James e Bex ficassem juntos. Agora, aparentemente, ele a ama o suficiente para ajudá-la a montar um estúdio fotográfico? Típico. Meu pai é incapaz de ficar bravo por muito tempo com meu irmão, mesmo quando ele dá uma grande bola fora. James perdeu um jogo do campeonato por causa de Bex, mas agora meus pais já a chamam de nora, sendo que ela e meu irmão acabaram de noivar e nem estão planejando o casamento ainda.

 — Tudo bem. — Pigarreio, contendo a onda de emoção que me atravessa. — Eu, hum, tive um jogo ontem.

 Meu pai suspira e se senta no que parece ser uma poltrona.

 — Foi suspenso do próximo jogo?

 Eu tinha razão; ele sabe. Não tenho certeza de como, mas meu pai sempre fica sabendo das merdas que apronto antes mesmo de eu ter a chance de contar.

 — O cara mereceu, senhor. Eu estava defendendo meu parceiro de equipe.

 Ele levanta apenas uma das sobrancelhas, forçando-me a escolher entre lidar com o silêncio constrangedor ou contar todos os detalhes. Escolho suportar o silêncio, esperando que ele fale alguma coisa. Meu pai não concorda com a regra da NCAA que proíbe brigas, mas isso não significa que ele não esteja chateado por eu ter cometido o mesmo erro duas vezes. Para Richard Callahan, cometer o mesmo erro mais de uma vez é estupidez.

 — É uma pena — diz ele, enfim. Meu pai não parece zangado, apenas resignado. Como se até essa conversa fosse um fardo que ele não estivesse interessado em carregar. — A equipe vai sofrer sem você no rinque.

— Na verdade, o técnico conseguiu me manter elegível para a abertura da temporada. — Mordo o lábio inferior. — Mas ele está me obrigando a fazer trabalho voluntário. Acha que isso vai me ajudar a recuperar minha concentração.

Meu pai levanta uma das sobrancelhas novamente.

— Sempre admirei o técnico Ryder.

Olho para baixo, esfregando a ponta do meu tênis em uma marca de arranhão no chão.

— Ele disse que, caso eu melhore minha atuação e consiga voltar a jogar bem, talvez eu me torne capitão. — Olho para a tela ao falar a última parte, não consigo evitar a expectativa.

Não sei o que estou esperando. Um parabéns? Um comentário orgulhoso? Um "bom garoto!", como se eu fosse um golden retriever?

Em vez disso, a expressão do meu pai continua séria.

— Interessante. — Ele suspira de novo. — Não posso dizer que estou surpreso por isso ter acontecido de novo, Cooper. Não é a primeira vez que você perde a cabeça. Sempre me pergunto se o hóquei traz à tona o que há de pior em você.

— Diz o homem que dedicou a vida inteira a derrubar os adversários, literalmente. — A frustração faz a minha voz ficar tão afiada quanto um picador de gelo. — Não é culpa do hóquei. Eu não...

— Por favor — interrompe ele com a voz igualmente incisiva.

Eu deveria desligar, sei que deveria, mas por algum motivo não consigo. Não estou esperando um pedido de desculpas, mas talvez ele se sinta um pouco mal, e eu consiga ver isso em seus olhos.

— O que vai fazer nesse trabalho voluntário? — pergunta ele, por fim.

— Vou ensinar as crianças do bairro a patinar.

— Isso não é tão ruim. Elas têm quantos anos?

— Sete? Oito? Eu nem sei.

— Você já teve essa idade, e também precisou aprender a lidar com o gelo.

Espero que ele prossiga, mas é claro que ele não o faz. Meu pai não gosta de entrar muito no assunto "tio Blake", mesmo se tratando de conversas casuais. Tio Blake pode ser seu irmão mais novo e a pessoa que me apresentou ao hóquei, mas como ele entra e sai de nossa vida há anos enquanto luta contra um vício, meu pai o mantém à distância. É uma merda, mas brigar por causa disso não leva a lugar algum.

— Pois é.

— Achei uma boa ideia. Talvez isso o ajude a ser mais paciente.

— Tenho certeza de que esse é o plano.

Fico surpreso ao vê-lo rir.

— Você não precisa ficar tão irritado por ter que fazer isso. Ryder só está sendo um bom técnico.

— Acho que sim.

— Você sabe o que fez e precisa lidar com isso.

Quase não resisto à vontade de dizer ao meu pai que, se ele estivesse conversando com James, pelo menos tentaria lhe dar uma mãozinha. Afinal, ele o trouxe para a McKee depois do que aconteceu na LSU.

— Eu sei.

— Depois me fala como foi. Ainda estamos planejando ir assistir ao jogo contra a UMass.

— Espero que essa partida seja em casa.

— Com certeza. — Ouço uma porta abrir e fechar. Provavelmente é minha mãe voltando com o café da manhã. — Tenho que ir, mas tenta andar na linha, filho.

Ele desliga antes que eu consiga me despedir.

Eu realmente não esperava mais nada daquela conversa, porém, ainda assim, me bate uma tristeza bizarra. Enfio meu celular no bolso antes de passar a mão pelo rosto. Não é como se eu quisesse que meu pai me tirasse do trabalho voluntário ou esperasse uma comemoração pela minha falta de controle, mas seria bom ter o apoio dele em alguma coisa.

Talvez até o jogo contra a UMass, eu já tenha o "C" de capitão na minha camisa, e ele não vai poder ignorar essa prova do meu compromisso com o esporte. Isso vai atestar que, mesmo que ele deseje que eu seja como o James e continue o legado da família, ao contrário do que fez o irmão que ele abandonou há muito tempo, estou construindo o futuro que quero para mim.

6
PENNY

— E não se esqueçam: a prova será na próxima quarta-feira — avisa minha professora de química enquanto apaga o quadro branco. — Considerando as últimas notas, espero ver uma melhora no desempenho de muitos de vocês.

Enfio meus livros na mochila e a penduro no ombro, usando o cachecol para esconder minha careta. Nenhuma palavra no mundo é capaz de expressar quanto não dou a mínima para essa matéria. Mesmo que eu vá a todas as aulas extras ministradas pelos monitores, quase não entendo nada e as provas são desumanas. Prefiro arrancar minhas unhas do que fazer outra avaliação de cem perguntas já sabendo que, não importa quanto eu estude, o resultado será o mesmo. Meu pai fica pegando no meu pé por causa de microbiologia, mas é em química que estou indo de mal a pior.

Se eu me ferrar em todas as matérias neste semestre, quem sabe ele finalmente se dê conta de que eu não aguento mais esse curso. Tentei porque sei que é o que ele queria para mim. Meu pai se agarrou a um breve sonho que eu tive aos dezesseis anos, quando estava tentando dar algum sentido para o fim da minha carreira de patinadora. Mas, se não consigo nem passar nas provas, como serei capaz de trabalhar com isso?

Saio do prédio, puxando o cachecol em volta do pescoço com força. Folhas estalam sob minhas botas no caminho de volta para o centro do campus. Há tantas ladeiras neste lugar, o que na minha opinião é um erro nocivo de arquitetura, que sinto meu joelho doer quando chego ao centro estudantil. Estendo a mão, esfregando-a na calça jeans, sentindo a cicatriz lisa da cirurgia. Como todo patinador artístico, tive muitas lesões ao longo do tempo, mas a última, no meu joelho, não cicatrizou tão bem quanto os médicos esperavam. Quando está frio assim e o ar penetra pelas minhas roupas, meu corpo fica ainda mais rígido.

Vejo Mia esperando em um banco do lado de fora do Purple Kettle. Não sei como ela consegue, mas usa um batom matte preto como se fosse algo casual. Adicione isso ao fato de que está usando uma jaqueta de couro e botas de cano alto, não é de admirar que quase todos os caras que passam por ela a olham duas vezes. Quando me vê, ela corre e me envolve em um abraço, pressionando nossas bochechas geladas. Mia se afasta, analisando o beicinho no meu rosto. Minha amiga tem o dom de não expressar nenhuma emoção, já eu nunca consegui disfarçar nada.

— Como foi a prova de química? — pergunta ela.

— Terrível — choramingo.

Entrelaçamos nossos braços enquanto entramos. Respiro fundo, sentindo o aroma de café e açúcar.

— Pior do que atacar sua colega de quarto com um brinquedo sexual? — diz, brincando.

A garota na nossa frente se vira com as sobrancelhas levantadas. Tentamos conter o riso, mas é em vão. Pelo menos Mia não está tão brava com o vibrador voador. Ontem à noite, fuçamos o Tinder em busca de caras com potencial para algo casual, e, quando nos deparamos com um garoto chamado Igor, ela riu tanto que caiu da cama.

— Sim. Terrivelmente pior. — Procuro minha carteira na bolsa. — Espera aí, deixa que eu pago. É o mínimo que posso fazer depois do trauma que você sofreu ontem.

— Podemos usar meu desconto de funcionária — diz ela. — Mas vou pedir um macchiato de caramelo enorme. Se prepara.

— Você não vai adivinhar o que meu pai fez. — Dou uma olhada no balcão para ver as opções de lanches. Encontro o meu preferido: bolo de café. Pelo menos alguma coisa está dando certo hoje. — Quer dividir um bolo de café?

— Sempre. O que o seu pai fez?

Dou uma olhada no cardápio pendurado na parede, embora eu já tenha escolhido o chai de abóbora. É a única coisa que vai me fazer aguentar meu tedioso trabalho de ciências.

— Ele colocou um dos jogadores do time de hóquei para trabalhar como voluntário em uma de minhas aulas.

— Quem?

A garota na nossa frente termina de pagar e vai para a lateral do balcão esperar sua bebida, então faço meu pedido, aproveitando para comprar um sanduíche para dividirmos também; afinal é hora do almoço. Quando planejamos esse encontro, a ideia era estudar um pouco antes de ir trabalhar. Mia acena para seus colegas de trabalho enquanto escolhemos uma mesa perto da janela e nos sentamos já pegando nossos cadernos e notebooks.

Parto um pedaço do bolo de café, então saboreio-o antes de engolir. Aposto que não é possível dizer o nome daquele cara em voz alta sem ao menos três garotas olharem para você, como se isso fosse algum tipo de feitiço para invocá-lo. Até entendo, ele é gatinho, mas muitos jogadores de hóquei são. E muitos deles são idiotas também, mas mesmo assim as garotas querem testar se alguém como Cooper consegue dar conta delas tão bem quanto faz com o taco de hóquei.

— Cooper Callahan.

A garota na mesa ao lado nos olha por meio segundo antes de enterrar o rosto no celular de novo.

Típico.

Mia levanta uma das sobrancelhas.

— Por quê?

— Meu pai acha que o trabalho voluntário pode ajudá-lo a colocar a cabeça no lugar. Sei lá. Tenho certeza de que Callahan não quer fazer isso, muito menos comigo.

Ouço chamarem meu nome, então vou pegar nossas bebidas. Respiro o aroma de abóbora que exala do meu chai e tomo um gole antes de voltar para o nosso cantinho perto da janela. Quando coloco nossas bebidas e o panini na mesa, Mia está com uma expressão que causa arrepios na minha nuca. É sua cara da conspiração.

Já sei que ela tem algum plano que envolve um possível interesse amoroso do momento, mas ela despreza caras como Cooper tanto quanto eu, então duvido que esteja cogitando pedir que eu a apresente para ele. Isso significa... que ela está planejando algo para mim.

— Mia — começo a falar.

— Penny — diz ela, tomando um gole de café bem plena. — Essa é a oportunidade perfeita.

— De ouvir um dos jogadores arrogantes do meu pai tentando me explicar a melhor maneira de patinar no gelo?

Ela apenas sorri.

— O universo está lhe dando um presente. Está dizendo para você agarrar esse pau, caso queira.

Eu me engasgo com o chai.

— Sem chance.

— Isso é perfeito! Ele não quer nada sério, e você precisa de um cara que garanta uma noite de diversão. Nesse quesito, a reputação dele é prazerosa, se é que me entende.

Eu coro, enchendo minha boca com panini quente em vez de responder. O queijo derretido queima minha língua, mas me forço a engolir. Qualquer coisa para evitar pensar muito nos atributos prazerosos de Cooper Callahan. Ou em agarrar o pau dele.

— É verdade — comenta a garota que nos olhou antes. — Desculpa me intrometer, mas minha amiga dormiu com ele no ano passado e ele a fez gozar três vezes. Ela disse que isso mudou a vida dela.

Mia gesticula para mim.

— Tá vendo?

— Você é ridícula. Não posso ficar com um dos jogadores do meu pai.

— Por que não? Honestamente, isso torna tudo ainda mais perfeito, porque sabe que não pode se apaixonar por ele.

— E nem gostaria — murmuro. Já me apaixonei por um jogador de hóquei prepotente, e isso arruinou minha vida. Sem chances de eu cometer o mesmo erro duas vezes. — Meu pai basicamente me proibiu de me envolver com outro jogador de hóquei. Não posso vasculhar essa lista em busca de opções.

— Ele disse para não *namorar* outro grande jogador de hóquei — corrige Mia, revirando os olhos. — Tenho que concordar, atletas são o pior tipo. Mas estamos falando de um lance casual, totalmente diferente.

— Não vou contaminar a lista com ele.

— Que lista? — pergunta a garota.

Mia olha para ela e responde:

— Desculpe, mas essa conversa está oficialmente encerrada. Tem uma mesa livre perto da porta. Se você quer continuar tomando seu café com leite sem medo de que eu cuspa nele, é melhor ir pra lá.

A garota praticamente tropeça ao trocar de mesa. Suspiro enquanto olho para Mia.

— Precisava disso?

— O limite do espaço pessoal em volta da mesa do café é sagrado — afirma. — E você está perdendo o foco. Ninguém está falando que você precisa gostar dele, só precisa convidá-lo para enfiar a cabeça debaixo da sua saia. Ele seria uma ótima opção para movimentar a minha lista.

Pego um pedaço do bolo de café. Até que faz sentido. Cooper Callahan é totalmente casual. Duvido que ele já tenha usado a palavra "namorada" na vida, então não corro o risco de acabar confundindo as coisas. E prefiro morrer a deixar meu pai saber o que estou planejando fazer com a minha lista, então não é como se ele fosse descobrir.

Apesar de tudo isso, levanto as sobrancelhas.

— Acho que você está esquecendo o fato de que ele correria na direção oposta assim que percebesse quem está sugerindo isso.

Mia dá de ombros.

— Não é como se você estivesse pedindo o cara em casamento. Você ouviu aquela garota: ele fez a amiga dela gozar três vezes. Na melhor das hipóteses, ele resolve seu probleminha de chegar lá.

Fico ainda mais corada. Não acredito que ela esteja falando sobre isso tão de boa e em público.

— Mia!

— O quê? Você não pode passar o resto da vida sem ter um orgasmo.

Eu estremeço. Isso não é uma opção.

— Não pode ser ele. É muito complicado.

Mia olha para o balcão, onde Will está lutando com a máquina de café *espresso*.

— Quer que eu consiga o número do Will para você? Sei que ele é só um bebê, mas é meio fofo.

— Não! — Dou um tapa no pulso de Mia para impedi-la de se levantar. — Não. Eu vou encontrar alguém por conta própria.

Ela se recosta na cadeira, dando um gole no seu café antes de abrir o notebook.

— Isso é uma promessa? Não vai amarelar?

Eu falei sério na noite anterior: está na hora de eu assumir as rédeas da minha própria vida. Só que é mais fácil falar do que fazer, mesmo com a terapia em dia e com um ansiolítico que não me transforma em um completo zumbi. Não dá para prometer que não será um desastre, mas eu sei que devo uma tentativa a mim mesma. E, embora eu me recuse a admitir para Mia que ela está certa, Cooper Callahan realmente poderia ser a opção perfeita... isso se eu criar coragem para propor isso a ele.

Eu estico o dedo mindinho ao estender a mão sobre a mesa.

— Prometo.

7
COOPER

Assim que passo pelas portas do Centro de Patinação Moorbridge, uma onda de nostalgia me atinge. Reparo que o ar é gelado mesmo fora da pista e que o tapete vermelho e feio sob meus pés precisa ser substituído. Noto os banners desbotados pendurados no teto, as longas fileiras de patins atrás do balcão de atendimento, o cheiro de pipoca e chocolate quente levemente queimado pairando pelas barracas... É exatamente como qualquer outro rinque de patinação, e eu me sinto em casa. Posso não querer estar aqui — e, acredite, vim me arrastando pelo caminho —, mas, pelo menos, é confortável. Aposto que os bancos são frágeis e o nivelador de gelo quebra de vez em quando.

— Olá? — chamo enquanto caminho até o balcão. Não vejo ninguém por perto, mas havia alguns carros no estacionamento.

— Um momento! — Uma mulher surge saindo apressada pela porta com uma plaquinha dizendo "Escritório", jogando seus longos cabelos por cima do ombro. Seu jeans é apertado, e o suéter cor-de-rosa diz "Vai dar Lutz!" na frente. Sou péssimo tentando adivinhar idades, mas, se precisasse, diria que ela está na casa dos trinta, pois seus olhos castanhos enrugam nos cantos enquanto ela sorri ao estender a mão para me cumprimentar.

— Olá, sou Nikki Rodriguez. Cooper, certo?

— Sim. Lawrence Ryder me mandou aqui.

Ela sorri de forma calorosa.

— E como está o Larry?

Tenho certeza de que o técnico Ryder não entrou em detalhes sobre o motivo que o levou a me indicar como voluntário. Ela provavelmente acredita que estou querendo melhorar meu currículo, em vez de estar sendo forçado a ajudá-la para manter a cabeça no lugar na próxima vez em que alguém der um pio perto de mim.

— Ele está bem.

— Que bom, que bom. A aula de hoje começa daqui a alguns minutos, então o que acha de colocar seus patins? Penny já está lá.

— É apenas patinação no gelo, certo? — pergunto, coçando a nuca de vergonha. Provavelmente eu deveria ter feito alguma pesquisa no site antes de vir. Também fico com vontade de perguntar quem é Penny, mas não quero parecer um completo idiota.

— Ensinamos patinação e apresentamos os esportes no gelo para as crianças — explica ela. — A maioria dos alunos tem seis ou sete anos. Essa turma acabou de começar, então todos são praticamente iniciantes. Não se preocupe, você se sairá bem. Só os ajude a manter o equilíbrio e a se orientar no gelo.

— Vou tentar.

— Larry me disse que você era o melhor jogador do time. — Nikki me dá um sorriso agradecido. — Estarei no escritório se precisar de alguma coisa. Obrigada, Cooper.

Essa é uma maneira de me manter no gelo e fazer a diferença, então, apesar de estar nervoso, desço a escada até a pista. O gelo parece novo e brilhante, o que é um bom sinal. Paro ao lado de um banco e amarro meus patins.

— Aí está você.

Eu me viro para a voz e me pego olhando para uma garota da minha idade.

Ou melhor: uma garota linda da minha idade.

Devo estar muito desesperado, porque sinto meu rosto ficando vermelho e o sangue indo para outro lugar, um lugar mais vergonhoso também. Ela é ruiva, com o cabelo num tom claro de laranja, e os fios longos estão jogados sobre um ombro. Sardas cobrem cada centímetro de seu rosto, como um universo de pequenas estrelas em sua pele. Seus olhos são azuis como os meus, porém mais claros, como gelo numa manhã de inverno. Ela está usando um suéter de tricô cinza enorme e uma legging que se molda às suas coxas e panturrilhas de maneira atraente. Ela está com um par de Riedells brancos e bem cuidados pendurados nos braços. Enquanto nos encaramos, ela umedece o lábio inferior, e sinto um aperto no estômago.

Isso é ruim. Terrível. Estou prestes a ficar perto de crianças. Não posso estar pensando em quanto eu quero arrancar esse suéter para ver os seios dessa garota.

Ela inclina a cabeça para mim.

— Você é o Cooper, certo? Cooper Callahan?

Eu pigarreio.

— Sim.

A garota cruza os braços sobre o peito. Ela é magra, quase não tem curvas notáveis, mas essa percepção só me deixa com mais vontade de tocá-la, para ver o quanto minhas mãos vão se destacar contra sua pele macia e clara. Será que as sardas estão por todo o corpo? Deus, espero que sim.

— Legal. Vai ficar aí só olhando para mim ou vai ajudar?

Eu me levanto.

— Desculpa. Eu não tinha certeza de quem encontraria aqui.

Ela me lança um olhar, quase como se estivesse ofendida, o que é estranho, porque nunca a vi na minha vida. Eu não esqueceria se tivesse visto uma garota com cabelo de fogo e olhos como o céu no início da primavera.

— As crianças vão chegar daqui a pouco — diz ela. — Esta é uma aula para iniciantes, então será bem tranquila. Eles ainda estão aprendendo a se equilibrar no gelo.

— Entendido.

A garota aponta para uma sacola encostada nas bordas.

— Coloque alguns cones na pista com alguns metros de distância entre um e outro, o suficiente para que as crianças possam patinar entre eles.

Eu assinto.

— Sim, senhora.

Ela continua com aquele olhar estranho, mas, depois de um instante, apenas balança a cabeça levemente.

— Tá. Te vejo no gelo.

Cacete. Não é de admirar que eu não tenha transado ultimamente. Senhora? Se Sebastian ouvisse isso, mijaria de tanto rir.

Pego a bolsa e patino no gelo, o ar fresco e ameno atingindo meu rosto acima da barba. Balanço minha cabeça. Preciso me concentrar. Por que o técnico não mencionou que eu trabalharia com uma garota tão linda? Esse tipo de merda precisa vir com um alerta de perigo.

Coloco todos os cones, e não demoro muito, porque cerca de dez crianças aparecem correndo em direção ao gelo.

Talvez esse trabalho não seja completamente horrível. Pelo menos poderei ficar de olho na Pequena Miss Ruiva durante uma hora inteira.

— Oi — diz ela para as crianças, abraçando-as uma a uma enquanto patinam em sua direção com as pernas bambas.

Eu tinha mais ou menos a idade desses alunos quando entrei no gelo pela primeira vez. Graças ao meu pai, eu só conhecia campos de futebol, então, quando pisei no rinque, foi inebriante. Tio Blake me ajudou me dando um curso intensivo sobre o básico da patinação no gelo, mas logo, logo estava voando sobre os patins de ponta a ponta sozinho.

— Penny — chama uma criança, apontando para mim. — Quem é esse?

— Esse é o Cooper — responde Penny. — Ele vai nos ajudar. É o defensor do time de hóquei da McKee. A faculdade onde eu estudo, lembra?

Lanço um olhar em sua direção, mas ela não me olha também. O fato de que ela sabe a posição em que jogo não deveria provocar uma sensação tão boa, mas não consigo me conter.

— Ele é seu namorado? — pergunta outra criança.

Eu bufo. Isso a faz olhar para mim; ela está mordendo o lábio como se estivesse prestes a rir. Por um segundo, parece que há um clima bom entre nós; uma camaradagem que surge por sermos os dois adultos nesta situação, o que é irônico, considerando que somos apenas uma dupla de universitários. Mas então ela se endireita, balançando a cabeça de leve.

— Não — responde. — O que você sabe sobre namorados, Madison?

— Muita coisa — retruca Madison, cruzando os braços sobre o peito.

Reprimo o riso enquanto a ruiva — bem, suponho que o nome dela seja Penny, mas, com um cabelo assim, não consigo resistir ao apelido — usa sua habilidade de comunicação para que a aula volte a ser o tema da conversa. Talvez o técnico esteja certo. Há algo de bom em ver um monte de crianças interessadas na mesma coisa que eu. Seus olhos são redondos como pires, e eles ficam sussurrando uns para os outros enquanto a ruiva explica a lição. Eles ainda estão tentando patinar sem se segurar no corrimão, e vejo apreensão na forma como se amontoam contra as laterais. No mínimo, posso continuar sendo um cara legal.

— Ok! — diz Penny alegremente. — Faremos esse exercício juntos, depois vocês vão praticar sozinhos. Lembrem-se de deixar os joelhos dobrados. Vamos nos manter abaixados e usar os braços para nos equilibrar. E como é que caímos mesmo?

— Nunca de costas — responde um menino. Ele está usando uma camisa de hóquei, do Ovechkin. Seus longos cabelos loiros estão quase cobrindo seus olhos.

— Isso mesmo — confirma a ruiva. — Queremos proteger a nossa cabeça. Também não queremos usar as mãos para amortecer a queda, porque pode machucar nossos pulsos. Com os joelhos dobrados, vocês conseguem cair de lado com mais facilidade.

Ela patina em círculos ao meu redor.

— Quer nos mostrar como se faz, Cooper?

— Simular uma queda?

Ela assente.

— Até os jogadores de hóquei caem às vezes, certo?

— Caímos. — Patino até o meio da pista. — Vocês vão cair, e tá tudo bem. Ela está certa, eu ainda caio muito.

Geralmente isso acontece após uma pancada, mas não acrescento essa informação. Demonstro como cair, deixando meu ombro sofrer o impacto em vez de minha cabeça ou pulsos. Depois disso, a ruiva me manda demonstrar o exercício do cone. Faço isso duas vezes, indo de um lado para o outro, depois observo as crianças se alinharem e tentarem seguir o exemplo.

Achei que a aula seria um saco, mas entro no ritmo rapidamente. Salvo um garoto de cair de cara no gelo e ajudo uma menina que fica dobrando os joelhos. Os alunos são como potros recém-nascidos tentando descobrir como ficar de pé sozinhos, mas, em defesa deles, a maioria se levanta imediatamente após cair.

Quando dá a hora do treino, patino até o garoto com a camisa de Alex Ovechkin. Suas bochechas rechonchudas estão vermelhas por causa do frio. Ele já caiu três vezes seguidas, não consegue passar da borda até os cones.

Eu me agacho para que nossos olhos fiquem no mesmo nível. Ele está se segurando tão firme a ponta dos seus dedos está pálida. Tiro um por um da borda, mantendo o menino seguro perto de mim.

— Eu o conheci, sabia?

Ele limpa o nariz com as costas da mão.

— Quem?

— Ovechkin. Ele é legal pra caral... Ele é um cara legal. Muito legal.

O rosto do garoto se ilumina.

— Ele é meu jogador favorito.

— Só ele, ou você torce pelos Caps?

— Caps — responde.

— Você tem bom gosto. — Aponto para os cones. — Sabe, Ovechkin teve que aprender a patinar quando era criança. Eu também.

— Quero jogar hóquei. — O menino morde o lábio, olhando para onde a ruiva está ensinando algumas crianças a girar. Sigo o olhar dele, momentaneamente distraído pela expressão de concentração no rosto de Penny. Nós nos olhamos por meio segundo enquanto ela afasta o cabelo do rosto.

Eu engulo em seco e me viro para o garoto.

— Qual é o seu nome?

— Ryan.

— Ryan de quê? O que vai estar escrito na parte de trás da sua camisa?

— McNamara.

Dou um tapinha no ombro dele.

— Esse é um bom nome. Vai cair bem no uniforme um dia. Mas você precisa aprender a patinar primeiro, amigo.

Ele assente, esfregando o nariz de novo.

— Eu sei.

— Vou patinar até ali — digo, apontando para o cone mais próximo. — Espero você lá.

Fico agachado, de braços abertos, olhando para Ryan com uma expressão que eu espero ser encorajadora. Tenho certeza de que em algumas semanas ele aprenderá a patinar para trás; só precisa avançar e ganhar um pouco de confiança. Depois de alguns segundos, o menino empurra o corrimão e patina lentamente em minha direção.

Quando eu o seguro, damos um *high five*.

— Bom trabalho. Vamos fazer de novo.

Quando a aula termina, Ryan me abraça, o que definitivamente não é uma merda. Ele pergunta se estarei na próxima aula, e, como duvido que o técnico acredite que estou curado do que meu pai considera serem tendências violentas — e, admito, porque me diverti —, confirmo com a cabeça e digo que o verei na próxima semana.

Quando todas as crianças vão embora e ficamos sozinhos no rinque, a ruiva patina até mim, com as bochechas vermelhas por causa do ar frio e do esforço. Seu cabelo está bagunçado, preso em um coque que parece uma auréola ruiva. Ela torce seu narizinho fofo. Algo em Penny me parece familiar, mas não faço ideia de onde eu poderia conhecê-la. Talvez ela esteja na equipe de patinação artística da McKee? Temos uma, mas não sei muito a respeito. Nossos caminhos poderiam ter se cruzado no campus uma dezena de vezes, mas, se fosse esse o caso, não sei por que não teria me apresentado. Esfrego a mão no rosto, abandonando o sorriso que usei durante toda a aula.

— Foi tão ruim assim, é?

Cerro minha mandíbula, sentindo a frustração com toda essa situação voltar agora que não tenho mais nada em que me concentrar.

— Não, é só que... não é como se eu tivesse pedido isso.

— Você se saiu bem. — Ela encosta o ombro no meu braço. — Achei que seria terrível.

— Você sabe que eu sei patinar.

— Não me referi à patinação, mas à interação com as crianças. — Ela sorri e, porra, isso é fofo. Eu me esforço para conter um gemido. Durante a aula, consegui ignorar o arrepio que percorria meu couro cabeludo até os dedos dos pés sempre que a sentia perto de mim, mas agora meu corpo está fazendo o possível para me lembrar de que não transo há muito, muito tempo para um cara da minha idade. — Foi bem legal.

Raspo o gelo com a ponta do pé.

— É, bem, diz isso pro meu técnico. Ele acha que isso vai me ajudar no jogo, mas a verdade é que...

Paro de falar, porque uma coisa é reclamar com o meu irmão do vexame que a minha vida sexual se tornou, e outra totalmente diferente é contar isso a uma estranha.

— Qual é a verdade? — insiste ela.

Eu a encaro. Talvez sejam os olhos que pareçam familiares? Será que tivemos uma aula juntos no primeiro ano, ou algo assim? Foda-se, a gente não se conhece e não é como se eu pudesse ser *mais* patético do que pareço agora.

— A verdade é que eu só preciso transar. Já faz uns meses, e estou muito tenso.

Penny levanta uma das sobrancelhas.

— Vocês, jogadores de hóquei, não têm uma legião de garotas aos seus pés?

Dou de ombros.

— Não fico com a mesma garota duas vezes.

— Por que não?

— Sempre faz várias perguntas sobre a vida sexual das pessoas?

Ela olha para cima. Não é a garota mais baixa do mundo, mas ainda sou muitos centímetros e uns quarenta quilos maior que ela. Essa garota deve ter um passado com a patinação artística, pois sua postura no gelo é impecável e os seus patins de qualidade não são baratos. Ela estende a mão, seus dedos delicados a poucos centímetros do meu peito. Suas unhas cortadas perfeitamente em formato oval estão pintadas de branco com pontas laranja. Sinto uma vontade absurda de comparar a mão dela com a minha e examinar a diferença dos lugares onde minhas palmas são ásperas e as dela são tão lisas quanto o interior de uma concha.

Se fosse em outra situação, eu diria que ela está prestes a me beijar.

Minha respiração falha.

Nós trocamos olhares, e ela parece tomar uma decisão.

E então ela realmente me beija — na bochecha, quero dizer.

Seus lábios são leves como uma pena contra minha barba. Quando ela fala, sussurra em meu ouvido. Ela está tremendo, mas minha reação é pior. Fico estático enquanto minha mente e meu corpo se esforçam muito para acompanhar suas palavras.

— Transa comigo.

8
PENNY

Assim que as palavras saem de minha boca, eu me preparo para a rejeição.

Cooper está paralisado. Eu me forço a continuar sustentando seu olhar. Tenho autorrespeito suficiente para fazer isso. Apenas não o suficiente para evitar propor uma transa para um dos jogadores do meu pai. Algo nesse garoto mexe comigo, me deixando desnorteada. Assim que ele disse que estava com dificuldades para transar, senti uma pontada de empatia. Ter uma coceira que você não consegue aliviar é uma droga. Sei disso muito bem.

De todo modo, não é como se eu tivesse chegado ao rinque sabendo que ia propor algo. Durante toda a viagem de ônibus do campus até o Centro de Patinação Moorbridge, repassei mentalmente a conversa com Mia. O que ela sugeriu até que fazia sentido, mas há uma grande diferença entre concordar com alguma coisa na teoria e querer colocá-la em prática.

No entanto, quando vi Cooper, a ideia começou a tomar forma. Ao longo da aula, não consegui tirar os olhos dele. Cada corte que ele fez no gelo, cada palavra de encorajamento ou conselho que deu aos alunos, toda vez que eu percebia seu olhar sobre mim, a vontade que costumo reprimir despertava com sucesso.

Eu já sabia como ele era, é claro, mas ele é ainda mais bonito de perto, com olhos de um azul profundo e cabelos escuros e densos, quase selvagens. Sua barba é um pouco grande demais, mas mesmo assim sinto uma vontade estranha de tocá-la. Cooper é atleta, então é lógico que tem um corpo atlético, mas seus ombros largos combinados com sua cintura fina, que se destacaram quando ele se movimentou no gelo mais cedo, me deixaram completamente derretida. Há uma cicatriz embaixo de sua orelha, uma meia-lua irregular, e, mesmo que eu não o conheça, quero perguntar como ela foi parar ali. Quando um dos alunos fez uma piada ao se despedir, ele jogou a cabeça para trás e riu, e foi como se o som tivesse assumido uma forma física e arranhado minha pele.

Cooper Callahan é tudo que eu não sou: confiante, convencido e sem-vergonha. Mia está certa. Se há alguém com quem iniciar a minha lista, esse alguém é ele. O fato de ele ser um dos jogadores do time do meu pai — e especificamente um jogador de hóquei, eca — não estava nos meus planos, mas, depois do que escutei a seu respeito, ele não deve hesitar. Talvez, se eu riscar um item da lista, o restante aconteça naturalmente.

Ele ainda está me encarando como se eu tivesse falado em klingon em vez de nosso idioma. Cruzo os braços sobre o peito. Não sou a garota mais baixa do mundo, mas Cooper é mais alto que eu. Sinto o rubor colorindo minhas bochechas, mas me mantenho firme. Já fiz minha oferta e não posso mais retirá-la. Ainda mais depois de atrelar um beijo a ela.

— Transar? — Ele finalmente recupera a fala, coçando a barba.

Meu estômago se contrai ao pensar naquela barba roçando minha pele sensível. Aquele beijo na bochecha foi suficiente para fazer meu coração disparar. Eu já imaginei isso, mas nunca havia experimentado uma situação assim. Se as histórias são verdadeiras e ele realmente for generoso na cama, em vez de um jogador popular que só liga para o próprio prazer e deixa a mulher na mão, isso já lhe dá uma vantagem em relação à metade dos caras que eu estava considerando no Tinder na noite passada.

— Parece que você precisa disso — afirmo.

Ele franze os lábios.

— Não preciso que transem comigo por pena.

— Já faz um tempo desde a minha última vez também. — Vários anos, mas não menciono essa informação. — Reparei que você ficou olhando para mim.

— E eu reparei em você reparando em mim.

Cooper me examina de cima a baixo, percorrendo os olhos dos meus patins até meu cabelo despenteado. Em circunstâncias normais, receber esse nível de atenção de um cara me faria fugir, mas, mesmo que meu coração esteja batendo forte como se fosse um tambor, eu não desgosto da sensação. Não sei por que ele está agindo como se não soubesse que sou filha do treinador, mas, se ele quiser fingir, fico satisfeita em deixá-lo seguir com a encenação. Isso facilita as coisas.

Patino de costas, mordendo o lábio para não sorrir quando ele me segue. Eu ainda poderia desistir, fingir que estava brincando, e talvez essa fosse a coisa mais inteligente a fazer, mas a ideia de voltar para o meu dormitório e tentar gozar de novo sozinha é muito deprimente, e a maneira como Cooper me olha está me deixando excitada. Mesmo que seja difícil pensar assim, sei que mereço isso.

Cooper me alcança sem esforço. Sua mão desliza pela minha cintura, me puxando para mais perto. Seu olhar se torna vivaz com um brilho quase infantil de excitação. Ele deve pensar que sou uma mulher fatal que faz isso o tempo todo. A verdade não poderia estar mais longe disso, mas o que há de errado em fingir? Ele mesmo disse que nunca fica com a mesma garota duas vezes. E nunca sairia falando sobre isso por aí porque sou filha do técnico dele. É o lance casual mais seguro possível.

— Na minha casa ou na sua? — pergunta Cooper.

— Aqui. — Aponto para além da pista. Estamos sozinhos, sem ninguém para nos interromper. — Tem um almoxarifado no fim do corredor.

Dá para ver que eu o surpreendi. Ele hesita por um instante, um sorriso tomando conta de seu rosto.

— Não imaginei que você fosse do tipo que quebra as regras, ruiva.

O apelido faz um quentinho florescer em meu peito.

— Tem muita coisa que você não sabe sobre mim.

Ele olha ao redor para se certificar de que estamos sozinhos antes de se inclinar, deixando a boca a poucos centímetros da minha. Tão perto de um beijo, mas tão longe.

— Vamos lá, meu bem. Me mostre.

Assim que chegamos ao almoxarifado, abro a porta e acendo a luz. Não é exatamente uma localização privilegiada, mas vamos ter privacidade. Deixo minha intuição me guiar mais uma vez, e, apesar do meu nervosismo, não sinto nenhuma hesitação. Sei que seria mais inteligente da minha parte se eu não tivesse escolhido um dos caras da equipe de hóquei da faculdade para essa primeira transa, mas meu pai não vai descobrir. E, bem... eu sempre tive uma quedinha por jogadores de hóquei.

Cooper fecha a porta atrás de nós. Ele parece ainda maior num espaço apertado como este; seu peito é deliciosamente largo, seus braços são grossos e musculosos. Há uma tatuagem em seu braço, algum tipo de espada, mas estou muito ocupada olhando para ele para me prender aos detalhes. Sei que, se ele tirasse a camisa, eu veria os gominhos de seu abdome. Ele está me olhando com interesse lânguido, como uma pantera descansando no galho de uma árvore, observando a presa. Estico a mão e arrasto minhas unhas por sua camisa.

Ele segura a minha mão, apertando-a.

— Este é o seu show, ruiva. O que você quer fazer?

Crio coragem e me inclino para dar um beijo em seus lábios.

Por meio segundo, ele não corresponde, mas então passa os braços em volta de mim, puxando-me para mais perto, sua boca explorando a minha com avidez. Eu suspiro ao sentir sua barba arranhando minha pele. Cooper morde meu lábio inferior, sugando suavemente. Respiro fundo para recuperar o fôlego antes de beijá-lo de novo. Já se passaram anos desde que alguém me beijou, e eu sentia falta, mas não sabia exatamente quanto até agora. Gosto da sensação de ter alguém pressionado contra mim, de sentir as mãos grandes na minha cintura, de sentir sua respiração.

Quando nos separamos, ele coloca o queixo no topo da minha cabeça.

— Me fala — incentiva Cooper. — Sei que você quer que eu faça algo com você, já percebi. Mas ainda não sei ler mentes.

Eu rio, apertando seu braço. Só de ficar tão perto de Cooper meu corpo já queima de desejo. Ele está certo, tenho algo em mente: o primeiro item da lista. Algo que eu queria há muito tempo, mas que ainda não tinha tido coragem de buscar. Eu adorei o beijo dele, então não consigo nem imaginar como seria sentir sua barba contra a parte interna e sensível entre as minhas coxas.

Ele me dá um momento, sem me pressionar ou ficar impaciente, mas continua me tocando com os dedos, acariciando minhas costas de forma provocativa, os lábios roçando os meus de vez em quando. Algo nesse garoto me deixa à vontade. Talvez seja porque ele não debochou de mim, mesmo que eu esteja fazendo algo um pouco ridículo. Talvez seja a sua reputação por ser um atleta; não devo ser a primeira garota a fazer uma proposta dessa com um desejo específico em mente. Seja o que for, meu instinto me diz que vou me divertir com Cooper, e espero que ele também se divirta comigo.

Olho para cima. Seus olhos são azuis como os meus, porém de um tom muito mais profundo. Parecem o céu em vez de uma camada de gelo azul-clara. Engulo a onda de ansiedade e digo:

— Quero que você me chupe.

Ele dá um sorrisinho de canto de boca e coloca uma mecha de cabelo atrás da orelha.

— Quer que eu fique de joelhos?

— Ouvi dizer por aí que você é generoso.

Cooper acaricia minha bochecha com o polegar, depois o pressiona contra meus lábios. Mordo suavemente, satisfeita ao ver o fervor em seu olhar.

— É o que dizem.

Sem desviar os olhos dos meus, ele se agacha no chão. Suas mãos pousam na minha cintura, apertando o suficiente para que eu sinta. O sorriso autoconfiante ainda está estampado em seu rosto, e tenho certeza de que é porque comecei a tremer em expectativa assim que ele mudou de posição.

— Me deixa ver sua calcinha, ruiva — diz ele.

Faço o que ele pede, abaixando minha calça legging. Minha respiração fica presa na garganta enquanto Cooper esfrega os polegares na minha pele nua. Ele umedece os lábios, proporcionando-me uma onda de calor profunda, e puxa minha calça até os tornozelos. Ele olha para minha calcinha e dá um beijo no laço do topo.

— Fofo. Azul combina com você.

Engulo um gemido.

— Você pode tirar — digo.

Em vez disso, ele passa o dedo pelo meio, separando minhas dobras no tecido. Meus dedos dos pés se contraem nas botas contra o chão sujo. Parte de mim quer puxar a calça para cima e fugir antes que aquele cara me veja nua, mas uma parte maior deseja ficar enraizada neste lugar, permitindo que Cooper Callahan explore meu corpo. Sem pressa, ele abaixa minha calcinha pouco a pouco, como se estivesse desembrulhando um presente que tem certeza de que será bom. Posso sentir que estou molhada, sei que ele será capaz de ver minha umidade no instante em que tirar minha calcinha de vez. Quando a peça se junta à minha legging em volta dos tornozelos, Cooper me beija de novo, só que desta vez é contra a minha pele nua. Afundo minhas unhas em seu ombro, surpresa ao sentir sua barba contra um lugar tão sensível.

Seu olhar volta para cima.

— Você vai ser uma boa menina e se entregar para mim?

Um gemido sufocado escapa da minha boca.

— Porque estou vendo o quanto você precisa disso. E eu também preciso muito disso, meu bem. Meu pau está doendo só de olhar para sua boceta linda. Mas eu trabalho melhor quando sei que minha garota confia que vou cuidar dela.

Ele acaricia minhas coxas enquanto fala. Está perto o suficiente para que eu possa sentir sua respiração contra minha pele, e isso faz meu estômago se contrair de desejo. Alcanço seu cabelo, segurando e puxando um punhado; desejando que ele pressione minhas partes e chupe meu clitóris até que meu líquido cubra minhas coxas.

Eu confio nele? Não com a minha vida, mas aqui, nesta circunstância? Talvez eu não deva, talvez seja algo estúpido, mas eu confio. Cooper não faz ideia de quanto confio nele agora. Estou à beira de um abismo, equilibrando-me o máximo que posso, enquanto a rocha desmorona embaixo de mim.

Ele dá um beijo no meu umbigo.

— Tem sardas aqui também — murmura. — Que gracinha.

— Cooper.

— Oi.

— Eu quero... — Minha voz falha antes que eu consiga terminar a frase.

— Continue — orienta ele. — Me diga que você quer ser uma boa garota. Me deixe dar o que você pediu.

Meu rosto fica tão vermelho quanto meu cabelo. Durante anos, fantasiei com alguém me chamando de boa garota, e agora finalmente está acontecendo. Ele não tem ideia do que está fazendo por mim. Quanto este momento significa.

Puxo seu cabelo com mais força.

— Sim. Eu quero... eu quero ser uma boa garota.

Ele abre bem minhas pernas, suas mãos acariciam a parte interna das minhas coxas, onde minha pele é mais macia.

— Boa garota.

Cooper começa no topo, dando beijos leves na minha pele, arrastando a barba contra ela. Gemo baixinho sem parar; mesmo que esse toque relativamente inocente esteja me deixando nervosa. Ele desliza a boca para baixo, explorando, alternando entre beijos e breves lambidas. Mas então passa os braços em volta das minhas pernas e me faz abri-las ainda mais enquanto lambe exatamente acima da minha cavidade e me arranca um suspiro. Em seguida, foca no meu clitóris, lambendo antes de chupá-lo, proporcionando-me uma onda de prazer. Ele claramente sabe o que está fazendo, usando a mão para me impulsionar por trás até que eu me mova contra seu rosto, desesperada por mais contato. Ele se afasta, rindo, dando um beijo na parte interna da minha coxa.

— Você tem um gosto delicioso. Porra, eu ficaria aqui por horas.

Cooper deve dizer isso para todas as garotas, mas funciona. Eu me esfrego contra ele, ansiando por mais.

— Não pare — sussurro.

— Claro que não — diz ele. — Eu prometi que cuidaria de você, não foi?

Ele me fode com a língua, certamente ficando com a boca e a barba mais escorregadias por causa do líquido, e movimenta o dedo em meu clitóris, fazendo-me mover os quadris para a frente, esperando por mais contato. Ele posiciona a outra mão na minha bunda e a aperta firme, provocando um gemido que me faz jogar a cabeça para trás, indo contra a parede. Cada lambida, cada toque, faz com que eu me aproxime do auge do prazer, mas, mesmo me movendo contra ele, não chego lá. Preciso de algo mais. Agarro seu cabelo com tanta força que deve doer, pressionando seu rosto contra mim.

— Isso — diz ele bem perto de mim. A entonação de sua voz me deixa ofegante.
— Senta na minha cara, sua gulosa.

Gulosa.

Essa sou eu? Neste momento, sim. Não me permito fazer nada assim desde os dezesseis anos, esperando uma conexão mais profunda, e deixei minha vida em ruínas. Cooper libertou um lado meu que mantive trancado a sete chaves. Talvez eu estivesse mais desesperada por essa mudança do que havia percebido. Mais necessitada do que imaginava.

O pensamento me faz pressionar contra ele com mais firmeza, puxando seu cabelo para mover sua cabeça para onde eu quero. Ele segue em frente, lambendo e chupando todos os lugares que consegue alcançar. Meu estômago se aperta como se estivesse preso em um moedor. Eu gemo alto, os sons saem de mim sem meu consentimento enquanto ele dedica sua atenção ao meu clitóris novamente. Suas unhas cravam em minha bunda com força suficiente para doer, e eu suspiro, quase perdendo o equilíbrio. Ele segura minha perna e a coloca em seu ombro, abrindo-me a ponto de eu sentir o ar frio em minha boceta. Eu me sinto ridícula por meio segundo, com minha legging emaranhada e esticada quase a ponto de rasgar, mas então vejo a expressão em seu rosto.

Talvez ele tenha uma queda por garotas muito magras com cabelos da cor de cenoura. Talvez realmente goste de comer boceta. Talvez olhe para qualquer garota assim, com essa adoração quase gentil pela maneira como pisca seus olhos azuis tempestuosos.

— Cooper — choramingo, contorcendo os dedos dos pés. Enfio meu sapato em seu ombro. Ele me segura com as mãos firmes, esfregando minhas laterais.

— Você está quase lá. — Sua boca está molhada pelo meu líquido e a barba, encharcada. Ele desliza a língua pelos lábios. — Seja boazinha e me deixe terminar.

Cooper não para, nem provoca, nem mesmo se levanta para pegar fôlego; ele respira bem contra minha boceta, deixando seu nariz bater em meu clitóris enquanto lambe minha pele.

Quando seu dedo penetra em mim, de um jeito agonizantemente lento, em forte contraste com a maneira como Cooper está lambendo meu clitóris, eu desmorono. Abafo um gemido no meu próprio ombro, me inclinando para a frente, quase caindo enquanto puxo minha perna para baixo. Minhas coxas estão escorregadias, e, ao pressionar minhas pernas uma contra a outra, sinto-me pegajosa. Cooper se levanta, me puxando para um beijo de tirar o fôlego. Sinto o gosto salgado em seus lábios e lambo sua boca sem pensar.

Quando finalmente nos separamos, ele pressiona a testa na minha.

E, mesmo que eu tenha sido a única a ver estrelas, ele *me* agradece.

9
COOPER

Essa garota é uma deusa.

Eu amo transar desde a minha primeira vez — foi meio atrapalhada em um local não muito diferente deste aqui. Eu me senti realizado pra caralho ao ouvir os gemidos de Emma Cotham enquanto me movia dentro dela. Já fazia muito tempo que eu não tinha uma transa decente, mas não estava preparado para quão satisfatório seria. Enquanto beijo a ruiva, sinto minha ereção quase dolorosa pressionando meu jeans, mas não consigo parar de sorrir. Ela estava uma gracinha gemendo daquele jeito. Sei que não a conheço de verdade, mas Penny parece ser o tipo de mulher que mais gosto: delicada e fácil de dominar, ao mesmo tempo que é ardente e cheia de desejo.

Assim que ela propôs sexo, minha intuição me disse que isso resultaria em algo bom.

— Obrigado — murmuro.

Nem sei se ela acreditou quando eu disse que estava passando por um período de seca. Ainda assim, ela não sabe o quanto eu precisava disso. Seja qual for o caso, estou grato. Isso foi melhor do que um treino intenso, uma meditação ou o meu pornô favorito. Enquanto minha testa está colada à dela, Penny acaricia meu cabelo de um jeito muito mais suave do que antes, quando estava me puxando contra ela do jeito que queria. Mordo o interior da minha bochecha enquanto ela passa a mão pela lateral do meu corpo, pousando na minha cintura.

— O prazer é todo meu. — Ela morde o lábio inferior enquanto olha para mim.

— Aquilo foi...

— Gostoso pra caralho?

Seus lábios se curvam em um sorriso pouco antes de ela segurar meu pau sobre o tecido da minha calça jeans.

— Sim.

Eu me abaixo para outro beijo.

— Eu não tenho camisinha.

Ela continua me acariciando por cima da calça.

— Consigo pensar em outras maneiras de demonstrar minha gratidão.

Eu gemo quando ela desabotoa minha calça e a desce o suficiente para libertar meu pau. Segurando-o com delicadeza, Penny esfrega o polegar contra a cabeça, espalhando as gotas de pré-gozo. Eu a beijo de novo, feliz por ouvi-la respirar fundo.

Ela retribui o beijo, mas então se afasta e experimenta apertar meu pau de um jeito que me deixa louco, mas não continua.

— Preciso confessar uma coisa — diz abruptamente. — Eu não... não faço isso... há muito tempo.

— Você não precisa — afirmo, embora queira muito que ela continue. — Posso cuidar disso rapidinho.

Ela balança a cabeça.

— Não, eu quero.

Penny inclina a cabeça para o lado, movimentando meu pau brevemente.

Envolvo minha mão na dela para ajudá-la e dou um beijo em sua testa. Movimento nossas mãos juntas, mexendo na cabeça do meu pau, torcendo levemente de uma maneira que sempre faz minha respiração falhar. Ela segue o meu ritmo, usando a outra mão para segurar minhas bolas, que já estão doendo, e seu toque desperta um nível mais profundo de desejo. Exceto pela nossa respiração, estamos em silêncio e pressionados contra a parede deste espaço pequeno. Nunca me importei de me sujar em nome do sexo, especialmente quando isso acontece em locais proibidos. Apesar do ambiente empoeirado e apertado, não há nenhum outro lugar no mundo onde eu queira estar agora. Prefiro estar aqui sentindo o gosto dela na minha língua, observando sua testa franzir enquanto ela aprende quais movimentos que me fazem gemer. Quando estou quase lá, sentindo aquele puxão familiar na barriga, deixo a cabeça cair em seu ombro e murmuro um aviso.

A partir daí, encontramos a frequência juntos. Gozo gemendo o nome dela. Não o apelido, mas seu verdadeiro nome, Penny. Nossas mãos ficam pegajosas, e antes que eu ofereça minha camisa para limpar, ela leva a mão à boca e a lambe.

Meu cérebro parece entrar em curto-circuito ao ver sua linda língua rosada trabalhando em seus dedos delicados, e então frita de vez quando ela volta a atenção para minha mão, pegando cada um dos meus dedos para lamber o restante do gozo. Penny finaliza beijando minha boca, da mesma forma que fiz depois que a chupei. Quando ela se afasta, eu simplesmente continuo a encarando, mesmo enquanto puxo as calças para cima e relaxo. Ela levanta a legging e passa as duas mãos pelos cabelos, jogando-os por cima do ombro.

— Você sabe meu nome — diz, brincando. — Estava ficando preocupada.

Eu sorrio.

— Posso pegar seu número? Te seguir em alguma rede social?

Pego meu celular e começo a adicionar um novo contato. Digito "Penny" e entrego a ela para que coloque seu sobrenome e número.

Eu não devia fazer isso, mas não consigo evitar. Estava dizendo a verdade quando afirmei que não repito transas; raramente fiz isso ao longo dos anos, e quase sempre as coisas se complicaram. Uma vez quase parti o coração do pobre Sebby. Mas, se vamos dar aula juntos, não custa nada ter as informações de contato dela.

Por alguma razão, ela franze a testa enquanto pega meu celular.

— É assim que vai ser?

— Vai ser o quê?

Penny coloca seu número no meu celular, mas não me devolve o aparelho.

— Callahan, você sabe quem eu sou.

Balanço a cabeça antes mesmo que ela termine a frase.

— Eu não me esqueceria de você.

— Ah, me poupe — retruca. Ela bate o celular na palma da minha mão. — Não pretendo contar ao meu pai, caso esteja preocupado.

Olho para o celular enquanto suas palavras me atingem. Penny *Ryder*.

Ryder. Como o...

— Ai, que merda — digo.

As palavras saem esganiçadas. Penny parecia familiar porque já vi a foto dela na mesa do pai dezenas de vezes. O cabelo ruivo pode ser todo dela, mas os olhos com certeza não são. O treinador já mencionou que a filha estuda na McKee, e é óbvio que, tendo como pai um técnico de hóquei, ela saberia andar em um rinque de patinação.

Ela estende a mão e aperta meu braço, mas eu me afasto.

— Callahan — diz ela. — Foi mal, achei que você sabia. Pensei que estava fingindo.

— Por que eu fingiria isso?

— Não sei! Eu sabia quem você era, só pensei que...

— Porra, ele vai me matar.

Ela revira os olhos.

— Ele não vai saber. E eu queria isso tanto quanto você.

Abro a porta.

— Preciso ir.

— Espera.

— Não sei que tipo de joguinho é esse, mas não gosto de ser usado — interrompo-a.

Sua expressão demonstra preocupação, e sinto uma pontada de empatia. Eu não a conheço, mas ela expressa suas emoções com facilidade. Penny tem um rosto bonito, não consigo parar de olhar nem mesmo agora. Está óbvio que ela realmente achou que eu sabia quem ela era, mas também não gosto do que isso revela. Afinal, por que ela ia querer ficar com um dos jogadores do time do pai? E por que eu? Penny disse que conhecia a minha reputação. Nunca tive vergonha de ser atirado; sou sincero com todas as garotas com quem fico, e ninguém devia ficar se importando se eu adoro transar, mas agora? Parece que ela me escolheu porque sabia que era fácil, e, independentemente dos seus motivos, isso pode estragar tudo para mim. Nada combina mais com a vaga de capitão do time do que ficar com a filha do técnico em um almoxarifado.

E se o *meu* pai fica sabendo disso? Não quero nem pensar.

— Eu não estava tentando usar você — garante ela. — Achei que estava ajudando. Eu precisava disso, e você também. Palavras suas.

— Estou tentando ser capitão. — Não consigo evitar, dou um passo para mais perto, embora minha mão ainda esteja segurando o batente da porta. — Se o seu querido papai descobrir, estou ferrado. Já estou preso nessa coisa estúpida de trabalho voluntário com você. Ele vai me deixar tão longe do elenco principal que nunca chegarei à NHL.

— Ele não faria isso — diz Penny. — E não é como se eu quisesse que ele saiba também. Então pare de olhar para mim como se eu tivesse forçado você a fazer sexo.

Respiro fundo. Penny está certa; ela deu a ideia, mas eu poderia ter dito não. Eu queria isso, e nos divertimos muito juntos, e, embora eu possa sentir minha pressão arterial subindo à medida que a conversa continua, isso ajudou. Prová-la, beijá-la e gozar graças a uma garota bonita aliviou um pouco da tensão que vem tomando conta de mim há meses.

— Desculpa — murmuro.

Preciso ir embora antes de fazer algo estúpido. Tipo discutir ainda mais com ela, ou pior ainda, beijá-la. Eu quero muito fazer isso; o fato de Penny ser filha de Ryder não apagou magicamente a atração que estou sentindo. Espio o corredor para ter certeza de que o caminho está limpo.

— A gente se vê por aí.

— Você vem na próxima semana, certo?

Volto a olhar para ela.

— Estarei aqui enquanto seu pai achar necessário. Mas isso — faço um gesto entre nós — não vai acontecer de novo.

— Cooper?

— Oi?

Ela brinca com uma mecha de cabelo.

— Boa sorte nos jogos do fim de semana.

Solto um suspiro.

— Obrigado, ruiva.

10
COOPER

Red Hot Chili Peppers estoura nos altos falantes do meu carro durante o trajeto de volta para casa. Ou eu berro as letras de "Suck My Kiss" ou penso em Penny Ryder, e essa última opção está fora de cogitação. Não posso fazer isso agora, nem nunca.

Quando passo pelo Red's, meu bar preferido — o que só me faz pensar nela, quem diria? —, quase entro para beber algo. Isso parece ridículo até na minha cabeça, mas tenho quase certeza de que ficar com Penny me trouxe de volta para o jogo. Tenho a sensação de que se eu tentasse conversar com uma garota agora, ela estaria mais do que disposta a aceitar meu convite. É como se houvesse um cadeado em mim, e Penny me ajudou a abri-lo. Porém, continuo dirigindo em vez de parar no bar.

Chego em casa e encontro Izzy passando aspirador ao som do álbum de Sheryl Crow no volume máximo. Ela não me nota de primeira, graças aos barulhos altos e simultâneos, então eu me encosto no corrimão, disfrutando da rara visão de minha irmã realizando afazeres domésticos. Ela está usando um conjunto bacana, uma camisola de seda e um roupão combinando, e prendeu o cabelo para trás com uma faixa que, de alguma forma, também harmoniza com o visual. Izzy comprou todas as peças na Pink, ou o quê? A menos que esteja prestes a ir para uma festa do pijama, aposto que tem alguém vindo lhe fazer uma visita.

Ela finalmente nota minha presença e se assusta tanto que deixa o cabo do aspirador cair.

— Cooper! Você me deu um susto!

— Desculpa. — Aproximo-me e puxo sua faixa de cabelo. — Por que está limpando a casa?

— Victoria está vindo pra cá.

— Ah, é?

Minha irmã afasta minha mão de sua faixa.

— Só ela vem. Nós vamos ver *Legalmente loira* e beber margaritas.

— Victoria é aquela garota que você conheceu antes da McKee, certo?

— Sim, no acampamento de vôlei. Jogamos juntas no time. — Ela aperta os olhos para mim. — Por que está tão interessado?

— Não estou.

Não é mentira, visto que ainda estou pensando na ruiva, na Penny, e no que aconteceu entre a gente. Foi incrível, mas agora que sei que a mulher que chupei num almoxarifado é Penny Ryder... Preciso acreditar que não é do seu interesse que o pai descubra. Ele me acorrentaria na pista e me faria a primeira vítima fatal de um nivelador de gelo.

A única razão pela qual me senti tão bem foi porque já fazia muito tempo desde a última vez que eu havia beijado uma garota, e nem vou contar a última vez que cheguei perto de uma boceta. Agora que estou de volta na pista, já, já Penny será apenas uma lembrança. Trabalhar ao lado dela não é o ideal, mas só vamos nos encontrar uma vez por semana, e espero que o técnico me libere dessa obrigação em breve.

Izzy ainda está me olhando com muita atenção.

— Como foi o trabalho voluntário?

— Ótimo, pra falar a verdade.

Ela levanta uma das sobrancelhas. Minha irmã é boa nesse lance de levantar uma sobrancelha só e passar seu recado. Parece a mamãe.

— Estava convicto de que seria uma droga. Pensei que nem gostasse de crianças.

— Foi legal. Sabe que gosto de estar no gelo. — Não vou contar a história com Penny para minha irmã mais nova, então começo a subir a escada. — Vou parar de perturbar você. Aproveite sua noite de filmes.

— Sei que está escondendo alguma coisa de mim. — Ela cruza os braços sobre o peito. — Não sou mais criança, Coop. Estou na faculdade, igual a você. Me conta.

— Não é nada. — Passo a mão pelo cabelo. O mesmo cabelo que Penny segurou com força há menos de uma hora enquanto cavalgava no meu rosto. Não consigo parar de pensar nas unhas temáticas de Halloween e nos vários anéis finos que ela usava. Dava para ver que ela não é muito experiente pela maneira como reagiu e como eu tive que ajudá-la a me masturbar, então, para início de conversa, por que ela decidiu transar em um almoxarifado? Sei que sou bonito, mas nem meu ego é grande o suficiente para pensar que despertei um desejo incontrolável em Penny.

— Vejo você mais tarde.

Estou no meu quarto há poucos segundos, sentindo-me péssimo por ter deixado Izzy curiosa, quando Sebastian entra.

— Ei — diz ele. — Parece que a Izzy vai receber uma amiga, então estou indo para o campo, praticar rebate. Quer ir comigo?

Olho para minha cama. Meu plano era pedir alguma comida por delivery e continuar minha maratona de *Star Wars*, porém, embora eu não possa confiar em Izzy, Sebastian é uma boa aposta.

— Claro. Acabei de ter uma experiência muito estranha.

— Estranha como? — pergunta ele enquanto eu pego minha jaqueta e a visto de novo.

— Fiquei com uma pessoa.

— Finalmente. — Meu irmão sorri.

— Bom, ela é filha do Ryder. Só descobri depois.

Ele tropeça no último degrau da escada.

— Cara.

— Eu sei, eu sei — digo com um gemido. — Eu não a reconheci.

Conto tudo o que aconteceu para Sebastian enquanto dirigimos pelo caminho rápido até as instalações esportivas. Ele é uma boa pessoa com quem desabafar porque simplesmente deixa você falar sem interromper. Porém, quando estaciona o carro, ele se vira e olha para mim.

— Você precisa esquecer essa garota.

— Eu sei.

— O que ela faz com o próprio corpo é problema dela, mas você não vai querer que o pai dela se envolva nisso. Ele já está de olho em você como a droga de um falcão.

Franzo a testa quando abro a porta.

— Saquei.

Seb pega uma bolsa e a joga por cima do ombro.

— O que foi? Você sabe que estou certo. Estou feliz que finalmente não está mais na seca...

— A porra da praga — interrompo-o.

— Que seja. Só quis dizer que...

— Os jogadores de beisebol também não deviam ser os mais supersticiosos?

Ele revira os olhos.

— Você precisa manter o foco no seu objetivo. Ser capitão é algo muito importante. Seria estúpido perder essa chance por causa de algo assim.

— Obrigado pelo sermão, pai.

Abro a porta do prédio e sigo pelo corredor. Não é como a Markley, mas ainda consigo me orientar facilmente, pois estive aqui com Seb muitas vezes. Ele bagunça meu cabelo em retaliação ao meu comentário irônico, o que me leva a chutá-lo na canela; brincamos de lutinha por um momento antes de cair na gargalhada.

— Foi bom? — Seb pergunta quando voltamos a andar.

— Bom pra caralho. — Gemo ao me lembrar daquele cabelo longo e alaranjado. E ainda tem as sardas. Penny tem sardas até nas pernas, o que me deixou em uma situação meio injusta. Em breve, precisarei impor uma ordem de silêncio para mim mesmo: nada de pensar em Penelope Ryder. — Você se lembra daquela mulher que vimos na Tiffany's? Quando ajudamos James a escolher o anel de noivado de Bex?

— Ela era gostosa.

— Elas podiam ser primas ou algo assim. Mas Penny é ainda mais gostosa — comento enquanto ajudo Seb a colocar um balde de bolas dentro de sua gaiola favorita.

No beisebol, eles usam umas gaiolas com redes para praticar arremessos e rebatidas, e essa aqui fica no final do campo e possui uma máquina de arremesso que quase nunca falha. Eu me sento no banco, observando enquanto ele pega o equipamento. Nunca me acostumei com a sensação de um taco de beisebol em minhas mãos, mesmo que, no geral, minha habilidade atlética se estenda à maioria dos esportes. Sei arremessar uma bola de futebol americano em espiral — obrigado, pai — e posso fazer um *line drive* aqui e ali. Sou bom até no vôlei, devido aos anos que passei ajudando Izzy a aperfeiçoar seu saque.

Seb levanta as sobrancelhas enquanto calça as luvas de batedura.

— Você tem uma queda por ruivas.

— Ela tem sardas e tudo.

— Tanto faz, Gilbert Blythe.

Jogo uma bola de beisebol na cabeça dele. Meu irmão se abaixa, sem conseguir parar de rir; a bola atinge o outro lado da gaiola com um chocalho. Ele entra na área quadrada, com o taco apoiado no ombro.

— Só estava comentando.

Reviro os olhos. A tragédia aqui não é que ele apenas me comparou com aquele garotinho melequento que cobiçava a Anne, de *Anne with an E*, mas sim que, sem querer, acabou me lembrando da montanha de leituras que ainda estou evitando.

— Preparado?

Sebastian ajusta seu capacete.

— Sim.

Aperto o botão, e a primeira bola sai. Ele se movimenta, acertando-a com um estalo satisfatório. Eu o observo acertar alguns golpes seguidos, ajustando os pés de vez em quando. Essa atividade equivale a um exercício de arremesso, você faz os mesmos movimentos continuamente até que se torne algo instintivo. Não sou especialista em beisebol, mas qualquer um consegue ver que Sebastian sempre foi fera com um taco nas mãos. O pai dele também era assim em seu auge, e sei que Seb já ouviu comparações em várias ocasiões.

Esse tipo de silêncio é perfeito. Nós não conversamos; eu só o observo enquanto ele pratica. O mesmo acontece quando Sebastian me acompanha no rinque e fica apoiado nas laterais, com o olhar fixo em mim enquanto treino meu ataque em movimentos distintos.

Mas, agora, fico o tempo todo lutando para tirar Penny da minha cabeça. Nunca a vi em um jogo, o que é meio estranho, considerando que o pai dela é nosso técnico. Há uma possibilidade de eu simplesmente não a ter notado, mas ela é tão impressionante que não vejo como isso pode ter acontecido. Mesmo que ela tenha me desejado boa sorte no jogo de amanhã, acho que não vou vê-la lá.

Quando Seb termina o balde inteiro, ele estende o bastão.

— Sua vez. Acho que está precisando.

11
PENNY

Sou uma completa idiota, mas não vou me martirizar.

Estou atrasada com um trabalho da faculdade, preciso lavar as roupas sujas e tenho uma pilha de matérias que vão cair na prova de química para estudar. Meu estômago está roncando e me sinto grudenta; estou precisando desesperadamente de um banho. Acima de tudo, preciso tirar Cooper Callahan e sua língua perversa e habilidosa da minha cabeça. Mas, em vez de ir para o meu dormitório e tomar um banho quente antes de começar a ler meus livros, vou para o Purple Kettle.

Corro até o prédio e fico aliviada quando vejo Mia no balcão, entregando duas bebidas quentes a um cara. Seu cabelo está preso em um rabo de cavalo, e ela está com seu ilustre avental roxo, do mesmo tom do uniforme da faculdade, amarrado firme na cintura. Ela me nota e acena, e minha expressão deve tê-la assustado, porque minha amiga sai correndo de trás do balcão assim que o rapaz vai embora.

Mia me puxa para um abraço apertado.

— Você está bem? Parece assustada.

Eu me afasto, passando as mãos de forma nervosa pelo cabelo. Essa é só uma das maneiras que me sinto, eu acho. Também me sinto fantástica, mas incrivelmente culpada. Há um milhão de emoções se aglomerando. Se eu soubesse que Cooper não tinha ideia de quem eu era, nunca o teria colocado em uma situação tão estranha. Na despedida, ele não parecia tão bravo, mas isso não apaga o fato de que foi uma situação meio merda.

— Eu consegui — desembucho.

Os olhos de Mia ficam tão grandes quanto os biscoitos de chocolate na lixeira ao lado da caixa registradora.

— Ai, meu *Deus*. Me conta tudo!

Olho ao redor. Estamos praticamente sozinhas; o rapaz do café acabou de sair, e o funcionário que está trabalhando neste turno com Mia está na sala dos fundos. Começo a rir sem parar. Sala dos fundos, almoxarifado. É basicamente tudo a mesma coisa. No que eu estava pensando? Eu não queria perder a coragem no caminho até os dormitórios, mas tivemos sorte de ninguém ter passado por ali, principalmente minha chefe, Nikki.

Mia vai até os fundos.

— Pete, assume o caixa por alguns minutinhos. — Ouço-a dizer. — Preciso da sala.

Quando estamos seguras na sala, eu me jogo num saco de grãos de café e cubro meu rosto com as mãos.

— Não acredito que realmente fiz isso.

— Fez...?

Eu olho para ela, sentindo meu rosto ficar instantaneamente vermelho. A última coisa em que preciso pensar é no pau de Cooper. Se parecia tão grande em minha mão, quão grande eu o sentiria dentro de mim?

— Não, não *aquilo*. Fiz o primeiro item da lista.

Mia sorri.

— Ok, legal. Uma diversão oral.

— Ele é tão bom quanto falaram — admito. — Parece que estava passando por um período de seca, e, sem pensar muito, eu simplesmente...

Minha amiga bate levemente no meu ombro. Seu sorriso é maior do que deveria ser.

— Olha só pra você, sendo uma vadia completamente má. Você gozou, né?

— Sim. — E foi o melhor orgasmo que já tive na vida, mas não acrescento essa informação. Não tive nada além de um brinquedo dentro de mim desde Preston. Embora eu não estivesse nem perto de estar pronta para sexo com penetração, a sensação da espessura do dedo de Cooper me levou ao limite. — Mas, hum... ele não sabia quem eu era.

Ela inclina a cabeça para o lado.

— Como assim?

— Cooper não me reconheceu. O que é justo, já que nunca vou aos jogos, mas nós só conversamos sobre isso depois. Achei que estava fingindo, mas para ele eu era apenas uma garota aleatória e boa em patinação no gelo.

— Ele ficou chateado?

— Um pouco. Mas garanti a ele que meu pai não vai descobrir — digo, bufando.

— Isso seria um desastre.

Ela dá de ombros, recostando-se em uma fileira de prateleiras cheias de garrafas fechadas de xarope com sabores distintos.

— Você não prejudicou ninguém. Pra mim, parece que foi um sucesso. Contanto que esteja se sentindo bem com isso. E você está, né?

A lembrança me atinge como uma onda. É como se eu ainda pudesse sentir as mãos de Cooper em minhas coxas, sua barba arranhando minha pele, as vibrações de sua voz enquanto ele me provocava. Depois de anos fantasiando sobre ter um cara me chupando, foi incrível vivenciar essa sensação de verdade. Isso acabou com todos os meus devaneios, e, se eu pudesse repetir tudo agora, faria em um piscar de olhos.

— Estou — respondo. — Com certeza ele não era o idiota que pensei que fosse. Ele foi bem... fofo. Com as crianças durante a aula e, depois, quando estávamos a sós.

Sem mencionar o fato de que Cooper não estava *apenas* fofo. Posso ter dado o primeiro passo quando pedi a ele que me chupasse, mas ele assumiu o controle com maestria. Sabia exatamente o que estava fazendo e queria me dar essa experiência, contanto que eu fosse uma boa garota. Não tenho ideia se ele é assim com todas as mulheres com quem fica, mas isso me motivou da maneira certa. Se não fosse pela forma como terminou, teria sido perfeito.

Espero que, quando eu o vir na próxima semana, possamos deixar de lado qualquer climão e dar a aula tão bem quanto fizemos antes de eu complicar as coisas. Ou talvez ele faça alguns lances incríveis neste fim de semana, e meu pai o nomeie capitão. Não sei quem mais está na disputa, mas, depois de observar Cooper no gelo, não resta a menor dúvida de que o hóquei é o grande amor de sua vida.

— Cooper Callahan, seu ficante secreto — reflete Mia. — Quem poderia imaginar?

Pego meu celular para verificar a hora e vejo uma mensagem do meu pai, perguntando como foi a aula. Sinceramente? Ele podia ter comentado com Cooper que eu estaria lá.

— A gente se vê mais tarde — começo a me despedir. — Eu só não ia conseguir esperar até de noite pra te contar.

— Espera — diz ela. — Isso é ótimo. Amanhã tem uma festa em Haverhill. Você pode ir atrás do próximo ficante.

Fui a pouquíssimas festas desde que cheguei à McKee. Quando estava com Preston, eu vivia saindo, mas minha vida social perdeu o brilho, se é que algum dia ele existiu, depois daquela festa na casa do Jordan Feinstein.

— Você sabe que eu simplesmente não vou a festas.

Mia junta as mãos.

— Vamos, vai ser divertido. As festas de Haverhill têm drinques, e não só cerveja barata. É muito melhor do que uma festa de fraternidade. Essas são sempre desastrosas.

A Casa Haverhill é a melhor opção de moradia para veteranos. São algumas residências agrupadas em torno de um gramado amplo ao norte do campus, então penso que deveria se chamar *Casas* Haverhill, no plural, mas Haverhill foi a primeira dessas construções, e, embora cada uma delas tenha um nome, nenhum pegou. É relativamente nova, construída na década de 1990, em vez de nos anos 1960 ou até antes, como outros prédios, por isso não é uma relíquia em ruínas. É a melhor chance que um aluno da McKee tem de vivenciar uma grande festa que não esteja ligada a uma fraternidade ou irmandade, e graças às pessoas que conseguem quartos lá — considere essa informação um indicativo de classe social — o álcool é da melhor qualidade. Um dos peguetes de Mia a convidou no ano passado, mas ela só precisa aparecer produzida que entra sem problemas.

O próximo item da lista não é nada muito extravagante: quero fazer um boquete. Não tenho ideia se vou me sentir pronta para tentar isso com um cara qualquer que chame minha atenção numa festa, mas não custa nada colocar um dos meus lindos vestidos e dançar antes que a estação mude e o clima fique tão frio que fique impossível ir a uma festa com algo que não seja jeans e um suéter grosso. No mínimo, será uma distração para tirar Cooper da cabeça. Quanto antes eu seguir em frente, mais rápido vou esquecê-lo.

— Tá, ok. Mas não vamos fazer nada de estranho que meu pai possa descobrir. Você sabe que ele ia pirar.

Mia beija minha bochecha.

— E como sei! Vamos fazer com que você continue transante.

12

COOPER

O APITO DO ÁRBITRO corta o ar, interrompendo o jogo. Olho para Evan, que aponta para o outro lado do rinque, onde Mickey se levanta com a ajuda de Brandon.

— Penalidade de dois minutos pela rasteira — anuncia o árbitro.

O atacante do time da Boston College patina até a grande área, e nos preparamos para o primeiro *power play* do jogo. Estamos no terceiro tempo, e nossa defesa está incrível, mas, infelizmente, a do time de Boston também. Faltam apenas dois minutos para o fim da partida, e tenho a sensação de que o primeiro time a marcar um gol sairá vitorioso. Um *power play* é a oportunidade perfeita para que esse ponto seja nosso.

Uma vitória em casa no primeiro jogo da temporada seria ótimo.

Já que o time da Boston perdeu um defensor, podemos adentrar em seu território e permanecer lá. Brandon, Mickey e o outro atacante, Jean, passam o disco para a frente e para trás enquanto procuram uma abertura, e Evan e eu reforçamos a linha. Durante todo o jogo, eu estive ligado. Focado. Quando Brandon chuta e o goleiro da Boston manda de volta, eu o impeço de ir para a nossa área, mandando o disco para sua direção, passando-o entre as pernas do defensor adversário. O goleiro também defende a segunda tentativa. Mickey tenta mandar o rebote, mas o goleiro lança o disco para o fim da nossa área. Corro atrás dele, protegendo-o dos atacantes da Boston enquanto procuro uma abertura. Finalmente vejo um espaço e faço um passe para Jean, que faz um passe para Evan, que dá meia-volta e joga para mim de novo. Estou de volta na área do time da Boston, e o goleiro não está protegendo bem o seu lado direito.

Arrisco uma jogada. O disco passa pelo goleiro e vai para o fundo da rede. A multidão explode em aplausos quando a banda inicia a canção de vitória da McKee.

Evan praticamente me atropela com os patins enquanto me puxa para um abraço. Mickey e Jean se aglomeram ao meu redor, dando tapinhas em meu capacete e me parabenizando. O primeiro gol da temporada foi meu, com assistência de Evan. Como sou defensor, não costumo ter muitas chances de gol, por isso cada ponto que marco possui ainda mais significado. Não consigo controlar meu sorriso enquanto retomamos o jogo. Mal posso esperar para ouvir o que o técnico tem a dizer quando a partida terminar.

Nós nos mantemos na extremidade defensiva depois que a luta pelo domínio do disco termina, e a multidão nas arquibancadas, formada por estudantes e fãs de Moorbridge e de outras cidades próximas, torce tão alto que quase não conseguimos ouvir a campainha quando o tempo acaba. Puxo Evan para outro abraço, respirando o ar frio e o suor em nossa pele. A equipe patina no gelo, erguendo os bastões e cantando a letra da canção da vitória. A letra original não é "Vai, McKee fodona", é claro, mas ninguém se importa. Quando finalmente alcançamos o banco da nossa equipe, procuro o técnico Ryder, mas outra coisa atrai minha atenção: o vislumbre de um cabelo laranja.

Penny?

Não, é outra garota. Balanço a cabeça, desejando que a decepção desapareça. Quanto menos eu pensar nela, mais rápido vou esquecê-la.

Alguém bate no meu ombro.

— É melhor se cuidar — rosna Brandon.

Eu me viro.

— Que merda você quer dizer?

— Sei que acha que vai conseguir o posto de capitão — afirma ele —, mas sou veterano. Este é o meu ano. Eu sou o atacante.

— Essa decisão é baseada em mérito.

Brandon bufa.

— Um gol depois de um *power play* não faz de você melhor do que o restante de nós, Callahan.

Embora admire sua habilidade de irritar nossos oponentes, Brandon usa isso contra os próprios companheiros com muita frequência para o meu gosto. Cerro os dentes. Ele é um idiota, mas isso não é novidade.

Eu me inclino.

— Pode ser, mas liderar em algum quesito além de provocação também conta.

— E você é um santo? — Ele ri brevemente. — Fale o que quiser sobre mim, mas não sou eu quem suja as luvas depois de uma provocação qualquer.

Brandon é o tipo de jogador que não suporto; ele provoca, mas no fim das contas não dá nenhuma cotovelada quando é necessário. Conheço as regras da faculdade, mas ainda é hóquei; é um esporte de contato, e os golpes fazem parte do jogo.

Antes que eu consiga responder, Remmy se aproxima e nos abraça. Somos envolvidos pela celebração, e, de qualquer forma, é melhor; Brandon e eu nunca fomos melhores amigos. Se o técnico decidir que ele será o capitão, não vai ser fácil de engolir. Só posso esperar que jogos como este, assim como o trabalho voluntário, mostrem a Ryder que estou disposto a seguir as regras. Seja lá o que tenha me feito adentrar a área dos adversários — o discurso do treinador, a aula de patinação ou até mesmo meu encontro com Penny —, estou agradecido. Não me sinto tão bem no rinque desde o início da temporada passada.

O técnico Ryder nos reúne para uma conversa pós-jogo enquanto ainda estamos de patins e protetores. Quando a mão dele pousa no meu ombro, dando batidinhas com firmeza, baixo o olhar, para que os caras não vejam o rubor em meu rosto.

— Bom trabalho, rapazes — afirma ele. — Jogaram com todo o coração e nos deram uma grande vitória para o próximo jogo. Callahan, você foi excelente ao aproveitar o *power play* e a ótima assistência de Bell. Desfrutem da vitória, senhores, mas mantenham o foco no jogo de amanhã também.

Evan sorri para mim. Eu bato nossos ombros.

— McKee fodona! — grita Jean com seu sotaque franco-canadense rouco.

Nós nos juntamos ao coro, arrumando nossos equipamentos e gritando antes de irmos tomar banho e nos trocar. Percebo a atenção do técnico mais uma vez; ele acena com a cabeça antes de desaparecer em sua sala.

Mordo o interior da minha bochecha para não sorrir muito e envio uma mensagem no grupo da família:

> Primeira vitória.

Depois vou para o chuveiro. Tem jogo amanhã, claro, mas hoje à noite? Vou aproveitar o fim da praga do sexo para chegar em uma ou duas gatas… e tirar a Pequena Miss Ruiva Ryder da cabeça.

●

Quando saio do vestiário, encontro Seb esperando por mim, e não uma das gatinhas que costumam assistir aos jogos.

— Se quiser um momento com ele, vá para a Casa Haverhill mais tarde — sugere meu irmão para uma garota que faz beicinho enquanto ele me puxa pelo braço.

— Haverhill? — repito, levantando as sobrancelhas. Só fui a algumas festas lá. Prefiro o pessoal da fraternidade, embora, apesar das repetidas tentativas de recrutamento, eu não seja integrante de nenhuma delas. — Não sabia que tínhamos planos.

— Temos, sim — diz ele, arrastando-me pela aglomeração formada pelos meus companheiros de equipe e suas namoradas e ficantes, atuais ou em potencial, que lota o corredor. — Planos importantes.

Eu me desvencilho dele e paro de andar.

— O quê?

— Nossa. Relaxa. Eu te conto no carro.

— Você está estranho, e sabe disso — resmungo enquanto o sigo para fora do prédio. — O que está rolando? Está indo atrás de mulher nessa festa? A gente não costuma andar com essa galera.

— Você, talvez não — diz ele. — Mas adivinha quem foi convidada e está aparecendo nos stories de todo mundo?

Meus olhos se arregalam.

— Não.

— Precisamos encontrá-la. Da última vez que eu a vi, ela estava...

— Não — interrompo. — Nem me conte.

— Envolve shots de bebida pelo corpo.

Esfrego a mão no rosto.

— Pensei que as festas em Haverhill fossem exclusivas.

— Alguém convidou um grupo de calouros. Parece que está uma bagunça desde que as portas se abriram.

— Merda. — Abro a porta do carona do jipe de Seb e entro. — Ela não tem jogo amanhã?

— Só à noite.

Meu irmão abaixa o volume do rádio ao sair do estacionamento. Ainda estou cheio de adrenalina, então não consigo ficar parado. Durante todo o trajeto, fico batendo os pés, tamborilando os dedos nos joelhos. Izzy provavelmente está bem, mas ela é festeira e, às vezes, não toma tanto cuidado quanto deveria. Você nunca sabe que tipo de idiota pode encontrar em uma universidade do tamanho da nossa. Quando ela estava no ensino médio, nossos pais tiveram que pagar sua fiança em mais de uma ocasião, e aquelas eram apenas festas do ensino médio. Agora que ela está aqui na McKee, meus pais contam comigo para ficar de olho nela. Preciso levá-la inteira para Long Island no Dia de Ação de Graças.

Quando chegamos a Haverhill, observamos a luz irradiar da casa principal e o som da música. Seb encontra uma vaga e estaciona na grama. Eu mal o espero desligar o carro antes de fechar a porta e atravessar o gramado. É uma noite fria, o começo de outubro se despede dos dias dourados e dá boas-vindas ao outono, mas suponho que torcer para que minha irmã tenha vindo a esta festa com uma parca seja lutar contra o óbvio.

Na porta, um cara entediado com óculos e jaqueta de tweed olha para nós.

— Nomes? — pergunta ele.

— Sai da frente — digo enquanto passo por ele.

Prefiro ir para uma fraternidade com um barril cheio de álcool a implorar por Coca-Cola sem gás misturada com rum na casa de um estudante de filosofia chapado de cogumelos. O primeiro ambiente deve ser a pista de dança, porque caminhamos direto para um grupo de corpos suados.

— Vamos nos separar? — Seb grita mais alto que a música.

Eu viro a cabeça para a direita.

— Vou por este corredor. Você procura na pista de dança.

Passo por um casal que está se pegando e me esgueiro pelo corredor, espiando cada cômodo. Há um grupo de pessoas sentadas em círculo ao redor do que parece ser um tabuleiro Ouija, evidências de um ménage, alguns caras bolando um baseado. Um deles me oferece um trago, mas recuso. Não sou rigoroso com a bebida durante a temporada como James é, mas só toco em maconha no verão, quando estou longe das minhas obrigações.

— Ei — digo —, você viu uma garota por aqui? Alta, cabelo escuro, olhos azuis? Ela provavelmente está usando um colar com a letra "I"?

— Você é o jogador de hóquei — diz um deles, piscando para mim com a rapidez de uma preguiça.

— Sim — respondo impacientemente. — Você viu essa garota?

— Lá em cima — diz outro, tossindo secamente. — Tem certeza de que não quer um pouco, cara? Essa é da boa.

— Não, obrigado.

Luto contra a pequena onda de pânico que tenta me dominar. Estar lá em cima, em uma festa em casa, geralmente tem um significado. Não sou ingênuo, sei que minha irmã provavelmente já transou e que não cabe a mim proibi-la, mas e se ela fizer algo e se arrepender depois? Izzy é uma garota para namorar. Está com o coração partido desde que um idiota do clube em Kitty Hawk cancelou o encontro que tinham em Manhattan. Se ela estivesse saindo com alguém novo, eu já teria ouvido falar.

Subo a escada de dois em dois degraus, chamando o nome dela. As luzes estão fracas aqui, a música, abafada, e o ar, tomado pelo cheiro azedo de maconha misturado com incenso. Meus olhos lacrimejam quando passo por um grupo no exato momento em que eles soltam um anel de fumaça. Começo a abrir as portas, o que é uma decisão perigosa, mas prefiro encontrá-la num momento particular do que não a achar de fato.

Finalmente a encontro no final do corredor. Izzy está em uma cama, por sorte completamente vestida, rindo enquanto uma garota, o nome é Victoria, eu acho, sussurra algo em seu ouvido. Seu vestido azul-escuro cintila, e o brilho do colar com sua inicial em ouro e diamantes que minha mãe e meu pai deram a ela no ensino médio também se destaca. Ela grita quando me vê, pulando da cama e me envolvendo em um abraço. Izzy cheira a álcool e maconha, mas não é como se eu me importasse com isso. Seus olhos estão focados o suficiente, o que significa que ela não está drogada.

— Oi — diz. — Você está aqui! Que legal! Onde está o Sebby?

— Lá embaixo. — Eu me afasto e a encaro. — O que está fazendo aqui?

— O primo de Victoria nos convidou.

— Você é só uma caloura.

— Eu sei, né? — Ela estende a mão e acaricia meu cabelo, como se eu fosse um cachorrinho em vez de seu irmão mais velho e mais alto. — Muuuuito legal!

— Iz, vimos você nos stories. Esse tipo de coisa não pode chegar nos nossos pais.

Ela só balança a mão.

— Eles também já estiveram na faculdade.

— Vamos pra casa.

— O quê? De jeito nenhum, você acabou de chegar! Vamos encontrar o Sebby e dançar!

Tiro as mãos dela do meu cabelo.

— Você está bêbada. Não tem um jogo amanhã?

— Só à noite — explica Victoria. Ela se inclina sobre Izzy, trepidando levemente.

— Ai, meu Deus, você jogou hoje — diz Izzy. Ela estende a mão de novo, mas eu a seguro. — Como foi? Ganhou?

— Ganhei — comento brevemente. Queria poder ir atrás de Seb em busca de reforço, mas tenho medo de que ela desapareça na multidão de novo. Verifico meus bolsos, mas é claro que deixei meu celular no carro. — Agora vamos... — Paro de falar assim que avisto uma mecha de cabelo ruivo com o canto do olho.

Penny.

Desta vez é ela mesmo; e está linda pra caralho com um vestido justo de lã e botas de cano alto. O cabelo está meio preso, com tranças emoldurando seu rosto como uma coroa. Ela está agarrada ao braço de um cara qualquer, permitindo que ele a empurre contra a parede enquanto solta uma risada abafada e fofa.

Fico sem ar por um segundo. Pensei que estava nervoso antes, mas agora estou prestes a perder a cabeça. Gostaria de poder esquecer a imagem dela nesse vestido. Ou guardá-la para depois, mas sem aquele idiota do lado dela. Seus olhos se arregalam quando nota a minha presença, e algo muda em sua expressão conforme ela observa a cena: Victoria apoiada em Izzy, e Izzy perto de mim.

Com certeza, Penny não sabe que Izzy é minha irmã.

Não reconheço o cara, mas acho que ele está no último ano, talvez até more em Haverhill. Será que ele sabe que Penny não é tão experiente? Ela contou a ele? Penny pretende ficar com esse mané?

Não tenho direito de cobrar nada dela. Na verdade, tento evitar qualquer reivindicação sobre qualquer garota, especialmente quando seu sobrenome é Ryder. Mas algo naquela cena causa um aperto no meu peito, e, quando engulo em seco, é como se eu tivesse um osso preso na garganta.

Penny murmura algo para o cara, afastando-o.

— Callahan — cumprimenta ela com a voz baixa.

Antes que ela consiga elaborar alguma coisa, Izzy vomita em cima de mim.

13
PENNY

Esse tal de Alfred, cujo nome só descobri depois de uns minutos de conversa, é muito pretensioso.

Assim que me viu na festa, aproximou-se e começou a flertar. Depois de tomar um drinque, não fiz muito além de acenar com a cabeça enquanto ele fala sem parar sobre si mesmo. Ele pode até ser bonito, com longos cabelos loiros presos em um coque e óculos de armação de metal apoiados no nariz, mas é egocêntrico, e, se eu estivesse querendo algo além de uma transa, teria me esquivado dele há muito tempo.

— O que você acha? — indaga ele. Fico tão surpresa com o fato de ele estar me fazendo uma pergunta que não respondo imediatamente. — Poderíamos ir juntos, está passando no cinema da cidade.

Hesito por um instante. Não tenho ideia de quando a conversa mudou para o tema encontro, mas não há nada que eu gostaria menos. Forço um sorriso e questiono:

— Desculpe, o que disse?

— Está muito barulhento aqui. — Ele se inclina para falar no meu ouvido. — Perguntei se você quer ver o novo filme da A24? É um thriller psicoerótico sobre...

Agarro seu braço e o puxo ainda mais para perto. Pelo menos ele cheira bem. Posso apreciar um homem que sabe que Axe não é um desodorante corporal adequado após o segundo ano do ensino médio, desde que use qualquer colônia, exceto Tropic Blue.

— Quer ir lá pra cima? — interrompo-o.

Ele levanta uma das sobrancelhas com um interesse preguiçoso.

— O que tem em mente?

Eu me inclino e dou um beijo em seus lábios.

— Menos conversa, mais... outras coisas.

Sei que não estou sendo muito sutil, mas este não é um momento para sutilezas, pois tenho a vantagem de estar usando uma roupa sexy e as inibições de uma festa. Ele olha para o meu decote. Não há muito para ver, mas meu sutiã de bojo ajuda, e meu vestido de lã cor de ameixa se ajusta perfeitamente aos meus quadris. Combinado com uma meia-calça bem clarinha e botas de couro até a coxa, sei que estou gostosa. Ele tira o cabelo do meu pescoço, e eu estremeço. Não é ele que está me excitando, é a ideia de finalmente riscar outro item da lista. Recuperar mais um pouco de poder. A experiência com Cooper foi inebriante. Não tenho ideia se foi graças a ele, ou ao fato de estarmos em um almoxarifado onde tecnicamente qualquer um poderia entrar, ou apenas o ato em si com um cara de verdade depois de anos e incontáveis tentativas de orgasmos, mas me sinto mais confiante. Mais parecida com a mulher que sempre quis ser, e talvez com quem eu estava prestes a me tornar antes de Preston destruir tudo.

Pego a mão de Alfred e o conduzo pela multidão, acenando para Mia enquanto passamos. Ela está ficando com uma garota que não reconheço, mas pisca para mim. Luto contra meu rubor enquanto subimos as escadas. Provavelmente será difícil encontrar um cômodo com total privacidade, mas, se levarmos isso para fora festa, sei que vou acabar desistindo. É agora ou nunca.

Abro a primeira porta, na esperança de encontrarmos um canto escuro, mas Alfred nos leva até o final do corredor.

— Talvez seja melhor aqui. — Ele aperta minha mão enquanto abre a porta. — Você é mais direta do que pensei, Penelope.

Finjo uma risada, embora queira cutucá-lo com força nas costelas por me chamar pelo meu nome sendo que me apresentei como Penny. Alfred me empurra contra a porta, as mãos na minha cintura.

Antes de ele me beijar, percebo quem mais está no cômodo.

Cooper Callahan. Acompanhado não apenas de uma, mas de *duas* garotas.

Eu não deveria me surpreender. O próprio Cooper me disse que não repete figurinha; para ele, somos descartáveis. Seu show vale a pena, mas o preço do ingresso é o reconhecimento de que não será nada além de um momento fugaz. Vê-lo com duas novinhas não deveria doer. Eu *não posso* ficar magoada. Afinal, aqui estou eu com um cara só para mim e uma transa garantida.

Mas dói, e isso é suficiente para que eu me afaste de Alfred.

— Callahan — digo.

Não tenho ideia do que quero dizer. O que eu quero? Tudo que sei é que, se ele beijar qualquer uma dessas garotas na minha frente, vai doer mais do que cair tentando fazer um triplo axel.

Cooper me encara com uma expressão indecifrável. Sei que ele marcou o gol da vitória de seu time, então talvez a coisa mais inteligente a fazer seja apenas parabenizá-lo e sair em busca de outro quarto, mas, antes que eu consiga dizer mais alguma coisa, a garota de cabelo escuro vomita em cima dele.

Ele cambaleia para trás, xingando pra caramba. Solto uma risada genuína ao vê-lo coberto de vômito. A garota fica nervosa, desculpando-se com uma voz angustiada. Alfred arqueja, tapando a boca com a mão.

— Tenho que ir — diz Alfred, com a voz embargada, então sai do quarto sem nem olhar para trás.

Eu suspiro. De todo modo, não é como se eu estivesse tão a fim de chupar o pau dele assim.

— Izzy — fala Cooper com a voz um pouco mais contida. — Não chora, tá tudo bem.

— Não está, você deve me odiar — choraminga. — Eu destruí a sua camisa!

— Nem todo mundo se importa tanto com roupas — diz ele, mas faz uma careta ao olhar para o estrago. É uma camiseta de banda estilo vintage do Nirvana, e a mancha do vômito, infelizmente, é azul vibrante. Ele olha para mim e acrescenta: — Seu peguete é enjoadinho, ou algo assim, ruiva?

Ignoro o apelido e vou até o armário. Talvez tenha algo aqui que possa ser usado para limpá-lo.

— Ele não era meu peguete.

— Parecia que vocês estavam prestes a fazer algo.

Pego uma toalha e a jogo em sua direção.

— Não é da sua conta.

— Ele parecia um idiota. — Cooper faz uma careta enquanto esfrega a camisa. — Izzy, o que estava bebendo? Isso é *azul*.

— Tequila de alguma coisa — responde a garota com um soluço.

A amiga dela, que havia desaparecido no banheiro, volta com uma toalha molhada. Ela ajuda Izzy a limpar o rosto sem estragar a maquiagem, embora precise sacrificar o batom.

— Não, ele era... — Suspiro, incapaz de fingir qualquer interesse. — Tá bom, é, aquele cara era meio idiota. Mas não importa, eu só queria chupar ele.

Cooper hesita.

— Vamos apurar esse assunto mais tarde.

— Vamos?

— Sim, vamos. Preciso de você. Me ajuda a tirar minha irmã daqui.

Ignoro a pontada de alívio que surge com suas palavras. A menina é sua irmã, não sua ficante.

— Claro, tudo bem.

— A menos que queira ir atrás daquele fuinha.

— Você é terrível — digo, enquanto pego o braço de Izzy. — Nem conhece o garoto.

— E você? Conhece?

Fico corada. Cooper inclina a cabeça para o lado, como se estivesse testemunhando um experimento interessante no laboratório de química.

— Tenho perguntas, ruiva — declara ele. — E, assim que eu não estiver com cheiro de tequila e bile da minha irmã, você vai respondê-las.

— É assim que você flerta? — murmura Izzy para o irmão enquanto saímos do quarto, com a amiga atrás de nós. — Você é péssimo nisso.

— Não estamos flertando — digo franzindo a testa. — Cooper não sabe flertar.

— Nem você — retruca ele.

Isso me atinge mais do que deveria, então mantenho a boca fechada e me concentro para não cair da escada por causa do salto alto. Quando chegamos ao andar principal, passamos pela multidão até a entrada. A carranca de Cooper só fica mais evidente, e a energia pesada emana dele em ondas conforme atravessa, sem muito esforço, a multidão de universitários bêbados. Na porta, Cooper permite que Izzy se apoie nele, passando a mão pelos cabelos dela em um gesto gentil que me deixa sem ar.

— Me dá seu celular, Iz.

Ela enfia a mão dentro da blusa e tira o aparelho do sutiã. Cooper olha para ele como se fosse um escorpião, o que me faz contorcer de tanto rir. Ele o arranca da mão da irmã e me encara.

— Nem mais uma palavra, ruiva.

— Mas eu não disse nada!

Cooper vira de costas enquanto pressiona o celular contra a orelha.

Izzy ri e cutuca minha barriga.

— Ele gosta de você.

Cooper levanta o dedo do meio sem olhar para nós. Não tenho certeza se ele está xingando Izzy ou negando que gosta de mim. Contenho o calor que começa a se espalhar pelo meu corpo, uma onda de felicidade que poderia facilmente se transformar em algo mais profundo. Izzy está apenas de conversa fiada, como qualquer pessoa bêbada.

Ela abraça a amiga, que promete mandar uma mensagem mais tarde para saber como estão as coisas. A garota desaparece no meio de um grupo de pessoas na pista de dança no momento em que um cara que reconheço vagamente como Sebastian Callahan se aproxima. Mesmo que ele não seja parente de sangue de Cooper, eu me recordo porque Mia me contou há muito tempo, há algo semelhante nos dois; ambos têm a boca marcante e uma energia dominante.

— Ah, que bom — diz ele. — Você a encontrou.

— Só me custou minha camiseta favorita — reclama Cooper. — Vamos, estou com dor de cabeça.

— Não liga pra roupas, meu cu — murmura Izzy para mim enquanto saímos noite afora. Mordo o lábio para não rir de novo.

Sebastian me encara ao perceber que eu os estou acompanhando. Paro na varanda, sem saber se devo continuar ou se volto para a festa e procuro Mia, mas então Cooper diz, irritado:

— Vamos logo, Penny.

Passo meu braço em volta de Izzy e deixo que ela se apoie em mim enquanto atravessamos o gramado coberto pela geada.

Ao se aproximar do belo jipe novo, que deve ser de Seb, afinal não há dúvida de que ele irá dirigir, Cooper me deixa ir no banco da frente e se senta no banco traseiro com a irmã, que está acariciando seu cabelo. Envio uma mensagem para Mia, avisando que estou indo embora. Sebastian liga o rádio para romper o silêncio meio constrangedor, e, quando "King of my Heart", de Taylor Swift, toca, Izzy começa a cantar aos berros junto. Eu canto também, captando a expressão de Cooper através do retrovisor. Ele ainda está de cara fechada, mas, agora, está tentando reprimir um sorriso.

Depois de alguns minutos, paramos em frente a uma casa próxima à do meu pai. O imóvel tem uma aparência alegre, com abóboras nos degraus da varanda e uma guirlanda de outono na porta. Seb ajuda Cooper a levar Izzy até a entrada. Eu os acompanho, um tanto hesitante. Pensei que iríamos para os dormitórios. Não quero caminhar daqui até o meu dormitório, ainda mais depois da meia-noite, nem pegar o ônibus.

— Ela não mora nos dormitórios?

— Não. Todos nós moramos aqui — responde Cooper.

Alcanço a entrada.

— Que bonitinho.

— Ficaria ainda melhor com James — diz Izzy com um beicinho. — Sinto falta dele.

Dou uma olhada no interior da casa. A entrada tem uma escada à esquerda e um acesso a uma sala de estar à direita. Há um grande sofá de couro, uma poltrona combinando e uma cadeira com um cobertor xadrez cuidadosamente dobrado nas costas ao redor de uma televisão pendurada na parede. É fácil dizer o que pertence a Cooper e ao seu irmão, e o que tem o toque de Izzy. O abridor de garrafas em forma de caveira deve ser de um deles, mas as velas cor-de-rosa na mesa de centro devem ser dela.

— Ele mora na Filadélfia, né?

— Com a noiva. — Izzy suspira enquanto se joga no sofá. — Não vemos os dois desde o verão. Ele abandonou a gente para jogar futebol americano.

Sebastian bagunça o cabelo da irmã enquanto passa, indo para a cozinha.

— Pode ligar para ele quando quiser.

A expressão de Izzy se ilumina.

— Coop, onde está meu celular?

Cooper balança a cabeça.

— Agora não, ele vai me encher o saco por ter deixado você aloprar numa festa de veteranos.

Izzy revira os olhos.

— Você não me deixou fazer nada. Além disso, não vou contar pra ele.

— Iz, eu te amo, mas segredos não são seu forte. — Cooper suspira, olhando de novo para a camisa vomitada. — Vamos lá, vamos nos trocar. Você deveria tomar um banho e ir dormir, e se preparar para o jogo de amanhã. Deixo você em casa já, já, Penny.

Quando os dois sobem a escada, Sebastian me lança um olhar desconfiado, claramente relutante em ignorar o fato de que o irmão trouxe uma garota com quem já ficou para a casa, pois tenho certeza de que Cooper contou a inconveniência que foi transar acidentalmente com a filha de seu técnico. E, além de tudo isso, Cooper ainda vai me levar para o dormitório em vez de pagar um Uber como um cara normal. Sem saber o que fazer, balanço meus pés. Ouço um som de batida lá em cima e, em seguida, uma risada estridente.

— Sebastian! — Cooper ruge.

O olhar de Sebastian se volta para a escada antes de se fixar em mim mais uma vez.

— Deveria ter dito ao Cooper quem você era antes de tudo.

Engulo em seco. Ele nem parece tão chateado, mas as palavras me castigam mesmo assim.

— Eu não sabia que ele não me conhecia.

— Quando só um lado pode sofrer as consequências, você precisa garantir que todos estejam na mesma página. — Sebastian assente uma vez, como se estivesse satisfeito consigo mesmo pelo tapa enigmático e metafórico, e então sobe a escada de dois em dois degraus.

É claro que ele não sabe que as consequências não seriam apenas para um lado; se meu pai descobrir, isso poderá arruinar o relacionamento que lutei cuidadosamente para reparar. Há maneira melhor de lembrar ao meu pai a versão de mim que nos obrigou a ir embora do Arizona do que me envolvendo de forma imprudente com outro jogador de hóquei? Um jogador de hóquei do time *dele*? Eu perderia o pouco respeito que conquistei, e só depois de fazer algo tão estúpido quanto pedir a Cooper Callahan que me chupasse é que percebi quanto valorizo isso. Se eu tentasse explicar o que é a minha lista para meu pai, além de me deixar morta de vergonha, ele não entenderia. Não seria um avanço para ele; seria uma regressão.

No entanto, apesar de saber disso, também sei de outra coisa: estou prestes a pedir a Cooper para me ajudar a riscar mais um item.

14
COOPER

— Valeu de novo por me ajudar com Izzy — digo enquanto subimos a escada para o dormitório de Penny. — Ainda não consigo acreditar que ela vomitou em mim.

— Acontece — diz Penny, olhando para mim por cima do ombro.

Tentei não olhar muito para ela, mas é difícil com esse vestido. O tecido se modela de um jeito delicioso na bunda dela, e o decote, combinado com o sutiã, só ajuda a me lembrar que, quando ficamos, eu nem consegui ver seus peitos.

Penny claramente foi àquela festa em busca de diversão, e não consigo parar de pensar nisso. Era óbvio que não conhecia o cara com quem estava, considerando que ela nem fez questão de segui-lo quando ele saiu correndo para vomitar sozinho. Tem alguma coisa rolando com essa garota, e talvez não seja da minha conta, mas estou curioso de qualquer maneira.

Ela lidera o caminho até o quarto no final do corredor. Este é um dos dormitórios mais antigos, então Penny pega uma chave de verdade para destrancar a porta. Quando estacionei o carro na frente do dormitório e ficamos sentados por meio segundo em completo constrangimento, fiz muito esforço para não me oferecer para acompanhá-la até a porta, mas falhei. Agora estamos aqui, e, por mais estranho que pareça, prefiro estar parado neste corredor com ela a estar na festa com qualquer outra garota, a sensação esquisita no meu peito ainda não passou.

Penny cora ao abrir a porta.

— Você... quer entrar?

— Só se você quiser.

Quando ela responde, há uma pitada de provocação em seu tom.

— Achei que tínhamos uma apuração a fazer. Aliás, qual curso você faz? Essa é uma palavra bem acadêmica, se é que já ouvi uma.

— Inglês. — Entro no cômodo que é, na verdade, uma suíte pequena, com dois quartos separados em vez de um. Suponho que ser filha de um professor garanta vantagens além da mensalidade gratuita. — Passei a maior parte da minha vida acadêmica *apurando*.

Seus lindos lábios se curvam em um sorriso.

— Prefiro apurar a analisar, principalmente quando há matemática envolvida. Eu faço biologia.

— Você parece animada.

— Não, é? — diz ela sem emoção. — Mal consigo conter a minha felicidade.

— Sei que não nos conhecemos de verdade — digo abruptamente. — Mas o que você quer, saindo assim com caras aleatórios?

Penny levanta as sobrancelhas enquanto cruza os braços sobre o peito.

— Por que você se importa? Pelo que me lembro, nosso acordo foi momentâneo. E aquele cara não era aleatório.

— Qual é o nome dele?

— Alfred.

— Alfredo do quê?

— Alfred alguma coisa. — Ela me lança um olhar desafiador. — Não que seja da sua conta com quem eu fico.

— Você o chamou de idiota, ruiva.

Ela ri brevemente.

— Tenho certeza de que o rastro de mulheres que deixou para trás falaria coisas piores sobre você.

Ignoro esse comentário.

— Dois dias atrás, tive que orientar você durante sua primeira masturbação, e agora você parece...

— O quê? — pergunta ela enquanto eu me calo. — Pareço uma vagabunda? Não se atreva, porra.

— Meu Deus, não. — Esfrego a mão no rosto. Talvez seja o fato de ela ser filha do técnico Ryder, mas não consigo evitar uma postura protetora. — Não estou dizendo que você não deveria fazer o que quer, e eu nunca chamaria uma mulher disso. Só estou preocupado, ok? Não sei, você parece bastante inexperiente. Não quero que se machuque.

Suas bochechas estão muito coradas.

— Vai se foder, Callahan.

Ela se vira, abre uma das portas e sai. Não espero que ela volte para cá depois da cagada que acabei fazer, mas ela volta alguns segundos depois segurando um diário rosa brilhante. Ela folheia as páginas até encontrar o que está procurando e me entrega.

Olho para a página. É uma lista, rotulada simplesmente como A Lista, mas em vez de conter itens normais, como compras, filmes ou estatísticas de hóquei, vejo palavras como *palmada* e *sexo em público* e *anal*. Por alguma razão, o bom e velho sexo vaginal é o último da lista. O primeiro item, *sexo oral (receber)*, está riscado.

— O que é isso?

Ela engole em seco, mas, mesmo com as bochechas ruborizadas, mantém a cabeça erguida.

— É o que estou fazendo. Você perguntou, então estou te mostrando.

— É tipo uma lista de sexo, ou algo assim?

Penny tenta pegar o diário, mas eu o seguro acima de sua cabeça. Ela pula, então dou um passo para trás, dando outra olhada na lista. Quase engasgo quando vejo *privação do orgasmo* e *dupla penetração*.

— Que pervertida, ruiva.

Ela bufa.

— Não é como se eu estivesse *morrendo*.

— Então, o que é? Já fez alguma dessas coisas? Além da primeira, é claro.

Penny pisa no meu pé e ainda está usando as botas, então dói o suficiente para me assustar. Ela pega o caderno e o fecha com força, segurando-o perto do peito como se estivesse lhe dando um abraço.

— Achei que você me entenderia, mas não importa.

Seu tom genuinamente magoado me faz pensar.

— Entender o quê?

Ela morde o lábio inferior.

— Você estava certo. Não tenho muita experiência, mas estou tentando mudar isso. Escrevi na lista coisas que quero fazer há anos.

— Por que não arruma um namorado para fazer isso?

Ela começa a balançar a cabeça antes mesmo de eu terminar a pergunta.

— Não é sobre conseguir um namorado. A lista diz respeito a mim. Significa assumir o controle da minha própria vida. — Penny me fita com aquele brilho nos olhos, como se estivesse me desafiando a rir na cara dela. — E não pretendo fazer tudo isso com alguém que eu consideraria namorar.

Ignoro a insinuação de que ela jamais teria sentimentos por mim e digo:

— Então está se dando um curso intensivo de sexo? Você sabe, a maioria das pessoas se contenta com o bom e velho sexo. Talvez inserindo algumas posições divertidas.

Penny coloca o diário na mesinha ao lado do sofá na área comum entre os dois quartos e se abaixa para abrir o zíper da bota. Puxa uma de cada vez e as joga em direção ao seu quarto. Por que ela precisaria se apegar tanto ao controle das próprias experiências? Alguma coisa nessa situação está me deixando de orelha em pé, mas duvido que Penny vá confiar seu segredo a mim. Ela acabou de dizer que nunca consideraria namorar comigo. Misture isso à sensação estranha que sinto na barriga — juro, ainda consigo sentir o gosto dela na minha língua —, e estou prestes a sair correndo pela porta. Essa seria a atitude mais inteligente, certo? Encerrar esta conversa e manter as coisas estritamente no território de amigos do trabalho voluntário.

Eu não deveria me incomodar com a maneira como ela enxerga essa situação, mas me incomoda. Se eu quisesse ter um relacionamento com alguém, eu teria, só não quero me prender a ninguém agora. Não sou James, que levou a porra da namorada do quinto ano a sério. Minha prioridade tem sido diversão, mas há uma diferença entre não *querer* estar em um relacionamento e não ter potencial para ser namorado. Eu seria um namorado fantástico se quisesse.

Sem as botas, Penny é alguns centímetros mais baixa, mas não menos formidável. Mesmo que ela não se pareça com o pai para além daqueles olhos azul-claros, posso ver um pouco dele na maneira como ela levanta o queixo, como se não fugisse do desafio. Algo me diz que ele a ensinou a ser forte quando necessário.

— Eu sei — diz ela. — Mas eu *quero* isso.

Acho que nunca tive uma conversa tão detalhada sobre sexo com uma mulher que não terminasse em sacanagem, mas tento superar o constrangimento pelo bem dela.

— Todos os itens da lista são divertidos — admito. — Você tem bom gosto.

— Eu sabia! — exclama ela, os olhos brilhando como se tivesse acabado de me fazer admitir um segredo. — Você não é como a maioria das pessoas.

— Verdade. — Se vamos falar sobre fetiches, então tudo bem, serei honesto. Penny teve um gostinho disso quando ficamos no almoxarifado. Eu gosto de sexo, então nem sempre sou tão exigente, mas nada deixa meu pau mais duro do que ver uma garota confiar seu prazer a mim, mesmo que seja apenas por uma noite. Elogiá-la, recompensá-la, incentivá-la até que ela conheça uma sensação que nunca experimentou (Penny não sabe disso, mas eu apresentei anal a um bom número de mulheres), é nesse momento que me sinto mais confiante. Ironicamente, eu seria uma boa escolha de parceiro para a lista de Penny se ela quisesse experimentar tudo com um cara só, mas isso não pode acontecer. Mesmo que eu não consiga tirar seus gemidos suaves da cabeça, mesmo que meu maior desejo seja acabar com a distância entre nós e beijá-la de novo. — Mas não sou o único. Eu escolheria coisa melhor do que o Idiota Alguma Coisa...

— Alfred — corrige ela, com seus lábios se contraindo enquanto abre um sorriso.

— Mas eu entendo que é difícil achar alguém à minha altura. — Sorrio, para que ela saiba que estou brincando, e Penny revira os olhos.

— Sabe, por um segundo, esqueci quão arrogante você é.

— Não sou arrogante. Apenas confiante.

Ela inclina a cabeça.

— Callahan.

— O quê?

Ela abre um sorriso, e isso é, ao mesmo tempo, perturbador e suspeito.

— Mandou bem no último jogo, não foi?

— Sim — respondo. — Por quê?

— Você me disse que só precisava de uma transa para relaxar. E dá pra ver que isso te ajudou, mesmo.

— É assim que funciona o trabalho em grupo?

— Cala a boca, você sabe aonde quero chegar. — Penny passa os dedos pelas pontas do cabelo, a cabeça ainda inclinada para o lado. Ela dá um passo à frente, esboçando um sorriso. — Me ajude com a lista. Assim, consigo o que quero e seu desempenho no hóquei vai melhorar. Se continuar jogando como hoje, será capitão em pouco tempo.

Proposta tentadora, mas impossível. Há uma série de razões pelas quais isso não funcionaria, e no topo da lista está Lawrence Ryder. Se ele descobrir sobre a nossa aventura, estou frito. Mas, se ele descobrir que estou andando escondido com a filha dele várias vezes, vou acabar vendendo patins na loja de equipamentos esportivos Pinto & Filhos para ganhar a vida depois da formatura. Isso se eu ainda estiver respirando.

— Seu pai — começo.

— Ele não decide com quem eu transo — interrompe Penny. — Meu pai não vai descobrir. Acredite em mim, também não quero que ele saiba disso.

— Mas ele vai, e ele vai te perdoar porque é filha dele. Mas eu? Terei sorte se continuar no time.

— Ele não faria isso.

— Não subestime quão puto seu pai consegue ficar.

Ela solta um suspiro irritado.

— Olha, eu não vou implorar.

— Por mais tentador que seja ver você de joelhos... — Não consigo deixar de dizer isso, porque, aparentemente, sou um idiota e agora a imagem está no meu cérebro e quero ver isso mais do que tudo. — Você já sabe que não transo duas vezes com a mesma pessoa.

O ato de abrir a porta me causa uma dor física. Não consigo dar o primeiro passo para o corredor. Mesmo que seja ridículo, Penny tem razão; essa foi minha melhor partida em anos. Olho para trás, e parte de mim quer desesperadamente dizer que sim, pelo menos para ter a chance de beijá-la de novo, mas eu estaria entrando em um jogo perigoso. Quando você estende muito uma ficada, sentimentos inevitavelmente se desenvolvem. Não sei o que aconteceu com Penny para que ela chegasse a esse ponto, mas não quero partir seu coração.

— Não faça isso, Penny. Ache um cara legal para sair com você.

Ela me dá um leve empurrão.

— Obrigada pelo conselho não solicitado, mas, se não for você, tenho certeza de que encontrarei caras melhores do que Alfred.

Então, ela fecha a porta na minha cara.

15

PENNY

Se você se oferece para um cara e ele te rejeita, mas mesmo assim se masturba pensando nele, é masoquismo?

Quando Cooper foi embora do meu dormitório ontem à noite, eu sabia que devia fazer uma ioga ou algo assim para me acalmar, alinhar meus chakras, chame do que quiser, mas eu estava tão molhada que quase não consegui me conter. Nós nem fizemos nada, e, apesar de ele deixar bem claro que não quer mais nada comigo, meu corpo me traiu. Do momento que ficamos sozinhos em seu carro, uma picape que Cooper me disse ter comprado com o próprio dinheiro e restaurado por completo quando tinha dezessete anos, até a hora que bati a porta na sua cara, me segurei muito para não pular em cima dele. Toda vez que ele me chamava de "ruiva", minha boceta literalmente latejava.

E então, quando fiquei sozinha, em vez de fazer a coisa certa, peguei o Igor e me fodi com ele. Nem me dei ao trabalho de fingir evocar uma fantasia; apenas lembrei o que fizemos juntos no almoxarifado e, indo além da memória, imaginei como seria testar o restante da minha lista com Cooper. Não parei até gozar três vezes, tremendo e suando, e agora, à luz do dia, acho que eu deveria me sentir um pouco arrependida, ou pelo menos constrangida, mas não consigo. Cooper está em um patamar próprio, e nada tornou essa percepção mais nítida do que vê-lo no mesmo ambiente que Alfred.

Ah, Alfred. Não dá nem pra acreditar que em algum momento pensei em chupá-lo. Todo esse plano de "agarrar o pau" está ficando cada dia mais instável.

Preciso voltar a me concentrar no livro de química à minha frente, já que a prova da próxima semana está chegando, e tudo que fiz até agora foi adicionar uma nova cena hot ao meu manuscrito. Já se passou mais de uma hora desde que me arrastei para fora da cama. Estou na biblioteca, aninhada na minha poltrona favorita. Meu saco de bala de ursinho e minha playlist animada para estudos ajudariam em qualquer outra ocasião, mas estou apenas encarando a mesma página durante a maior parte do meu tempo aqui.

Resolvo enviar uma mensagem para Mia. Ela responde quase imediatamente, então sei que finalmente acordou. Quando saí mais cedo, ela nem se mexeu. Não tenho ideia de que horas ela chegou ontem à noite, mas foi muito mais tarde do que eu. Mia diz que está vindo para a biblioteca e que trará café, o que é uma vantagem em termos de produtividade — sei que preciso de cafeína, mas, em troca, ela vai querer saber sobre a noite passada. Estou prestes a aceitar a derrota e passar para meu trabalho de espanhol quando recebo uma ligação do meu pai.

Geralmente não nos vemos às sextas e aos sábados, porque ele está ocupado com o trabalho e eu nunca fui a um jogo do time. Ironicamente, Mia já, alguns dos nossos amigos costumam ir e sempre nos convidam. Meu pai também vive me chamando. Ele reservou permanentemente dois assentos logo atrás do banco dos McKee para mim. A última vez que o observei na posição de técnico foi em seu último jogo no Arizona State, e isso aconteceu há três anos.

— Oi — digo, desconfiada. — Tudo certo?

— Você foi para Haverhill ontem à noite?

Sinto meu estômago embrulhar.

— Como você sabe?

— Essas festas são para veteranos, joaninha.

— Sei me virar numa festa fora do campus.

— Você não sabe quem frequenta esse tipo de lugar.

Engulo em seco enquanto mexo no cabelo.

— Apenas outros estudantes. Quem te contou, pai? Você prometeu não ficar bisbilhotando minhas redes sociais.

— Eu sei — diz ele. — Eu não olhei, um dos caras do time mencionou que você estava lá.

— Então agora estou sendo vigiada pelos seus jogadores?

Meu pai suspira profundamente.

— Penelope, eu só queria ter certeza de que está tudo bem. Que está focada nas coisas certas. Você precisa se concentrar nos estudos, e não zanzar por aí pelas festas no campus. Pensei que já tivéssemos passado dessa fase.

— Ir a uma festa não significa que não estou sendo uma boa aluna, pai.

— Só não quero que cometa os mesmos erros do passado.

— Não — respondo. — Está sendo injusto e sabe disso. Quantos jogadores saíram para comemorar a vitória ontem à noite? Se isso é bom para eles, mas terrível para mim, você não é diferente dos pais de Preston e todo mundo.

Eu desligo. Assim que encerro a ligação, coloco meu celular de volta na bolsa e afundo a cabeça entre meus braços. Esta é a razão pela qual é melhor que ele não se envolva na minha vida fora os estudos: sempre acabamos discutindo. Ele não é tão ruim quanto Traci Biller, porque, até onde eu sei, meu pai nunca me chamou de "vagabunda manipuladora", mas não consegui me segurar.

Odeio quando ele traz o meu passado à tona, especialmente porque me esforcei demais para seguir em frente. Ele continua me dizendo que sabe que mudei, mas como posso acreditar nisso se coisas assim continuam acontecendo?

Pelo que parece ser a milionésima vez, meu peito dói como se alguém tivesse enfiado uma faca enferrujada bem no centro. Sinto falta da minha mãe. Sinto falta da família que tive. Quando ela morreu, meu pai mergulhou tão profundamente na dor que eu mal o via. Éramos nós três, e, de repente, a cola que nos mantinha unidos desapareceu, e ele não segurou as pontas. Ir a festas e ficar bêbada, matar aulas e treinos para sair com Preston e seus amigos, agir como se nada importasse era melhor do que voltar para uma casa vazia. Meu pai vivia dormindo em seu escritório. Eu paguei o preço por isso, mas, de certa forma, sinto que ainda estou pagando.

Alguém coloca a mão no meu ombro. Olho para cima, assustada, mas é apenas Mia me oferecendo um café.

— Obrigada — digo e enxugo os olhos rapidamente.

— Química é tão ruim assim? — pergunta ela, brincando, enquanto puxa outra poltrona. — Ou espera aí, eu por acaso preciso acabar com a raça de Cooper Callahan?

Balanço a cabeça, com um sorriso no rosto, apesar de tudo.

— Tenho certeza de que ele ganharia essa.

— Pode apostar que não. Eu sairia vitoriosa. Ia pular nas costas dele e arrancar seus olhos.

— Por mais divertido que seja imaginar isso, foi só uma conversa estúpida com meu pai — digo.

Ela tira o notebook da bolsa, depois um marca-texto e um monte de artigos que certamente precisam ser resumidos.

— Está tudo bem?

Mordo o lábio. Falar sobre Cooper, mesmo que ele tenha me rejeitado, é muito melhor do que entrar na história da briga com meu pai, então respondo:

— Vi Cooper ontem à noite. Ajudei a levar a irmã dele para casa e então... ele foi comigo até o dormitório.

Mia levanta as sobrancelhas. Embora eu tenha certeza de que ela está de ressaca, percebo que passou maquiagem. Eu até apliquei o meu rímel de sempre, mas não consegui colocar nada além disso no rosto.

— O que aconteceu com aquele outro cara que estava com você na festa?

Conto toda a história para ela, desde a situação do vômito até o momento em que empurrei Cooper para fora do quarto. No final, noto que estou corada. Não é como se eu tivesse convidado Cooper para sair. Ofereci sexo sem compromisso, um repeteco, e ele recusou. O que há de errado comigo que não consigo convencer um cara cujo nome do meio é praticamente "casual" a me levar para cama? Patético.

— Interessante — diz Mia.

Olho para ela.

— Só tem isso a dizer? Conto essa história toda e você dá uma de sr. Spock?

— Ele não diz "fascinante"? Tipo, "que observação fascinante, capitão Kirk"?

— Que seja.

Mia bate o marca-texto em seu notebook.

— Você realmente disse que nunca namoraria com ele?

— Não com essas palavras. — Suspiro. — Além disso, não é como se ele fosse namorar comigo. Cooper nem quer transar comigo de novo.

— E daí? Isso deve ter doído, Pen. Quer dizer, é bom ser direta em relação às suas intenções, mas não dá para culpá-lo se ele se sentir um pouco magoado. Homens ficam sempre na defensiva quando se sentem menosprezados.

— Foi você quem me incentivou a fazer isso — digo. — Você me disse que eu deveria avançar na lista.

— Sim, mas, se for usar alguém, não jogue isso na cara da pessoa. — Ela se recosta, colocando os pés em cima da mesa e cruzando os tornozelos. Pelo menos não estamos em uma das antigas mesas de nogueira no centro da Sala de Leitura. O bibliotecário olha feio para qualquer um que coloque a mochila em cima delas. — Não pode culpá-lo se ele não quiser ser um brinquedo sexual ambulante.

— Não foi isso que eu disse — murmuro. — Além disso, eu não queria usá-lo, Cooper também sairia ganhando. Ele joga melhor quando transa com frequência e precisa de um bom desempenho para ser nomeado capitão do time.

— Fascinante — comenta Mia de propósito.

Eu me inclino e cutuco sua bochecha. Ela mostra a língua para mim, e caímos na risada. Depois de uma longa pausa, digo:

— Realmente acha que insultei a masculinidade dele ou algo do tipo?

— Talvez. Talvez ele esteja querendo uma namorada. Vai saber.

— Ele me disse que eu devia arranjar um namorado. Ou melhor, um cara legal para me levar para sair. Mesmo que eu tenha explicado...

— Aaah — interrompe-me ela, com os olhos arregalados. — Espera, isso muda tudo.

— Por quê?

— Ele não aceitou porque acha que você é boa demais pra isso. Cooper não está irritado, Pen, ele está sendo protetor.

Eu bufo.

— Como é que é?

— Ele está tentando te proteger dele. Não quer ser o lobo mau desonrando a Chapeuzinho Vermelho.

— Pra começar, eca. E essa é a coisa mais estúpida que já ouvi.

Mia dá de ombros enquanto toma um gole de café.

— Homens têm essa mania mesmo. Você precisa deixar mais claro que não precisa de proteção, e sim de uma boa foda. Se estiver decidida, lógico.

Suspiro, espiando o meu celular. O jogo de hoje, o segundo contra o colégio de Boston, começa em menos de uma hora. A coisa mais inteligente a fazer seria esquecê-lo, exceto nos dias em que somos forçados a trabalhar juntos, e ser mais criteriosa ao escolher caras para ficar enquanto tento zerar a minha lista. Há muitos homens por aí que não são pretensiosos como Alfred, ou ligados ao meu pai, como Cooper.

Mas, a julgar pela maneira como meu corpo reage só com a mera lembrança de Cooper, nenhum deles me daria a experiência que desejo. Será que é possível sermos almas gêmeas apenas no sexo?

Se eu for ao jogo, posso matar dois coelhos com uma cajadada só. Acalmo as coisas com meu pai e deixo claro para Cooper que sei o que quero. Não espero usá-lo e colocá-lo em risco, e sim que sejamos amigos com benefícios. Nós dois colheremos os frutos desse acordo. Ele pode rir da minha cara depois de ouvir a proposta, mas preciso ao menos tentar.

— Beleza — respondo. — O que acha de ir ao jogo comigo?

16

COOPER

Já se passaram dois tempos de jogo, e o desempenho da equipe está vergonhoso.

Pulo do banco e patino no gelo durante o que será minha última movimentação deste tempo. Estamos perdendo por dois pontos, e podia até ser mais, mas Remmy intensificou as defesas, e nós apertamos a marcação no time de Boston. Tenho certeza de que devem estar irritados com a derrota de ontem e vieram com mais força e velocidade. Estamos tentando correr atrás do tempo perdido, e, quanto mais o jogo dura, pior é meu desempenho. O último gol do adversário aconteceu porque interpretei mal um passe. Foi um erro ridículo e custou caro

Executamos um bom *forecheck* e recuperamos o disco. Evan passa para Mickey, que passa para Brandon. Ele faz uma tentativa de pontuação, mas o goleiro do BC alcança o disco com a luva. O tempo passa, e, antes de chutarmos ao gol novamente, começa o intervalo. Balanço a cabeça, secando o rosto com a manga da blusa. Qualquer impulso que tive durante o jogo de ontem foi dissipado por completo. Preciso retomar meu foco no próximo tempo.

Não apenas para virar o jogo, mas para manter a energia de todos lá em cima. Minha performance na pista é importante, mas um excelente capitão não lidera apenas pelo exemplo. Ele inspira os caras a darem o máximo de si também. Se eu entrar no vestiário cheio de frustração, isso vai influenciar os outros jogadores do time, especialmente os calouros. E, quanto melhor estiver o nosso psicológico, melhor jogaremos.

Os gritos e incentivos da multidão ecoam pela arena enquanto patinamos até o banco. Embora haja um jogo de futebol americano esta tarde, a arquibancada está lotada de estudantes e torcedores. De todo modo, o time de futebol americano não é tão bom como era quando James estava aqui, e sempre há muita emoção no início da temporada de hóquei.

No vestiário, aproveito o intervalo para me refrescar, me hidratar e respirar um pouco. O técnico Ryder e seus assistentes conduzem uma rápida reunião para discutir os ajustes que podemos fazer no terceiro tempo para buscar uma vantagem. Para minha alegria, Brandon tira as luvas e dá um tapa em um calouro por causa de uma provocação, então o técnico olha para mim, esperando que eu, e não Brandon, diga algumas palavras de incentivo antes de voltarmos à pista.

— Só acaba quando termina — digo, olhando para o grupo. Eles estão tão suados e sem fôlego como eu, mas temos mais vinte minutos de jogo, e o hóquei é um esporte de resistência. Suas pernas conseguem aguentar o jogo inteiro? Você consegue aguentar mais que o seu oponente? Você consegue chegar ao seu limite e depois sustentar mais um pouco? Eu me endireito, batendo o taco no chão. — Precisamos focar e executar boas jogadas. Parece uma tarefa difícil, mas estamos perdendo apenas por dois gols e podemos ultrapassar essa diferença. Cada um de vocês tem mais um tempo pela frente, então vamos acabar logo com isso.

Quando saímos do túnel, o técnico Ryder está parado nos esperando. E com sua filha do lado. Paro no lugar, quase colidindo com Remmy. O técnico está com o braço em volta de Penny, que está usando um gorro de tricô roxo da McKee com um pompom na parte superior. De repente, minha boca parece seca. Nosso roxo contrasta bem com o cabelo dela, e o pompom acrescenta um nível de fofura quase indescritível. Tentei mantê-la fora da minha mente até este momento, mas, agora, cada segundo da noite passada me toma de novo.

— Obrigada, pai — fala Penny. — Foi mal, não quis esperar até o fim do jogo.

— Estou muito feliz por você finalmente ter vindo a uma partida — responde o técnico. Ele gesticula para eu me aproximar. — Callahan, olha quem se juntou a nós.

— Oi. Hum, que legal.

— Penny está confiante de que vamos dar a volta por cima — diz o técnico. — Não é, joaninha?

Ela tenta piscar, mas é mais como uma piscada exagerada na minha direção. Mordo o lábio para não rir. Não tenho ideia do porquê isso me parece tão cativante, mas faz com que minha frustração persistente evapore.

— Faça um gol para mim, Callahan. — Ela se inclina e beija o pai na bochecha, e então *me abraça* antes de voltar para as arquibancadas.

O técnico não deve ter percebido que estou tão atordoado como um urso com um tranquilizante na bunda, porque ele apenas bate no meu ombro e diz:

— Você a ouviu.

Consigo dar um sorriso que espero ser quase normal. Um abraço. O que isso significa?

— Não importa quem vai marcar, desde que a gente consiga.

O terceiro tempo passa num piscar de olhos, e logo estamos na contagem regressiva de cinco minutos.

Nós nos realinhamos como equipe, mas ainda estamos perdendo. Mas meu desempenho individual?

Estou indo com tudo.

A energia com a qual joguei durante a partida de ontem veio à tona assim que o novo tempo começou. É como se eu fosse um cavalo de corrida com antolhos. A multidão se transforma em ruído, imperceptível como o motor de um carro. Forço o outro time a cometer erros e a jogar de forma desleixada, não o contrário. Evan e eu somos como um par de ímãs, circulando um em torno do outro, perfeitamente sincronizados, e os caras da Boston têm dificuldade em passar pela zona neutra e, pior ainda, em alcançar Remmy para uma tentativa de gol. Eu não marco, mas um passe meu para Brandon ajuda no nosso segundo gol e, quando comemoramos juntos, ele me dá os créditos da assistência sem ser de uma forma arrogante.

E, enquanto tudo isso acontece, estou ciente de uma coisa.

Penny.

Nem sei como não a notei antes, pois, agora que sei que está aqui, ela é a única pessoa que vejo na arquibancada. Ela está torcendo, batendo palmas e se levantando para gritar sempre que o apito soa. Se havia alguma dúvida de que é filha do técnico Ryder — e entende de hóquei —, isso ficou no passado após os minutos iniciais desse terceiro tempo. Penny está sentada com alguns amigos em frente aos bancos, então sempre que consigo respirar, meu olhar vai direto para ela.

Dou tudo de mim no último tempo do jogo, forçando mais uma reviravolta, mas não conseguimos fazer um gol. O jogo terminou em 3 a 2, mas, de alguma forma, eu me sinto ainda melhor do que depois da vitória de ontem.

Quando termino de me trocar no vestiário, coloco minha bolsa no ombro e saio às pressas para o corredor.

Penny está me esperando, como eu torci para que estivesse, com as mãos enfiadas nos bolsos enquanto apoia as costas na parede. Antes de puxá-la para um canto, olho ao redor para ter certeza de que o pai dela não está por perto. Quando ela me abraça de novo, sinto cheiro de lavanda. Ela dá um passo para trás, ajustando o gorro enquanto sorri para mim.

— Dois abraços, ruiva? Estou começando a achar que você gosta de mim.

Há um brilho determinado em seus olhos. É como se tivéssemos voltado para a noite passada, e, do mesmo jeito que aconteceu ontem, meu corpo não consegue parar de reagir. Não há nada especialmente sexy na roupa dela, e estou muito dolorido por causa do jogo, além de precisar de um banho gelado, mas meu pau está latejando de desejo.

Por que eu disse não à proposta dela, mesmo? Claramente, meu eu do passado foi um grande idiota.

— Olha, precisamos conversar — diz ela. — Você conhece esse lugar melhor do que eu. Pra onde a gente pode ir?

17

PENNY

Cooper não me leva para nenhum almoxarifado. Em vez disso, saímos pelos fundos e nos acomodamos em seu carro. Quando ele nota que estou tremendo, liga o aquecedor, recostando-se no banco do motorista e me lançando um olhar que diz claramente que preciso começar a falar, porque a paciência dele já está se esgotando.

Entrelaço meus dedos.

— Eu não preciso que você me proteja.

Ele pisca, hesitando por um instante.

— Como assim?

— Não preciso que tente me proteger de você. Você não vai partir meu coração, Callahan. — Eu me inclino para a frente. Estar na cabine de uma picape velha com Cooper deixa bem evidente quão grande ele é. Mesmo por baixo do moletom, seus ombros são tão largos que parece que está usando os protetores, e sua calça jeans escura ressalta as coxas musculosas. A lateral de seu pescoço me parece digna de uma lambida. Se ele me rejeitar de novo, além de conviver com o constrangimento, vou passar muito tempo tentando, e provavelmente falhando, tirar esse cara das minhas fantasias. — Eu sei o que quero.

Ele levanta as sobrancelhas.

— Eu não sei, ruiva. Acho que está subestimando meu charme.

— Ou talvez você é que esteja superestimando — respondo. — Olha, se você não me quer, é só dizer. Eu vou superar. Mas, se disse não ontem à noite porque quer me proteger contra tudo o que acha que vai acontecer, você não está me ouvindo. Eu não estou em busca de um relacionamento agora. Só quero explorar um pouco.

— E isso é ótimo, mas não muda o fato de que seu pai é meu técnico. — Cooper tira o boné virado para trás e o coloca no painel, passando a mão pelos cabelos.

Umedeço meus lábios. Suas mãos são tão grandes. Quando foi que fiquei tão desesperada a ponto de um belo par de mãos me deixar com tesão?

— Ele não vai descobrir. — Dou uma risadinha. — E, vai por mim: caso ele descubra, não vai pensar duas vezes antes de acreditar que foi tudo ideia minha, e que você apenas concordou.

— Por quê?

Sorrio com ironia.

— Não importa. O que foi, então? Eu mandei tão mal assim?

A risada que ele solta me assusta.

— Meu bem, a única coisa ruim naquele dia foi o fato de ter acabado — responde ele em um tom baixo que me deixa excitada. — Eu poderia passar uma eternidade com você naquele almoxarifado, mesmo com a poeira e tudo.

Ignorar o frio na minha barriga está exigindo um esforço e tanto.

— Então me ajude com minha lista. — Eu me aproximo dele e coloco minha mão em sua coxa. Seu olhar acompanha meus movimentos. Engulo o nervosismo e pressiono meus lábios em seu queixo. Perto da boca, mas não o suficiente para ser considerado um beijo. — Continue relaxado e jogando bem enquanto se diverte comigo. Me deixa ser boa para você.

Cooper coloca a mão no meu cabelo e me puxa para um beijo do tipo que me deixa sem fôlego, contorcendo os dedos dos pés. Ele morde meu lábio inferior, prolongando a fricção antes de se afastar.

— Uma troca de favores?

— Amigos. — Eu o beijo de novo; Cooper se atrapalha com o controle do assento e o empurra para trás, o que me dá espaço suficiente para sentar em seu colo. — Amigos que transam.

— Isso é perigoso — murmura ele. — Você está brincando com fogo, ruiva.

— Você gosta disso, não é?

— Não posso negar.

Cooper pega minha mão, pressionando-a contra a protuberância em sua calça jeans para enfatizar sua resposta. Ele está duro como uma rocha. Sorrio, dando outro beijo em seus lábios enquanto massageio seu pênis através do tecido. Sua respiração falha, fazendo meu interior pulsar. É bom saber que também provoco um efeito nele; que, mesmo Cooper tendo toda a experiência, eu tenho meu próprio tipo de poder.

— O que me diz?

Ele passa o polegar pela minha bochecha.

— Tudo bem — concorda. — Amigos com benefícios.

— Amigos com uma programação.

— Você é bem organizada.

Mordo meu lábio de propósito enquanto continuo acariciando seu volume por cima da calça.

— Você sabe o que vem a seguir.

Ele acaricia meu lábio inferior. Abro a boca, mordendo seu polegar. Primeiro em um almoxarifado, agora em uma picape. Não é o lugar perfeito, mas é exatamente como eu quero.

— Aqui? — pergunta ele.

Brinco com o botão da calça dele. Alguém poderia passar e nos ver, mas estamos em um canto tranquilo do terreno.

— Por que não?

Cooper agarra meu pulso, imobilizando minha mão. Quando ele fala, sua voz é mais rouca. Quase tremo com a intensidade do seu olhar. Eu me sinto exposta, mesmo ainda estando agasalhada, como se ele tivesse acabado de rasgar minha roupa!

— Vamos para o banco de trás. Quero ver seus peitos.

Pulo para o banco de trás e puxo meu gorro e o suéter, jogando ambos de lado, e tirando minhas botas. Estou usando um dos meus sutiãs mais bonitos; é azul-claro como a calcinha que ele elogiou da última vez. Agora, tremo de verdade. Mesmo com o aquecedor ligado, não está exatamente ameno aqui. Cooper se junta a mim no banco de trás, sem camisa também, e me para quando estendo a mão para abrir o sutiã.

— Porra — respira. Ele puxa meus mamilos endurecidos através da renda e me arranca um gemido. — Seus peitos são tão lindos. Fiquei imaginando como seriam, ruiva.

Eu me inclino para ele, estendendo a mão para traçar seu peitoral. Cooper tem algumas tatuagens; a espada detalhada que notei antes, além de uma representação artística de um nó celta sobre seu coração. Quero traçar as linhas pretas grossas com minha língua. Ele continua me provocando através do tecido antes de simplesmente puxar meus seios para fora do sutiã, em vez de tirar a peça toda. Solto um gemido quando suas mãos grandes e ásperas seguram cada um e os apertam. Ele me beija, passando a língua na minha.

— Sua calcinha combina? — pergunta enquanto se afasta. — Você me parece esse tipo de garota.

Desabotoo minha calça jeans e a puxo pelas coxas. Ele me ajuda a tirá-la por completo e me sento no assento de couro apenas com um pequeno pedaço de tecido molhado. Azul-escuro desta vez. Cooper esfrega o nó dos dedos na frente da minha calcinha.

— Bonita.

Respiro fundo enquanto tento dar um sorriso sedutor.

— Você disse que eu ficava bem de azul.

— Sim. — Ele me beija com força. — Você realmente quer me chupar, linda?

Passo as unhas no abdome dele.

— Me fala como você gosta.

Ele abaixa a calça jeans e a boxer preta para libertar seu pau. Parece ainda maior do que eu me lembrava, com pelos escuros e aparados na base e a cabeça avermelhada e coberta de pré-gozo. Umedeço os lábios, o que faz com que ele solte um gemido. Cooper me puxa para perto, para outro beijo, com a mão espalmada na minha bunda.

— Tira a minha calcinha — sussurro. — Ela está encharcada.

Ele a tira, arrastando-a pela minha bunda.

— Tão gulosa — diz ele. — Só a ideia de me provar já te deixa assim tão excitada e ansiosa?

As palavras saem dos meus lábios enquanto pego seu pau na mão, com o toque sensual que me lembro da última vez.

— Quero engolir tudo.

— Caralho. — Cooper puxa meu cabelo até eu deslizar para baixo, então meu rosto fica bem perto do seu pau. — Explore um pouco, ruiva. Não tenha pressa.

Começo pela cabeça e estremeço ao sentir as unhas de Cooper no meu couro cabeludo. Até a cabeça parece grande na minha boca, é macia como veludo e tem um gosto salgado. Lambo o líquido, depois movo a língua pela veia que se revela no pênis. Cooper segura meu cabelo com mais força.

— Isso — diz ele. — Continua.

Uso minha mão para firmar a base enquanto passo minha boca sobre ele, alternando entre beijos e lambidas. Olho para cima; os olhos de Cooper estão semicerrados, seu pomo de adão se move enquanto ele engole em seco. Eu o mordo sem querer, e ele estremece, mas, meio segundo depois, volta a se mover contra mim.

— Use mais os lábios — murmura enquanto acaricia meu cabelo. — Se quiser me chupar, coloca tudo na sua boca bem devagar. Respira pelo nariz.

Eu quero isso, quero senti-lo na minha garganta. Minhas coxas se contraem só de pensar nisso, estou desesperada por um pouco de contato. No momento em que ele me tocar lá, sei que vou gozar. Nossas posições, sua voz áspera e calma, o jeito que ele prende meu cabelo em volta do punho... tudo contribui para me deixar o mais perto do limite que já estive sem contato direto. Aperto suas bolas com suavidade; estão tensas e claramente doloridas porque ele geme. Seus quadris se movem levemente, empurrando o primeiro centímetro de seu pau em minha boca. Eu o chupo, saboreando. Percebo que ele está tremendo, que está se concentrando para não gozar. Ele poderia facilmente empurrar tudo para dentro e me fazer lidar com isso, mas está se controlando, está me deixando definir o ritmo. Eu o recompenso tomando mais um centímetro, depois outro, sugando levemente enquanto respiro pelo nariz. Não estou nem na metade e já consigo senti-lo profundamente.

— Ruiva — chama ele com a voz embargada.

Subo e desço a cabeça e faço movimentos suaves enquanto chupo. Ele não consegue evitar e empurra o pau mais fundo na minha garganta, mas eu dou conta, do jeito que sempre imaginei que faria, do jeito que fantasiei durante anos, do jeito que pratiquei com meus brinquedos sexuais. Em pouco tempo, Cooper está segurando meu queixo, murmurando que está quase chegando lá. Eu me afasto um pouco, mas apenas o suficiente para sentir o gosto de Cooper na minha língua quando ele chega ao clímax. Engulo, lambendo-o suavemente, fechando os olhos por um longo momento enquanto respiro. Ele continua passando a mão no meu cabelo.

De repente, ele me puxa para cima. O gozo cobre minha boca e meu queixo, mas ele me beija mesmo assim enquanto passa as mãos pelos meus seios e minha barriga, pousando em meus quadris. Sinto uma onda de timidez me invadir quando Cooper se afasta e me vejo incapaz de encará-lo. Ele levanta o meu queixo e me beija suavemente nos lábios.

— Eu me saí bem? — pergunto. Minha voz falha um pouco. Todo o meu corpo parece uma vela de ignição, pronta para ganhar vida.

— Bem pra caralho — responde. O calor floresce em meu peito com suas palavras e direto para o espaço entre as minhas pernas quando ele me abre, esfregando meu clitóris até eu choramingar suavemente contra seu ombro. Eu o sinto dar um beijo na minha cabeça enquanto ele me excita. As sensações são deliciosas, mas suas palavras me deixam tão louca que é muito difícil controlar. — Goza pra mim, meu bem.

Eu estremeço. Se pensei que gozei com força quando ele me fez um oral, é porque não sabia que isso seria dez vezes mais intenso. Minha visão é tomada por estrelas enquanto minha boceta se contrai quase dolorosamente. Estou tão sensível que tento me desviar do seu toque, mas Cooper passa a acariciar a parte interna da minha coxa.

O líquido cobre minha pele. Estou ofegante, ele também, e parece que estamos em uma cabana de suor, em vez de uma cabine de picape mal aquecida.

É meio estranho olhar para ele e ver as evidências do que fizemos juntos. Posso ver o desejo persistente em seus olhos. Seu peito subindo e descendo rápido. Posso sentir a marca de sua barba em minha boca e pescoço. Eu esperava constrangimento, mas me sinto completamente relaxada e, a julgar pela frouxidão de seu corpo, Cooper sente o mesmo.

Sei que isso não vai levar a nada sério, mas, por um momento — meio segundo, na verdade —, eu me permito fingir que vai.

18
COOPER

Escrevo as últimas frases da minha redação, fecho o caderno azul e relaxo na cadeira. Eu me sinto exausto depois de passar uma hora escrevendo freneticamente sobre o gótico em *Jane Eyre* e, embora haja um milhão de outras coisas nas quais preciso me concentrar, como os trabalhos da faculdade e os treinos, só quero pensar em Penny.

De novo.

Todo mundo fica assim, pensando em suas ficantes o tempo todo? Não estou acostumado a ter uma mulher na cabeça. Temos trocado mensagens sem parar, e isso é quase mais estranho do que ter uma transa fixa. Ela é adoravelmente tagarela, fica me enviando links de testes do BuzzFeed, me conta sempre que faz carinho em um animal e comenta o que está acontecendo em *The Americans*, uma série que está assistindo com Mia, sua colega de quarto. Eu poderia dizer que Penny está apenas se esforçando para garantir que vamos nos manter firmes na categoria "amigos", se não fosse pela forma como ela age quando estamos na mesma sala. Transamos algumas vezes na última semana e meia, e tem sido memorável. Eu a comi em uma sala de aula antiga no subsolo, quando nos encontramos depois da aula, e, quando fui ao seu dormitório ontem à noite, ela me chupou de novo — de joelhos, parecendo um anjo com sua camisola branca.

No começo, tentei trocar mensagens de texto safadas, mas não parece ser do feitio dela; quando ela está a fim e quer me encontrar, apenas me manda um sinal de interrogação, seguido de exclamação. Cheguei ao ponto de sentir o coração acelerar só ao receber ou enviar aquele "?!". Foi isso que me fez encontrá-la ontem à noite, e, assim que fechei a porta do quarto dela, ela veio pra cima de mim, murmurando:

— Quero que sua mão aperte meu pescoço como um colar.

Deixei que ela ditasse o ritmo, mas, no fim, ela estava me implorando para foder seu rosto, então apertei seu pescoço o suficiente para que lágrimas brotassem em seus olhos.

O alívio do estresse violento tem ajudado. Estive afiado durante os treinos, e vencemos na prorrogação em um dos jogos fora de casa do fim de semana passado. Depois de uma reviravolta que deveria ter parecido terrivelmente estranha, mas que me deixou obstinado, o técnico me disse ontem que tem notado a melhora no meu desempenho e meu controle no gelo.

Se ao menos ele soubesse de onde vem meu foco.

Entrego minha redação e saio do prédio, puxando o celular do bolso. Há uma mensagem de Pen me esperando, e, antes mesmo de clicar, já estou sorrindo. Amanhã vou vê-la na aula de patinação e já a convidei para ir à minha casa. Podemos pedir uma pizza e estudar juntos, depois trocar nossos livros pela minha cama... Parece que vai ser uma ótima noite.

PENNY RUIVA

Fiz carinho em um gato de coleira!!!

Me mande fotos ou nunca aconteceu

Para minha surpresa, Penny me envia imediatamente uma foto de si mesma agachada na calçada, acariciando um gato com uma coleira. O gato é fofo, preto com grandes olhos amarelos, mas só passo o olho nele e então começo a analisá-la. Seu cabelo está preso em uma trança grossa e ela usa um gorro de tricô na cabeça. Por baixo do casaco, posso ver que está com uma blusa preta, felpuda e de gola alta. Penny combina tanto com o outono de Nova York que é difícil imaginá-la como nativa do Arizona, mas, quando conversamos pelo celular alguns dias atrás, ela me fez chorar de tanto rir contando sobre a vez em que um lagarto entrou furtivamente em seu patins e engatou uma viagem de Tempe até Salt Lake para uma competição de patinação artística.

Eu subestimei você, ruiva

Não brinco quando animais fofos estão envolvidos

> Falando em fofura... ?!

Você não vale nada

> Mandei muito mal na prova de química. Me ajuda a esquecer isso?

Queria, mas seu pai nos chamou para treinos extras.

> Aff

> Manda um oi pra ele

> Brincadeira, brincadeira

Repito: você não vale nada

    Embora eu pudesse aproveitar o tempo livre para colocar as leituras do seminário sobre Milton em dia, vou para o rinque. Não temos costume de treinar às terças-feiras, mas o técnico Ryder e sua equipe montaram algumas formações novas e precisamos nos preparar para o próximo jogo fora de casa, desta vez em New Hampshire. Cheguei um pouco adiantado, então coloco um short esportivo e uma camiseta leve e vou correr na esteira.

    Depois de alguns minutos, Brandon sobe na esteira ao meu lado. Dou um aceno em sua direção, mas ele responde apenas com um olhar duro antes de começar o aquecimento. Passamos um bom tempo em silêncio, correndo lado a lado. Se Evan estivesse comigo, essa seria uma competição divertida, cantando Foo Fighters juntos. Se fosse Jean, seria um silêncio confortável enquanto ouvíamos Led Zeppelin. Com Brandon é uma tortura e nenhuma música pode me salvar.

Embora eu não tenha feito nada além de tentar ser um bom companheiro de time e líder, Brandon parece determinado a me odiar. Nunca fomos muito próximos nem nada, mas, antes de essa competição começar, costumávamos conversar nas festas do time, jogávamos beer pong juntos, esse tipo de coisa. No último Ano-Novo, passei o fim de semana na casa de lago dos pais dele, em Michigan, e até fiquei com a prima mais velha dele — uma gostosa chamada Amanda, que queria uma experiência memorável antes de uma temporada com os Médicos Sem Fronteiras. Não precisamos ser melhores amigos, mas agir com indiferença é exaustivo.

— Olha — digo, finalmente, porque estamos prestes a entrar no gelo e não haverá muita oportunidade para conversar depois —, só me diz o que posso fazer para que você pare com essa merda.

Ele passa uma toalha na testa.

— Você sabe.

Sei o que ele quer, mas ainda me surpreendo ao ouvi-lo ser tão ousado.

— Sem ser isso.

Brandon dá de ombros.

— Eu não te devo nada fora da pista. Se quer um amigo, é melhor ficar com sua galera e eu fico com a minha.

— Não vou dizer ao técnico que não me nomeie capitão para não ferir seus frágeis sentimentos.

Ele para a esteira de repente, com o peito arfando. Está corado, uma gota de suor escorre do cabelo loiro encharcado e grudado na testa até sua bochecha.

— Você tem mais um ano. Está só no terceiro ano ainda, Callahan. E terá uma chance na liga para garantir toda a validação que busca de seu pai.

Eu apenas o encaro de volta; não quero dar a ele a satisfação de saber que me atingiu em um ponto sensível.

— E daí?

— Esta é minha última temporada jogando hóquei. Isso faz parte da minha vida desde que me entendo por gente, e, daqui a um ano, sabe onde estarei? — Ele ri brevemente, enrolando a toalha nos ombros. — Preso na porra de um escritório, administrando estoques.

— Você poderia ter entrado no *draft*. Ou pode tentar entrar em algum lugar após a formatura. A AHL, ou algum time na Europa.

— Você não é o único que tem um pai durão. — Ele reúne suas coisas. — Eu não vou parar de lutar pelo posto de capitão. Este é o meu ano. Eu sou o centro, e sou veterano. Você é apenas um defensor do terceiro ano que dá um soco em alguém toda vez que escuta algo de que não gosta.

— Sério, Finau?

Ele se aproxima ainda mais, e me faz querer recuar, mas me mantenho firme.

— Diga ao técnico que vai desistir — diz ele com a voz fingidamente baixa.

— Ah, aí está você — diz Evan da porta. — Vamos, Coop, precisamos começar. Como vai, Fins?

— Tudo bem — responde Brandon, ainda me encarando.

Eu apenas o encaro de volta, porque sem chance de eu fazer isso por ele em nome de justiça, ou seja lá o que Brandon pensa que é. Depois de um instante, ele se afasta.

Evan o observa sair do ginásio antes de se virar para mim.

— Ele continua irritado com o lance de não ser o capitão do time?

— Nada foi decidido ainda. — Pego minha garrafa de água e tomo um longo gole. — Ele só está sendo um grande idiota.

— Ele percebeu que Ryder está quase decidido.

Pego minha bolsa e o sigo até a porta.

— Talvez esteja. Ou talvez ele só mande nós dois à merda.

Evan é um bom amigo por vários motivos, mas o principal deles é sua capacidade de mudar de assunto com tato quando parece que a conversa está prestes a descambar. Ele bate no meu ombro.

— Quer ir para minha casa mais tarde? Podemos pedir comida naquele restaurante tailandês em Westbrook. Remmy anda querendo desafiar Hunter em uma nova missão em *Call of Duty*.

Hunter é um dos companheiros de equipe de Seb, e, graças a nós dois, os times de hóquei e de beisebol ficaram unidos. No ano passado, fizemos amizade com a galera do futebol americano, graças ao James, mas não aconteceu o mesmo este ano. Eu deveria estudar antes de me encontrar com Penny amanhã, pois duvido muito que me concentre nas lições enquanto estiver com ela. Estudar Milton ou jogar *Call of Duty*? Quero me dedicar aos estudos, mas a ideia de passar uma noite relaxando com meus companheiros de time parece boa demais para deixar passar. Enquanto eles estiverem dormindo durante o trajeto para New Hampshire, vou focar na leitura de *Areopagitica*, mas vai valer a pena.

— Claro, vamos nessa.

19
PENNY

5 de outubro

> Você prefere viver no mundo de Star Trek ou de Star Wars?

CALLAHAN
> Bom dia para você também, ruiva

> Sei lá, eu tava pensando nisso ontem à noite

> Chuta

> Star Trek?

> Não. Eu sou um cara mais da fantasia

> Mas são basicamente a mesma coisa

... ruiva

Não

???

Star Trek é ficção científica. Star Wars é ópera espacial. Totalmente diferentes

Bem, eu escolhi Star Wars porque queria poder abraçar o Chewie

E dar uns pegas no Han Solo

Você ficaria linda com as tranças da Leia

Pode ser minha fantasia de Halloween?

6 de outubro

CALLAHAN

Espera, então você escreveu um livro inteiro?

Não exatamente

Acho que estou na metade. Mas eu já escrevi formatos curtos, como fanfics

Isso é legal pra caramba, ruiva

> É... bem, será mesmo legal se eu conseguir terminar algum dia

Foi o que ela disse

> Não

:)

Do que se trata?

> Você vai rir

Não vou, não

> ?!

... Tudo bem

> Oba <3

Mas eu vou arrancar essa informação de você em algum momento

Você é tagarela

> Não sou NÃO

7 de outubro

CALLAHAN

?!

Aff, tá

Finja quanto quiser, mas você estava prestes a perguntar. Eu posso sentir isso

... posso ou não estar no ônibus para a cidade

Arrá, eu sabia

Você tem jogo em New Hampshire no fim de semana, eu só estava sendo proativa

10 de outubro

Tenho uma pergunta

CALLAHAN

Sim?

Nosso ?! é exclusivo, né?

Percebi que só presumi que sim

Tudo bem se não for

Com certeza é

De que outra forma eu manteria o foco em suas sexperiências?

Callahan, por favor

Ah, qual foi. Essa me deixou orgulhoso

Você é um bobão no off, sabia?

Definitivamente não só no off, querida

Mas é óbvio que você gosta, então quem é a bobona aqui?

20

PENNY

Enquanto meus alunos praticam sozinhos de novo, dando impulso no meio da pista de gelo com a força dos próprios corpos, em vez de usar as laterais, patino em volta deles. Tirando algumas quedas, eles estão se equilibrando bem, rindo enquanto patinam de um cone laranja até o outro. Isso me lembra de quando aprendi a patinar com minha mãe. Meus pais tiveram uma história de amor bem clichê, e tudo começou em uma pista de gelo como esta. Esbarraram-se durante uma rodada gratuita de patinação no Boston Common Frog Pond. Minha mãe estava com suas amigas; meu pai estava com os amigos dele, e os dois abandonaram seus respectivos grupos para comprar chocolate quente. Minha mãe costumava contar que soube logo de cara que meu pai era jogador de hóquei e que não queria se envolver, e ele percebeu que ela era patinadora artística e presumiu que seria arrogante, mas, enquanto o chocolate quente esfriava, eles fizeram planos para um encontro de verdade e nunca se arrependeram.

Encontro o olhar de Cooper. Ele está do outro lado do gelo, conversando com Ryan. O menino está com a blusa dos Capitals de novo e um gorro de tricô que cobre boa parte de sua testa. Ele está agitando os braços enquanto fala, e a risada de Cooper ecoa em resposta. Não me preocupo em esconder meu sorriso. Aqui estou eu, com meu próprio jogador de hóquei, embora o amor não faça parte do jogo.

Desde que ficamos no carro dele, estou nas nuvens. Não me sinto tão bem desde que a dra. Faber finalmente me prescreveu escitalopram depois de tentar três outros medicamentos ansiolíticos. Posso ter falhado no teste de química e ter uma pilha de trabalhos para terminar, mas tenho um novo amigo, e esse combinado casual, sexy e divertido é exatamente do que eu precisava. Cooper sabe como me tocar e, a julgar pelo seu comportamento relaxado, estou fazendo um bom trabalho também.

Antes dele, nunca me senti verdadeiramente sexy. Quando um cara me dá atenção, sinto que está me objetificando, não me desejando. Mas com Cooper? Ele está a dez metros de distância e consigo sentir o desejo em seus olhos. Fiz questão de gastar um tempo para me maquiar e escolher uma boa combinação de roupas antes de vir para o rinque. Estou usando polainas rosa, legging preta e um suéter rosa justo. Isso tudo combinado com minha trança grossa, minhas argolas e meu colar de ouro com pingentes fofos. Sou a personificação do sonho erótico de um jogador de hóquei. Assim que terminarmos a aula, patino até ele para beijá-lo.

Cooper chega antes de mim, quase colidindo comigo tamanha ansiedade.

— A mãe de Ryan vai matriculá-lo no hóquei — conta ele, passando os braços em volta da minha cintura e apertando. — Vou ali rapidinho conversar com ela, ok? Depois podemos sair daqui.

Ele levanta a mão enquanto patina até a saída.

— Senhora McNamara!

Mordo o interior da minha bochecha enquanto o sigo, observando-o bagunçar o cabelo de Ryan enquanto fala com a mãe, que está de uniforme; ela nos disse na semana passada que é enfermeira. Desamarro os patins, me despeço de algumas crianças que passam com seus responsáveis e esfrego o joelho dolorido.

Nikki me dá um sorriso enquanto passa. Ela está com roupa de treino e tem uma prancheta debaixo do braço; seus patinadores artísticos do segundo ano já devem estar chegando.

— Foi boa a aula?

— Eles estão pegando o jeito.

— Maravilha. — Ela olha para Cooper. — Parece que ele tem um talento natural com crianças. Acho que deveria trabalhar com um time de hóquei, você não acha?

A ideia é adorável, e Cooper provavelmente iria gostar, mas duvido que tenha tempo. Acho que está tão atrasado nos estudos quanto eu. Mesmo assim, quando ele se aproxima, comento:

— Você seria um ótimo técnico de hóquei.

— A mãe de Ryan perguntou se eu iria trabalhar com a equipe — diz ele enquanto se acomoda ao meu lado e puxa os cadarços dos patins. — Não conte ao seu pai, mas eu gostaria de fazer isso.

— Ele sabe que você gosta das aulas.

— Tenho certeza de que isso o deixa animado.

Coloco meus patins na bolsa e os troco por sapatos normais, um par de botas com um belo interior felpudo. As Uggs costumavam ser os sapatos especiais que eu só usava no rinque; caso contrário, eu ficaria com um par de chinelos, mas aqui tenho mais utilidades para elas.

— Ele está acostumado a ver os próprios planos dando certo. Meu pai é um gênio do mal nesse quesito.

Cooper muda de assunto:

— Pizza?

— Por Deus, sim, estou morrendo de fome. Vamos pedir na Annie's.

Caminhamos juntos até a saída.

— De jeito nenhum — diz ele enquanto segura a porta aberta para mim. — Annabelle's é o lugar certo para pedir pizza.

Paro no meio do caminho, mesmo que esteja chovendo levemente e eu já esteja tremendo. Quando Cooper me oferece sua jaqueta, eu a pego sem discutir e a jogo sobre os ombros. Eu deveria ter usado meu casaco de inverno, mesmo que ele me faça parecer uma nuvem disforme.

— Que calúnia, não vou tolerar isso. A borda da Annabelle's parece uma hóstia.

— E *isso* não é calúnia? O molho da Annie's tem gosto de lata velha e empoeirada.

Faço uma careta.

— Que rude. Vamos pedir na Annie's e acrescentar vegetais, além de uma salada *caesar*.

— Pizza vegetariana? Para, você só pode estar brincando comigo. Se vamos comer pizza, é melhor pedir com carne ou calabresa logo.

Estou na frente dele.

— Você é muito teimoso. Então peça duas pizzas, mas não se esqueça de pedir meus pães de alho.

21

PENNY

Quando chegamos à casa de Cooper, fica óbvio que fizemos a escolha certa ao comprar duas pizzas. Izzy desaparece escada acima com algumas fatias da vegetariana e uma taça de vinho, resmungando algo sobre um trabalho de inglês, e Cooper e Sebastian dividem a pizza de carne ao meio. Mordisco uma fatia, observando-os devorar a comida. Aparentemente, estou acompanhada de dois animais selvagens famintos, não de rapazes. Estamos numa cozinha surpreendentemente moderna; os puxadores dourados nos armários parecem obra de Izzy, já que, no pouco tempo em que a conheço, tive a sensação de que glamour é seu nome do meio. O cômodo se abre para uma área grande o suficiente para acomodar a mesa a que estamos sentados. A arquitetura é como a da casa do meu pai, que fica a apenas alguns quarteirões de distância, mas a parafernália relacionada ao trabalho toma conta da mesa da cozinha dele, enquanto um vaso de flores e um bongo pintado, que, segundo Sebastian, veio com a casa, decoram a de Cooper.

Sei que nosso plano inclui fazer o trabalho primeiro, e nós realmente deveríamos fazê-lo, mas não consigo parar de pensar em quanto gostaria de deslizar em seu colo e beijá-lo, com hálito de pizza e tudo. Não avançamos mais na lista, apesar de nos encontrarmos o tempo todo, mas eu gostaria de continuar. Não vou me sentir magicamente segura fazendo sexo vaginal de novo se não tentar mais nada antes.

— Só estou dizendo... — argumenta Sebastian enquanto pousa a lata de cerveja agora vazia; eles estão conversando sobre futebol americano enquanto fico olhando. — Se eles conseguirem passar por Dallas, serão os melhores.

Cooper bufa.

— Você diz isso como se fosse fácil. Eles estão atrás dos Cowboys, e James sabe disso, mesmo que seu desempenho esteja cada vez melhor. — Ele pega outra fatia de pizza e me encara. — Você assiste futebol americano, ruiva?

— Não. Mas meu pai e eu somos grandes fãs dos Lightning.

Cooper faz uma careta.

— Não dos Coyotes? Pensei que vocês fossem do Arizona.

— Meu pai trabalhou na equipe dos Lightning antes de ser técnico de times universitários.

— Ou talvez você só goste por causa de todas aquelas vitórias consecutivas em Copas Stanley.

— Talvez seja porque eu gosto dos jogadores. Pat Maroon tem uma barba espetacular.

Cooper fica boquiaberto.

— E eu não?

Apenas sorrio, fingindo refletir profundamente enquanto bato a unha no queixo.

— Vamos ver. Você torce pelos Islanders ou Rangers? Você é de Long Island, não pode torcer para os Sabres.

— Escolha com sabedoria, ruiva. Nossa próxima noite depende disso.

— Ah, é? — Eu me inclino sobre a mesa, chegando perto o suficiente para poder beijá-lo, mas paro logo antes de nossos lábios se tocarem. É divertido flertar sem motivo, não há pressão já que sei que somos apenas amigos. De todo modo, é uma boa prática de sedução. — O que você vai fazer?

— Pense naquela sua lista — murmura ele em meu ouvido. Estremeço ao sentir seu hálito quente em minha pele. — Continue provocando e terei que puni-la. Posso pensar em duas coisas que seriam adequadas para compensar essa difamação.

Sebastian pigarreia.

— Estou bem aqui, hein.

Cooper me dá um beijo na boca antes de se recostar. Seus olhos estão perversos, como se ele realmente fosse me puxar para o colo e me bater aqui na cozinha. Eu pressiono minhas coxas, tentando não sentir a onda de desejo em meu estômago, mas falho. Ele olha para o irmão.

— Desculpa, Sebby. Estamos no meio de um sério treinamento sexual aqui.

— Porque é uma ideia muito inteligente — diz Sebastian secamente.

— Não se preocupe, ela já prometeu não se apaixonar por mim.

Reviro os olhos e bato em seu ombro.

— Até parece.

— Imagina, não consigo nem ver isso acontecendo. — Sebastian pega outra cerveja na geladeira. — Divirtam-se, crianças. Usem camisinha.

Ao sair, Cooper grita:

— Fique feliz por mim, deixei de ser um vagabundo furioso! Fui curado!

— Ele te chamava assim?

— Com frequência. — Cooper se recosta na cadeira, passando o braço sobre o encosto. — Então, qual é a sua aposta?

— Islanders — digo. — Mat Barzal não é um sonho?

Sei que essa é a resposta errada, pois notei o adesivo dos Rangers em sua picape. Mas é muito divertido provocar, especialmente porque Cooper me arrasta para seu colo, depois para cima do ombro, como se estivesse carregando um saco de farinha.

— Cooper! — grito, chutando-o.

Ele me estabiliza dando uma palmada na minha bunda, depois a belisca e me faz gritar. Sua risada ressoa em seu peito enquanto ele me leva para cima. Fico corada por várias razões, mas no topo da lista está o fato de que os dois irmãos dele estão em casa, e, embora eu só tenha visto Izzy por cinco segundos, Sebastian sabe o que estamos prestes a fazer. Cooper está determinado e berra para que seu irmão guarde um pouco de pizza para mais tarde. Acho que Sebastian grita algo em resposta, mas estou distraída demais para escutar.

Cooper empurra uma das portas do andar de cima e então alcança um interruptor de luz. Estico o pescoço, querendo ver como é o quarto dele, mas, em vez de me colocar de pé como uma pessoa normal para que eu possa verificar os arredores, ele caminha até a cama e me joga lá. Eu quico, rindo, quando ele se junta a mim, e então estamos nos beijando, e talvez isso deva parecer estranho ou embaraçoso, mas não registro nada exceto aquele formigamento delicioso entre minhas pernas e o peso do corpo de Cooper sobre o meu.

De repente, ele se afasta. Seus olhos estão brilhando e um sorriso malicioso aparece em seus lábios.

— Você já viu o adesivo na minha picape.

— Obviamente.

— Você é cínica.

— Então me castigue — digo. Desfaço minha trança, balançando meus longos cabelos sobre os ombros. — Você me prometeu umas aulas. Estou pronta para uma nova lição.

— Estou impressionado, ruiva — afirma ele enquanto me puxa para perto, passando a mão pelas minhas costas e apertando minha bunda. — Você é ousada.

Suspiro quando ele crava as unhas na minha bunda por cima da minha legging. Já imaginei levar uma surra antes, e isso sempre me excitou; espero que o mesmo aconteça enquanto realizo esse desejo na vida real. Ele puxa o decote do meu suéter para baixo e dá um chupão na minha pele, baixo o suficiente para que ninguém veja, exceto nós. Em resposta, eu me esfrego em seu colo, satisfeita quando o ouço gemer, e ele beija minha boca de novo. Continuamos até ficarmos ambos ofegantes e tentando recuperar o fôlego. Cooper puxa meu cabelo, dando outro beijo forte em meus lábios antes de se afastar. Ele me olha nos olhos e, aparentemente gostando do que vê, tira meu suéter de vez. Tiro o sutiã, puxando-o pela cabeça e jogando-o no chão, e Cooper abruptamente enterra o rosto em meus seios enquanto puxa minha legging e minha calcinha. Enquanto seus dedos ásperos beliscam um dos meus mamilos e sua boca quase engole meu outro seio, sinto-me arrebatada, mas isso não é nada em comparação com o calor que percorre meu corpo quando ele me coloca em seu colo, nua, com minha bunda para cima.

 Eu gemo, enterrando meu rosto em sua coxa por cima da calça. Cooper ainda está completamente vestido, até mesmo com o cinto, ao contrário de mim que estou completamente nua, estendida para ele como um buquê. Ele acaricia minhas costas nuas, seguindo até minha bunda, e a aperta.

 — Há sardas aqui também — comenta com um tom de diversão na voz.

 Mordo sua coxa em recompensa. Ele nem finge que dói.

 — Que tal contar até dez, Penny? Isso deve ser suficiente. Não quero exagerar.

 É tão raro escutá-lo dizer meu nome verdadeiro que fico distraída por um momento, mas então ele pressiona os dedos na minha bunda.

 — Linda?

 — Sim. Cooper...

 Engulo o bolo na garganta. Também não uso o primeiro nome dele com muita frequência.

 — Vou cuidar de você — diz ele, de alguma forma captando o sentido da minha pergunta tácita; estou tão excitada que sei que provavelmente estou manchando a calça jeans dele, mas não me importo. Meu corpo treme de ansiedade. — Conta pra mim. Se eu for longe demais, é só dizer que paro na mesma hora.

 Sua voz assumiu um tom baixo e suave. Ele acaricia minha pele por mais um momento antes de dar o primeiro tapa. Não é forte o bastante para machucar de verdade, mas o suficiente para doer. Ofego, levantando um pouco os pés; ele me segura no lugar com uma mão forte nas minhas costas.

 — Conta — ordena.

 Minha voz treme com uma emoção inesperada.

 — Um.

 — Boa menina.

Ele me bate de novo, a mão espalmada batendo na outra nádega desta vez. Conto mais rápido, então Cooper volta para o outro lado, e continuamos assim até chegar ao número sete, enquanto ele murmura elogios o tempo todo.

Eu sabia que isso me excitaria, tanto pelas pequenas ondas de dor, como pela circunstância e pela consciência de que aquele homem tem controle sobre mim. Uma onda de emoção toma conta de mim, meus olhos queimando enquanto luto para manter minha respiração regular. Cooper me dá um tapa mais embaixo, na dobra da minha coxa, e eu grito antes que possa tapar minha boca.

— Está tão linda rosada assim — diz ele, inclinando-se para beijar minha nuca enquanto eu gaguejo a contagem. — Se entregando para mim, sendo minha boa garota.

— Cooper — digo com a voz abafada; é isso ou chamá-lo de algo que tenho medo de estragar totalmente o clima.

Ele abre minhas nádegas, sem dúvida ganhando um vislumbre do meu ânus, e dá um tapa ali. As pontas dos seus dedos tocam minha boceta, e eu gemo, mordendo sua coxa de novo. Cooper pressiona a mão ali, deixando os dedos escorregadios, e finaliza os últimos três tapas dessa maneira: a mão molhada, marcando minha pele de um jeito diferente. Metade de mim quer que ele continue, que me empurre até que eu não seja nada além de uma gosma trêmula, mas estou pressionando seu colo como se o menor atrito fosse ajudar a aliviar meu núcleo dolorido, e quase soluço de alívio quando ele me arrasta para um beijo, uma mão emaranhada em meu cabelo e a outra dando tapinhas em meu traseiro avermelhado e dolorido. Ele dá um beijo rápido na minha bochecha.

— Linda — murmura. — Tão boa e perfeita para mim. — Cooper move a mão entre minhas pernas, correndo os dedos pela minha boceta. Eu gemo alto com esse leve toque, desejando que ele pressione logo meu clitóris até eu ver estrelas, mas ele usa as pontas molhadas dos dedos para brincar com meus mamilos, que parecem pequenos botões de tão rígidos. — Eu ia perguntar se você gostou, mas tenho a resposta bem aqui.

— Eu preciso de mais — imploro, arqueando-me contra seu corpo. — Por favor, qualquer coisa.

Cooper morde meu lábio enquanto me beija.

— Meu pau vai ficar tão perfeito dentro de você.

22

COOPER

No instante em que as palavras saem da minha boca, sei que fiz algo errado.

Penny fica enrijecida, e não da maneira que ela fez inconscientemente pouco antes de minha mão pousar em seu bumbum lindo pra cacete. Algo na minha proposta a afasta mentalmente de mim; ela já está fechando os olhos, balançando a cabeça. Esfrega os olhos com os punhos e estremece.

— Não. Isso, não. Outra coisa da lista.

— Desculpa — digo rapidamente, embora ainda não saiba por que estou me desculpando. — Não queria pressionar você.

Penny balança a cabeça, abrindo os olhos. Eles estão brilhantes por causa das lágrimas, e seu sorriso é pesaroso.

— É só que... esse é o último da lista por um motivo. Ainda não cheguei lá, eu não deveria ter dito "qualquer coisa".

Beijo sua bochecha suavemente, mais por compulsão do que por outro motivo. Pelo menos ela não saiu do meu colo. Acho que a surpreendi, não que a assustei. Mesmo assim, sou um idiota; é claro que há uma razão para o bom e velho pau na boceta estar em último lugar na lista.

Não sei todos os detalhes, e ela não tem nenhuma obrigação de me contar, mas não é por isso que tenho que ser um grande idiota em relação a tudo.

— Respire fundo.

Ela hesita por um instante, balançando a cabeça, sua garganta se movendo enquanto ela se força a engolir.

— Estou bem.

— Ainda quer fazer alguma coisa? O que você quiser, eu te dou. Foi tão boa para mim agora há pouco.

Ela mantém seus lindos olhos em mim enquanto leva a mão entre as pernas e esfrega o clitóris, ofegando suavemente. As pequenas curvas de seu corpo, os seios que posso chupar inteiros, se quiser, a maldita marca de nascença bem ao lado de seu umbigo que parece uma bomba — uma explosão estelar de verdade, não o doce —, tudo isso se soma a uma imagem que me deixou tão excitado que mal consigo raciocinar. Meu pau está duro contra meu jeans, e estou arrependido da minha ideia brilhante de usar um cinto hoje. Não consigo lutar contra a possessividade que corre pelo meu corpo enquanto olho para ela. Eu sei que Penny não é minha, que apenas temos um combinado, mas não quero fazer isso com mais ninguém agora, e ela também não. Deixamos isso claro. É o meu nome que ela acabou de chamar enquanto eu batia em seu traseiro vermelho, e será meu nome que sairá de seus lábios quando ela gozar.

Seus dedos delicados continuam trabalhando entre as pernas.

— Me faça segurar — diz ela.

— Mais provocações?

— O máximo que eu aguentar. — Ela se engasga ao atingir um ângulo particularmente bom. — Isso vai me manter focada agora.

Que pensamento Penny queria evitar? Eis a questão... mas não sou o namorado dela, então não tento descobrir. Em vez disso, eu a pego no colo e a coloco sobre os travesseiros. Ela fica ainda mais bonita assim, toda corada enquanto se acomoda contra os lençóis cinza-ardósia. Tiro meu cinto, um centímetro de cada vez.

Porra, essa garota é linda. Ela é uma safada, mas é uma boa menina e, neste momento, ela é minha.

— Estenda os pulsos, meu bem.

Ela arregala os olhos e engole em seco. Esse é outro item da lista dela, mas por que não fazer dois de uma vez? *Bondage* e privação do orgasmo. Penny estará completamente à minha mercê se não puder usar os próprios dedos para provocar seu clitóris inchado, e serei capaz de provocá-la o tanto que conseguir aguentar. Tenho um pouco de prática com isso, então coloco os pulsos dela sobre a cabeça, o cinto segurando suas mãos juntas contra a cabeceira da cama, apertado, mas não o suficiente para que ela não consiga tirá-lo em uma emergência. Apenas o suficiente para que o controle fique a meu favor novamente. É assim que eu mais gosto de fazer, e levando sua respiração ofegante em consideração, Penny está achando isso gostoso pra caralho também.

Ela morde o lábio inferior e então abre bem as pernas, ancorando os pés na cama. Eu gemo alto, puxando minha camiseta pela cabeça e jogando-a longe. Eu me atrapalho com o botão da minha calça jeans, incapaz de desviar os olhos nem por um segundo.

Os pelos ruivos entre suas pernas são escuros e estão molhados, seu centro sedoso e macio é deliciosamente liso. Sou sortudo pra caralho. Minha boca enche de saliva ao se lembrar de seu sabor salgado.

— Tudo certo? — pergunto. — Se quiser parar, é só me dizer.

— Tem um vibrador na minha bolsa — responde, num tom que diz claramente: *Estou bem, não seja um idiota.*

Levanto uma das sobrancelhas.

— Você carregou isso o dia todo?

Ela inclina o queixo de uma forma que eu adoro.

— Vai usá-lo em mim ou é um daqueles idiotas que pensa que é trapaça?

Já estou vasculhando a bolsa dela.

— Por favor. Eu e esses brinquedos temos um acordo especial. O que é bom para você é bom para mim.

Ela bufa.

— Você é tão estranho.

Seguro o objeto fúcsia. É verdadeiramente atroz, simula um pinto de um lado e um par de orelhas do outro, como se fosse um coelho. Quando clico rapidamente para testar as velocidades, a respiração de Penny falha e seus quadris se agitam como se ela estivesse morrendo de vontade de se aproximar. Sorrio enquanto me acomodo na cama.

— Devo colocar uma música para camuflar seus gritos? Metallica poderia ser uma boa.

Ela me encara.

— Não vou gozar ao som de Metallica. E eu não vou berrar.

— Quem falou em gozar? Está sendo punida, meu bem. — Ligo o vibrador, arrastando-o pela sua barriga enquanto beijo seus seios. Coloco um na boca e me demoro em seu mamilo; ela solta um gritinho suave. Eu a solto lentamente, olhando-a nos olhos o tempo todo. — Uma garotinha como você precisa de mais disciplina.

As palavras a atingem exatamente como eu queria; Penny pisca rapidamente, o peito arfando, e suas pernas abrem ainda mais. Eu a recompenso pressionando a ponta do vibrador contra a vagina, usando seu lubrificante natural. Ela gagueja meu nome, mas, antes que possa implorar, eu lhe dou uma amostra do que está procurando, usando as pontas do vibrador para massagear cada lado de seu clitóris.

Meu pau está pressionado contra sua coxa, pulsando por atenção, mas eu o ignoro e continuo a provocá-la. Arranho sua pele macia enquanto roço seu clitóris com o vibrador. Ela me contempla com gemidos doces e baixos, como se tentasse fortemente não fazer barulho, o que tenho certeza de que é verdade, porque se há algo que aprendi sobre Penny é que ela é teimosa. Seguro o vibrador contra seu clitóris enquanto acaricio suas dobras e, pouco a pouco, a maneira como ela esfrega o corpo contra o meu se torna desesperada; com a intensidade certa, ela vai gozar. Em vez disso, eu desacelero e lhe dou um beijo na boca. Ela morde meu lábio com força. Quando suspiro e sinto a dor pulsando através do meu pau duro como granito, Penny sorri.

— Você está em perigo — digo a ela. — Quer gozar?

— Você vai acabar deixando.

— Ah, é?

— Você gosta demais de me ver gozar para interromper.

Ela puxa o cinto, mas seus pulsos permanecem amarrados. Eu dou uma longa estocada no meu pau, considerando gozar de uma vez e deixá-la ali de mau humor, mas Penny está certa: eu quero tanto vê-la chegar lá que fica difícil parar. Eu me acomodo entre suas coxas de novo, usando a vibração em seu clitóris enquanto lambo sua boceta, absorvendo cada um de seus gemidos com ganância. Ela está tão molhada que seu líquido escorre pelo meu queixo; Penny arqueia as costas, tentando conseguir mais contato. Enterro meu rosto entre suas coxas ainda mais profundamente, traçando padrões em sua pele, mordiscando as partes macias. Ela implora mais alto, o que soa como música para meus ouvidos. Penny pode até não gritar, mas posso fazê-la perder as inibições.

Quando está tremendo o suficiente para que eu saiba que está prestes a gozar, relaxo de novo, deixando-a no auge, sem o incentivo extra que ela deseja desesperadamente. Penny ainda treme enquanto eu chupo as marcas na parte interna de suas coxas. Dou uma sacudida no meu pau, mexendo na cabeça. Minhas bolas estão tensas e doloridas, mas ignoro a vontade de continuar até gozar.

Sua expressão decepcionada arrebata meu coração.

— Cooper — choraminga. — Por favor...

Sua voz falha. Tenho pena dela e mudo o vibrador para uma velocidade mais rápida enquanto trabalho em seu clitóris de novo.

— Fale mais alto, meu bem — digo. — Quero ouvir você.

Ela me estimula com um gemido alto o suficiente para que eu precise abafá-lo com um beijo, sorrindo contra sua boca enquanto o faço. Quando me afasto, ela também sorri, suave e só para mim, e juro que quase gozei só com isso. Um maldito sorriso. É como se Penny tivesse me dado um presente, e é um presente que nunca terei que compartilhar com ninguém.

— Eu estou aqui — digo enquanto pressiono diretamente seu clitóris.

Eu inclino bem enquanto molho os dedos da minha outra mão em seu líquido quente e escorregadio. Aposto que a bunda dela ainda está doendo, com a marca vermelha da palma da minha mão. Pressiono meus dedos contra seu traseiro com força suficiente para fazê-la gritar. Da próxima vez, vou espancá-la com mais força, e depois vou mantê-la de quatro para foder seu doce bumbum. Só o pensamento já é suficiente para me fazer cambalear à beira do clímax, mas então Penny se apodera e goza com um gemido sincero, a umidade inundando minha mão. Como já estava prestes a explodir, gozo bem em sua barriga.

Ela está chorando. Por meio segundo, preso entre a onda de prazer que reverbera entre nós dois, meu coração bate forte de medo. Desfaço o nó do cinto, esfregando seus pulsos.

— Pen. Essas são lágrimas boas ou ruins?

— Boas. — Ela ri enquanto eu enxugo as lágrimas de seu rosto. — Meu Deus, Cooper, eu nunca gozei assim sem penetração antes.

Beijo seus lábios com força, enroscando minha mão molhada em seu cabelo enquanto esfrego meu pênis contra sua pele. O vibrador é zunido para algum lugar no chão, pousando na madeira com uma vibração alta que me lembra o grito indignado de um pássaro. Começamos a rir, nos beijando diante de tamanha intensidade. Arquejo tanto que meu peito dói. Penny está uma bagunça trêmula contra meu corpo. Nós nos abraçamos por um bom tempo, recobrando o fôlego. Aposto que foi a troca mais intensa que ela já teve com alguém na cama, então vou precisar tomar bastante cuidado depois disso.

— Como você está se sentindo? — pergunto enquanto acaricio seu cabelo.

Penny puxa meu braço em volta dela.

— Ótima.

Entendo a dica e a abraço ainda mais forte. Enquanto pressiono um beijo em sua cabeça, respiro seu perfume de lavanda.

— Minha boa menina.

Ficamos imóveis por um instante, mas então ela crava as unhas em minhas costas tensas e beija minha tatuagem de Andúril, mordendo-a. Puxo seu cabelo em retaliação e, como esperava, faço-a sorrir.

— O que é isso? — pergunta.

— A Chama do Oeste, meu bem.

Ela semicerra os olhos para mim.

— Não é apenas uma espada aleatória?

— Não mesmo. É a espada forjada a partir dos fragmentos de Narsil em Valfenda. Aragorn o renomeia como Andúril. Chama do Oeste.

— Aragorn?

Minha boca se abre.

— Fala sério. Se nunca chegou a ler os livros, pelo menos assistiu aos filmes de *Senhor dos Anéis*.

Ela balança a cabeça.

— Não, nunca.

Estendo o braço e desligo o vibrador. Está coberto de poeira, o que é um lembrete grosseiro de que preciso limpar meu quarto. Coloco-o na mesa de cabeceira antes que ela perceba e pego meu computador da bolsa.

— Ok, vamos começar agora mesmo.

— Temos trabalhos para fazer — lembra ela. — E esses filmes não têm, tipo, um milhão de anos de duração?

— Podemos ser multitarefas. Além disso, isso foi intenso. Eu queria ficar de conchinha mesmo, então, se eu fosse você, simplesmente me renderia.

Penny sorri.

— O que te faz pensar que vou gostar disso?

— Vi o livro que você estava lendo enquanto esperava a aula começar. É fantasia, certo?

— Romantasia — corrige ela, com um toque de desdém em sua voz.

Era como se estivesse esperando que eu zombasse dela. Até parece que eu faria isso. Tenho plena consciência de que sou um nerd no que diz respeito à opinião geral. Fico feliz em jogar *Call of Duty* com meus amigos, mas eu prefiro *The Legend of Zelda*. Posso ler Fitzgerald, Sontag e Baldwin e curtir, mas ainda gosto mais de ler George R.R. Martin. Faz todo o sentido para mim que Penny goste de um bom romance. A julgar pelos dois livros que notei em seu dormitório e pelos adesivos em seu Kindle, ela gosta de hot. Eu me pergunto se é isso que ela escreve também. Ainda não consegui descobrir o tema do livro que ela está escrevendo, mas, de qualquer forma, acho muito legal que esteja fazendo isso.

— Ei, também gosto de romantasia. Você vai gostar da história de amor desses filmes.

— Tudo bem, tudo bem. Mas preciso tomar um banho primeiro.

Coloco minha mão sob seu queixo, olhando-a nos olhos.

— Tem certeza de que está bem? Posso pegar alguma coisa para você?

Ela balança a cabeça, mordendo o lábio.

— Quer mais pizza?

Penny está tão bonita que não consigo evitar beijá-la. Apoio a minha mão contra a tatuagem do nó celta no meu peito.

— Ah, essa mulher está tentando conquistar meu coração.

Ela revira os olhos, tentando, sem sucesso, esconder um sorriso, enquanto pega suas roupas. Faz uma careta, olhando para baixo; meu gozo ainda marca sua barriga, e a parte interna de suas coxas deve estar ficando mais pegajosa a cada segundo que passa. Ainda não consigo acreditar que ela ejaculou; isso foi sexy pra caralho. Enquanto está no banheiro, troco meus lençóis para não a deixar envergonhada com a mancha. Ela pega minha camiseta e a veste.

— Isso não significa nada — diz, me cutucando no peito com o dedo indicador. — Só não quero sujar minhas roupas.

Eu faço uma continência.

— Sim, senhora.

— Por que não "senhorita"?

Sorrio para ela.

— Vire-se para que eu possa ver meu trabalho.

Pouco antes de abrir a porta, ela puxa a camisa para cima, me dando uma visão de sua bunda rosa algodão-doce. Assobio, e ela me lança um olhar falso de indignação, mas eu apenas pisco.

Então, começo a missão de *O Senhor dos Anéis: A Sociedade do Anel*.

23

PENNY

— Eu não consigo acreditar que ele se foi — digo a Mia.

A fila avança. O Halloween está chegando, então o cinema da cidade está exibindo *O silêncio dos inocentes*. Eu não gosto muito de filmes de terror, mas a Mia é obcecada por Jodie Foster, então o plano é comer um monte de pipoca e cobrir os olhos sempre que algo particularmente assustador acontecer. Preferia assistir ao segundo filme de *Senhor dos Anéis*, mas não vejo Cooper há alguns dias.

Mia olha para mim. Ela está usando um enorme lenço preto enrolado duas vezes no pescoço, dando a impressão de que sua cabeça está separada do corpo.

— Acho que era a hora dele.

— Ele estava bem até ontem!

A garota à nossa frente na fila se vira em nossa direção e diz:

— Sinto *muito* pela sua perda.

Olho para Mia, que comenta:

— Deveríamos organizar um velório. Embora eu não saiba o que fazer, não seria justo simplesmente jogá-lo no vaso sanitário.

A garota fica confusa e se vira. Tento controlar a minha risada.

— Podíamos fazer uma cerimônia em cima da lata de lixo na lavanderia.

— Ou talvez pegar uma pá da estufa e cavar uma cova para ele.

— Aqui jaz Igor — começo. — Um servo leal.

— Dedicou-se à busca pelo prazer até o fim — continua Mia.

Eu inclino a cabeça, séria.

— Um verdadeiro herói. Sentiremos sua falta.

— Que porra é essa? — murmura a garota olhando para trás.

Nós apenas rimos. É realmente triste que Igor tenha batido as botas enquanto eu bolava uma fantasia muito sensual com um lobisomem que havia me sequestrado e — não admiti essa parte para Mia — que tinha olhos iguais aos de Cooper. *Talvez* eu tenha trabalhado no meu livro antes de ir para a cama. Tentei reanimá-lo com pilhas novas e uma recarga, mas foi em vão. É provável que aquele voo pelo quarto tenha sido a saideira, e eu nem percebi.

Eu tenho meu vibrador-coelho, o que foi usado quando Cooper me levou à loucura, mas não é a mesma coisa. Qualquer um pensaria que ficar com alguém regularmente é sinônimo de que não me importo com vibradores, mas estou mais excitada do que nunca. É como se sentir o gostinho da coisa real tivesse turbinado minhas fantasias. Eu tive um sonho outro dia que me deixou molhada, e envolvia outro gostoso de olhos azuis me dando uma surra com seu cinto em vez de apenas usá-lo como uma amarra. Malditos romances de máfia que li durante o verão.

— Eu simplesmente não consigo acreditar que ele me abandonou em um momento de necessidade — digo. — Logo agora que preciso me distrair do fato de que vou reprovar em química.

Chegamos à bilheteria, então Mia tem que esperar até estarmos na fila da pipoca para me responder.

— Está falando sério? Pensei tivesse conseguido alcançar a média.

Assinto, triste.

— Procurei a professora depois da aula para conversar sobre isso e ela confirmou que não me reprovou, então tenho a chance de passar com uma aprovação geral no curso, mas foi por pouco. Sem a porcentagem adicional, ela não conseguiria dar um jeitinho para eu passar. Ainda tem o próximo teste e o final, mas mesmo assim...

— Caralho, Pen, sinto muito.

Dou de ombros.

— Talvez meu pai finalmente perceba que isso é uma péssima ideia.

Mia me lança um olhar surpreendentemente sério.

— Ou você poderia simplesmente contar a ele. Por que não diz que quer trocar de curso e pronto?

— Sua família não acha que você está estudando para ser professora?

— Eca. Não vamos entrar nesse assunto. — Ela faz uma careta, que se transforma em um sorriso um momento depois. — Olha lá, é o seu jogador de hóquei.

Eu me viro. Cooper, Sebastian e um terceiro cara do time de hóquei que conheço de vista estão se aproximando da fila, atravessando a multidão de estudantes e moradores de Moorbridge com facilidade. Eles se juntam a nós na fila, e, quando alguém protesta, Cooper responde:

— Foi mal, cara, estou com a minha garota.

Eu o encaro. Você deixa um cara te bater durante o sexo, depois assiste ao filme favorito dele, e ele age como se isso significasse alguma coisa. De todo modo, Cooper não devia falar assim em público, nunca se sabe quem pode conhecer meu pai.

Ele passa o braço em volta da minha cintura. Apesar do clima terrível e do vento lá fora, Cooper está apenas de moletom e com seu boné dos Yankees virado para trás, como sempre. O que há com os garotos para agirem como se o clima não os afetasse?

— Não sabia que você era fã de filmes de terror — comenta ele.

— Vim apenas fazer companhia para a Mia. — Eu deveria simplesmente ignorá-lo, mas não consigo fazer isso. Olho para seu amigo. — Você também está no time, certo?

— Estou — responde o rapaz, assentindo. Ele é bonito, com um queixo marcado, a pele marrom-clara e os cabelos escuros trançados. — Eu me chamo Evan.

— Ah, certo, Evan Bell. — Sorrio. Pelo jeito que meu pai fala, ele é muito habilidoso e tem uma velocidade impressionante no gelo. — Muito prazer.

— Não se preocupe — diz Cooper em um sussurro alto. — Ele sabe que sou seu guia turístico de sexperiências. Seu técnico sexual, por assim dizer.

Mia cai na gargalhada.

— Não acredito nisso.

Tento pisar no pé de Cooper, mas ele sai do caminho a tempo.

— Eu me arrependo de ter te ensinado essa palavra. Ele é sempre tão insuportável?

— É — dizem Sebastian e Evan ao mesmo tempo.

— Os dias de jogo são os piores — acrescenta Evan.

Cooper fica mal-humorado, olhando para mim em busca de apoio, mas eu apenas sorrio, tão impiedosa quanto ele quando arranca de mim um orgasmo daqueles. Evitar que os sentimentos se compliquem tem sido mais difícil do que eu pensava. Não estou me apaixonando por Cooper, não é isso que quero agora, mas somos amigos, e isso significa que gosto dele. Ele é uma pessoa melhor do que eu pensava, não esperava que fosse doce e genuinamente engraçado, e tenho de admitir que, desde que começamos com essa história, minha vida melhorou. É divertido provocá-lo com os amigos, porque sei que ele vai encontrar uma maneira de se vingar quando estivermos no escuro do cinema.

Pedimos pipoca e refrigerante, e Cooper paga tudo, o que deveria me irritar, mas não me incomoda, na verdade; pelo menos não tanto quanto deveria. Quando entramos no cinema, Cooper — e, portanto, Sebastian e Evan — nos segue e, claro, acabo me sentando ao seu lado. Suspiro e abro o pacote de bala de gelatina em formato de ursinho que adicionei quando percebi que ele estava determinado a nos mimar.

— Posso comer um pouco? — pergunta ele.

Deposito alguns na palma de sua mão.

— São meus favoritos.

— Anotado.

— Igor morreu.

Não sei exatamente por que lhe conto isso. Quando Cooper descobriu a existência de Igor (depois de bisbilhotar meu quarto enquanto eu fazia xixi, veja bem), ele achou hilário termos dado a ele um gênero, um nome e tudo mais. Porém, quando me viu usá-lo naquela que foi a sessão de masturbação mútua mais quente que já aconteceu em Lamott Hall, ele acabou apreciando o objeto de um jeito diferente.

— O que aconteceu? — pergunta. Então levanta as sobrancelhas. — Sentou nele com muita força?

— Não faça eu me arrepender de ter te contado isso.

Sua expressão suaviza.

— Desculpe. Isso é uma droga. Você conseguiu terminar, pelo menos?

— Não — admito.

— Ah, não me admira que esteja tão mal-humorada.

— Só estou mal-humorada porque você está agindo com muita intimidade em público. E se alguém nos vir?

As luzes diminuem naquele exato momento, é claro, então Cooper diz:

— Acho que estamos seguros.

E então sinto sua mão na minha coxa, e minha respiração fica presa na garganta.

— Venha para a cidade comigo amanhã — convida ele. — Vou comprar brinquedos novos para você. Quantos quiser.

— Eu tenho aula.

— Eu também. A gente pode matar aula juntos. Vou almoçar com meu irmão. Você pode conhecê-lo, e depois nós vamos à minha sex shop favorita.

Eu gostaria de poder ver melhor o rosto dele, porque não sei dizer se Cooper realmente tem uma sex shop favorita ou se está brincando. Sua mão desliza para minha cintura, a ponta dos dedos acariciando minha barriga nua. Ele traça minha marca de nascença, uma parte de mim que sempre parece fasciná-lo. Na primeira vez em que ele fez isso, fiquei tensa, e Cooper me perguntou se eu preferia que ele não me tocasse naquele lugar; é claro que a consideração me fez querer que ele fizesse isso de novo.

— Não sei.

— Vai ser divertido. — Cooper se aproxima.

Sinto sua respiração contra minha pele. Os trailers já começaram, então o cinema está barulhento, mas ainda posso ouvi-lo quando ele sussurra, diretamente no meu ouvido:

— O que você quiser, ruiva. E depois vamos experimentar tudo.

24

PENNY

Na manhã seguinte, em vez de me apressar para a aula de microbiologia, tomo um chai latte na estação Moorbridge Metro-North, observando o estacionamento à procura de Cooper. Estou aqui há dez minutos, e o trem chega em dois. Se ele não se apressar, não chegará a tempo, o que seria um saco porque, ignorando o fato de que é uma má ideia, estou animada para dar uma saidinha do campus durante o dia. Adoro a McKee, mas às vezes esqueço que existe um mundo fora deste lugar digno de cartões-postais e da cidadezinha igualmente fofa. Quando meu pai e eu nos mudamos, eu não conseguia superar todos os tijolos cobertos de hera, os bordos, as sempre-vivas e as pequenas estradas de uma ou duas pistas. Só estive em Nova York algumas vezes, mas acho que o ambiente da cidade me fará bem, mesmo que seja muito maior que Phoenix.

Finalmente localizo a picape de Cooper e, um momento depois, o vejo correndo para a plataforma enquanto o trem diminui a velocidade até parar. Suas bochechas estão vermelhas por causa do frio e do esforço; ele sorri para mim enquanto passa a mão pelo cabelo.

— Já tenho as passagens no meu celular — diz, guiando-me para dentro do trem com a mão nas minhas costas. — Vamos procurar um lugar tranquilo pra gente sentar.

Não há muitas pessoas no trem naquele horário durante a semana, já que os passageiros costumam embarcar mais cedo, mas Cooper ainda lidera o caminho para uma área menor de assentos, onde os bancos ficam de frente um para o outro, com um pequeno espaço entre eles. Percebo o motivo da escolha quando ele se senta e estica as longas pernas. Sento-me no banco da janela, cruzando as pernas enquanto aliso minha saia jeans. Ele vasculha sua jaqueta e tira um saco de papel branco amassado.

— Que bom que optei por isso em vez de café.

Eu sorrio enquanto espio dentro do saco; há duas rosquinhas de sidra de maçã aninhadas entre folhas de papel-manteiga. Dou um para ele e pego outro para mim.

— Obrigada. Onde você comprou?

— Numa cafeteria da cidade. Não a do campus.

— Ah — digo, e dou uma mordida. Ainda está quente, o açúcar do lado de fora compete com a acidez da cidra. — Mia trabalha no Purple Kettle, então eu não costumo ir à cafeteria da cidade.

— Ah, isso é engraçado. A noiva do meu irmão trabalhava lá.

— James, né?

— Sim. Ele fez uma reserva no Bryant Park Grill. Podemos descer na Grand Central e andar até lá.

Dou de ombros.

— Eu não faço ideia da distância.

— Fica bem perto da Biblioteca Pública de Nova York — explica ele, dando uma mordida.

— Ah, isso é legal.

— E o lugar que quero levar você fica a apenas algumas estações de metrô de lá. Se chama Dark Allure.

Levanto as sobrancelhas enquanto termino de comer a minha rosquinha.

— Devo me assustar?

Cooper dá uma risada, pegando outro donut na sacola.

— Não finja que não gosta.

Olho para a janela. Estamos passando por um bairro residencial, com cercas altas para impedir a visão dos trilhos do trem.

— Me fala mais sobre o seu irmão.

Conversamos tranquilamente durante a hora de viagem de trem. Depois de compartilhar um pouco sobre James, o jogador de futebol americano, e sua noiva, Bex, que acabou de abrir um estúdio de fotografia, Cooper lê em voz alta o tema do meu trabalho. Ele está tendo aulas de literatura gótica feminista, o que parece tão legal que não consigo evitar ficar com um pouco de inveja. Ele tenta me ajudar com o trabalho de microbiologia que trouxe na bolsa, mas, após alguns minutos, desistimos e voltamos a falar sobre livros.

Quando paramos na Grand Central Station, o que me faz pensar em Serena voltando para casa no início de *Gossip Girl*, Cooper segura minha mão com firmeza. Eu o sigo enquanto ele nos conduz até a plataforma.

— Cooper?

— Só quero ter certeza de que não vamos nos perder, meu bem — afirma ele, distraído, enquanto encontra o lance certo de escada para subirmos.

Tento ignorar a pequena onda de calor que sinto invadir meu peito. Eu disse a ele que só estive em Nova York algumas vezes, então provavelmente é por isso que Cooper está sendo protetor. Mas ele não precisa sair por aí me chamando de "meu bem", não é como se estivéssemos na cama.

Caminhamos pela estação, e, embora Cooper ande bem rápido, ele é forçado a diminuir a velocidade para que eu possa admirar o teto dourado, porque se recusa a soltar minha mão. Então, trocamos o calor da estação pela calçada. Eu tremo imediatamente, pois venta muito aqui. Ele resmunga, amarrando meu cachecol em volta do pescoço e enfiando-o dentro da minha jaqueta.

— Não posso deixar que você vire uma estátua de gelo — diz ele. — Quer pegar um Uber?

— Mas não é aqui perto?

— Não é muito longe, mas não quero que você congele. — Ele franze a testa.

Eu o alcanço e beijo sua bochecha.

— Vou ficar bem.

Não sei o que deu em mim para fazer isso. Talvez seja porque ele está sendo estranhamente gentil, ou talvez seja a energia deste lugar. Só há algumas crianças na calçada. Ele sorri para mim, e posso jurar que está corando, mas não tenho certeza por causa da barba. Cooper pega minha mão de novo e praticamente me arrasta até a faixa de pedestres.

Chegamos ao parque depois de alguns minutos de caminhada. Mesmo no outono, é bonito, com folhas douradas e marrons cobrindo a calçada. As pessoas estão espalhadas pelo gramado; um casal mais velho anda de braços dados, uma mulher com um carrinho de compras alimenta os pássaros e um homem observa seu filho brincar nas folhas. Numa das extremidades, há um restaurante com rooftop. Tenho certeza de que fica lotado durante o verão, mas hoje as mesas e cadeiras estão empilhadas contra a parede, escondidas sob lonas. O host nos leva até uma mesa perto de uma janela com vista para o parque, onde um cara que se parece com Cooper, mas sem barba, está sentado com uma mulher loira usando um par de brincos com pingentes de moranguinhos. Quando ela nos vê, seus olhos se iluminam e seu sorriso é tão caloroso que fico imediatamente à vontade.

— Coop! — exclama James, levantando-se para dar um tapinha nas costas do irmão. — Que bom que chegou!

Não consigo parar de olhar para Cooper e seu irmão. Os olhos dos dois são do mesmo tom de azul profundo, seus cabelos são grossos, castanho-escuros, quase pretos. O nariz de Cooper ficou torto por causa de uma lesão no hóquei no ensino médio, mas fora isso eles têm o mesmo formato, assim como seus maxilares marcados. Eu me pergunto se Cooper tem barba não apenas porque é um estilo comum em jogadores de hóquei, mas porque ajuda a distingui-lo um pouco. E Bex? Talvez seja impossível ser feia quando se está noiva do novo quarterback mais gato da NFL, porque ela é deslumbrante.

— Cooper — diz ela, levantando-se também e lhe dando um abraço apertado. — Que saudade!

Ele sorri para os dois enquanto dá um passo para trás.

— Também estava com saudade. Essa é a Penny.

— James falou que você traria alguém — comenta Bex. — Prazer em conhecê-la.

— É um prazer conhecer você também — respondo com um pequeno aceno enquanto nos sentamos. Dou uma olhada em seu anel de noivado e meu queixo quase cai. Eu consigo me conter, mas minha nossa! Eu teria muito medo de perder a joia, evitaria usar algo tão caro assim por aí. O diamante é enorme e está emoldurado em ambos os lados com safiras. — Eu sou... amiga do Cooper.

— E fazemos um trabalho voluntário juntos — acrescenta ele. — Além disso, há um lance de amigos com benefícios rolando. Na verdade, sou o técnico sexual dela...

Cooper para de falar enquanto piso no pé dele por baixo da mesa, mas não antes de a garçonete chegar para anotar nossos pedidos de bebida. Ela finge nos ignorar, mas acho que está admirada olhando para James, e é evidente que o reconhece. A mulher gagueja um pouco enquanto lê os pratos especiais do dia.

No momento em que ela se afasta, com todo o veneno que consigo reunir enquanto Cooper sorri para mim como o idiota incansável que é, eu digo:

— Você é um perigo, Callahan.

James ri.

— Gostei dessa garota.

25
COOPER

Quando Penny rouba mais uma batata frita do meu prato, lanço um olhar de soslaio para ela.

— Se quiser minhas batatas fritas, é só pedir.

— Achei que o método de atacar e roubar seria mais eficaz — responde ela, pegando outra. Ela mergulha a batata no ketchup antes de colocá-la na boca. Eca. — Estou me arrependendo de todas as escolhas que fiz na vida.

— Cooper geralmente é muito mais mesquinho ao compartilhar comida — afirma James. — Deve levar isso em consideração, Penny.

Ela sorri para mim com a boca cheia. Reviro os olhos enquanto movo meu prato para longe dela. Eu não tenho culpa se ela preferiu pedir uma salada quando o hambúrguer estava logo ali no topo do cardápio.

— Já deveria saber que, se a vida lhe oferecer batatas fritas, não se deve recusá-las.

— Esse é um bom lema — diz ela depois de tomar um gole do chá gelado. — Você deveria fazer um adesivo. Eu colaria no meu Kindle.

— Bem ao lado do "deusa da obscenidade"?

Penny quase se engasga com a bebida, lançando-me um olhar indignado.

— Eu te mostrei meu Kindle, mas era para guardar segredo!

Bex olha para nós com as sobrancelhas arqueadas. Eu me ocupo com minha comida. Este almoço não foi estranho nem nada, mas está evidente que Bex — e provavelmente James, sejamos realistas — pensa que algo mais está acontecendo aqui, e esse não é o caso. Claro, é bem possível que Penny seja a melhor mulher que já conheci, mas meu papel é ajudá-la a se sentir mais confortável com o sexo, e não me apaixonar por ela.

— Aquela pancada no jogo do fim de semana passado pareceu violenta — digo rápido, mudando de assunto.

James suspira pesadamente enquanto pousa o copo de água.

— Sim. Não foi nem um pouco divertido.

— Eu estava com tanto medo de que ele se machucasse — comenta Bex. — Foi o minuto mais longo da minha vida.

— O ombro ainda está doendo — diz James. — Mas não é meu braço de arremesso, então estamos deixando rolar. Não é a primeira vez que jogo machucado.

Assinto em solidariedade. Tive muita sorte no que diz respeito a lesões. Ao longo da minha carreira no hóquei, enfrentei coisas relativamente leves, como nariz quebrado e distensões nos tendões da coxa, mas nunca quebrei um osso nem rompi nenhum ligamento.

— Eu costumava competir patinando — revela Penny. — Parei quando rompi o LCA.

James e eu estremecemos. Se há uma frase que nenhum atleta quer ouvir é "rompimento do LCA". A ruptura do tecido que vai da parte de trás do fêmur até a frente da tíbia não cicatriza sem cirurgia e é uma merda a recuperação e para quem tenta voltar a praticar esporte. No meu primeiro ano na McKee, um veterano rompeu o LCA e precisou se afastar do gelo bem na sua última temporada.

— Merda — comenta James. — Quando isso aconteceu?

— Eu tinha dezesseis anos. Apaguei durante minha apresentação no Desert West e tive que fazer uma cirurgia no joelho.

— Caramba — diz ele. — Isso é terrível.

— Eu não sabia disso — afirmo.

— Sabe que eu patinava. Você me vê fazendo isso toda semana.

— Sim, mas nunca mencionou ter sofrido uma lesão que acabou com sua carreira. — Deve ser por isso que a vejo esfregando o joelho às vezes depois que termina uma aula.

Penny ri.

— Não foi bem uma carreira. Não era como se eu fosse participar de competições internacionais ou algo assim. — Ela limpa a boca rapidamente e coloca o guardanapo de pano sobre a mesa. — Quem fez isso foi a minha mãe.

Sinto vontade de pegar a mão dela, mas me detenho a tempo.

— Você está bem agora?

— Estou. Meu joelho ainda dói às vezes, o período de recuperação foi complicado. É uma longa história.

— Penny, quer ir ao banheiro comigo? — pergunta Bex.

Enquanto as duas se afastam da mesa e atravessam o salão, James se inclina para mim.

— Amigos, hein?

Termino de comer meu hambúrguer antes de responder. No momento em que Bex chamou Penny para ir ao banheiro, imaginei que um comentário assim estava por vir. James e Bex compartilharam olhares cúmplices durante todo o almoço. Se eu não estivesse tão feliz pelo meu irmão, teria achado isso nojento.

— Sim. Ela é filha do técnico Ryder.

— Interessante.

Franzo o cenho para ele.

— Por que está me olhando assim?

James solta uma risada e se recosta na cadeira.

— Coop, você gosta dela.

— Sim — falo na defensiva enquanto espeto uma batata frita com meu garfo. — Ela é uma pessoa legal.

— Fala sério, você não me engana. Gosta mesmo dessa mulher.

— Não desse jeito. Somos apenas amigos.

— Amigos se olham assim?

Meu rosto se fecha mais.

— Sim.

— Aham.

— Estou a ajudando com uma coisa.

— Algo que envolve ir pra cama com ela?

— É só sexo.

Ele simplesmente ignora a minha resposta, prosseguindo.

— E quantas vezes você pegou no meu pé sobre a maneira que eu olhava pra Bex antes de ficarmos juntos de verdade?

James é tão convencido que tenho vontade de chamá-lo para briga, mas isso não seria um comportamento apropriado em um restaurante, então me contento em chutar sua canela. A toalha de mesa esconde tudo tão bem que o casal que almoça ao nosso lado nem percebe.

— Não estou mentindo. Ela é minha amiga. Sabe como essas coisas funcionam comigo.

— Eu me lembro das regras, incluindo a proibição de figurinhas repetidas — diz ele. — Então, como você chama isso?

— Um favor. Uma troca de favores bem divertida.

— Tudo bem, continue mentindo para si mesmo. — Ele dá de ombros, como se não estivesse incomodado. — Ou seja homem e faça algo a respeito.

James não está por dentro da situação, nem sabe um fato muito importante: Penny disse especificamente que não quer nada romântico, mas mesmo assim não consigo ignorar suas palavras.

Eu não gosto de Penny Ryder dessa forma. Ela não é minha paixonite. Ela é minha amiga, e somos almas gêmeas na cama, mas isso não me faz querer ser namorado dela.

Mesmo que todos os meus sonhos eróticos envolvam Penny ultimamente.

Mesmo que a risada dela seja tão adorável que meu peito chega a doer.

Mesmo que eu nunca tenha gostado tanto de sexo como agora, e olha que eu ainda nem coloquei o meu pau em algum lugar além de sua boca.

Mesmo que minha memória recente favorita seja abraçá-la na minha cama enquanto assistimos a *Senhor dos Anéis*.

— Isso não vai acontecer — afirmo. — Mesmo que eu quisesse, o que não é o caso, ela não quer.

26
COOPER

— Por que essa é sua sex shop favorita? — pergunta Penny enquanto subimos a escada do metrô até a calçada.

Alguém passa correndo, se espremendo entre nós para descer, e então eu pego sua mão de novo e a puxo para mais perto.

— Foi onde perdi minha virgindade — digo enquanto viro a esquina.

Penny estreita os olhos.

— Sério?

Eu rio da expressão dela.

— Brincadeira. Perdi na festa na piscina de Emma Cotham. Eles têm um ótimo óleo de massagem aqui.

— O melhor para o seu pau?

— Está começando a ficar esperta.

Quando chegamos, abro a porta. A Dark Allure é minúscula, uma lojinha espremida entre um restaurante indiano e um salão de manicure. Eu poderia comprar o óleo que gosto de usar quando me masturbo em algum lugar mais conveniente, mas gosto de passear pelos corredores. As pessoas fazem coisas realmente estranhas. A primeira vitrine é inofensiva, apenas uma fileira de plugs anais de tamanho distintos, mas, ao virar no corredor, sei que há alguns cintos de castidade de metal.

— Por que não transformamos isso em um jogo? Brega ou vergonhoso?

Penny me entende imediatamente, com um sorriso surgindo em seu rosto.

— Tô dentro.

— Meu bem? — chamo pouco antes de Penny se virar nos corredores. Ela olha por cima do ombro.

— Sim?

— Escolha o que quiser. Mas escolha com sabedoria, porque usaremos tudo o que você pegar mais tarde.

Ela se apressa, mas sustenta meu olhar por um momento antes de sair correndo pelo corredor.

Vasculho a frente da loja, que tem algumas fantasias, e pego o óleo com aroma de jasmim e bergamota da prateleira. Preciso apresentá-lo a Penny em breve. Antes de ir até ela, vejo que está olhando a caixa de anéis penianos e pego um plug anal com cauda de raposa. Penny está tão absorta nas diferentes opções que não me nota até eu balançar o rabo de raposa na frente de seu rosto.

— Cooper! — Ela ri. — O que é isso?

— É quase Halloween. Você podia ser uma raposa. Seus cabelos combinam com a fantasia.

— Ah, não. Essa é a definição exata de constrangimento.

Aponto para o anel peniano em sua mão. É rosa-choque e a etiqueta diz que é fabricado por uma empresa chamada The Big O.

— Isso vibra, legal. Brega?

— Consigo imaginar alguém comprando isso para o marido para tirar o relacionamento da monotonia. — Ela vê um par de algemas e as estende. — Olha isso, é ainda pior. Sempre que penso em pornografia, são essas coisas que me vem à mente.

— Nunca viu nenhum filme pornô?

Ela balança a cabeça.

— Eu me limito aos meus romances picantes, obrigada.

— Esquisita.

— Prefiro imaginar os caras exatamente como eu quero.

— Ah, é? E como você quer?

Penny sorri docemente.

— Você adoraria saber, não é mesmo? Onde estão os vibradores?

— Estante nos fundos.

Ela vai até lá, mas fico para trás, distraído por um manequim usando um espartilho de couro. Isso ficaria sexy para caralho em Penny. Se ela acrescentasse um salto alto e prendesse o cabelo? Acho que posso ter um ataque cardíaco.

Percebo uma prateleira de fitas cassete — do tipo pré-históricas, mais antigas do que os DVDs —, cheia de pornografia vintage, e dou uma olhada no catálogo. Algumas das garotas nas capas são gostosas o suficiente para que eu desejasse dar um jeito de assisti-las. No entanto, a única ruiva do grupo não chega aos pés da minha ruiva. Na prateleira acima das fitas, há um tripé pequeno que poderia ser colocado em cima de uma cômoda para facilitar uma gravação caseira. Eu sorrio enquanto o pego. Isso conta como brega ou apenas vergonhoso? Nunca parei para pensar em quantas sextapes ruins devem existir no mundo, mas tenho certeza de que a resposta é muitas.

Seguro o tripé enquanto caminho até a estante de vibradores nos fundos. Penny segura uma caixa cor-de-rosa debaixo do braço e está olhando para as opções com uma expressão séria no rosto.

— Ei, Pen. Sextape? Brega ou vergonhoso?

Ela me olha. Eu balanço o tripé, mas, em vez de rir como ela fez com o plug anal com rabo de raposa, sua expressão se fecha.

— Abaixa isso.

— Acho que é vergonhoso, mas se...

— Abaixa isso — repete, interrompendo-me.

— Está tudo bem? — pergunto enquanto coloco o tripé de volta na mesa de exposição.

Ela morde o lábio. Todo o seu corpo parece rígido, como se alguém tivesse acabado de lhe dar um choque elétrico. Não tenho certeza do que eu fiz, mas é evidente que fiz alguma coisa, porque ela está tensa. Penny estende a caixa cor-de-rosa na minha direção.

— Quero esse.

— Penny.

Ela passa por mim, indo em direção ao caixa.

Eu corro para alcançá-la, puxando minha carteira.

— Eu pago.

Penny me encara.

— Esse é o mais caro.

— Bom. — Entrego o cartão de crédito à atendente, que me observa antes de escanear o código de barras.

— Você tem um gosto excelente — diz a mulher. — Eu adoraria ter um namorado que comprasse vibradores sofisticados pra mim.

— Ele não é meu namorado — afirma Penny automaticamente. — Ele é meu...

— Educador sexual — completo enquanto coloco o óleo na bancada. Ela revira os olhos.

— Não.

— O quê? É um título adequado. Tenho mais experiência do que você e estou lhe ensinando o que fazer. Como um professor.

Penny cobre o rosto com a mão.

— Não posso sair com você para lugar nenhum. — Ela lança um olhar para a atendente. — Ele quase disse isso para o irmão no almoço.

— Uau — comenta a mulher, olhando para nós dois. — Isso é meio perturbador.

— E agora, aparentemente, sou eu que não consegue calar a boca, porque estou contando essa história para você — acrescenta Penny, olhando para mim. — Por que você me deixa tão tagarela?

— Acho que se sente à vontade comigo — sugiro.

E acho mesmo, mas infelizmente essa afirmação a faz torcer o nariz. E aquele tripé que a deixou tão nervosa? Será que Penny já tentou gravar alguma coisa? Isso não parece de seu feitio; ela admitiu que nunca assistiu pornografia. Penny é ousada na cama, claro, mas não me parece do tipo que quer que outras pessoas, além do parceiro, vejam seu prazer. Este deveria ser um dia divertido, então, quando avisto o pequeno vibrador com controle remoto, pego-o da prateleira e entrego-o para a atendente também. O mínimo que posso fazer é compensá-la riscando outro item da lista.

— Vem carregado?

27
PENNY

Assim que chegamos ao trem, Cooper me conduz até um vagão como aquele em que estávamos na ida. Há uma expressão em seus olhos que me dá um friozinho na barriga. Não sei o que ele planejou, mas a próxima hora não será de conversa. Graças a Deus, porque não quero pensar e muito menos discutir o que aconteceu na loja com o tripé.

Ele me beija enquanto nos sentamos lado a lado desta vez e coloca a mão na minha coxa, por baixo da saia. A Penny do passado sabia o que estava fazendo quando optou pela saia e pela meia-calça hoje.

— Callahan — murmuro enquanto ele traça um padrão aleatório na meia-calça. — O que está fazendo?

— Sexo em público é qual item da lista mesmo?

O rubor praticamente domina meu rosto. Isso é perfeito, não somos os únicos no trem, porém não está tão lotado, então é improvável que sejamos interrompidos. É perigoso, mas ao mesmo tempo não há risco suficiente para me fazer hesitar.

— Semipúblico. É o seis.

— Vamos avançar um pouco — diz ele enquanto beija meu pescoço. — Ainda preciso foder sua bunda em breve, meu bem. Mas não aqui. — Ele enfia as unhas na minha meia-calça, e então a rasga para alcançar minha calcinha.

— Essa era a minha melhor meia — protesto, a voz falhando enquanto ele esfrega o nó dos dedos na minha calcinha.

— Compro uma nova para você. — Cooper continua beijando meu pescoço, desenrola meu cachecol e o coloca no assento à nossa frente. — Vou comprar dez pares novos para você. Quantas quiser.

Ele certamente não hesitou quando comprou um vibrador de cento e cinquenta dólares para mim, então não duvido que me levaria ao shopping para comprar uma meia-calça nova. É fácil esquecer porque Cooper não parece um garoto rico — com certeza não chega perto do tipo de garoto rico que Preston era —, mas sua família tem uma boa situação financeira. Ele continua me provocando por cima da calcinha enquanto vasculha a bolsa do Dark Allure, e a excitação que sinto sempre que estou perto desse homem se intensifica. Cooper xinga a embalagem quando encontra o vibrador com controle remoto; eu a pego de suas mãos e a rasgo no exato momento em que ele rasga minha calcinha também.

— Cooper! — exclamo, escandalizada. A meia-calça é uma coisa, mas minha calcinha? Ele *definitivamente* me deve uma nova. — Você está agindo como um troglodita.

— Estou duro pra caralho desde a loja — sussurra ele em meu ouvido. — Porra, você também está molhada. Você é uma putinha.

As palavras me fazem gemer, inclinando a cabeça para trás contra o assento. O trem começa a se mover, as luzes diminuem à medida que atravessamos o túnel. Por longos minutos, não vejo nada além das luzes dos postes passando por nós em borrões laranja e não consigo me concentrar em nada além dos dedos de Cooper provocando meu clitóris.

— Quero enfiar meus dedos em você — murmura ele. — Me deixa foder você com os dedos aqui mesmo, onde podem nos flagrar assim que sairmos do túnel?

Concordo com a cabeça em seu ombro. Não confio em mim mesma para proferir palavras agora. Cooper enfia um de seus dedos longos e grossos de forma deliciosamente lenta, e gemo de novo, sem ter o que agarrar até colocar minha mão em seu braço. Ele beija a lateral da minha cabeça enquanto acrescenta outro dedo, enfiando-o com força. Grito, mas felizmente o som é engolido pelo apito do trem.

O mundo ao nosso redor explode em luz de novo. Cooper continua me tocando, inclinando seu corpo sobre mim para que eu fique escondida o máximo possível. É como se ele não quisesse que ninguém visse, não só porque eu morreria de vergonha, mas porque me quer só para ele. Bem quando começo a me esfregar contra o seu corpo, apertando seus dedos com força e segurando-os firmes dentro de mim, ele se afasta.

Eu o encaro com um olhar de súplica, há um protesto prestes a sair de meus lábios, mas então ele alcança o pequeno vibrador — que agora vejo que tem o formato abstrato, mas ainda reconhecível, de uma raposa com um nariz pontudo perfeito para tocar um clitóris — e o enfia nas minhas partes íntimas. Cooper puxa minha saia para baixo. Aliso meu suéter amassado. Qualquer um que olhasse para nós não veria nada fora do comum, exceto a protuberância em suas calças e meu rubor.

Ele sorri enquanto segura o controle remoto.

— Fique quietinha para mim, minha garota.

Mordo meu lábio enquanto ele liga o vibrador. A repentina explosão de movimento me deixa ofegante, mas Cooper me beija para abafar o barulho enquanto sua mão acaricia minha saia. O controle remoto está escondido na palma da mão; ele aperta outro botão e o ritmo muda. A parte traseira do vibrador, mal empurrada para dentro de mim, vibra rapidamente, enquanto a cabeça — com aquele nariz protuberante, batendo direto no meu clitóris — pulsa em movimentos longos e lentos.

Estou pensando que vai ser difícil não gozar em aproximadamente trinta segundos, sem me importar com o barulho que vou fazer, quando a porta do vagão se abre.

Mordo meu lábio com tanta força que dói. Cooper nem pisca, apenas cruza o tornozelo sobre o joelho e pega o celular enquanto a condutora, uma mulher mais velha com cabelos cacheados, se aproxima. Somos os únicos no vagão, então ela olha direto para nós, sorridente.

— Passagens? — pede.

— Aqui está. — Cooper estende o celular.

— Perfeito — diz ela enquanto examina a tela. — O que vocês fizeram hoje? Espero que tenham se divertido.

— Somos alunos da McKee — conta Cooper. Ele coloca o braço em volta de mim casualmente e então volta a apertar o botão do controle remoto, fazendo as vibrações aumentarem em ambas as extremidades do brinquedo. Tudo o que posso fazer é me segurar para não gemer alto, ansiando por alívio. — Acabamos de almoçar com meu irmão e sua noiva.

— Ah, que bom — responde a moça. — Já conhecem a cidade?

O desgraçado do Cooper conversa com a mulher por alguns minutos enquanto muda as velocidades e os ritmos do brinquedo. Apenas sorrio com força, tentando desesperadamente evitar que um suspiro ou gemido inoportuno revele o que está acontecendo. Não que eu queira que ele pare — eu não quero —, só quero gozar, depois me ajoelhar e chupar seu pau até que ele me chame de putinha de novo.

Quando a moça finalmente vai embora, Cooper desliga o vibrador de forma abrupta. Minha boca se abre e estou prestes a xingá-lo por ser tão provocador, mas, antes que eu possa fazer isso, ele puxa o vibrador, joga-o na sacola da loja e me leva para o banheiro no final do vagão.

— O que...

— Preciso muito sentir seu gosto — diz Cooper enquanto me pressiona contra a porta e vira a fechadura.

O trem balança e quase caio, mas ele me segura. Cooper parece tão desesperado quanto eu, umedecendo os lábios, o boné virado para trás, torto. Juro que suas íris estão vários tons mais escuras. Ele cai de joelhos, em um chão que deve ser mais imundo do que o o almoxarifado em que ficamos pela primeira vez, e enfia a cabeça por baixo da minha saia.

Estrelas explodem em minha visão enquanto sua língua desliza sobre meu clitóris. Enquanto esfrega a barba nas minhas dobras, Cooper geme como se fosse ele quem estivesse sentindo prazer.

— Você é meu gosto favorito em todo o mundo.

Tiro o boné dele para agarrar seu cabelo e empurrar seu rosto para o ponto exato. O trem balança de novo e quase acompanho o movimento; minhas pernas parecem gelatina, mas Cooper me salva antes que eu estrague tudo ao me machucar na pia de metal embutida na parede. Meu prazer atinge o ápice que estava se aproximando durante toda a conversa com a cobradora. Se ele chupar só um pouco mais forte, me der uma mordida ou colocar um dedo, vou gozar em seu rosto. No entanto, Cooper continua a me provocar e suas palavras ecoam em minha mente como um pinball.

Os caras dizem isso para todas, certo? O prazer faz com que eles divaguem. Você nunca deve confiar no que um cara diz na cama. Ou em um banheiro de trem, aparentemente.

A porta range. Eu congelo, mas Cooper continua. Coloco o punho na minha boca para não fazer barulho, e ainda bem, porque ele enfia dois dedos em mim de uma vez só. Eu o aperto, e ele geme, virando o rosto na minha coxa e mordendo. Cravo meus dedos em seu cabelo em retaliação, puxando com força.

Quem está do outro lado tenta abrir a porta de novo. Abafo uma risadinha histérica. Se a fechadura quebrar e formos banidos do Metro-North para sempre, vou fazer Cooper me levar de carro até a cidade toda vez que eu quiser.

— Maravilha — diz uma voz em tom irônico. Escuto atentamente o som dos passos e, quando fica claro que não estamos prestes a ser descobertos, relaxo, mas só dura um momento, porque Cooper parece determinado a me fazer perder qualquer resquício de decência que me resta. Enquanto empurra um terceiro dedo para dentro de mim, eu me sinto em queda livre, tirando meu punho da boca para que eu possa gritar.

Ele fica de pé em um instante, segurando meu rosto entre as mãos e se inclinando para me beijar. Sinto meu gosto em sua língua enquanto coloco minha mão em suas calças, agarrando-o com força. Cooper geme em minha boca, pressionando-me contra a porta com peso suficiente para me sentir deliciosamente presa. O trem desacelera até parar e sou grata por isso porque ainda me sinto vacilante, mas gostaria muito de estar de joelhos para retribuir o favor. Ao perceber minha movimentação, Cooper se apoia na parede com a mão, levando a outra ao meu cabelo.

Quando fui ao banheiro com Bex, ela me perguntou se estávamos namorando. Eu disse a verdade a ela — um grande não —, mas agora imagino isso de forma mais concreta. Seria assim? Com passeios de um dia pela cidade, encontros de casais com o irmão? Sexo alucinante e conversas profundas sobre literatura? Talvez um rótulo mudasse tudo. Talvez nos forçasse a entrar em um território que nenhum de nós está preparado para enfrentar.

Quando o coloco na boca, Cooper suspira, como se eu realmente estivesse proporcionando um alívio muito necessário e esperado, e passa a mão pelo meu cabelo. Eu o observo; seus olhos estão fechados, sua boca está relaxada. Ele é tão bonito que dói. Estou com muito medo de nomear, mesmo em minha mente, o fio de emoção que corre por mim.

É inevitável: isso mudaria tudo. Eu poderia perder qualquer que seja o relacionamento que reconstruí com meu pai. De todo modo, duvido que consiga lidar com isso. Seguir a lista nos dá estrutura. Somos amigos, mas há restrições. Uma data de validade invisível. Preciso das cordas para me amarrar, e, quando ele for capitão, essa coisa toda provavelmente irá desmoronar. A amizade e as transas.

Mas não posso negar que há muito tempo não me sentia tão feliz ou confortável. Aqui, especificamente, de joelhos no banheiro de um trem em movimento, esperando para beber o gozo do cara que acabou de me dizer que sou seu gosto favorito.

Sou tudo o que a família de Preston disse que sou?

Não doeu quando Cooper me chamou de puta. Eu me senti valorizada. Especial. Sei que ele quis dizer isso da mesma forma que me chama de ruiva. Mas já fui chamada assim antes e, naquela época, doía mais do que quase tudo.

Talvez haja um meio-termo.

Só não posso descobrir que meio-termo é esse com Cooper.

28
PENNY

23 de outubro

MIA

Ele fez o quê???

Pois é

Puta merda

POIS É

Isso é ainda mais selvagem do que a coisa do bondage

Bom pra você

Eu não aguento. Em um segundo ele parece um cachorrinho gigante, no outro é um lobo

> Parece uma boa inspiração para o seu livro

>> Talvez eu tenha mudado o nome do personagem

>> Para Callum

> Ai, amiga

>> Pois é

> Perda total hahaha

29
COOPER

Penny solta um suspiro, caindo dramaticamente da cadeira para o chão.

Eu olho por cima do meu exemplar de *Otelo, o mouro de Veneza* cujas orelhas estão marcando a leitura. Depois de um momento, quando fica evidente que ela está determinada a fazer da parte de baixo empoeirada da mesa seu novo lar, coloco o livro de lado e vou até lá também. É um pouco apertado, visto que esta mesa velha não é tão grande, mas vale a pena quando a vejo sorrir. Chego mais perto. Quando a encontrei saindo da academia esta manhã e ela me convidou para vir à biblioteca com ela, não pude dizer não. Penny estava tão fofa com seu suéter verde-floresta, saia preta plissada e o colar dourado brilhando em seu pescoço, que não consegui recusar o convite, mesmo que tentasse.

Deixei que me guiasse, e ela me arrastou por três lances estreitos de escada até este pequeno recanto. Por meio segundo, achei que ela só queria um lugar mais privado para ficarmos juntos, mas aí ela se sentou e pegou um livro gigantesco, então eu vasculhei a minha bolsa por *Otelo* e o bloquinho de péssima qualidade que uso para fazer anotações. Isso foi há uma hora. Tem sido uma tortura, apesar de estarmos conversando, então não a culpo por precisar de um descanso.

— Isso é um desastre — sussurra ela.

— Por que está sussurrando?

— Porque estamos na biblioteca.

— Estamos tão no fundo que duvido que alguém além de nós tenha estado aqui na última década.

— Ainda assim. Precisamos respeitar os livros.

— Você é uma dessas pessoas? — pergunto com a voz tão baixa quanto a dela. — Nunca dobrou uma página em sua vida?

— Seu exemplar de *Otelo* é um pesadelo.
— Eu comprei usado.
— Ainda assim. Eu estava observando você.
Sorrio.
— Eu acabo te distraindo, eu sei.
— Eu realmente deveria estar estudando. — Ela faz beicinho, cruzando os braços sobre o peito. — Odeio isso. E odeio odiar isso, o que torna tudo pior.

A emoção em sua voz, aquela ponta de hesitação, me faz estender a mão e a colocar em seu joelho. Deslizo a língua sobre meu lábio. Quero beijá-la, mas em vez disso me contenho.

— Desculpe.

Então, ela me beija, surpreendendo-me com a força de seus lábios contra os meus e um toque delicado em meu cabelo. Não transamos há alguns dias, desde o trem, e a dor no joelho valeu cada segundo. Eu me dou conta de que estamos debaixo de uma mesa, escondidos em um canto esquecido da biblioteca, mas justamente quando meu pau se contorce de interesse, Penny se afasta.

— Obrigada — diz ela com a voz suave como pluma.
— Por que não dá um descanso pra sua mente? — sugiro, tentando parecer normal em vez do tarado que gostaria de ser agora. A maneira como sua saia cai sobre as coxas é quase criminosa. — Me fala do seu livro.

Ela nega com a cabeça, mas está sorrindo.

— Você estava só esperando uma chance de arrancar isso de mim.
— Talvez. Mas me conte na mesa, sou grande demais para ficar aqui embaixo.

Penny bufa, mas volta para a cadeira à minha frente. Estava ficando apertado embaixo da mesa, mas o que eu realmente precisava era me afastar dela. Mais um minuto, e eu teria estragado outro par de meias-calças.

— É um romance — diz ela.
— Imaginei.

Seus olhos estão semicerrados, como se esperasse uma reação minha.

Eu apenas levanto as sobrancelhas.

— Que tipo de romance?

Ela suspira, desfazendo a trança e sacudindo o cabelo.

— Eu nem sei se é bom.
— E daí? Ainda acho legal que esteja fazendo isso.
— Obrigada. Sei lá, estou dando o meu melhor. Há tantos autores que admiro, e a ideia de criar uma história que alguém possa gostar muito...

— É mágico.

Penny sorri.

— Sim, é mágico.

— Não sou nem de longe tão criativo, então estou impressionado pra caralho. — Empurro sua bota com meu tênis embaixo da mesa. — É sobre o quê?

— É um romance com fantasia. Basicamente, um lobo metamorfo precisa acasalar para assumir o controle da matilha depois que seu pai morrer.

— E ele não quer?

— Na verdade, não, mas sabe que é importante, então está tentando encontrar alguém. É aí que uma mulher humana cruza o seu caminho. Ela está fugindo de um ex abusivo e precisa de um lugar para ficar, então o lobo a deixa se esconder com ele.

— Parece legal.

O rubor colore suas bochechas.

— Não precisa fingir.

— Não estou fingindo. — Eu me inclino sobre a mesa, estendendo a mão para pegar a dela. Penny está usando um anel com uma pequena lua e estrelas; eu me pergunto se ela comprou porque a fazia lembrar de seu livro. — Imagino que eles estejam destinados um ao outro?

— Basicamente. Mas ele precisa acasalar com uma mulher-lobo, então, se ela quiser ficar com ele, terá que concordar em ser mordida.

Um sorriso se espalha pelo meu rosto.

— Pervertido.

— Um pouco — concorda ele, as bochechas ficando mais vermelhas.

— É sexy e muito divertido de escrever, embora eu devesse focar nos estudos.

— Posso ler?

Ela afasta a mão.

— Ninguém leu, a não ser Mia. E ainda não está pronto.

Eu levanto minhas mãos.

— Não vou criticar nem nada. Além disso, tenho certeza de que é incrível.

Penny fica quieta por um momento, considerando.

— Talvez.

— Já é o suficiente.

Ela balança a cabeça ligeiramente.

— Você é tão estranho.

— Tanto quanto você.

Olho para o livro que eu estava lendo. Preciso terminar de lê-lo e começar a escrever meu trabalho, mas, em vez disso, abro o meu caderno em uma página em branco e desenho um gancho.

— Quer brincar de forca?

— Sério? Forca?

— Você está com menos vontade de estudar do que eu. — Escrevo espaços para a palavra que estou pensando: verossimilhança. — Aposto que não consegue adivinhar a palavra que escolhi.

— É "incorrigível"? — pergunta ela secamente.

— Não.

— Você parece muito orgulhoso de si mesmo.

— Porque você não vai adivinhar nunca.

Penny estreita os olhos; há um brilho competitivo neles agora. Ela cruza os braços sobre o peito e se inclina sobre a mesa.

— Me dá uma dica.

— É uma palavra grande.

Ela olha para o papel.

— É mesmo.

— É um substantivo.

— Eu te odeio.

Preencho a primeira letra e bato nela com a caneta.

— Pronto. Se você ganhar, comprarei o que você quiser na máquina de venda automática. Mas, se eu ganhar, você vai me deixar ler o seu livro.

Penny suspira, parecendo humilhada, mas percebo que está pronta para jogar. Ela aperta minha mão.

— Fechado. Prepare-se para me dar um banquete de doces, Callahan.

— Sem chance, ruiva.

30
COOPER

29 de outubro

PENNY RUIVA

Achei superlegal você ter comprado o equipamento pro Ryan

Estou muito feliz que a mãe dele concordou em matriculá-lo no time

Ele merece

Isso é fofo

Meu tio me deu o meu primeiro par de patins

Eu estava me perguntando como você entrou no hóquei, por causa do seu pai e tal

Pois é, foi meu tio Blake. Não o vejo há um tempo, mas ele me ensinou a andar de patins, me levou no meu primeiro jogo

Por que você não o vê?

> É uma longa história, mas basicamente ele está lutando contra um vício. Mora na Califórnia, morou lá a maior parte da minha vida

:(Sinto muito

Você já entrou em contato com ele?

> Meu pai ficaria puto se eu fizesse isso

> Imagino que, pra você, patinar já fazia parte do seu destino

Por causa do pai treinador de hóquei e da mãe patinadora artística profissional?
Sim, era meio inevitável

31 de outubro

> Não acredito que tenho que estar na UMass no Halloween. O universo está me punindo

PENNY RUIVA
Punindo você ou a mim?

> Deve ser uma vingança cármica pela temporada passada

Isso é muito filosófico da sua parte

> Eu não consigo nem beber depois do jogo porque meu quarto é ao lado do quarto do seu pai

Caramba, isso vai ser engraçado

> A verdadeira tragédia é que isso significa que não podemos ter ?! por telefone

Qual é a sua palavra favorita?

Ah, sim

Você adora dizer que eu não valho nada

Mas você está certo, isso é uma droga. Acho que você vai ter que me imaginar usando meu novo brinquedo ;)

3 de novembro

PENNY DA SORTE

Obrigada por me convencer a ir as aulas extras... Acho que finalmente entendi patogênese

> Isso é ótimo

> Vamos sair mais tarde? Seu pai cancelou o treino

Estou em casa agora, ele está doente, então eu trouxe sopa

> Ah, ok

> Espero que ele melhore logo

Nos vemos amanhã?

Ryan está muito animado porque vamos vê-lo jogar

Ainda não consegui superar quão animado ele ficou quando você o ensinou a patinar para trás

8 de novembro

PENNY DA SORTE

Quero ressaltar que eles podiam ter feito os orcs um pouco menos nojentos

Terei pesadelos, Coop!

Você nunca me chama de Coop

Além disso, suas palavras foram "por que os orcs não são sexy?" PENELOPE

Você nunca me chama de Penelope

Se você lesse um romance de orc, entenderia
Humm, mordendo os lábios ;P

Você é uma aberração

Você também é. Teve um sonho erótico onde eu tinha orelhas de elfo, Callahan, por favor

Pera aí, pensei que a gente tinha concordado em deixar isso pra lá

...

> Nós concordamos em ignorar isso, certo? Certo, ruiva?

11 de novembro

PENNY

Mia está ficando com um cara que ela conheceu no Tinder... reze pelos meus ouvidos

> Que tal ?! em vez de rezar?

Três dias são muito para você?

> Tenho um jogo amanhã...

Você vai ter que me buscar

E eu levarei Marco Antônio

> Ainda não consigo acreditar que você deixou Mia batizar seu novo amigo

> Te vejo em 15 minutos

31
COOPER

No momento em que vejo Penny abrir a porta e descer correndo a escada até minha picape, sei que ela está tramando algo.

Em primeiro lugar, nunca a vi usar um sobretudo tão longo assim; está frio, mas não frio *para isso*. Segundo, seu cabelo está encharcado, e ela me disse na semana passada que odeia sair com ele molhado.

Ah, e terceiro, ela está segurando um vibrador cor-de-rosa enorme. Especificamente, o que comprei de presente na Dark Allure, batizado pela sua colega de quarto de Marco Antônio por motivos desconhecidos, pois nenhuma das duas conseguiu explicar sem cair na risada. Estou tão distraído com o fato de ela não estar usando bolsa nem nada que me esqueço de destrancar a porta do carona. Penny bate na janela com o vibrador enquanto dança um pouco para se aquecer.

Abro a janela em vez de destrancar a porta.

— Você parece agitada.

— Meus peitos estão congelando! Abre a porta!

Quando faço isso, ela entra e me beija sem hesitar. Beijos com roupa e tudo têm acontecido com frequência. É como se o nosso beijo debaixo da mesa da biblioteca tivesse aberto essa possibilidade. Não odeio isso — adoro muito mais do que deveria, na verdade —, mas sempre me surpreende. Ela abre o casaco.

— Puta merda — digo.

Será que sofri um acidente de carro no caminho para cá e este é o último esforço do meu cérebro para me acordar do coma? Sem chance de Penny estar usando essas botas de cano alto que eu adoro com um body preto de renda. Belisco meu braço, e dói demais, então sei que não estou sonhando.

Penny está usando batom escuro. Sua boca se curva em um sorriso delicioso enquanto ela percebe minha expressão.

— Você gostou?

— Se eu gostei? — Minha voz falha como se eu fosse um adolescente de novo. — Ruiva, você está tentando me matar?

O body parece uma pintura em seu corpo. Une os seios pequenos em uma curva firme e deliciosa, e o sobretudo acentua suas curvas de uma forma que me dá vontade de puxá-la para meu colo e cobrir seus quadris com minhas mãos. O corte da lingerie mostra suas coxas com uma perfeição magnífica. Meu pau lateja. Quero tanto estar dentro dela que não consigo pensar direito.

— Você me disse que precisava relaxar — diz ela. Eu realmente falei isso, não com essas palavras, mas ela entendeu e se superou. — Agora seja rápido, não tomei banho à toa.

— Por que você fez isso? — pergunto relutante enquanto desvio meu olhar para que eu possa me concentrar na estrada e nos levar inteiros para minha casa.

— Para a gente fazer anal.

Piso no freio e praticamente estaciono a picape. Penny arregala os olhos, como se não tivesse ideia do que acabou de fazer. Eu quero foder a boceta dela, claro que quero, mas depois de sua reação à sugestão, não forcei de novo. Se chegarmos ao fim da lista, esse será o último item. Porém, comer seu delicioso traseiro? Não consigo parar de fantasiar isso. Toquei sua bunda outro dia, também a lambi lá depois de uma surra, e ela gozou com tanta força que quase chorou.

Eu me inclino e a beijo. Provavelmente estou borrando o batom dela, mas não dou a mínima. Penny tem cheiro de banho recém-tomado, lavanda e menta, e lambe minha boca como se estivesse morrendo de vontade de sentir meu gosto. Nós nos beijamos por alguns minutos, minhas mãos se enroscam em seu cabelo molhado, e as dela agarram minhas costas. Eventualmente, porém, eu me afasto. Se continuarmos, ou ficarei muito distraído para dirigir ou gozarei nas calças, e nenhuma das duas opções me parece tão atraente quanto a ideia de, daqui a uma hora, estar dentro de Penny em um lugar diferente de sua boca macia.

Quando chegamos em casa, agradeço ao universo por Izzy estar com os amigos e Sebastian estar... onde quer que ele esteja, não sei e não me importo com isso agora que ele não é o único se dando bem. Carrego Penny direto da picape para o meu quarto. Ela está rindo, sem fôlego, contorcendo-se em meus braços com o vibrador ainda em mãos. Eu a jogo na cama, apreciando a visão. O casaco está aberto, o peito está arfando e ela parece pronta demais para ser comida.

— Callahan. — Ela se apoia nos cotovelos. — Eu teria insistido nisso antes se soubesse que você se transformaria em um lobisomem.

— É isso que seus lobisomens fazem? Sequestram mulheres inocentes e as levam para suas tocas? — pergunto enquanto abro minha jaqueta e a jogo de lado. Tiro a camiseta em seguida, depois avanço para a calça. Ela tira seu casaco e o joga no chão, mas felizmente não toca no restante.

— Às vezes — responde, atrevida.

Eu me junto a ela na cama, puxando-a em meus braços e beijando seu pescoço. Passo os meus dentes na região só para senti-la estremecer.

— E isso? — murmuro.

Sua respiração falha.

— Sempre — responde. Suas unhas arranham minhas costas nuas. — Você sabe que um monstro gosta de morder.

Eu a mordo então, levemente, arrancando um gemido entrecortado.

— É isso que você quer, meu bem? Uma mordida?

— Contanto que venha acompanhada do seu pau.

— Aí está minha garota. — Eu me sento, passando a mão por sua coxa nua. Sua pele é lisa, pálida e salpicada por aquelas sardas das quais não me canso. — Você realmente quer fazer anal?

Ela assente, as palavras saindo de sua boca rapidamente.

— Por favor, só consigo pensar nisso.

Eu a beijo de novo.

— Vire de costas.

— Não rasgue esse body — adverte ela.

— Serei um grande cavalheiro — prometo, embora, no fundo, mesmo que eu rasgasse, eu simplesmente compraria mais cinco para ela, nas cores que ela quisesse. Uma lingerie azul ficaria linda em Penny, embora a preta se destaque contra a pele dela.

Começo pelas botas, abrindo o zíper, uma de cada vez, e deixando-as cair no chão. Passo as mãos pela parte de trás de suas pernas, segurando aquela bunda coberta de renda e apertando. Há um zíper na lateral do body. Eu o puxo para baixo lentamente, um centímetro de cada vez, beijando e mordiscando sua nuca enquanto faço isso. Então paro de mordiscar, alcançando seus seios e esfregando meus polegares nos seus mamilos. Ela geme, voltando-se para agarrar meu braço enquanto olha por cima do ombro.

— Me avisa qualquer coisa, ok? — digo, beijando sua testa. — Podemos parar a qualquer momento.

Penny assente.

— Estou pronta.

Não há hesitação em sua voz, então estendo a mão para pegar o lubrificante e uma camisinha na mesa de cabeceira. Passo a mão pelas costas dela.

— Fica de quatro, meu bem.

Penny se posiciona, já tremendo, com a cabeça nos travesseiros da minha cama. Eu me permito parar um momento para olhar sua bunda perfeita antes de dar um leve tapa ali. Seu grito suave faz minhas bolas ficarem tensas; quero entrar nela quanto antes. Mas não posso; nosso acordo significa dar a ela as experiências que ela deseja, e esta é a primeira vez que ela tenta anal. Preciso ir devagar. O foco aqui é o prazer de Penny, não o meu, embora tenha sido eu a convidá-la para transar hoje.

Estico meus dedos e dou um beijo em sua nuca gelada. Ela estremece. Acaricio a lateral de seu corpo com minha mão livre enquanto esfrego seu ânus com meu dedo.

— Relaxa, ruiva. Confia em mim. Assim como da última vez.

Ela faz o que eu mandei, respirando fundo e soltando o ar lentamente enquanto enfio meu dedo dentro dela.

— Já me toquei aí também — revela Penny.

A imagem mental disso é tão sexy que preciso parar por um segundo, mas então balanço a cabeça e me forço a manter o foco. Já a vi se tocando antes; algumas semanas atrás, tivemos uma noite memorável no quarto dela, onde Penny usou o falecido Igor enquanto eu me acariciava. Gozei em seus peitos e os lambi para limpá-los, depois fiquei e assisti a *The Bachelor* com ela e Mia. A ideia de seus dedos finos fazendo algo tão safado me faz agarrar seus quadris com mais força.

Insiro os dedos lentamente, penetrando pouco a pouco. Ela está tremendo, gemendo, a cabeça voltada para o lado e sua linda boca aberta enquanto se submete ao jeito obsceno que estou tocando seu ânus. Ela se pressiona contra mim toda vez que me afasto, ansiando por mais contato, então coloco a camisinha no meu pau e me toco algumas vezes com a mão escorregadia.

— Respira. Me deixe entrar.

Ofegante, Penny assente enquanto eu abro suas nádegas. A pressão da cabeça do meu pau contra seu ânus a faz respirar fundo e puxar os lençóis. Ela está apoiada nos joelhos e nos cotovelos agora, então envolvo meu braço nela e apoio minha mão em sua barriga, posicionando-a no ângulo que eu quero.

Quando estou completamente dentro de Penny, saboreando seu aperto caloroso, pressiono meus lábios em sua nuca. É difícil ficar parado, mas preciso permitir que seu corpo se acostume. Acaricio seu clitóris enquanto falo em seu ombro, na esperança de fazer com que o seu prazer seja maior do que qualquer desconforto que ela esteja sentindo.

— Me diga como se sente.

Penny apenas geme. Sorrio contra sua pele.

— Preciso que fale comigo. Isso é bom?

— Sim. — Suspira. — Porra, você é grande.

Deixo uma risada baixa escapar.

— Eu sei. Você está me deixando muito duro.

— Estou?

— Está, meu bem. — Dou uma estocada leve; o movimento faz nós dois gemermos. — Você está sendo tão boa. É como se seu corpo tivesse sido feito só pra mim.

As palavras soam como uma isca para ela. Posso sentir seu sorriso enquanto Penny relaxa. Uma onda de carinho invade meu peito e se espalha por toda parte — meu coração, meus pulmões, entre cada costela, acomodando-se em meu estômago como um grande gole de chocolate quente em uma manhã de inverno. Não consigo parar de sorrir. Ela é a garota mais doce que eu já conheci, e, para ser honesto, está arruinando minha possibilidade de futuro com qualquer outra pessoa.

— Se mova — implora. — Por favor, preciso disso.

Ela precisa disso tanto quanto eu. Mexo os quadris enquanto fodo ela com mais energia, construindo um ritmo entre meus longos impulsos e as estocadas contra seu clitóris. Sei que Penny vai gozar assim, com meu pau dentro dela e a respiração ofegante. Minhas bolas estão doendo, tenho que contrair a bunda para não liberar a carga. Ela está gemendo tão alto que eu fico feliz por estarmos sozinhos em casa.

— Penny — digo, gemendo. — Penelope. Linda.

— Coloque o vibrador na minha boceta. — Ela suspira. — Por favor, eu aguento. Está na lista.

Gaguejo, perdendo o ritmo.

— O quê, Marco Antônio?

— *Cooper* — implora ela.

Estendo a mão na cama e agarro o dildo.

— Esse é o nome dele, certo?

Ela ri, e o som é como puro sol.

— Não começa, Callahan. Vai colocar ou não?

Estou distraído pela maneira como ela franze a testa e o lábio inferior se transforma em um beicinho. Eu gostaria de poder beijá-la nesse ângulo, mas tenho que me contentar em pressionar o vibrador contra sua vagina. Penny encosta a testa na cama, tremendo como se estivesse prestes a desmoronar; ela deve estar quase chegando lá. Insiro sem cerimônia, já que está lubrificada o suficiente, pingando, e, porra, ela *suspira* de alívio ao sentir ambos os buracos preenchidos, como se estivesse ansiando por esse momento e agora finalmente pudesse se divertir. Mal consigo dar mais duas estocadas completas antes que ela goze, e seu prazer, a maneira como seu corpo me aperta com força e não me deixa sair, me leva ao ápice.

Demora muito até que um de nós se mova. Ela está acabada, choraminga quando saio de dentro dela, levando o brinquedo comigo. Visto uma samba-canção, caso algum dos meus irmãos tenha chegado em casa e eu esbarre com um deles, então vou até o banheiro no corredor para pegar uma toalha. Penny está na mesma posição quando volto. Eu a pego nos braços, e ela me dá um beijo, cansada, apoiando a cabeça em meu ombro enquanto eu a limpo.

— Boa menina. — Respiro. Eu a beijo de novo, longa e lentamente, aproveitando o peso dela contra meu peito.

— Está se sentindo mais relaxado? — pergunta.

— Eu me sinto capaz de fazer um hat-trick amanhã.

— Que bom. Eu queria isso há muito tempo, então obrigada. — Ela se aconchega ainda mais perto. — Tudo bem se eu...

Envolvo meu braço em sua cintura.

— Você não vai embora agora.

— Ah, não? — diz ela, provocativa.

— Não. Finalmente vamos assistir a *O retorno do rei*. — Deslizo da cama de novo e vasculho minha cômoda em busca de um suéter que Penny possa usar, já que ela veio basicamente sem nada, e jogo para ela antes de ir até minha bolsa de equipamentos.

Ela veste o suéter.

— Por favor, me diga que Aragorn fica ainda mais gostoso.

— Ele fica — respondo, principalmente para ouvir mais a sua doce risada. — Atenção.

Tiro o saco de bala de ursinhos do bolso lateral e jogo para ela. Penny o pega no ar, os olhos brilhando ao perceber o que é.

— Bala de ursinhos?

Coço a nuca.

— Acabei de me lembrar que gosta delas.

Seu sorriso me deixa sem ar.

— Que gentileza. — Ela rasga a embalagem e joga uma em sua boca. — Tem alguém em casa? Posso usar o banheiro primeiro?

Alguns minutos depois, nos acomodamos na cama com meu notebook equilibrado em cima de um travesseiro à nossa frente. Penny subiu no meu colo quando voltou do banheiro, então somos um emaranhado de braços e pernas, mas não me importo. No que diz respeito aos filmes de *Senhor dos Anéis*, este é o meu favorito, e eu já vi todos quase uma dezena de vezes.

Penny coloca algumas balas de ursinhos na minha mão. Quando ela se vira para me beijar, seu hálito cheira a açúcar.

— Obrigada — diz. — Mesmo que eles estejam fedorentos. Por que eles estavam na sua bolsa de equipamentos? Duvido que meu pai queira vocês comendo doces no banco.

— Gosto de ter um lanchinho por perto.

A verdade é que comprei e coloquei na minha bolsa de equipamentos para um momento como este. Sabia que a faria sorrir e queria ver aquele sorriso aparecendo por minha causa. Captei exatamente isso, e além de estar feliz por termos transado — realmente me sinto mais relaxado, pronto para pôr minha roupa e me concentrar no jogo contra Merrimack —, é nesse sorriso em que estarei pensando quando estiver no gelo amanhã.

Aperto o play no filme.

— Eu proíbo você de gritar quando os orcs estiverem na tela.

— Mas eles são muito nojentos!

32
PENNY

Não planejei ir ao jogo contra o Merrimack, mas Dani, Allison e Will chamaram Mia e a mim,, e parece um plano melhor para uma sexta-feira à noite do que ficar na biblioteca até tarde, então uso dos privilégios de ser a filha do técnico para conseguir lugares na primeira fila para nós, logo atrás de um dos gols. No caminho para o Centro Markley, encontramos Sebastian e Izzy, que estão indo para o jogo com Victoria, a amiga de Izzy que estava na festa de Haverhill. Aparentemente, Victoria ficou com o goleiro, Aaron Rembeau, e eles podem estar namorando, mas ela não tem certeza e quer reivindicar seu posto. Dois amigos de Sebastian do time de beisebol, Rafael e Hunter, também se juntaram ao grupo.

Em uma estranha reviravolta do destino — não tenho certeza, mas Cooper pode não ter nada a ver com isso — os assentos de todos nós são na mesma fileira, então, quando o jogo começa, deixaremos de ser dois grupos para formar uma grande turma pronta para torcer. Rafael e Hunter têm vinte e um anos, então eles trazem cervejas para compartilharmos, e Mia contrabandeou não uma, mas *duas*. Enquanto o time da McKee entra com seu clássico uniforme roxo e bastões erguidos para agradecer aos aplausos e gritos, tomo um grande gole de uísque. O líquido desce queimando, mas me seguro... pelo menos até ver o "C" na camisa de Cooper.

É uma má ideia, uma péssima ideia, mesmo assim me coloco de pé e bato no vidro, gritando o nome dele. Ele me vê — vê todos nós, na verdade — e patina em nossa direção.

Sebastian faz a pergunta antes de mim.

— O treinador colocou você como capitão?

Cooper parece honestamente atordoado. Seu uniforme de hóquei está impecável, sem um fio fora do lugar. Meu pai deve ter dado o novo uniforme para ele no vestiário.

Cooper e eu somos amigos agora. Se ele já soubesse disso, teria comentado antes. Ele olha para a camisa, como se estivesse notando o "C" pela primeira vez.

— Sim — responde. — Não falou muito. Apenas disse que mereci e entregou o bracelete para mim.

— Parabéns, cara — diz Sebastian, batendo no vidro com a palma da mão.

Mia e o restante dão os parabéns em coro.

— Isso é incrível! — comemora Izzy. — Mamãe e papai vão pirar!

— Típico do meu pai — comento.

Estou ocupada aproveitando esse ângulo de Cooper (com as ombreiras, ele fica gato, e quero subir nele como se estivesse escalando uma árvore e derrubar o capacete de sua cabeça para que eu possa puxar seu cabelo), mas então o árbitro apita, estragando o momento.

— Aproveitem o jogo — diz ele, batendo no vidro com a luva. — Vamos todos comemorar mais tarde, certo? Não se divirtam muito sem mim. E Izzy, espera, eu mesmo quero contar pra eles.

Ele começa a patinar. Fico diante do vidro por um momento a mais, minha mão pressionada ali. Se meu pai olhar, vai se perguntar o que estou fazendo, agindo como uma maria-patins apaixonada. Preciso me sentar, parar de pensar nele e aproveitar o jogo, mas estou presa naquele lugar. Estou em êxtase por Cooper, sei quanto isso significa para ele, mas, quando firmamos nosso acordo, combinamos que ele duraria até Cooper se tornar capitão.

Ele finalmente conquistou a posição, e também recuperou o ritmo. Poderá ter a mulher que quiser, afinal, quem não gostaria de dormir com o capitão do time de hóquei? Combine seu novo status com sua reputação, que eu sei, por experiência própria, que vale cada palavra, e ele não terá que se preocupar em relaxar antes dos jogos pelo restante desta temporada, ou até mesmo da próxima, e certamente não vai se atormentar quando se formar e conseguir o contrato de novato promissor que tanto deseja. Por que iria querer manter um relacionamento com uma garota que ainda nem o deixou foder sua boceta quando ele poderia ter isso e muito mais, tudo em uma noite, com qualquer uma das várias meninas que irão assediá-lo assim que ele sair do vestiário após o jogo?

— Sinto muito pelo que disse na noite da festa — fala Sebastian.

Balanço a cabeça de leve enquanto olho para ele.

— O quê?

— Fui muito duro com você. Sei que se preocupa com ele.

Engulo em seco.

— Sim, ele é um cara legal. Um bom amigo.

Sebastian apenas balança a cabeça. Pateticamente, quero perguntar a ele o que Cooper disse sobre mim. Eu quero — preciso — que a resposta seja o que acabei de dizer. *Ela é uma boa amiga.*

Mesmo que eu queira desesperadamente continuar seguindo a lista apenas com ele, este é o rompimento de que ambos precisamos. E, como não vou suportar ouvir isso de Cooper, preciso ser a pessoa que vai dizer primeiro.

Mckee atropela Merrimack por 7 a 0. É uma pontuação tão alta para o hóquei que é difícil de acreditar, mas todo o time exerceu uma pressão incrível no primeiro tempo e não vacilou nem por um minuto. Para alegria de Victoria, Aaron Rembeau fez várias defesas espetaculares. Observo quando ela o encontra do lado de fora do vestiário, e, se a menina teve alguma preocupação sobre o status dos dois, a maneira como os olhos do goleiro se iluminam quando ele vai dar um beijo de "olá" nela coloca a dúvida para escanteio.

— Ótimo, vamos passar no Red's primeiro — diz Sebastian para Mia.

Os dois se encarregaram de organizar a comemoração. Fico petrificada pelo medo de tentar usar minha identidade falsa em um bar em que meu pai poderia entrar a qualquer momento, então beberei um refrigerante, mas valerá a pena comemorar a vitória com o time.

Cooper sai do vestiário com Evan, de banho tomado e ainda parecendo um pouco atordoado.

Quando ele nos vê, sorri.

— Como vocês voltaram para cá?

— Penny deu um jeitinho — conta Sebastian. Ele dá um tapinha nas costas de Cooper. — Como está o capitão?

— Exausto — diz ele.

Cooper fez um jogo limpo, sem pênaltis, e mostrou suas habilidades com maestria. Espero que um olheiro da NHL esteja nas arquibancadas, ou pelo menos consiga a gravação deste jogo, porque Cooper mostrou suas principais aptidões na partida. Alguns jogadores de hóquei, especialmente os defensores, confiam em sua grandeza física para manter o disco longe da rede do adversário, mas na verdade ele é um jogador completo. Quando entrar para um time profissional, aposto que vai liderar a lista da liga como o novato mais bem classificado. Essa é uma das razões pelas quais meu pai insistiu tanto para que ele melhorasse sua atuação: um jogador como ele precisa permanecer ativo no gelo, em vez de acumular tempo na área, mesmo que esteja pronto para entrar na partida a qualquer momento.

— Você fez mais de meia hora no gelo — comenta Evan, sério. — O técnico não conseguiu tirar você da partida!

— Mantive o controle, hein? — comenta Cooper, dando um soquinho na barriga do amigo.

Os dois lutam por um momento, ambos rindo; mesmo que Cooper esteja exausto, ele tem energia mais do que suficiente para a noite que se inicia. Ignoro a centelha de desejo que me percorre esperançosamente até a cabeça. Já está na hora de acabar com isso.

— Ei, quando você joga, eu jogo — afirma Evan. — Eu estava me arrastando no final.

— Ótimo jogo — diz um dos outros jogadores, um cara que não reconheço, ao passar.

Outro cara dá um tapinha no ombro de Cooper, acenando com a cabeça, mas um companheiro de time, que reconheço vagamente como Brandon Finau, fecha a cara. É claro que nem todos estão entusiasmados com a decisão de nomear Cooper como capitão.

Avisto meu pai do outro lado do corredor, conversando com sua equipe técnica, então puxo a manga de Cooper. Tenho certeza de que ele me notou no jogo, mas vou mandar uma mensagem de parabéns mais tarde; não quero ser chamada para uma conversa agora. Sem mencionar que ele sentiria o cheiro de álcool em meu hálito.

— Vamos lá.

Como todo mundo já está um pouco bêbado, seguimos a pé em direção ao centro da cidade. O frio dói menos com o uísque no corpo, mas mesmo assim fico perto de Cooper. Ele é como uma fornalha, e isso é mágico. Ele pegou minha mão assim que saímos do prédio, e eu sei que deveria me afastar (mais precisamente, deveria perguntar se podemos conversar), mas é bom demais roubar o calor que irradia dele para querer estragar tudo aqui no frio. O grupo, Victoria e Aaron, Dani, Will e Allison, Izzy e Mia, Sebastian, Rafael e Hunter, e Evan e Jean também, se separa de nós quando viramos na Main Street. Percebo que isso é intencional no momento em que Cooper me puxa para trás de um arbusto e me beija com vontade.

Malandro sorrateiro.

Envolvo meus braços em seu pescoço, ficando na ponta dos pés para me apoiar melhor enquanto retribuo o beijo. É automático, tão natural quanto respirar. Nós nos beijamos pelo que devem ter sido, pelo menos, cinco minutos, as mãos dele debaixo do meu suéter o tempo todo. Tremo, mas não de frio, porque a ponta de seus dedos é como fogo em minha pele. Quando ele finalmente dá um passo para trás, está relutante, puxando uma mão e depois a outra, lambendo minha boca mais uma vez antes de respirar.

— Cooper — digo. Minha voz parece pesada. Não estou nem perto de estar bêbada, mas por um momento gostaria de estar. Se estivesse bêbada, esqueceria o que preciso fazer. — Você foi nomeado capitão.

— Tudo graças a você, ruiva — diz ele.

Porra, sua voz é terna. Eu balanço a cabeça.

— Não. Foi graças ao seu esforço. Você é tão talentoso, teria passado na primeira rodada do *draft* se tivesse entrado.

Isso faz sua boca se contorcer.

— Não importa — diz ele. — O que importa é o agora.

— Sim — digo, agarrando-me a isso como um bote salva-vidas em águas infestadas de tubarões. Só que, em vez de tubarões, são sentimentos, e eu realmente não quero ser devorada por eles. Não quando eu sei que a solução, no final, é dolorosa.

— Você conseguiu o que queria. Nós não... temos que continuar fazendo isso. Não se sinta obrigado quando tenho certeza de que há meia dúzia de garotas no Red's agora, só esperando você entrar.

Ele fica calado por tanto tempo que quase repito o que disse, mas então enfia as mãos nos bolsos da jaqueta e olha para o chão coberto de gelo.

— É isso que você quer?

33

PENNY

Encaro Cooper por um longo e gélido momento.

Sim.

Não.

Não, não é o que eu quero, mas não posso me apaixonar por ele, e ele não pode se apaixonar por mim, e em algum lugar entre brincadeiras sobre livros, e conversas estúpidas por mensagem, balas de ursinhos e sexo tão bom que me faz chorar, acho que isso é o que pode estar acontecendo. Se eu ceder e tudo desmoronar, se minha vida desmoronar pela terceira vez...

— Sim — consigo dizer, embora meu coração esteja partido em mil pedacinhos. — É o que eu quero.

— Mas não terminamos sua lista.

— Sem problemas. Tanto faz.

— Mentira — diz ele, seu olhar procurando o meu. Cooper passa a mão pelo cabelo úmido. — Penny, por que está mentindo? O que aconteceu?

Abro a boca para dizer não sei o quê, mas, antes de conseguir vasculhar meus pensamentos, um miado queixoso quebra o silêncio.

— Isso é um gato? — pergunta ele, olhando em volta.

Fico de joelhos, enxugando furtivamente o rosto para me livrar das lágrimas teimosas, e espio debaixo do arbusto.

— Ai, meu Deus, é um gatinho.

Cooper também fica de joelhos, colocando a mão no meu braço para me impedir de enfiar a mão no mato.

— Espera, ele pode morder. Deixa que eu pego.

Cooper cutuca cuidadosamente a parte inferior do arbusto. Há outro miado, desta vez mais alto, e então ele puxa um gato magro e laranja com grandes olhos cor de âmbar. Não tenho certeza da idade do animal, mas, se tivesse que chutar, acredito que tenha apenas alguns meses. Ele sibila, mostrando os dentes para Cooper. Estendo a mão para pegá-lo, e Cooper o deposita em meus braços devagar. O bichano se enrola na dobra do meu cotovelo, dando a Cooper um olhar que diz claramente que ele me aceita como a figura de respeito aqui.

— Como ele sabe que nunca interagi com um gato? — questiona Cooper.

— Nunca?

— Nunca. Tome cuidado, ele pode ter raiva.

— Duvido. — Passo o dedo entre suas orelhas e ele mia de novo, parecendo muito menos irritado. Devia estar muito frio debaixo daquele arbusto. — O que será que está fazendo aqui? Está frio.

— Não tem identificação?

— Não.

— Estranho — comenta ele, limpando os joelhos antes de se endireitar. — Devemos... levá-lo para o corpo de bombeiros ou algo assim?

Levanto a sobrancelha enquanto fico de pé.

— Isso não é para quando encontram bebês?

— Provavelmente. — Cooper olha para o gato como se esperasse que ele começasse a uivar como uma alma penada. — Tome cuidado, Pen. Ele pode machucar você.

Eu rio.

— Cooper, é um gatinho de um quilo e meio. Não é nada ameaçador.

— Eu não confio nele.

— Pare de agir como um bebê. Olha, é fofo! — Seguro o gato e ele mia de novo, batendo no ar com a pata minúscula. — Eu tive um gatinho quando era criança, eles são animais perfeitamente adoráveis.

— Os cães são animais perfeitamente adoráveis — rebate. — Os gatos são seres mágicos com intenções maliciosas.

Abraço o gatinho mais perto do meu peito. Com certeza precisa de um banho e um pouco de comida. Não tenho como levar um gato para o meu dormitório, mas já estou torcendo para que, quando o levarmos ao veterinário, não encontrem um microchip de identificação nele. Talvez eu consiga convencer meu pai a aceitá-lo.

— Será que ele pode ficar na sua casa esta noite?

Cooper torce o nariz.

— Tudo bem. Vamos levá-lo lá para casa. Não é como se pudéssemos levá-lo para o bar.

Coloco o gatinho dentro do meu casaco, e ele parece gostar, porque me agradece com um ronronar.

— Eu acho que é menina.

Cada um de nós envia uma mensagem (eu para Mia, e Cooper para Sebastian), e vamos em direção à casa dele. É covardia, mas ter algo imediato em que focar torna mais fácil ignorar nossa conversa interrompida. Não parece que há um clima estranho entre nós enquanto caminhamos juntos, e não consigo decidir se isso é positivo ou negativo.

Quando chegamos em casa, Cooper vai direto para a cozinha. Ele pega uma tigela e enche com água, depois tira uma lata de atum da despensa.

— O que acha de dar atum pra ela?

Eu me acomodo no chão, sentada com as pernas cruzadas, e puxo a gata, segurando-a para que não fuja.

— Sim. Mas só um pouquinho. Ela pode querer só a água por enquanto.

Cooper põe um pouco de atum em outra tigela e coloca ambas no chão. Ele está sentado de costas para a geladeira, olhando para a gatinha com uma expressão desconfiada, como se encarasse um queijo um pouco vencido, mas eu sinto uma onda de alívio quando ela vai até o pontinho de água e toma alguns goles.

Eu acaricio as costas da gatinha com a mão.

— Posso dar banho nela na sua pia?

— Claro, meu bem.

Eu engulo.

— Callahan.

— Não quero mudar as coisas, Penny. — Ele estende a mão timidamente e esfrega a orelha da gatinha. Ela o encara, mas não recua. Mesmo que não seja recém-nascida, felizmente ainda é pequena e a mão dele parece grande demais em comparação. — Começamos algo e quero terminar. Não quero ficar com mais ninguém agora.

Eu mordo meu lábio.

— O que aconteceu com o lance de não repetir uma transa?

— Eu mudei as regras por você. — Ele estende a mão, segurando meu queixo e puxando minha cabeça para cima, o que nos faz olhar um nos olhos do outro. Eu engulo. Seu olhar é tão intenso quanto no dia em que foi atingido por um golpe nas laterais do rinque bem na nossa frente no final do segundo tempo. — Diga que você realmente quer parar, e eu respeitarei isso, mas, se está em dúvida, saiba que eu quero continuar.

Seria inteligente colocar um ponto-final nessa história. Tentar ser apenas amigos. Mas ele percebeu que eu estava mentindo e não consigo fazer isso duas vezes. Não quando meu coração está martelando e estou com tanta vontade de beijá-lo que não consigo nem pensar direito.

— Tudo bem, mas não estamos namorando — digo.

— Eu sei. — Cooper esfrega o polegar na minha bochecha. — Há muitas coisas que quero fazer com você.

— Me mostra — sussurro.

Ele se inclina, beijando-me firmemente nos lábios, mas a gatinha mia alto. Nós dois caímos na gargalhada e nos separamos quando ela pula no colo de Cooper; a desconfiança inicial parece estar desaparecendo depressa. Ele a pega, fitando-a nos olhos, e ela estende a pata para bater em seu nariz.

— Além disso, precisamos estar de boa — comenta Cooper. — Somos pais de pet agora.

Quando ele se levanta, eu o acompanho. Cooper entrega a gatinha para mim, limpando a pia e abrindo a torneira.

— Pensei que você nem gostasse de gatos — digo.

— E não gosto. Eu gosto desta gata. Amanhã, vamos levá-la ao veterinário e, se não for de ninguém, vamos ficar com ela. Então, se prepare, porque você é a mamãe e eu sou o papai.

— Se somos os pais dela — digo, tentando manter a voz calma, mesmo querendo soltar um grito de felicidade —, ela precisa de um nome. A gata que eu tinha quando era pequena se chamava Lady.

Por alguma razão, isso o faz bufar.

— Foi mal. — Cooper verifica a temperatura da água com o dedo. — Mas esse nome me faz pensar em *Game of Thrones*. A propósito, é a série que vamos assistir depois.

— Hum, não. Eu ia sugerir *Crepúsculo*.

— A gente vê os dois. — Ele olha para mim e para a gata. — Tangerina.

— O quê?

— O nome dela. Tangerina.

Eu a seguro. Ela não parece se importar com o nome, mas pode ser apenas porque está olhando para a pia como se soubesse que está prestes a ser traída com um banho. — Tangy?

Cooper me beija.

— Sim, boa como você. Seu gosto, e tal.

— Cooper.

Ele sorri.

— O quê?

— Você não tem jeito.

— Claro — diz ele, seus olhos praticamente brilhando de diversão. — Venha aqui, Mãe dos Gatos.

34

PENNY

Nunca tive vontade de ser mãe, tirando uma vez em que uma cena de fetiche reprodutivo me despertou esse desejo, mas, se eu vier a ser mãe, acho que será mais ou menos assim. Na semana passada, Cooper e eu não trocamos mensagens sobre nada além de Tangerina. Horário de alimentação da Tangerina. As injeções de Tangerina no veterinário. O progresso da Tangerina com a caixa de areia. Ele a levou para o meu dormitório ontem à noite, e ela amassou pãozinho no peito dele enquanto assistíamos a *Eclipse*. Cooper fica dizendo que ainda está começando a gostar dela, mas eu vi as fotos que me manda. Ele é obcecado por ela, e eu também, e nós não somos diferentes daquele casal com o bebezinho que vimos na Target alguns dias atrás, enquanto estávamos comprando uma cama de gato de verdade para Tangerina.

Neste momento, porém, Tangerina está olhando para Cooper enquanto ele tenta — de novo — e falha — de novo — ensiná-la a brincar de buscar.

Termino de escrever uma resposta em meu caderno de laboratório e olho para os dois. Estou de bruços na cama dele, com o trabalho da faculdade espalhado ao meu redor. Cooper estava fazendo um trabalho, mas o tédio venceu, e agora ele está no chão, sentado de pernas cruzadas enquanto Tangerina o encara.

— Ela não vai fazer isso — digo.

— Ela vai — insiste Cooper. — Estava interessada antes. Tangy, mostre a Penny no que estamos trabalhando.

Tangerina apenas balança o rabo, piscando os olhos brilhantes. Sua coleira, rosa-choque e coberta de strass desde que Izzy veio conosco ao Petsmart para comprá-la, destaca-se em seu pelo sedoso. Ela não se parece em nada com o que era há uma semana, toda enlameada e meio congelada. Aposto que já ganhou meio quilo. Cooper joga o rato de brinquedo novamente, e, mais uma vez, ela o observa passar por cima de sua cabeça com um leve interesse. Cooper suspira, acariciando-a entre as orelhas.

— Tudo bem — diz. — É uma brincadeira só nossa, tudo bem.

Eu separo os papéis em minha pasta. O relatório de laboratório no qual estive trabalhando na última hora está, para dizer o mínimo, uma bagunça. Tive que refazer as contas da primeira etapa aproximadamente dezessete vezes. E agora não consigo encontrar a planilha de dados de que preciso a fim de passar para a próxima seção.

— Merda.

— Algum problema?

— Esqueci um papel de que preciso na casa do meu pai. — Eu me sento, mordendo o lábio enquanto verifico a hora no meu celular. — Este trabalho é pra amanhã, preciso ir buscar.

— Eu posso levar você.

— Fica a apenas três quarteirões daqui.

— Irei com você, então. Você disse que ele saiu, certo?

Eu suspiro enquanto saio da cama e pego minhas botas.

— Sim. Ele não quis me contar, mas acho que está em um encontro.

Cooper sorri, pegando Tangerina para um beijo antes de colocá-la na cama.

— Manda ver, técnico.

Reviro os olhos.

— Eu nem me importaria. Não quero que ele fique sozinho. Mas ele é tão reservado a respeito disso, como se achasse que eu morreria se soubesse que ele tem uma namorada.

— Você sabe quem é?

— Só um palpite, mas não tenho certeza.

Abro a porta, e Tangerina salta da cama de um jeito bem atlético, correndo para o corredor. Ela adora dormir na cama de Izzy.

— Iz, vamos dar uma saidinha — avisa Cooper.

Em vez de responder, ouvimos Izzy gritar:

— Tangy! Não pode subir no meu computador!

Ele bufa enquanto desce a escada.

— Eu a conheço?

— Sim.

Cooper levanta as sobrancelhas.

— Me conta.

Vestimos nossos casacos e saímos para a rua fria. Na verdade, eu não me importaria de ir de carro, mas, caso meu pai esteja por perto, não gostaria que ele visse a picape de Cooper.

— Acho que é a Nikki.

— Nossa chefe Nikki?

— Sim. Eles se conhecem há muito tempo. Ela treinou com minha mãe. Foi ela quem contou a ele sobre o cargo de técnico na McKee.

— Ah. Como eu disse, manda ver, técnico. Ela é muito gata.

Reviro os olhos de novo, mas Cooper tem razão: Nikki é linda. Isso é o mais longe que estou disposta a ir, então fico aliviada quando chegamos em casa. Destranco a porta, e Cooper espia ao redor como se estivesse diante de uma casa mal-assombrada, e não uma das muitas casas coloniais perfeitamente agradáveis deste quarteirão.

— Isso é meio estranho — diz ele. — Nunca estive na casa do técnico.

— Eu vivo tentando convencê-lo a dar um jantar para a equipe aqui — comento enquanto viro a maçaneta.

Esta é uma casa antiga, como a maioria das que existem nesta parte da cidade, então a porta da frente sempre emperra porque não está mais centralizada na moldura. Não sou apegada a esta casa, mas ainda sinto falta da que tínhamos em Tempe, mesmo que parecesse muito menor e mais triste depois que minha mãe nos deixou.

— Sim, sempre fazemos o banquete de inverno no Vesuvio.

Cooper me segue até a cozinha nos fundos. Na mesa, que, como sempre, está coberta de fichários, relatórios e o grande bloco de desenho que meu pai usa para planejar seu manual, eu encontro a ficha de dados preenchida no laboratório no início desta semana. Provavelmente a perdi no meio de um impasse: empurrar toda a porcaria na mesa para que pudéssemos comer nossa comida ou pegar minhas coisas para que eu pudesse ir até a casa de Cooper.

— Ok, vamos. — Viro-me e praticamente esbarro em Cooper, que está olhando para o caderno tático do meu pai.

— Isso nunca daria certo — diz ele, franzindo a testa enquanto traça os garranchos de meu pai. — Jean não é bom fingindo.

Pego as folhas.

— Acabamos aqui. Vamos.

— Não vai me levar pra conhecer o seu quarto, ruiva?

— Vai por mim, não há nada de especial.

— E se eu lhe disser que tenho segundas intenções?

Reprimo um sorriso.

— Tudo bem. Mas você não tem permissão para tirar sarro do meu pôster de Robert Pattinson.

— Como se isso fosse novidade, querida. Vi o jeito que você olha para o Edward.

Estendo a mão para beliscá-lo, mas ele desvia a tempo. Suspiro, liderando o caminho para cima.

Mudamos para Moorbridge antes do meu último ano do ensino médio, então passei um ano inteiro vivendo aqui antes de começar na McKee. Cooper era calouro no primeiro ano do meu pai como técnico na McKee. Por alguma razão, é mais estranho pensar que eu ia para o Colégio Moorbridge enquanto Cooper estava a apenas dez minutos de distância do que pensar no ano passado, quando nós dois estávamos no campus e não nos cruzamos. Se tivéssemos nos encontrado, porém, duvido que estaríamos fazendo o que fazemos agora.

Alcanço o interruptor da luz do teto. Cooper fica com uma expressão pensativa no rosto. Uma coisa é ver o dormitório, outra totalmente diferente é ver uma versão do meu quarto de adolescente. Tinta amarela nas paredes, um tapete azul no chão. Uma pequena cama de solteiro encostada na parede e livros por toda parte. Meu pôster de *Crepúsculo*, que prendi em cima da cama e nunca mais tirei, e, claro, uma estante inteira cheia de troféus e medalhas, relíquias de uma época da minha vida que ficou no passado. Eu me abaixo, esfregando o joelho. A dor fantasma sempre surge quando penso em quanto esses prêmios me custaram.

— Você conquistou muitos troféus e medalhas de primeiro lugar — comenta Cooper.

Eu sorrio ironicamente.

— Tive uma boa treinadora.

— Sua mãe?

— Sim. Outra pessoa assumiu quando ela ficou doente, mas antes disso ela era minha técnica. — Eu me sento na cama, contendo a onda de emoção que sempre me atinge quando falo sobre minha mãe. Sei que poderia parar e Cooper não iria forçar a barra, mas algo em vê-lo aqui me faz querer continuar. Ele se senta ao meu lado na cama, segurando minha mão. — Sei que perece o típico estereótipo da mãe má que força a filha a fazer a mesma coisa que ela fez para recuperar sua glória, ou sei lá, mas ela não era assim.

— Como ela era? — pergunta Cooper suavemente.

Eu traço a palma da mão dele.

— Ela era maravilhosa. Fez tudo ser divertido. Preparou todas as minhas sequências com músicas animadas. Dançava ao meu lado nas minhas aulas de balé. Montava álbuns de recortes de todas as minhas competições, notas do programa e fitas. Sempre levava bala de ursinho e minhocas azedinhas na bolsa para o caso de eu precisar me animar. Sei que sua carreira acabou porque ela engravidou de mim, mas minha mãe nunca fez parecer que eu arruinei sua vida. Fui uma surpresa, mas meus pais me desejaram.

Sorrio, me lembrando de uma vez que ela reprimiu outra mãe por gritar com a filha depois de uma apresentação desastrosa.

— Ela nunca gritou comigo. Quando eu cometia erros, a gente repassava de uma forma que me fazia sentir melhor, mesmo eu tendo errado, sabe? Minha mãe fazia com que eu me sentisse agradecida por ter tido a oportunidade de cometer o erro e aprender com isso.

Minha voz soa embargada, como sempre acontece quando falo sobre ela. Já se passou quase uma década, mas não consigo relembrar sem chorar. Às vezes, eu me pergunto se será assim pelo resto da vida, se vou falar sobre minha mãe com meu filho e chorar o tempo todo. É como se a dor voltasse de novo, como se eu estivesse vivenciando todos os momentos que passei naquele hospital de uma só vez.

Cooper me puxa para um abraço, e eu me derreto em seu peito, agradecida.

— Sinto muito. — Ele estremece. — E sinto muito por dizer isso. Sei que essas palavras não são úteis.

Balanço a minha cabeça.

— Tudo bem.

— O que aconteceu? Se você quiser contar.

— Ela teve câncer de ovário. Foi muito agressivo. — Enxugo meus olhos e o encaro. — Eu tenho o mesmo cabelo que ela, sabe. Esse tom lindo de ruivo. Tudo desmoronou quando minha mãe começou a quimioterapia. Eu tinha treze anos. Quando ela faleceu, tinha quatorze.

Cooper me abraça com tanta força que perco o fôlego.

— Eu me lembro da foto na sua mesinha de cabeceira no dormitório. Quer que eu pare de te chamar de ruiva? Isso traz lembranças ruins?

— Não. — Eu me endireito, tentando sorrir. — Eu gosto. Não pare.

Ele encosta os lábios na minha testa.

— Obrigado por ter me contando.

— Eu não falo muito sobre ela. — Meu sorriso fica vacilante de novo. — Meu pai não gosta. Acho que ainda dói muito.

— Sabe, seria estranho te agarrar com o Edward Cullen encarando a gente — diz ele, brincando.

Eu rio alto. Pela terceira vez seguida, suas considerações me surpreendem. Perguntando sobre minha mãe. Checando se ainda quero ser chamada de "ruiva". E agora isso: saber exatamente quando preciso de humor para não perder o controle.

— Já somos íntimos — digo. — Comecei a ler *Crepúsculo* no hospital. Foi a série de livros que fez eu me apaixonar pela leitura.

— Bem, isso diz muita coisa. Precisamos fazer uma troca de livros. Eu leio *Crepúsculo*, e você pode ler *Senhor dos Anéis*.

Estendo a mão até a estante ao lado da minha cama; minhas cópias surradas ficam bem no meio da prateleira de cima. Pego o primeiro e folheio. Se ele ler, verá todas as passagens que destaquei. Já li centenas de livros desde então e sei que a série não é perfeita, mas ainda adoro cada palavra.

— Você provavelmente não vai gostar. Os livros não são nada parecidos com o que costuma ler.

— Gosto dos filmes — diz ele. — E você vai gostar de *A Sociedade do Anel*.

— Tudo bem — concordo. — Mas, se eu desistir porque não há romance suficiente, nem tente...

— Joaninha? — chama meu pai. — Está em casa?

Meu coração aperta.

— Para o armário — murmuro, empurrando Cooper. — Vai.

Ele se fecha no armário no exato momento em que meu pai bate à minha porta.

35

COOPER

Desde que comecei a ficar com garotas, já fui empurrado sem cerimônia para dentro de armários em duas ocasiões: uma vez porque a garota com quem eu estava tinha um namorado sobre o qual ela se esqueceu de me contar, e outra porque os pais conservadores de uma menina teriam perdido a cabeça se a vissem com um cara em seu quarto. Já me escondi debaixo da cama, debaixo das cobertas e, em uma ocasião memorável, me meti no terraço como o maldito Romeu Montague. E essas foram apenas as vezes em que não fui pego. Ainda estremeço sempre que me lembro da pancada certeira que levei na bunda com um chinelo enquanto saía correndo de uma casa só de cueca. Aquela avó tinha um braço forte.

Mas, até agora, nunca levei o esconderijo tão a sério. Mal estou respirando para evitar que o técnico ouça. Não estou tão preocupado com o que vai acontecer comigo se eu for pego, só quero poupar Penny do constrangimento, especialmente depois de ela se abrir sobre sua mãe.

— Penelope — diz o treinador —, pensei que você tivesse voltado para o dormitório.

— Eu voltei — explica ela. Observo através das ripas da porta de madeira tipo veneziana, o que significa que tenho visão reduzida, mas isso torna ainda mais provável que o técnico perceba que algo está acontecendo. Ela está segurando os relatórios de laboratório. — Esqueci isso, tive que voltar para buscar.

— Espero que não tenha vindo a pé do campus. Mia te faz companhia, certo?

— Sim. — Observo enquanto ela passa a mão pelo cabelo. — Peguei um táxi para vir. Preciso disso para um trabalho que vou entregar amanhã e não queria atrapalhar seu encontro. Falando nisso, como foi?

Como que em resposta, uma mulher chama:

— Larry? Está tudo bem?

— Já vou descer, Nikki — responde o técnico. Ele está corando, algo que nunca o vi fazer. Eu não sabia que ele era capaz disso.

— Ah — diz Penny. Ela também está corando rápido. — Isso é, hum, ótimo, pai. Vou voltar de Uber para o campus.

— Posso levar você — oferece ele.

— Não, tudo bem — diz ela rapidamente. — Você precisa se divertir.

— Espero que você ainda esteja se concentrando nos estudos. — O técnico aponta para o livro em suas mãos. — Não quero que perca muito tempo lendo essas coisas, Pen.

A indignação irrompe através de mim. Penny cruza os braços sobre o peito, abraçando o livro.

— Estou me dedicando aos estudos na faculdade.

— Não será fisioterapeuta se não se esforçar. Você sabe disso.

Fisioterapeuta? Eu nem sabia que esse era o plano de Penny; ela nunca mencionou isso. Eu estava me perguntando por que ela está se formando em biologia quando suas paixões obviamente são outras. Agora sei o motivo e, infelizmente, eu a entendo. Ela quer agradar o pai, mesmo que isso signifique estudar algo que não lhe desperta o menor interesse. Eu poderia já estar na liga, mas estou na McKee agora porque também quero agradar meu pai.

— Eu sei — responde ela. — Estou me esforçando para isso, eu garanto. Também estou fazendo aulas extras no meu tempo livre.

— Tenho te achado um pouco distraída — comenta ele. O técnico se aproxima de Penny, a preocupação estampada em seu rosto. — Você me diria se algo estivesse acontecendo, certo? Não é algo como o que aconteceu com Preston?

— Não — responde ela. Penny pega o restante dos livros da estante e coloca sua folha de dados em um deles. — Não é nada disso.

— Porque você pode voltar às sessões semanais com a dra. Faber quando quiser. Ainda está tomando seus remédios, né?

O rubor em seu rosto fica ainda mais marcante. Penny olha em direção ao armário. Estremeço, desejando poder tapar os ouvidos com as mãos, porque a conversa chegou em um território que obviamente não é da minha conta, mas não quero correr o risco de fazer barulho e estragar ainda mais as coisas.

— Pai. Sério, estou bem. Estou tomando meus remédios. E reler uma série de livros que gosto não significa que estou prestes a ir para o fundo do poço de novo. Não é como se fosse por isso que eu... Enfim. A gente se fala depois.

Penny sai do quarto. O técnico Ryder fica lá por um momento, com os braços cruzados sobre o peito. Não percebo até que ele respira fundo, mas está chorando. Ele tira um lenço de papel do bolso e enxuga cuidadosamente os olhos, depois pigarreia.

— Desculpe por isso, querida — diz ele para Nikki ao sair do quarto. — Posso pegar aquela bebida para você agora?

Quando saio pela janela, encaro o salto até o chão e me esgueiro pela casa. Penny está na metade do quarteirão, então corro para alcançá-la. Ela está chorando, soltando soluços longos que machucam meu coração só de ouvir. Coloco meu braço em volta de seus ombros, que ela encolhe.

— Ruiva.

— Quando chegarmos na sua casa, pode me levar para o dormitório?

Engulo os protestos que quero fazer.

— Claro.

— Obrigada.

— Sinto muito — digo, deixando escapar.

Ela olha para mim.

— Pelo quê? Por ouvir tudo? Não é sua culpa estar lá.

Escolho o assunto mais seguro para trazer à tona, embora não consiga parar de me perguntar quem é Preston e por que Penny se consulta com uma psiquiatra.

— Você não quer ser fisioterapeuta.

Ela funga.

— Não — responde com a voz rouca. — Mas sabe quando às vezes nos apegamos a algo e não conseguimos deixar pra lá? Depois da minha lesão, fiquei interessada em fisioterapia, e meu pai sugeriu que eu tornasse isso uma carreira. Não é como se eu tivesse ideias melhores, então tanto faz. Não significa nada.

— Significa, sim. É a sua vida. E a sua escrita?

— Você não conhece a história toda.

— Me conta.

Penny para na calçada, olhando para mim com lágrimas no rosto; sua respiração forma uma nuvem no ar enquanto ela suspira.

— Não posso — diz ela, com a voz embargada. — Não se preocupe com isso.

Ainda assim, não consigo parar de me preocupar. Não consigo parar quando chegamos em casa, e ela junta suas coisas. Não consigo parar quando ela pega minha cópia de *A Sociedade do Anel* na estante e segura contra o peito como se estivesse segurando um prêmio. Não consigo parar quando ela dá um abraço de despedida em Tangy, nem quando dirigimos para o campus em silêncio, ou quando ela se esquiva do meu beijo ao sair da picape. Eu continuo preocupado quando me deito na cama, com Tangerina enfiada ao meu lado e roncando delicadamente enquanto leio os primeiros capítulos de *Crepúsculo*. Minha preocupação está tomando uma proporção que não deveria, mas não é como se eu pudesse simplesmente fazer com que ela desaparecesse. Eu disse a Penny que não estamos namorando na semana passada e vou me agarrar a isso enquanto puder, mas, a cada segundo que passa, meus sentimentos marcham para um território que nunca explorei antes.

Ela me contou sobre sua mãe, e estou com seu livro favorito em mãos, e vejo sua caligrafia de quando tinha treze anos nas margens. O fato de ela ter me entregado algo pessoal não significa nada? Quando ela estiver lendo *A Sociedade do Anel*, verá as páginas que marquei, a lombada quebrada, os pensamentos que escrevi a lápis durante as releituras, destacando os trechos que pareciam particularmente mágicos. Sei que não deveria sentir isso por ela, e talvez eu esteja interpretando essa situação de uma forma equivocada, mas não é possível que Penny não sinta nada.

Há um sentimento em meu peito que é palpável e tem vida própria. Não é amizade. É algo mais profundo. Em algum momento, não serei capaz de conter o que sinto, e tenho medo de que, quando isso acontecer, perca Penny para sempre.

36

COOPER

— Não é maravilhoso que a folga de James tenha caído justamente nesta semana? — diz minha mãe assim que me abraça.

Estou no Centro Markley há horas, concentrando para o jogo, mas dei uma escapadinha assim que soube que minha família havia chegado. Ainda não estou com meu equipamento, apenas roupas de academia, mas, depois de dizer "oi" para eles, preciso vestir o uniforme.

— Com certeza.

Eu a aperto com força. Não vejo meus pais desde o início do semestre e sinto falta especialmente dela. Quando minha mãe me solta, meu pai dá um passo à frente e me puxa para um abraço. Relaxo por um breve momento, porque, mesmo sendo mais alto do que ele agora, não parece, e conseguir um abraço de Richard Callahan é algo raro. Espero ganhar outro depois do jogo. Eu disse aos meus irmãos que guardassem o segredo de eu ter me tornado o capitão para que pudesse compartilhar pessoalmente.

— É uma pena não podermos ficar o fim de semana inteiro — diz James enquanto damos tapinhas nas costas um do outro. — O técnico quer que o time chegue no Texas com antecedência.

— Ainda não consigo acreditar que você não vai passar o Dia de Ação de Graças com a gente — reclama minha mãe com um suspiro.

— Alguém tem que jogar contra o Dallas — afirma meu pai. — E é um jogo importante.

— Sim, sim. — Minha mãe faz um gesto com a mão. — Pelo menos a Bex vai. E a gata, certo? Não vejo a hora de conhecê-la.

— A gata é tão fofa. — Izzy se derrete. — Mãe, você vai pirar.

Bex sorri enquanto se aproxima para me abraçar também.

— Desenterrei meu boné da McKee para este jogo — anuncia ela, dando um beijo na minha bochecha. — É estranho voltar a usar roxo.

— Consegui lugares para vocês na primeira fila — digo enquanto atravesso o estacionamento.

A partida será no meio da tarde, e é a que os fãs de hóquei da McKee têm aguardado durante toda a temporada: o primeiro jogo em casa contra a UMass. Tempos atrás, alguém começou a chamar essas partidas de Congelamento de Peru, já que acontece pouco antes do feriado de Ação de Graças, e o nome pegou. Há até um troféu, um peru de bronze usando o equipamento completo de hóquei que passamos de um lado para outro com base em quem ganha. É um dos maiores jogos da temporada regular que disputamos entre faculdades da Associação Hockey East. O canal CBS está transmitindo ao vivo, e nosso técnico já me disse que provavelmente conseguirei uma entrevista em algum momento, então preciso pensar em como quero me apresentar. Minhas estatísticas têm sido fortes durante toda a temporada, mas uma atuação excelente durante este jogo ajudará a mostrar que posso me sair bem mesmo sob pressão. Será a primeira vez que verei Nikolai em casa desde a temporada passada, mas não estou mais preocupado com isso. Vou me preservar, o que significa não prestar atenção nele, não importa o que ele diga para mim ou que golpes baixos tente dar.

— Vocês vão ficar bem em frente aos bancos dos jogadores.

— Fantástico — comemora minha mãe. — Estamos muito animados para ver você no rinque, querido.

— Espere até vê-lo com todo o equipamento — diz Izzy, maliciosa. Cutuco ela nas costelas. Ela grita, dançando para longe de mim. — Cooper!

— Nem mais uma palavra sequer — aviso.

— O quê? — pergunta meu pai.

— Nada — digo, disfarçando. — Preciso correr para o vestiário, mas deixei os ingressos na bilheteria. O pai e a irmã mais nova de Evan estarão perto de vocês, e minha amiga Penny também.

James me lança um olhar que ignoro deliberadamente. Deixando de lado as percepções inoportunas, não é como se as coisas tivessem mudado desde o dia em que almoçamos com Bex e ele. Penny ainda é apenas minha amiga e, na verdade, o clima está tenso entre nós desde a noite em que o pai dela quase me pegou em seu quarto. Quando tentei trazer o assunto à tona outro dia, ela olhou para mim como se eu tivesse acabado de pisar no rabo de Tangy. Não toquei mais no assunto.

No vestiário, a energia está lá em cima. Sempre tentei animar os rapazes antes dos jogos — é parte da razão pela qual eu queria ser capitão em primeiro lugar, foi algo natural —, mas agora, com o "C" no peito, sinto a pressão com mais intensidade. O técnico Ryder está extremamente elegante, com uma camisa roxa-clara e um terno azul-marinho. Ele acena para mim enquanto coloco fita adesiva nova no meu bastão.

Será que ele sabe quanta pressão está exercendo sobre a filha? Sabe quanto ela ainda está sofrendo? Algo me diz que ele nem desconfia que Penny está escrevendo um livro.

— Já viu seus pais? — pergunta Evan enquanto amarra os patins.

Sua pergunta quebra meu devaneio. Nada além do jogo importa neste momento, mesmo que eu pense em Penny sempre que olho para o técnico Ryder. Ela usará o roxo da McKee, mas não será minha camisa.

— Sim, acabei de encontrá-los. Eles vão se sentar perto do seu pai e da sua irmã.

— Legal. Talvez a gente possa jantar junto depois da partida.

— Callahan — chama o técnico. — Gostaria que dissesse algumas palavras de incentivo antes de entrarmos.

Dou-lhe um aceno de cabeça. Já esperava por isso. Do outro lado da sala, Brandon faz uma careta. Quando o técnico me anunciou como capitão da equipe, fiquei preocupado com a possibilidade de arranjar confusão com Brandon, mas ele tem estado quieto, mantendo-se com seu pessoal enquanto eu fico com a minha galera. Parte de mim sente que devo tomar cuidado, caso ele tente me passar a perna de alguma forma, mas isso é apenas a paranoia falando. Contanto que sua frustração não afete seu trabalho no gelo, não me importo com o que ele sinta. Brandon pode me odiar quanto quiser, mas eu mereci esse posto.

Assim que todos terminam de se preparar, nos amontoamos no centro da sala. Há um cinegrafista no canto; não o tinha notado até este momento. Ele provavelmente está transmitindo uma espiadinha ao vivo no vestiário. Engulo a onda de nervosismo e bato meu taco no chão para atrair a atenção de todos.

— Pessoal, sei que perdemos a partida quando visitamos a UMass há algumas semanas. Foi uma derrota difícil.

Ouço murmúrios de concordância. Esse jogo foi uma droga. Perder de 1-0 é difícil de engolir, especialmente na UMass. Nikolai zombou de mim quando a campainha tocou e a banda estudantil executou uma canção de vitória; tive que respirar fundo e patinar para fora do gelo para não acabar fazendo alguma besteira. Algo na cara daquele idiota me deixa com vontade de *socá-lo*.

— Mas agora estamos em casa e, desde aquela partida, estamos numa sequência de vitórias. O jogo contra Merrimack foi incrível. — Olho para todos no grupo. Evan está fitando o chão, balançando-se para a frente e para trás. Remmy parece pronto para tudo, uma postura que eu adoro ver. Jean me dá um aceno de cabeça, e Mickey também. Até Brandon está prestando atenção. — Conhecemos nossos pontos fortes. Somos mais rápidos que eles. Nossa troca de passes é melhor. Temos Remmy, que é um bruxo do caralho na rede. Depois de três tempos intensos, vamos sair daqui com uma vitória.

— McKee fodona! — grita Jean.

Todos riem, batendo com os tacos enquanto repetimos suas palavras. Espero que a transmissão ao vivo tenha um delay para que eles possam cortar os xingamentos. Paro na porta e bato no capacete de todos que passam, um gesto de boa sorte que nosso capitão do ano passado costumava fazer antes de cada jogo.

Nós patinamos para as apresentações. Um integrante do coral da escola canta o hino nacional enquanto a banda estudantil toca. É um pouco estranho, para ser honesto. Não estou acostumado com essa pompa toda. James está, tenho certeza; ele foi ao jogo do campeonato nacional de futebol americano universitário na temporada passada. Apoio meu taco nos ombros e abaixo a cabeça enquanto os rapazes da UMass patinam no gelo depois de nós.

Quando levanto a cabeça, quase solto um xingamento. Nikolai está bem na minha frente... com um "C" na camisa também. Isso não estava lá no último jogo.

Só pode ser brincadeira.

Sua boca se contorce em um sorriso.

— Parece que nós dois progredimos, Callahan.

— Volte para a KHL, Volkov.

Ele se limita a mastigar o protetor bucal. É melhor que isso também seja novo se não quiser engolir um dente.

Não. Balanço a cabeça. Preciso me concentrar, não importa quanto ele tente me pressionar. Olho para onde minha família está, para Penny, e relaxo quando vejo seu cabelo ruivo solto sobre os ombros. É como um farol que me traz de volta para a realidade. Meu pai está com os cotovelos apoiados nos joelhos e as mãos unidas, com apenas as pontas dos dedos se tocando. Ele não é um especialista em hóquei, mas é um ex-atleta e terá muito o que criticar no final da partida. Procuro um pingo de orgulho em sua expressão, algo que mostre que ele percebeu a mudança no uniforme, mas não há nada.

Penny encontra meu olhar. Ela sorri, e me deixa completamente sem fôlego. É perfeita demais. Só seria melhor se ela estivesse usando minha camisa. Eu queria que todos na arena, até mesmo o pai dela, soubessem que ela é minha.

Só posso desejar que um dia ela me deixe tê-la. Não apenas na cama, e não apenas como amigos. Quero tudo dela, cada pedacinho — os que já conheço e adoro, e os que não conheço, mas espero conhecer um dia. Estou ganhando sua confiança, conquistando uma pequena peça do quebra-cabeça de cada vez, e, embora não tenha a imagem completa, sei que, quando tiver, vou adorar.

Enquanto o diretor atlético da McKee se aproxima do microfone para apresentar o jogo, Nikolai se inclina.

— Onde estava escondendo aquela sua irmã, Callahan? Você precisa me apresentar a ela.

Coloco meu protetor bucal no lugar.

— Chupa meu pau.

Ele sorri com um olhar sombrio. Há uma cicatriz na lateral do seu rosto, como se ele *tentasse* ser um vilão de James Bond da era soviética, e um hematoma desbotado em sua mandíbula que eu gostaria de ter causado.

— E a ruivinha? Ela deve ser ótima na cama.

— Obrigado — conclui o diretor atlético.

Há aplausos, mas soam distantes, como se estivessem vindo de baixo da água. Idiota maldito. O árbitro faz um gesto para Brandon e o centro da UMass se posicionarem para o confronto.

— Engole a porra da sua língua — digo calmamente. — Não fale da minha irmã nem da minha garota.

Nikolai sustenta meu olhar, mas somos forçados a interromper o contato visual quando o árbitro diz:

— Senhores. Em suas posições.

Patino até meu lugar, batendo duas vezes com o taco no gelo. Eu tenho que lutar contra a vontade de olhar para Penny de novo. O disco cai. Brandon avança, ganhando a posse e passando para Mickey enquanto ele patina até a linha azul, e estamos fora.

Estou jogando pela minha família. Pelo meu pai.

Mas, acima de tudo, estou jogando pela minha Penny da Sorte.

37

COOPER

Como previsto, a CBS quer uma entrevista. O repórter me alcança no túnel logo no final do jogo. Vencemos na prorrogação, graças a um belo gol de Mickey, e minha respiração está pesada, e o suor ainda escorre como se eu tivesse acabado de sair de uma piscina. Precisei literalmente me jogar na frente de alguns arremessos na rede, o que significa que com certeza terei dores em várias partes do corpo quando a adrenalina passar.

— Olá, Cooper, sou Kacey Green, da CBS Sports. Você se importa de dar uma palavrinha com a gente? — pergunta ela com um sorriso de câmera.

A repórter está usando um vestido verde-pinheiro que valoriza sua pele marrom-escura e, embora esteja de salto alto, mal chega ao meu peito. Eu me sinto um monstro enorme e suado comparado a ela, mas imagino que esteja acostumada, porque, se acha que estou fedendo, não demonstra.

Firmo o taco no chão para usar de apoio.

— Claro.

— Que jogo fantástico — diz ela. — Você acha que mostrou o que espera trazer para a liga?

Faço o possível para ignorar o cinegrafista parado ao lado dela enquanto me abaixo para falar ao microfone. Seria estranho falar apenas de mim depois de um esforço coletivo, então eu digo:

— Obrigado, Kacey. Todo o time jogou muito bem. Tivemos uma derrota difícil para a UMass no início da temporada, por isso é emocionante manter o troféu em casa por mais um ano.

— Mas você realmente deu tudo de si hoje.

— Sim. — Dou uma risada, estremecendo quando isso faz minha barriga doer. — Marquei bem na frente, bloqueei alguns chutes. Demos o nosso melhor.

— Recentemente você foi nomeado capitão da equipe.

— Sim. Eu me sinto honrado pela escolha do técnico e da equipe.

— Você e Nikolai Abney-Volkov são os defensores com as melhores classificações do hóquei masculino na primeira divisão universitária — comenta ela. — As estatísticas de vocês são quase idênticas nesta temporada. Os Sharks recrutaram Volkov na primeira rodada do primeiro ano, quando vocês dois estavam elegíveis, mas você optou por não ser convocado.

Espero por uma pergunta, mas ela faz uma pausa, então apenas assinto. Maldito Nikolai.

— Você se arrepende de esperar por uma proposta após a formatura?

— Eu...

Antes de a temporada começar, eu teria respondido que sim, que preferia estar no nível profissional, colocando toda a minha energia na coisa com a qual eu mais me importo no mundo. Permitindo-me combater os adversários e reforçar nossa zona, me concentrando no meu tempo no gelo como todo mundo. Mas agora? Não tenho tanta certeza. Se eu já estivesse na liga, não teria conhecido Penny. Se alguém me falasse para escolher entre continuar na faculdade ou entrar na liga amanhã, eu não sei o que eu diria.

Pelo canto do olho, vejo meu pai. Ele está encostado na parede enquanto fala com alguém ao celular, mas posso senti-lo olhando para mim. Talvez outros pais não usem calças, camisa de colarinho e suéter de cashmere para ver seus filhos jogarem hóquei, mas ele ainda é reconhecido aonde quer que vá, então seus padrões não são os mesmos da maioria. Tecnicamente, ele nem tem permissão para voltar aqui, mas tenho certeza de que alguém o reconheceu e o deixou passar.

Discutimos se eu entraria no recrutamento durante a maior parte do meu último ano do ensino médio. O ressentimento era tão profundo que mal nos falamos durante meses. Esse assunto está quase superado agora, uma parte do passado que não tenho interesse em reviver, mas, enquanto a pergunta de Kacey ecoa em minha mente e olho para meu pai, que certamente consegue ouvir nossa conversa, sinto uma pontada. Ele nunca entendeu como o mundo do hóquei profissional é diferente do futebol americano, e nunca se importou em aprender.

— Não me arrependo — respondo. — Tenho melhorado a cada jogo, e grande parte disso é graças ao técnico Ryder. Estou onde preciso estar agora, embora esteja animado com o que vem pela frente.

— Parabéns de novo — diz a repórter. — Obrigada pelo seu tempo.

Agradeço a ela e espero até a câmera parar de gravar antes de atravessar o corredor em direção ao meu pai.

— Pai — digo, enxugando a testa com a manga do suéter. Não consigo conter meu sorriso. — Você ouviu isso?

Ele encerra a ligação, franzindo a testa.

— O quê?

— A entrevista.

— Há algo que eu deveria ter notado?

Eu fico na ponta dos pés, quase me inclinando para um abraço, mas me seguro no último momento. Estou encharcado de suor; ele não vai querer que eu estrague suas roupas.

— E a mudança no uniforme? Muito legal, né?

Ele me olha de cima a baixo. Eu me endireito, depois de anos sendo instruído a observar minha postura, e aliso a frente da camisa, caso ele não tenha dado uma boa olhada na novidade.

— Não quis nos contar antes? — pergunta ele, ainda me estudando como se eu fosse um trecho complexo de um manual.

— Quis fazer uma surpresa.

— Que bom que seu técnico viu as melhorias consistentes em suas jogadas e no seu comportamento.

— Tenho me esforçado muito nesta temporada.

— É o que espero de você — diz ele. — Eu criei você e James para se tornarem capitães.

— Sim, senhor.

Por que pensei que teríamos essa conversa sem que ele mencionasse meu irmão? Não importa o que eu faça, não importa o que eu conquiste, mesmo em um esporte diferente, James fará tudo primeiro. E meu pai vai gostar mais porque foi feito no futebol americano.

— Seu desleixo no início do terceiro tempo poderia ter resultado num desastre — continua.

Ele está certo, é claro; esse foi o maior erro que cometi durante o jogo, e não estou surpreso que meu pai tenha percebido. Faço que sim com a cabeça, mordendo o interior da minha bochecha. É uma crítica justa, mesmo que não seja o que eu esperava ouvir agora. Quando repassarmos a gravação deste jogo, o técnico dirá a mesma coisa. A solução para as rotatividades é não as fazer.

— Certo, senhor. Mas você está... Não achou isso ótimo? E já marquei quatro gols nesta temporada.

O celular em sua mão vibra. Ele olha para baixo e franze os lábios.

— Preciso atender, filho. A gente se fala mais tarde.

— Espera, pai.

Ele me dá um tapinha no meu ombro de novo ao passar.

— Nada de jogadas desleixadas.

Eu observo enquanto ele anda apressado pelo corredor, o celular pressionado no ouvido. Não entendo o que ele diz, mas, a julgar pela expressão em seu rosto, não parece uma conversa muito agradável.

De repente, eu me sinto um estúpido. Vou para casa no Dia de Ação de Graças em menos de uma semana, não é como se não fosse vê-lo lá. Podemos conversar depois. No entanto, mesmo sabendo disso, parte de mim gostaria de ter conversado com ele um pouco mais agora. Para realmente ouvir as palavras que desejo que saiam de sua boca. Ele diz a James — e a Izzy, e a Seb — quão orgulhoso está o tempo todo, então por que essas palavras não chegam até mim? Sempre que tento me conectar com ele, algo se perde no caminho. Se ele olha para James e enxerga a si mesmo, então me vê como o tio Blake, e está apenas esperando o momento em que vou colocar tudo a perder.

Estou prestes a abrir a porta do vestiário quando vejo aquele gorro da McKee com pompom no topo.

É Penny, parecendo que acabou de ver um fantasma.

38

PENNY

Ser filha do técnico tem seus privilégios, como acessar a praticamente qualquer lugar no Centro Markley. Quando o guarda parado na frente da área de jogo me vê, ele apenas assente e diz:

— Pode seguir, srta. Ryder.

Claro que ele pensa que vou falar com meu pai, mas minha verdadeira missão envolve um certo capitão recém-nomeado.

Ao me aproximar do vestiário, tenho um *déjà-vu*. As coisas nunca chegaram a esse ponto quando eu estava com Preston — um time do ensino médio, por mais talentoso que seja, não tem nada a ver com hóquei da primeira divisão universitária —, mas posso sentir a memória emergindo dos confins da minha mente. O ar-condicionado gelado, o fluxo de ar úmido sempre que a porta se abria. Os bancos de madeira no vestiário, as risadas estridentes do time quando as namoradas entravam. Preston me girando em seus braços, ainda com patins e protetores, sussurrando em meu ouvido sobre a festa no Jordan. *Os pais dele estão em Salt Lake. Ele vai convidar todo mundo. Podemos assistir ao pôr do sol enquanto fumamos um. Por favor, a droga vai estar fora do meu corpo no próximo jogo, e você só volta a competir daqui a algumas semanas.*

Eu me recosto na parede enquanto minha respiração acelera. Balanço a cabeça e me lembro: não estou em Tempe, prestes a ir escondida para uma festa em Alta Mira. Estou em Moorbridge, no Centro Markley. Acabei de assistir ao jogo dos Royals, não dos Nighthawks. Cooper estava no gelo, não Preston. Cooper é quem estou prestes a beijar.

Eu me encolho em um canto e enfio as mãos nas mangas da jaqueta para respirar fundo algumas vezes.

— Ruiva? Você está bem?

Olho para cima e encontro o olhar de Cooper. Seus profundos olhos azuis estão cheios de preocupação. Mordo o interior da minha bochecha, concentrando-me na gota de suor escorrendo pela lateral do rosto dele, e me forço a dar o que espero que seja um sorriso quase normal.

— Eu queria ver você — digo. — Rapidinho.

Ele olha ao redor do corredor.

— Seu pai está por aqui em algum lugar. Está tudo bem entre vocês dois? Não quero piorar as coisas.

— Não tem nada de mais.

— Tem certeza?

Não, mas não quero pensar nisso agora. Resisto à vontade de bater o pé, contentando-me em cruzar os braços sobre o peito.

— Cala a boca e vem cá.

Cooper sorri, e eu perco o fôlego. É isso que eu estava procurando. Não Preston, não uma torre de memórias que lutei para destruir. A dra. Faber me deu muitos conselhos desde que se tornou minha terapeuta, mas um dos meus favoritos sempre foi "criar boas lembranças que ajudem a fazer com que as antigas doam menos". Eu nunca vou entrar naquele vestiário para ver Preston de novo, e posso afastar ainda mais essa memória com um bom beijo de Cooper.

Aproveitando que estou em seus braços, ele segura meu rosto com as duas mãos e me beija com ternura. Sinto o cheiro do suor em sua pele misturado com seu desodorante, e adoro isso tanto quanto adorava finalizar minha rotina no ritmo certo, ouvindo o último acorde da música desaparecendo enquanto eu congelava em uma pose perfeita. Não podemos fazer muito mais do que isso, não aqui, mas não significa que meu corpo não reaja, despertando graças ao seu toque. Quando ele se afasta, emito um barulho suave.

Cooper coloca uma mecha do meu cabelo atrás da orelha.

— Tem certeza de que está tudo bem, bala de ursinho?

Sei que ele diz isso para me fazer sorrir, e funciona. Cooper parece satisfeito, como se tivesse demorado para pensar nesse apelido, e é mais fofo do que deveria ser.

Eu pigarreio.

— Ótimo jogo. E sem penalidades.

— Sim. — Ele balança a cabeça, com uma expressão curiosa no rosto. Ainda deve estar atordoado por ter sido nomeado capitão. Estendo a mão e puxo os cadarços da gola de sua blusa. Eu só quero continuar tocando nele, e, já que não posso ficar de joelhos aqui mesmo no corredor para chupar seu pau, suponho que isso terá que servir. —

Sinto que estou com a cabeça no lugar agora. É... bem, sem querer mencionar seu pai de novo, mas é como ele disse... voltando ao início para me lembrar por que faço isso.

Eu concordo.

— Você tem amor genuíno pelo que acabou de fazer.

— Você sente falta? — pergunta. — De competir?

— Às vezes. — Começo a remexer na costura. — Mas acho que sinto falta mesmo por causa da minha mãe.

Cooper concorda.

— Eu gostaria de tê-la conhecido.

Sinto um bolo na garganta. Somente Cooper poderia dizer algo assim tão casual e soar tão sincero.

— Já falou com seu pai? Ele estava animado?

Espero ver seu sorriso de novo, mas sua expressão é desconcertante.

Ele olha ao redor, mas estamos sozinhos.

— Está rolando alguma coisa.

— Como assim?

— Não sei. Foi estranho. Ele estava todo distraído e saiu para atender um telefonema antes de conseguirmos terminar a conversa.

Aperto seu braço. Passamos uma hora ao celular ontem à noite, apenas conversando, e ele comentou pelo menos três vezes que estava empolgado com a vinda de sua família para ver o jogo. Cooper não disse isso abertamente, mas já percebi quanto a aprovação de seu pai significa para ele. Entendo esse sentimento melhor do que ninguém, mas por razões completamente diferentes.

— Tenho certeza de que ele está feliz por você.

— Talvez.

— Claro que está.

Cooper morde o lábio.

— Sempre parece tão fácil para ele quando se trata de James. O mesmo vale para Izzy e Sebastian. Meus irmãos conseguem tudo, já eu... às vezes, nem um abraço eu ganho. Aparentemente, é muito difícil ser meu pai. Mesmo quando faço algo legal, não importa, porque James fez primeiro.

Eu franzo a testa.

— Mas seu irmão joga futebol americano. Não é nem o mesmo esporte.

— Não importa.

— Duvido.

— Meu pai sempre foi assim — interrompe Cooper. — É como se... James fosse o filho que ele queria, e eu sou o filho que ele tem que aturar.

Sua voz falha no final da frase. Posso ver pela sua postura quanto lhe custou admitir isso. Cooper jogou uma partida linda e completa de hóquei e devia estar comemorando com seus companheiros de equipe, sem se preocupar com o que seu pai pensa. Mesmo quando meu relacionamento com meu pai estava abalado, nunca duvidei de seu amor.

— Duvido que ele pense assim. — Abraço sua cintura, balançando-nos para a frente e para trás. Eu não me importo que ele esteja fedendo. Encosto meu rosto em seu peito mesmo assim. — Não é como se fosse uma competição.

— Sem ofensa, mas você não entende — diz ele, se afastando. — Você não tem irmãos. Não sabe o que é estar sempre atrás.

— Mas você não está atrás. Você é um pouco mais jovem. E de todo modo, está em um esporte totalmente diferente.

— Não se trata de... — Cooper para, cerrando os dentes. — Tanto faz. Vejo você mais tarde.

Resisto ao impulso de estender a mão. Algo me diz que ele vai se afastar de novo, e não quero sentir sua rejeição. Nunca o vi assim, tão derrotado. Isso faz meu coração apertar.

— Cooper, espere. Sinto muito.

Ele apenas balança a cabeça enquanto caminha pelo corredor até o vestiário.

39
PENNY

📚

23 de novembro

> Você está certo

> Eu não entendo, mas sinto muito

CALLAHAN

> Você não tem culpa de nada

> Não, só que você merecia mais

> O que você tem feito nesta temporada é incrível. Se ele não consegue ver isso, então é ele que está perdendo

> Valeu, ruiva

> <3

24 de novembro

CALLAHAN

> Meu pai decidiu que todos nós temos que ir para Dallas, assistir ao jogo de Ação de Graças do James

26 de novembro

> Posso ficar com a Tangy. Aqui seremos só eu, meu pai e delivery

> Feliz Dia de Ação de Graças, Callahan

CALLAHAN
Como estão as coisas com o técnico?

> Tudo bem. Tirando o fato de que ele fica perguntando sobre a faculdade

> Ele ainda não sabe quão ruim eu sou em ciências

Meio irônico vindo da garota que me indicou *Ice Planet Barbarians*

> Shhh, é só fantasia

> Não inclui matemática

> Sem falar que você acabou *Crepúsculo*. O que eu podia fazer?

> Aliás... tenho umas fotos da Tangerina aqui

Me manda

Só ouço falar de futebol americano o dia todo

28 de novembro

> Sei que eu gostava mais dele nos filmes, mas POR DEUS

> SAM

> WISE

> Eu amo esse cara

CALLAHAN

Com os pés cabeludos e tudo?

> Não começa

> Meu pai tá perguntando por que o nome da gata é Tangy

> Odeio que você tenha feito isso comigo

O nome dela veio da música do Led Zeppelin

> Você não mencionou isso

Ouça "Tangerine"

Me lembra de você

> E a gata?

2 de dezembro

> Tô fodida

CALLAHAN

Só daqui a alguns dias

> Não, é sério. Eu vou reprovar em química

> Porra

> Sinto muito, Pen

> Me dei mal na recuperação. A professora não tem mais como me ajudar

> Posso ajudar em algo? Estou recebendo uma massagem agora, mas posso ir aí mais tarde

> Aff, eu queria uma massagem também

> Vou fazer uma em você depois. Vai ficar tudo bem, confia em mim

> Tenho que escolher minha especialização no próximo semestre. E o esperado é que seja biologia

> Seu livro está ficando ótimo

CALLAHAN

> Pen?

> Ai, não me lembra disso. Foi uma perda de tempo, eu devia ter estudado mais.

COOPER

> Não foi perda de tempo. Você é uma ótima escritora, dava para perceber que tinha a sua cara

> Porque é vergonhoso

Porque é engraçada, e meio estranha, e você é os dois de uma forma boa

O tal personagem Callum sou eu, né? Sempre quis ser um lobisomem milionário que faz um oral muito bom

Pelo menos a última parte é verdade

.... Me arrependo de tudo

8 de dezembro

Vou ao jogo em Vermont

COOPER

Caralho, Ruiva, vai ser difícil pra porra ficar longe de você

Então não fique

Mas não vou usar sua camisa

Mas vai usar a de alguém

De que outra forma os Vermonts saberiam que estou torcendo contra eles?

40
COOPER

Jogo a cabeça para trás, deixando a água cair no meu rosto. Embora o vestiário dos visitantes de Vermont não seja nada de mais, a pressão da água é decente e, neste momento, isso é o bastante para evitar que meu humor azede por completo.

Penny veio ao jogo de Vermont.

Eu a observei pelo canto do olho o tempo todo, o único ponto roxo em uma multidão verde. Ela estava sentada nas primeiras fileiras atrás do gol, com o cabelo preso em uma trança, mordendo o lábio enquanto assistia a tudo.

Fiquei animado quando ela me mandou mensagem dizendo que planejava vir com o pai para o último jogo antes do intervalo da temporada, mas aí ela me deu um soco no estômago com a informação de que usaria a camisa de outra pessoa. Nós nos provocamos bastante, mas, dentre tantos jogadores, vê-la com a camisa de Brandon doeu como uma facada. Penny não sabe dos problemas que tive com ele, mas ainda assim.

Ela é a minha garota. Talvez não oficialmente, mas é a verdade. Penny é minha, e no segundo que ela admitir isso para si mesma, vou anunciar isso aos quatro ventos.

Até lá, entretanto, terei que aturar merdas como essas: observá-la torcer pelo time enquanto usa o número 19, de Brandon, em vez do 24, o meu; saber que, quando nos encontrarmos, não posso beijá-la se tiver alguém por perto. Estou planejando ir até o seu quarto mais tarde, mas não é a mesma coisa que ter liberdade para beijá-la no saguão e observá-la dormir no meu ombro no ônibus do time. Não sei exatamente quando me tornei o tipo de cara que sonha em ver uma garota dormir, mas com Penny parece natural. Inevitável. É como se eu nunca tivesse namorado até hoje porque estava esperando por ela. Por que perderia tempo com outra pessoa?

Não que a gente esteja namorando.

Esse lembrete me faz franzir a testa. Pego o xampu e passo no cabelo. A lateral do meu corpo está dolorida por causa de uma pancada forte que deveria ter sido pênalti, mas não foi — o técnico gritou com os árbitros por isso — e, apesar da água quente, sinto um calafrio que não passa. Pego o sabonete líquido, mas, antes que eu possa enxaguar, a cortina do chuveiro farfalha.

Meus companheiros de equipe são tão impacientes às vezes.

— Não tá ouvindo a água, idiota? — grito para quem está lá fora. Há um monte de cabines, então não é como se eu estivesse monopolizando o banheiro.

— É assim que você fala com os caras?

Espio pela cortina. Penny está ali parada, ainda com aquela camisa claramente ofensiva, e a sobrancelha levantada como se estivesse prestes a me repreender. Olho ao redor, mas nenhum dos meus companheiros de equipe está por perto. Alguém está cantando, porém, num tom horrível e desafinado. Considerando a noite de karaokê no Red's há algumas semanas, aposto que é Remmy.

— Como entrou aqui?

Ela dá de ombros.

— Não importa.

— Está a fim de ver o pacote de outro cara, ruiva?

Penny apenas revira os olhos.

— Mesmo se eu estivesse, seria só mais um pau. No geral, paus não são tão especiais.

Faço cara de ofendido.

— E eu aqui pensando que você gostava do meu taco.

Ela bufa alto o suficiente para o cara na cabine ao lado ouvir, então desligo a água, sacudindo meu cabelo antes de pegar minha toalha. Penny engole em seco, seu olhar se dirige para minha virilha enquanto o rubor toma conta de suas bochechas. A marra que ela ostentava quando chegou aqui está desaparecendo, e que bom que foi atrevida o suficiente para usar essa camisa, mas não vou permitir que ande com isso por aí depois do jogo. Enrolo a toalha em volta dos quadris e a puxo para perto. Ela dá um grito contra meu ombro nu enquanto se contorce contra mim, mas eu a seguro com força.

— Achou mesmo que podia usar a camisa de outra pessoa, gatinha?

Penny estremece quando seguro seu queixo, pressionando meu polegar contra sua boca. Isso é imprudente; alguém pode sair do banho e nos ver aqui, parados, mas não me afasto. Não agora, quando ela está presa e olhando para mim como se não quisesse nada além de ser devorada. Penny recupera o sorriso malicioso com o qual chegou, mordendo meu polegar.

— É só uma camisa — diz. — E eu te avisei.

— Para me torturar. — Eu me inclino, deixando-a sentir minha respiração contra sua orelha. Mesmo que esteja com frio por estar pelado e que ela esteja usando a camisa errada, meu pau está ficando duro, clamando por atenção. — Já me provocou, ruiva. Tire isso antes que eu rasgue de uma vez.

Seu fôlego fica preso na garganta. Eu pressiono ainda mais o meu corpo contra o dela, sabendo que Penny está sentindo o contorno do meu pau através da toalha.

— Você não faria isso.

Eu forço a bainha bem esticada.

— Vai arriscar?

— Que tara é essa de ficar rasgando minhas roupas?

— Essa camisa não é sua. Se tivesse o meu número, seria.

Os olhos de Penny se arregalam ligeiramente ao ouvir o tom brusco da minha voz. Eu ando incomodado com tudo: o encerramento do semestre, a preparação para o último jogo antes da pausa na temporada, conter a parte de mim que quer implorar a Penny que me diga se eu tenho uma chance de ser seu namorado. A camisa de Brandon é a gota d'água.

Ela engole em seco, aqueles lindos olhos azuis perscrutam meu rosto. Estou prestes a ficar de joelhos em pleno vestiário e implorar por uma chance, apenas uma chance, de mostrar a ela como as coisas mudaram para mim e de perguntar se estão mudando para ela também, até que ouço alguém desligando o chuveiro em uma das cabines próximas. Viro a cabeça, mas parece que o universo decidiu me poupar desse constrangimento, porque quem sai para pegar a toalha é Evan.

Mesmo assim, Penny se afasta de mim com o rosto tão vermelho que mal consigo ver as sardas mais claras. Evan congela, tem água pingando por todo seu corpo, mas pelo menos há uma toalha enrolada em sua cintura. A expressão dele é de choque.

— Eu vou... hum...

— Te vejo depois — sussurra Penny, e sai correndo do vestiário.

Esfrego a mão no rosto. Ainda bem que ela foi embora, porque se ficássemos sozinhos por mais um segundo, eu teria desabafado a respeito de tudo ou tentaria transar com ela contra a parede. Não sei o que teria sido pior.

— Cara, você tá muito na dela. — Evan atravessa o vestiário até onde estou, colocando a mão no meu ombro e apertando. — Jamais imaginei.

— Não estou — respondo.

— Coop, você estava olhando para Penny como se ela... Como se diz? Como se ela fosse a lua? Você estava olhando para ela com esse fascínio. Como se ela estivesse subido uma escada e se colocado no céu só pra você admirar.

Eu praticamente mostro os dentes para Evan, que apenas sorri, achando graça de toda essa situação.

— Não se preocupe — acrescenta ele. — Acontece nos melhores casos. Mas por que ela estava com a camisa do Finau?

⬣

Que se dane essa ideia de esperar até que todos se recolham para vê-la de novo. Assim que terminamos na arena, pego um Uber para o hotel e vou direto para o andar de Penny. Ela está com a equipe técnica, o que significa que posso encontrar qualquer um, desde o gerente de equipamentos até o próprio técnico, mas, agora, não dou a mínima. Invento uma mentira, caso seja preciso. Estou desesperado para terminar o que começamos no vestiário.

Ela me deu a chave do quarto mais cedo, porém bato à porta mesmo assim. Como uma boa menina, Penny espia pelo olho mágico, depois destranca a porta.

Antes que ela possa dizer uma palavra, eu entro, puxando-a para meus braços e beijando-a com força. Fecho a porta com um chute, depois giro Penny enquanto me pressiono contra ela e devoro sua boca. Ela tem gosto de menta, há algo doce misturado com a lavanda de seu perfume e, quando finalmente me afasto, ofegante, ela choraminga e me puxa de volta.

— Callahan — murmura contra minha boca. — O que deu em você?

Eu me afasto, mesmo que seja torturante, pois estou duro em meus jeans. Cada partícula de mim está morrendo de vontade de beijá-la, de saboreá-la, de engolir seus gemidos, porém, em vez disso, levanto seu queixo. Penny engole em seco enquanto nos encaramos, sua língua umedecendo os lábios. Eu reprimo um xingamento.

— Você sabe meu nome.

— Mas...

Pressiono minha coxa entre as pernas dela, fazendo com que ela se cale, e deslizo minha mão do queixo até o pescoço. Não aperto, não machuco, apenas mantenho ali como se fosse um colar. Seus olhos são de um tom quente de azul, a paixão crepitando no ar entre nós como eletricidade. Posso dizer que ela está prestes a se lançar em meus braços, então pressiono o polegar em sua pulsação para acalmá-la. Ela salta logo abaixo de sua pele.

— Você fica me chamando de Callahan porque isso te ajuda a fingir que não há nada mais profundo acontecendo entre nós — digo baixinho. — Pare com essa merda, Penny. Você sabe meu nome. Diga meu nome.

Ela me encara por um momento, seus olhos me desafiam e seu nariz se arrebita, mas então me empurra e tira a camisa pela cabeça.

Penny a deixa escorregar até o chão.

— Cooper — sussurra. — Estou assustada.

— É por isso que usou a camisa dele?

Ela abraça a si mesma. Sem a camisa, está apenas com uma regata e um sutiã por baixo; ambos amarelo-canário. A visão das sardas agrupadas em seus ombros como constelações causa um frio na minha barriga. Quero puxá-la para meus braços, mas a energia no quarto mudou. Se eu der um passo em falso, Penny poderia me empurrar de volta para o corredor.

— Talvez você esteja certo — admite. — Acho que eu queria manter um distanciamento.

— Eu não quero distância. — Estendo a mão, pegando uma de suas mãos e apertando. — Eu só quero você. Não como amigo. Não como a pessoa com quem você transa. Quero estar com você de todas essas maneiras e muito mais.

Penny balança a cabeça.

— Você não sabe a história toda.

— Eu não preciso disso para saber que quero estar com você.

— Cooper, não é... — Ela se interrompe. Seus olhos estão marejados de lágrimas. — Você ouviu meu pai. Há uma razão para eu ter começado a lista.

— Eu não me importo.

— Você diz isso agora, mas não sabe.

— Então me conta. — Enxugo as lágrimas em seu rosto. Meu coração está partido com seu sofrimento, mas não sei o motivo, e isso não me agrada. Como posso ajudar, ajudar de verdade, se não conheço a história toda? — Me conta, ruiva.

Penny balança a cabeça e me puxa para um beijo intenso em vez de responder. Suas mãos puxam minha camisa até que eu a deixo tirá-la pela minha cabeça; ela tira a regata também, depois o sutiã, e me pressiona para outro beijo. Posso sentir seu corpo tremendo contra o meu. Mordo seu lábio suavemente. Não quero parar de conversar, mas, se ela precisa disso, estou mais do que disposto.

Estou prestes a puxá-la para a cama quando alguém bate à porta.

— Penelope? Você está aí?

É a voz do técnico.

41

PENNY

Congelo ao ouvir a voz do meu pai. Posso sentir que Cooper também está paralisado, mas ele se abaixa para pegar minha blusa, passando-a pela minha cabeça e me vestindo. Eu limpo meu rosto furiosamente enquanto arrumo o cabelo.

— Pai — digo com a voz vacilando. — Estou só fazendo uns trabalhos da faculdade. A gente se vê mais tarde.

— Penelope, abra a porta — ordena ele. Há um tom duro em sua voz que alguns confundiriam com raiva, mas sei que é algo pior: preocupação.

— Eu vi alguém entrando no quarto dela — diz outra pessoa. — Só quero ter certeza de que ela está bem, sabe?

Parece a voz de Brandon Finau. Olho para Cooper, que de repente parece querer cometer um assassinato. Antes que eu possa empurrá-lo na direção do banheiro, ele se inclina e abre a porta.

Meu pai está parado ali com Brandon, a apreensão gravada em cada linha de seu rosto. Ele observa a cena por um instante, do jeito que só alguém acostumado a avaliar situações em poucos segundos pode fazer, e sua boca se contorce.

Antes que possa dizer qualquer coisa, Cooper diz:

— Senhor, precisamos conversar.

— Cooper — falo com urgência.

Antes de fixar o olhar em meu pai novamente, Cooper me encara por um momento.

— Não é o que parece.

— Acho que sei exatamente o que é — diz meu pai.

Ele olha para Brandon, que tem um sorriso presunçoso e braços cruzados sobre o peito enquanto examina a cena. Que idiota. Não sei exatamente como, mas, de alguma forma, ele convenceu meu pai de que eu estava correndo perigo. Pelo jeito que Cooper está olhando para ele, fica evidente que Brandon queria que meu pai o encontrasse *aqui*. A reação de Cooper ao me ver com a camisa de Brandon faz muito mais sentido agora. Não foi só porque usei o número de outra pessoa, mas sim porque escolhi o de Finau.

Seja lá qual for a treta entre eles, não me importa. Tudo o que importa neste momento é meu pai vendo Cooper Callahan sem camisa no meu quarto de hotel, e o fato de que a ideia brilhante de Cooper para tudo isso é pedir para conversar. Cooper pode ter me ajudado a vestir a blusa, mas ainda estou me sentindo exposta. Meu estômago embrulha.

— Obrigado, Brandon — diz meu pai. — Eu assumo daqui.

É uma dispensa, mas Brandon permanece onde está. Cooper levanta a sobrancelha, conseguindo, de alguma forma, parecer calmo e controlado, embora esteja no olho do furacão como eu, e diz:

— Não sei se entendeu, mas tenho certeza de que o técnico falou para você dar o fora.

— E perder o show? — pergunta Brandon lentamente. — Não acredito que você foi tão idiota, Callahan. A filha do técnico?

— É assim que você se vinga por não ter se tornado capitão? — Cooper dá um passo em sua direção com olhar sombrio. — Vá se ferrar por expor Penny assim.

— Callahan — adverte meu pai. Ele se vira para Brandon. — Finau. Saia antes que eu deixe você de fora do próximo jogo.

Brandon fica boquiaberto.

— Por quê? Estou ajudando você!

— E seu trabalho terminou aqui. Vai.

Brandon encara Cooper por mais meio segundo antes de seguir para o elevador. Eu me encolho contra a parede, abraçando minha barriga com força. Há um zumbido surdo em meus ouvidos. Tive pesadelos com situações como esta por muito tempo depois do incidente com Preston. Imaginei meu pai entrando no momento em que tudo desmoronava. Às vezes, ele me defendia, mas a imagem dele me humilhando com sua presença era mais comum. Cooper passa o braço em volta dos meus ombros. Eu me afundo em seu peito, incapaz de olhar para o meu pai.

— Senhor — diz Cooper —, nos dê um minuto para ficarmos mais apresentáveis e depois entre para conversarmos.

Espio meu pai. Ele tem uma expressão engraçada no rosto, como se não tivesse certeza do que pensar sobre esse lado de Cooper, mas acaba concordando. Cooper fecha a porta quase totalmente, depois pega a camisa, vestindo-a novamente. Ele vai até minha mala e tira o moletom com o qual eu planejava dormir.

— Obrigada — digo enquanto ele o estende para mim. Minha voz parece enferrujada, como se eu não a usasse há algum tempo. — Não acredito que usei a porra da camisa daquela cara.

Depois de me vestir, enrolo as mãos nas mangas fofas. Cooper sorri, como se isso fosse tão adorável quanto o modo como Tangerina se senta no parapeito da janela para ficar de olho no carteiro, e me beija na boca com a leveza de uma pluma. Ele coloca uma mecha do meu cabelo atrás da orelha.

— Vai ficar tudo bem — sussurra.

Queria acreditar nele, mas sinceramente não sei o que meu pai vai pensar sobre isso. O fato de ser Cooper torna a situação melhor ou pior? Será que meu pai vai achar que estou indo pelo mesmo caminho de antes?

— Estou falando sério — continua Cooper. Então, beija minha testa. — Pode entrar, técnico.

Meu pai abre a porta com cautela.

— Joaninha, você está bem?

Eu me afasto de Cooper. Não quero me sentar na cama — felizmente ainda arrumada —, então, em vez disso, vou para um canto.

— Sim. O que Brandon falou para você?

Papai fecha a porta atrás de nós com um clique firme.

— Ele fez parecer que você estava aqui com alguém aleatório. Sinto muito, querida. Eu só... entrei em pânico. — Ele franze a testa. — Embora eu continue preocupado, mas agora por um motivo totalmente diferente. O que está acontecendo aqui?

— Estou tentando convencer sua filha a namorar comigo — explica Cooper. Há um tom ousado em sua voz, como se ele estivesse desafiando meu pai a protestar. Se eu não o conhecesse, pensaria que ele está relaxado agora, mas posso ver a tensão em sua boca. — E estou passando por poucas e boas por isso.

— Penny não namora.

— Eu não vou mentir para o senhor, tem algo acontecendo entre nós. — O tom objetivo em sua voz me arrepia. Essa é uma maneira de definir nosso acordo. — E, se o senhor não gosta disso, não me importo se me rebaixar do posto de capitão ou me colocar no banco. — Cooper olha para mim, seu olhar suavizando. — Eu só quero uma chance com ela.

Mordo meu lábio. Estou com muito calor; tenho certeza de que o rubor que não consegui conter nos últimos minutos assumiu um tom ainda mais forte. Quase ver Evan Bell nu não chega nem aos pés disso aqui. Cooper continua olhando para mim, claramente querendo uma resposta, mas não tenho ideia do que dizer. Meus sentimentos por ele são mais intensos do que qualquer coisa que já senti. Sei para onde estão caminhando. Mas colocar um rótulo nisso? Chamar Cooper Callahan de meu namorado? Ele mudaria de ideia quando ouvisse a verdade sobre mim e descobrisse como ainda estou quebrada.

Abro a boca, mas não sei o que dizer. E então sou salva de responder porque percebo que meu pai está *chorando*.

— Pai? — Corro até ele, me aproximando ansiosamente. — Você está bem?

— Droga. — Ele enxuga os olhos com impaciência. — Maldição, Penelope.

Eu me encolho, sentindo um aperto no peito.

— Isso não é como antes. Eu juro.

Ele balança a cabeça.

— Depois de todo esse tempo, joaninha? Você ainda está escondendo coisas de mim?

— Eu não...

— Ainda acha que eu não apoiaria você? — Ele aperta a ponta do nariz, estremecendo em outra respiração. — Realmente pensou que eu não apoiaria isso?

Tenho certeza de que já vi meu pai chorar com mais frequência do que outras filhas. Houve muitos motivos de choro entre a perda de minha mãe e o que aconteceu com Preston. Mas isso é diferente. Talvez seja porque Cooper está no quarto, olhando para nós dois com preocupação. O que quer que ele pensava que fosse acontecer, claramente não era isso. Meu lábio treme, mas engulo o choro que ameaça escapar.

— Pensei... pensei que você não ia... me respeitar. Que você pensaria que estou dando um passo para trás.

— Eu não pensaria isso.

— Não queria que as coisas desmoronassem de novo — sussurro.

Meu pai enxuga os olhos com força.

— Querida, pensei que você confiasse em mim. Achei que tínhamos seguido em frente.

— Nós seguimos! E eu não queria estragar tudo!

— E ainda assim você está escondendo informações de mim de novo. Informações importantes.

Mordo o interior da minha bochecha. Talvez ele esteja certo.

Após sua reação inicial à situação com Preston, tivemos que nos esforçar para reestabelecer uma relação em que nos sentíssemos confortáveis um com o outro. Apesar do drama, meu pai não ficou bravo com o vídeo; ficou desapontado por eu ter escondido isso dele até que tive um colapso nervoso e me machuquei no gelo por causa do pânico. E agora, ao tentar evitar o conflito, acabei fazendo a mesma coisa. Cooper estende a mão, e eu a aceito com gratidão, apertando-a com tanta força que tenho certeza de que estou interrompendo sua circulação sanguínea.

— Quer que eu espere lá fora, meu bem? — pergunta ele com um olhar ferozmente protetor, como se fosse capaz de fazer qualquer coisa para me manter segura.

Como pude ignorar os sentimentos reais que surgiram entre nós por tanto tempo? Tenho certeza de que, se Cooper pensasse que eu corria o menor dos perigos, ele me defenderia, mesmo que isso significasse perder seu lugar no time. Não posso fingir que há apenas algo casual entre a gente.

Faço que não com a cabeça. Talvez eu ainda precise de um tempo para contar a história toda para Cooper, e, quando isso acontecer, vou torcer para que ele não se afaste; mas quero que ele continue aqui no quarto comigo. Seu apoio é como uma bote salva-vidas, que se torna palpável pela maneira como ele segura minha mão.

— Você está certo — digo ao meu pai e respiro fundo. — E eu sinto muito.

— Eu só quero que você seja feliz, joaninha. — Ele olha para nossas mãos entrelaçadas, e acho que vejo um sorriso surgindo em seu rosto. — Seja lá como for, contanto que esteja segura.

— Estou feliz — falo baixinho.

Não deveria ser, mas parece uma revelação. Estou mais feliz do que nunca, e Cooper é o motivo. Desde que fiz a proposta na pista de gelo, ele vem destruindo as proteções que coloquei em volta do meu coração há tanto tempo.

Depois que digo isso em voz alta, fica óbvio. Tenho que dar o salto, não importa quanto eu tenha medo de cair no gelo frio e escorregadio. Cooper quer que eu seja dele, e eu quero que ele seja meu. Isto não é como antes. Ele vem conquistando minha confiança pouco a pouco e, mais do que isso, eu *quero* que isso aconteça. Assim como quero que meu pai confie em mim e eu, nele.

Eu avanço e abraço meu pai. Ele me abraça de volta, me apertando com tanta força que mal consigo respirar. Faz tanto tempo que ele não me abraça assim que quase esqueci como é a sensação.

— Estou feliz — digo novamente e choro mais ainda, porém são lágrimas necessárias. As lágrimas que parecem a cura, não o veneno. — Me desculpe por não ter te contado. Cooper está certo, não estávamos... namorando oficialmente.

Eu olho para Cooper. Ele ainda está parado ali, totalmente à vontade, com uma expressão que não consigo decifrar. Quando sorrio timidamente, ele me dá um daqueles sorrisos tortos que me fazem querer beijá-lo de forma absurda.

— Mas agora estamos.

42

PENNY

— Você prometeu que não ia rir.

— Eu não estou rindo *de você*.

— Ah, porque é muito melhor rir do meu livro.

Deito-me na minha cama. Tangerina me segue graciosamente, se acomodando em cima do meu peito. Com os dormitórios fechados até o retorno do semestre, voltei para a casa do meu pai. Graças ao que foi iniciado de forma inocente na noite anterior ao início das férias — beijar com roupa pode ser considerado algo inocente quando se trata de Cooper — e rapidamente se tornou mais erótico que um romance cheio de tabu, sempre que estou nesta cama, só consigo pensar em sua barba quente e na sua voz rouca quando ele me pediu para gozar *mais uma vez*. Exemplo do dia: passamos meia hora conversando sobre nada, e minha calcinha está úmida.

— Eu também não estou rindo do seu livro! Na verdade, estou rindo com ele. Porque isso é engraçado.

— Claro.

— Você chamou o lobisomem rival malvado de verme impotente, Pen. Eu não deveria rir?

Balanço um rato de brinquedo na frente de Tangy, um dos muitos brinquedos dela espalhados pelo meu quarto, mas ela simplesmente balança o rabo. Não me arrependo de ter dado meu livro para Cooper ler, mas ainda é um pouco estranho saber que Callum e Twyla, dois personagens que existiram quase inteiramente na minha cabeça e em nenhum outro lugar, agora pertencem a ele também. Quando finalmente deixei que ele lesse, agora que estamos de férias, Cooper exigiu que eu lhe enviasse os novos capítulos imediatamente.

— Não, você está certo.

— Obrigado.

Mostro minha língua, embora estejamos apenas conversando ao telefone e, infelizmente, não possamos nos ver.

— Como tem sido o recesso até agora?

— O de sempre. Corridas matinas em família, menos minha mãe e Bex. Sessões de treino para ficar em forma. Assistindo a vídeos de hóquei. Lendo os livros que você recomendou, então saberei como funciona sua cabecinha perversa.

Desta vez, fico feliz por ele não conseguir ver meu rubor.

— Você sabe que não precisa fazer isso, né?

— Ah, mas eu quero. Ainda sou seu técnico sexual, Pen. Preciso continuar melhorando minhas habilidades. — Posso ouvir a diversão em sua voz. Aparentemente, até isso é o bastante para fazer uma onda de desejo tomar conta de mim, pois pressiono as pernas uma contra a outra.

— Eu não os leio apenas pelas cenas de sexo — protesto.

— Não, eu sei. — Cooper faz uma pausa, e ouço um farfalhar, como se ele estivesse folheando um livro de bolso. — Você os lê porque eles te fazem feliz. E isso é fofo. Eles também me fazem feliz. Quem não gosta de ler sobre o amor?

— Quem diria que você poderia ser tão romântico?

— Tenho que admitir, é algo que estou aprendendo.

— Você aprende rápido. — Corei um pouco quando acrescento: — Quer dizer, você tem sido melhor do que qualquer namorado de livro até agora.

Depois do jogo em Vermont, passamos as últimas duas semanas do semestre grudados. *Namorando.* Cooper me levou para jantar assim que voltamos para McKee e, depois, me fez sentar em seu rosto e chamou aquilo de sobremesa. Eu estudei para minhas provas finais em sua cama enquanto ele escrevia seus trabalhos na escrivaninha, alternando entre tocar as minhas músicas e as dele. Passamos uma tarde memorável em uma pista de gelo ao ar livre, nos exibindo para os turistas, e outra tarde incrível na Galactic Games, onde ele deu a vida para ganhar o coelhinho de pelúcia que está descansando em cima do meu travesseiro. Nós nos revezamos para dormir na casa um do outro, e, por causa do pequeno intervalo da temporada, meu pai deu aos rapazes uma folga nos treinos matinais, então, fazia anos que não acordava tão descansada, embrulhada no casulo quente do abraço de Cooper.

Agora já é quase Natal, e, embora eu ame o feriado, não adoro o fato de ele estar em Long Island e eu ainda estar no Vale do Hudson. Meu pai e eu estamos planejando nosso habitual Natal tranquilo, embora este ano Tangerina esteja incluída na programação, já que ganhei a custódia dela durante as férias. Isso é bom, mas prefiro ficar com Cooper. Também sinto falta de Sebastian e Izzy, já que nos vimos muito nos últimos tempos. No dia seguinte ao término das aulas, Sebastian insistiu em preparar um jantar para mim e para Mia, com direito a brownies levemente queimados, cortesia de Izzy, e fizemos uma despedida natalina.

— Estou com saudade de você — digo, incapaz de evitar o lamento na minha voz.

Se estivéssemos no mesmo lugar agora, estaríamos dançando tango na horizontal. De preferência enquanto experimentávamos uma das novas técnicas sobre as quais ele anda lendo. Ainda não fizemos sexo vaginal; esse passo me parece gigantesco, mas Cooper tem apoiado e não me pressiona. Além disso, nos divertimos muito com anal. Ele olha tanto para minha bunda que você pensaria que ela é um quadro do Monet, caramba.

— Eu também sinto sua falta — diz ele. — Quer fazer sexo por telefone?

— Deus, pensei que você nunca fosse perguntar — respondo, ofegante. — O que devo vestir desta vez?

— Hum, vamos ver.

— Penny — meu pai chama. — Vamos jantar?

Droga.

— Espere, desculpe. Esqueci que vou jantar fora com meu pai hoje à noite.

Cooper geme do outro lado da linha, e o som é tão sexy que é torturante dizer adeus, mas, de alguma forma, eu consigo. Troco a calça de moletom por um jeans e um suéter, incluindo calcinha limpa, além de um lindo par de botas de cano curto que Izzy me convenceu a comprar no shopping outro dia. O objetivo era comprar presentes de Natal, mas, aparentemente, a filosofia de compras de Izzy é que você também deve sempre comprar algo para si, e eu não poderia contestar isso.

No carro, meu pai olha para mim e me observa enquanto mexo no aquecedor. Estou morrendo de frio, mesmo vestindo um moletom grosso de Cooper com o logotipo dos Rangers costurado na frente. Eu gostaria de ter trazido um par de luvas.

— Como está Cooper? — pergunta.

— Ele está bem. — Supero o leve constrangimento que paira no ar entre nós desde o jogo de Vermont e acrescento: — Está assistindo àquela gravação, como você pediu.

— Ótimo. — Ele tamborila os dedos no volante. — Esse moletom é dele?

— Como você sabe?

— Eu conheço minha filha e ela não torce pelos Rangers.

Olho para o meu colo enquanto sorrio.

— Justo.

— Sua mãe costumava roubar minhas roupas. — Sua voz soa um pouco carregada, como sempre acontece quando ele fala sobre minha mãe. — Meu moletom de Harvard ficava melhor nela, de qualquer maneira.

— Eu me lembro daquele moletom.

— Uma hora ficou tão desgastado que ela só o usava quando limpávamos a casa nas manhãs de sábado. Estava coberto com tantas manchas de alvejante que o vermelho desapareceu. — Ele pigarreia. — Cooper... ele tem sido bom para você, joaninha?

Puxo as mãos nas mangas do suéter. Tem cheiro de Cooper, aquele perfume masculino picante que tanto amo.

— Sim.

— Foi o que eu pensei. Ele é um bom rapaz. — Meu pai entra em um dos estacionamentos da cidade e encontra uma vaga. Moorbridge está toda decorada para os feriados, com luzes penduradas nos postes e vitrines elaboradas. Comprei o presente de Natal do meu pai em uma loja logo na esquina: uma carteira de couro costurada à mão. — Mas, se acontecer alguma coisa, você vai me contar, certo? Prometo que não vou ficar bravo.

Eu engulo; minha garganta fica apertada de repente.

— Vou tentar.

Mesmo que estejamos estacionados, ele não desliga o carro. Em vez disso, meu pai se vira para mim, esfregando a mão no rosto.

— Eu sei que agora é diferente. Sei que você é adulta, que pode escolher com quem quer ficar. Mas você ainda é a minha garotinha e sempre estarei ao seu lado.

— Pai?

— Sim?

Meu coração está martelando no peito. Tenho evitado essa conversa o máximo possível, mas com as notas saindo em breve, não há mais para onde correr.

— Sei que as notas ainda não saíram, mas... vou ser reprovada em química. E é provável que também seja em microbiologia.

Ele hesita por um instante. Há uma longa pausa, eu me encolho, mas meu pai diz:

— Tudo bem, Pen. Vamos conversar sobre isso durante o jantar.

43
COOPER

— Puta merda, linda!

Eu seguro meu pau e o movimento lentamente. Mesmo por telefone, os doces gemidos de Penny estão me enlouquecendo. Estou prestes a explodir de desejo.

— Me diz quantos dedos você colocou nessa bocetinha linda.

— Três — ela revela com um pequeno suspiro. — Não é o suficiente.

Posso ouvir a dor em sua voz, como se ela estivesse mais do que frustrada. Eu gostaria de poder ver seu rosto, mas ela não gosta de sexo por vídeo, então, no recesso, estamos conversando por telefone. Fecho os olhos, imaginando suas pernas abertas, com os dedos enfiados na boceta apertada, ansiando por mais. Por um brinquedo, ou por mim, quando chegarmos ao último item da lista dela.

— Coloque o mindinho.

Seu gemido me informa que ela fez isso, mas ela confirma que o fez, sem fôlego.

— Boa menina — elogio. — Um dia vou preencher toda a sua boceta, ruiva, e prometo que você vai sentir isso em todos os lugares. Toque seu clitóris pra mim.

Ela me surpreende com uma risada que atinge o meu pau em cheio.

— Não consigo fazer como quero.

— Que pena, querida, porque é isso que você tem agora. Goze para mim e talvez eu deixe você usar um brinquedo.

— Deixar? — diz ela, brincando. Sua voz é grave e sussurrante, mas o tom desafiador soa alto e claro. — Eu posso ligar um brinquedo neste exato momento e você não poderá fazer nada a respeito.

— Talvez não agora — concordo —, mas você sabe o que faço com quem não me obedece.

— Não sei — diz ela. Posso imaginar seu sorriso. — Talvez eu precise que você me lembre.

Eu paro minha mão, apertando a base do meu pau para não gozar muito cedo. Quero prolongar isso o máximo possível; ouvi-la ter alguns orgasmos antes de finalmente me render.

— Ah, é? — digo. — Quer que fale o que eu faria com você?

— Eu preciso que você fale — choraminga ela.

Porra, essa garota vai ser o meu fim. Se estivéssemos no mesmo lugar agora, eu a beijaria até roubar todo o fôlego de seus pulmões.

— Primeiro, eu tiraria sua roupa — falo baixinho, a voz é áspera e meus olhos estão fechados. Estou me escondendo no meu quarto; é manhã de Natal e já trocamos presentes aqui em casa, então ninguém viria me procurar, a menos que estejam tentando ser chatos. James e Sebastian zombaram de mim sobre minha nova namorada de seis maneiras diferentes a semana inteira, mas eles sabem que preciso de um tempo para conversar com minha garota. Umedeço os lábios, imaginando tirar as roupas de Penny, peça por peça, vendo seu lindo corpo. Seus seios doces, seu bumbum redondo, a parte macia de sua barriga que adoro beijar. Todas aquelas malditas sardas, um mar delas espalhado por sua pele clara. — Peça por peça, tão devagar que você vai me implorar para rasgá-las. Então eu colocaria você no meu colo, porque é onde meninas malcriadas devem ficar, e apenas ficaria te observando.

— P-por quê? — gagueja ela.

— Porque você é linda. — Acaricio o meu pau novamente. As palavras ficam presas na minha garganta, emocionais sem que eu tente, a doçura tempera a conversa picante. — Você vai se contorcer no meu colo, em busca de alívio. Adoro quando você fica louca por mim.

— O que mais?

— Você sabe o que eu faria a seguir, meu bem. Minha palma, sua bunda e uma obra de arte tão linda que eu não conseguiria desviar o olhar.

A respiração irregular de Penny soa como um soluço.

— Cooper.

— Sim, bala de ursinho. Esse é o meu nome. Você ainda está se tocando como eu mandei?

— Sim.

— Boa menina. Mexa seus dedos, encontre o ponto G. Goza pra mim o mais rápido que puder.

Deslizo meu polegar sobre a cabeça do meu pau, sibilando; está hipersensível e o pré-gozo escorre pela minha mão. Não vou pressionar Penny para tirar uma foto, mas gostaria de ter uma. Ela soluça de verdade, e meu coração se aperta; quase chego ao clímax, mas consigo me controlar. Penny soluça de novo, e sei que ela está chegando no ápice pelo jeito que murmura meu nome. Minha gulosa. Mesmo estando do outro lado da porra do estado, posso sentir seu desejo irradiando como uma presença física.

Engulo outra onda engraçada de emoção. Mais do que ver o corpo dela agora, quero ver seu rosto. Seus olhos azuis estão brilhantes, cheios de lágrimas? Sua testa está franzida? Será que está usando aquele colar de borboleta que gosto de chupar enquanto meus dedos trabalham profundamente nela?

— Use o brinquedo, Pen. Qualquer um deles. Me dê outro orgasmo.

— Eu estou muito sensível.

— Você consegue — murmuro. Eu me masturbo mais rápido agora, pegando o ritmo. Usar um brinquedo logo depois que ela gozou fará com que seu próximo orgasmo seja rápido, e eu quero gozar quando ouvir aqueles gritos doces em meu ouvido novamente. — Você estava pedindo por mais, meu bem. Aproveite.

Ouço um farfalhar e depois um zumbido quando o brinquedo é ligado.

— Estou usando Marco Antônio — revela.

Não consigo segurar minha risada.

— Ah, meu bem, e eu aqui pensando que você estava sozinha.

— Cale a boca. — Ela engasga como se tivesse perdido todo o ar dos pulmões. Aposto qualquer coisa que Penny simplesmente enfiou o vibrador direto em sua boceta encharcada. — Porra, isso é bom.

— Foda sua boceta com isso.

— Maldito ângulo. — Ouço mais barulhos, até que ela diz: — Ok, estou de quatro. É mais fácil assim.

Gemo.

— Agora você está me torturando.

— Coloquei tudo dentro — sussurra ela. — Consigo sentir o vibrador pulsando bem lá dentro. Mas não quero as vibrações quando sei que posso ter você. Um dia, você estará tão quente e duro dentro de mim, me arrombando. Me fazendo aguentar cada centímetro seu. Não vou nem querer usar camisinha. Vou tomar pílula para que você possa gozar dentro de mim.

Viro a cabeça para o lado e mordo o travesseiro para abafar o grito quando chego perto do auge. Penny também está choramingando, sem dúvida chegando ao clímax novamente. Não consigo parar de imaginar a cena que ela acabou de descrever. Eu nunca comi uma garota sem camisinha, nunca quis arriscar, mas com Penny é diferente. Quando dermos esse passo, vou fazer de tudo para que seja como ela quiser, e, se ela quiser se esparramar no meu pau e me sentir gozar profundamente dentro dela, então é isso que faremos. Sou sortudo pra caralho.

— E vou ver minha porra escorrer de você — murmuro de volta. — Vou chupar sua boceta encharcada e beijar você para que sinta nossos sabores misturados. Serei muito bom para você, ruiva.

— Tá bem, lindo. — A emoção em sua voz me deixa comovido.

Ficamos ofegantes por alguns minutos no celular e, lentamente, sinto-me sair da névoa orgástica. Minha mão está pegajosa, então pego um lenço de papel na mesa de cabeceira e a limpo. Quando minha frequência cardíaca volta ao normal, sento-me nos travesseiros.

— Não deixe de fazer xixi.

— Eu vou agora. Já volto.

— Essa é a minha menina.

Enquanto isso, pego o presente que Penny mandou para minha casa, ainda embrulhado em um papel com pequenos pinguins patinando no gelo, e levo para minha cama. Decidimos trocar presentes no Natal em vez de antecipar, e eu não queria monopolizá-la logo pela manhã, então planejamos fazer isso mais tarde, sozinhos. É por isso que me enfiei no meu quarto; só que nos distraímos com o sexo por telefone. Não me arrependo.

Quando ela volta na linha, digo:

— Quer fazer um FaceTime enquanto desembrulhamos nossos presentes?

— Aaah, quero. Espere aí. Tenho uma surpresa para você.

Depois de um momento, ela me liga. Quando atendo, Penny está sentada na cama, com o cabelo solto sobre os ombros. Ela está usando o colar de borboletas, mas só registro isso por meio segundo antes de me distrair com a camisa de hóquei que ela está usando.

É a minha.

Um maldito tsunami de possessividade toma conta de mim. Imaginei como ela ficaria com minha camisa, mas a visão é ainda melhor; Penny parece boa demais para ser devorada. Ela olha para o peito, sorrindo enquanto puxa o laço.

— Meu pai comprou para mim. Estava embrulhada debaixo da árvore e tudo.

— Sério?

Ela me encara. Mesmo através da pequena tela do telefone, fico encantado com seu sorriso.

— Ele realmente adora nos ver juntos. Não acredito que fiquei tão preocupada com a reação dele.

— Sei que não conheço a história toda, mas tenho certeza de que você teve um bom motivo.

— Sim, tive mesmo. — Ela se vira, mostrando as costas com meu nome costurado acima do número 24. É a nossa camisa principal, de um roxo intenso com letras brancas. Fica incrível em Penny, mas já estou ansiando pelo momento em que estivermos juntos novamente e eu puder tirá-la dela. Essa eu não vou rasgar, mesmo que esteja morrendo de vontade de dar uma olhada em seus seios. O técnico pode ter feito isso para mostrar seu apoio, mas tenho certeza de que, quando a comprou, não imaginou que eu ficaria fantasiando sobre a filha dele usando-a enquanto monta no meu colo. — Só para você saber, não estou usando mais nada além disso agora.

Gemo. Mesmo que o orgasmo tenha me esgotado, sinto uma onda de calor nas minhas partes de baixo.

— Lá vai você de novo. Me torturando. No *Natal*.

— Eu sei, eu sei. — Ela sorri. — É tão fácil, querido.

— Penny, parece que um aluno do jardim de infância embrulhou este presente.

— Eu ia perguntar, você pediu para embrulharem na loja? — Ela mostra meu presente na tela. As bordas são nítidas, o laço vermelho ainda está amarrado com perfeição em cima do papel de embrulho prateado.

— Sou mestre em embrulhar presentes.

— Eu não fazia ideia disso.

— Embrulho os presentes dos meus irmãos desde que estava no ensino médio. — Balanço o presente de Penny, mas ele não faz barulho nem nada. A forma sugere um livro, mas não me lembro se mencionei antes do recesso o desejo de ler algo específico. — É minha habilidade mais inútil.

— Isso não é nem um pouco inútil. Vai se divertir muito brincando de Papai Noel com seus filhos.

Eu levanto minha cabeça. Penny ainda está olhando para a câmera, mas um rubor surgiu em seu rosto como uma chama.

— Quer dizer, com seus possíveis filhos — divaga. — Se você quiser filhos. Meu Deus, quero dizer... É.

— Com certeza, sim, eu quero ter filhos.

Umedeço meu lábio inferior; agora não consigo parar de pensar em Penny com um bebezinho ruivo nos braços. Não penso muito em crianças além de saber que um dia gostaria de ter uma família, mas isso não significa que a fantasia não seja interessante. Não pretendo me separar de Penny, a menos que seja fisicamente forçado a isso, então talvez esse seja o nosso futuro.

— Mas nem tão cedo.

— Definitivamente não. O fetiche reprodutivo é sensual, mas estar grávida? Horrível.

Eu solto uma risada.

— Vamos abrir os presentes ao mesmo tempo?

— Com certeza. — Ela desata o laço do embrulho enquanto eu rasgo o papel de presente. — Espero que você goste. Mas, se não gostar, eu não ficarei ofendida.

— Digo o mesmo. — Esfrego a mão na barba recém-aparada porque minha mãe insistiu que eu a fizesse para a foto de Natal da família. — E, se você já leu, posso trocar na livraria assim que voltar para Moorbridge. Dane-se, eu vou te levar lá de qualquer maneira. Está combinado.

Ela sorri enquanto termina de desembrulhar o presente.

— Eu adoraria. — Então ela para, segurando o livro. — Cooper! Eu amo essa série!

— Ah, merda, você leu?

— Não, isso é incrível! Nunca vi essa edição antes. — Ela folheia as páginas. — E está autografado? Veio com brindes? Caralho.

Penny deixa o primeiro volume de lado com cuidado e pega o próximo. Quando vi as capas das edições especiais desta série de romances de fantasia, imaginei que seria o presente perfeito. Ela não gosta de capa dura, então consegui todos os quatro livros em brochura. Quando a autora soube que eu estava comprando para minha namorada, mandou alguns adesivos e uma vela que aparentemente tem o aroma do perfume do interesse amoroso, um príncipe-demônio.

— Cooper, adoro edições especiais. — Ela abraça os livros contra o peito, sentindo o cheiro. — E esta série é tão divertida. Eu não tinha brochuras dela, então é perfeito! Vou reler todos. Talvez isso me ajude a sair do bloqueio criativo.

Eu sorrio. Adoro acertar em cheio com presentes.

— Bom, estou feliz. Preciso lê-los depois.

— Acho que você vai gostar. Há uma guerra nesta série, além de muitas criaturas mágicas. — Ela pula na cama. — Você ainda não abriu o seu.

Termino de rasgar o embrulho. O volume faz sentido quando vejo que ela agrupou dois livros com alguns rolos de fita para o meu taco.

— Ah, uau.

— Chequei com meu pai para ter certeza de que a fita era de boa qualidade — diz Penny. — Mas eu achei muito legal.

A fita é vermelha, com o selo da Casa Targaryen impresso em preto.

— Isso é incrível. Obrigado, ruiva. — Deixo de lado e vejo os livros. Um é *O Silmarillion*, que ainda não li, e um romance de Brandon Sanderson que li há muitos anos. — E esses aqui são incríveis. Acertou em cheio. Eu precisava de algo novo para ler, já terminei todos os livros que você me indicou.

— Talvez essa tenha sido a coisa mais sexy que você já me disse.

— Claramente preciso melhorar nisso — digo secamente.

Ela se encolhe nos travesseiros, equilibrando o telefone, de modo que só vejo metade de seu rosto.

— Me conta como foi o seu Natal. Você ganhou no Banco Imobiliário?

Faço uma careta.

— Sebastian trapaceou. Ainda não sei como, mas, quando descobrir, ele será um homem morto.

Como se eu o tivesse convocado, alguém bate à minha porta.

— Irmão — diz Seb —, vamos começar *Férias frustradas de Natal*. Achei que você não ia querer perder.

— Aah, adoro esse filme — comenta Penny. — Chevy Chase era incrível mais novo.

— Vou ignorar esse comentário — digo. — Entre aí, cara. Vem dizer "oi" para a Penny.

Sebastian entra. Ele ainda está de pijama — minha mãe comprou pijamas de Natal combinando para todos nós e insistiu em tirar o retrato na frente da árvore na sala, o que deixou Bex muito feliz em ajudar — e seu cabelo está bagunçado, como se ele tivesse acabado de acordar de um cochilo. Ele boceja, se coçando por cima da camisa.

— Acabaram com a safadeza?

— Estávamos abrindo nossos presentes de Natal, seu idiota.

— Depois de uma transa à distância, tenho certeza. — Ele vem para a minha cama acenando para Penny. — Ei, Pen. Essa blusa fica bem em você.

— É uma camisa — murmuro.

— Obrigada — diz ela, acenando de volta. — Cooper acha que você trapaceou no Banco Imobiliário.

Ele levanta a sobrancelha.

— Se alguém trapaceou, foi Bex.

Minha boca se abre.

— Sem chance.

— James e Bex com certeza se uniram para nos sabotar.

— *O quê?* James não aceita alianças quando se trata de jogos.

— Ele está comendo na mão dela. — Sebastian balança a cabeça. — E agora você tá aí. Quando Izzy arrumar um namorado, estarei ferrado.

— Ah, um dia alguém vai conseguir aguentar essa sua cara feia, Seb.

Ele me mostra o dedo do meio, bocejando novamente.

— Nossa, estou de ressaca. A segunda garrafa de Bailey's foi uma péssima ideia.

Izzy ainda está encolhida no sofá.

— Ela vai se animar quando o filme começar — digo, reprimindo um bocejo. Não estou tão de ressaca, mas preciso tirar uma soneca em algum momento. — Já estou descendo.

— Beleza. Feliz Natal, Penny.

— Feliz Natal, Seb. Diz pra Izzy que mandei um oi.

Quando ele se vai, volto para o meu telefone.

— O que você planejou para o resto do dia? Quer ver *Férias frustradas de Natal* conosco? Podemos mandar mensagem com reações durante o filme. Choro toda vez que ele está no sótão assistindo a filmes caseiros e não tenho vergonha de admitir.

Seu sorriso se alarga.

— Isso parece perfeito. Vou pegar um chocolate quente e ver se meu pai também quer assistir.

44
COOPER

No caminho para o primeiro andar, acabo esbarrando com meu pai. Sei que foi uma atitude mesquinha, mas eu o ignorei durante o recesso. Ele não tentou explicar por que interrompeu nossa conversa depois do jogo contra a UMass e nunca mais voltou após atender àquela ligação, e eu não perguntei. Minha mãe apenas disse que ele tinha assuntos a resolver. Imaginei que, depois que ele agiu como se nada tivesse acontecido no Dia de Ação de Graças, eu não receberia mais respostas no Natal. Eu o encaro com cautela enquanto ele dá uma batidinha no meu ombro.

— Aí está você — diz ele. — Dá um pulinho no meu escritório comigo.

— Vamos assistir a um filme.

— Eu sei. É rapidinho.

Envio uma mensagem para Penny não começar o filme sem mim e sigo meu pai até o escritório. O ambiente é meio opressivo por causa das recordações relacionadas ao seu tempo de jogador de futebol americano, especialmente a caixa trancada com os anéis do Super Bowl, que estão em destaque. Espero meu pai se sentar à mesa de mogno, mas ele permanece de pé, franzindo a testa enquanto olha para as estantes de livros. Mesmo usando calça de moletom e um suéter estampado com uma árvore de Natal, ele parece formidável. Fico em pé e resisto à vontade de fugir para a segurança da sala, onde tenho certeza de que Izzy está reclamando porque a acordaram de seu cochilo e James está fazendo algo fofinho com Bex, como dar um biscoito açucarado em sua boca. Prefiro isso a esse constrangimento.

Ele olha para mim.

— Tudo certo com suas notas?

Eu apenas faço que sim com a cabeça. Levei várias noites para terminar os trabalhos finais, mas consegui. Penny, nem tanto. Controlo a vontade de estremecer ao pensar nisso. Ela finalmente conversou com o pai sobre mudar de curso e, pelo que me contou, ele a apoia, mas isso não significa que ela se sinta bem por ter reprovado em metade das disciplinas.

— Bom, bom — diz ele, esfregando o queixo. — Alguma novidade?

— Como assim?

— Hmm... a namorada — fala. — Embora eu tenha ficado surpreso ao ouvir isso da sua irmã.

— O nome dela é Penny. Você a conheceu no jogo. Se é que prestou atenção.

— Sim, Cooper, eu me lembro dela — responde ele secamente. — Filha do Ryder, né?

— Ele sabe.

Meu pai assente, calado por um momento, aparentemente precisando de tempo para digerir o fato de que estou namorando. A notícia também surpreendeu minha mãe, mas ela superou isso rapidamente e me bombardeou com um milhão de perguntas sobre Penny. Ela já me fez prometer que levaria Penny como minha acompanhante para a festa de gala da fundação dela e do meu pai em março. Enquanto isso, meu pai recebe a notícia como se eu tivesse acabado de contar para ele que fugi com uma garota que conheci cinco segundos atrás.

— Seu tio não entrou em contato com você, né? — pergunta ele.

Tio Blake. Meu coração dispara.

— Ele deveria?

— Não. — Meu pai suspira enquanto vai até a mesa. Ele balança a cabeça ao pegar uma fotografia que reconheço de longe: ele e tio Blake quando crianças em Robert Moses, uma praia na costa sul de Long Island. — Mas ele ligou?

— Não.

Ele respira fundo.

— Isso é bom. Se ele ligar para você, me avise, ok, Coop?

— Tio Blake está de volta à cidade?

— É possível que sim. — Meu pai larga a foto e volta a atenção para mim. — Sei que você sente falta dele, mas a situação é complicada.

— Complicada como?

— Ainda não sei todos os detalhes. Mas não quero que você se machuque.

Dou um passo para trás. Não é nenhum segredo que meu pai nunca lidou bem com os problemas do tio Blake, mas a ideia de que ele seria capaz de me fazer algum mal é ridícula. Ter dificuldades em ficar sóbrio não significa que você seja violento, ou seja lá o que meu pai acha.

— Ele não faria isso.

— Filho...

— Não, dane-se. — Vou em direção à porta. — Não sei por que você não pode simplesmente aceitar que ele tem problemas. Não é como se tio Blake fosse um assassino em série.

— Eu nunca disse isso.

— Mas deu a entender. Você está se recusando a ajudá-lo...

— Você não faz ideia do que eu já fiz pelo meu irmão. — Ele se aproxima. — Não sabe a história toda.

— Eu sei o suficiente. Foi você quem o despachou para a Califórnia. Não quer que ele volte?

— Sim — responde. — Eu quero meu irmão de volta na minha vida. Mas você é meu filho e minha responsabilidade, e até descobrir o que fazer, se ele tentar entrar em contato, você deve me avisar imediatamente.

Reprimo as palavras duras que quero lançar em resposta e abro a porta, certificando-me de batê-la ao sair do escritório. Já bati essa porta tantas vezes que sinto como se tivesse dezessete anos de novo, cansado de ouvir gritos por ter fugido, por ter comprado minha picape sem permissão, por ter sido suspenso da escola por causa de uma briga, por inúmeras razões. A última vez que eu havia batido aquela porta foi quando tínhamos acabado de discutir se eu entraria no *draft*. Sou eu quem sempre sai primeiro, quem bate a porta. Meu pai sempre consegue o que quer. Ele sempre vence.

Pego meu telefone, não para mandar uma mensagem para Penny (embora eu tenha recebido uma dela), mas para ligar para meu tio.

Eu sou adulto. Se ele estiver na cidade, meu pai não poderá me impedir de vê-lo. E, depois disso, tenho certeza de que não vou contar a ele que estamos em contato. Se meu pai souber, enviará meu tio para outro continente desta vez, e então nunca mais o verei.

A ligação cai na caixa postal. Engulo a frustração e começo a falar no segundo em que o botão de gravação apita.

— Oi, tio Blake. É o Cooper. Ouvi dizer que está na cidade. Ainda estou na McKee. Se quiser me encontrar ou algo assim, é só me ligar de volta. Obrigado.

45
PENNY

— Tudo bem, srta. Ryder, está tudo pronto.

Sorrio para Nicole, uma das mulheres que trabalha na secretaria da McKee. Ela tem mais ou menos a idade que minha mãe teria agora e seu cabelo platinado está preso em um coque. Sua blusa é de um tom de rosa muito vivo e suas unhas compridas combinam. Não sei como consegue digitar com unhas tão longas, mas ela foi muito mais rápida do que eu sou no meu notebook.

— Muito obrigada.

— Parabéns. É um grande feito declarar sua especialização. E você terá tempo suficiente para compensar tudo que precisa mesmo sem obter os créditos do semestre passado, mas, caso contrário, poderemos discutir opções para continuidade. É sempre mais fácil trabalhar com o que você se inscreveu desde o início, em vez de mudar.

Concordo com a cabeça, segurando a folha de papel com a aprovação oficial da transferência para especialização em inglês perto do meu peito.

— É fã de hóquei? — Ela aponta para a camisa que estou vestindo e me dá um sorriso.

Ainda bem que estamos em janeiro, porque tudo que quero fazer é usar a camisa de Cooper. Ultimamente, sempre que estou usando-a no Purple Kettle ou em um dos outros espaços comunitários do campus, uma garota que deve ter uma queda por Cooper me lança um olhar feio. Os melhores momentos são quando estamos juntos e ele me beija; não posso negar que sinto prazer em exibir o nosso relacionamento. Ele pode ter sido um dos maiores pegadores do campus, mas agora é meu.

— É do meu namorado. — Meu coração palpita com minhas próprias palavras. Acho que nunca vou me cansar de chamar Cooper assim. — Ele está no time.

— Eu devia ter reconhecido o sobrenome — diz ela. — Você é filha do técnico Ryder. Coloco meu cabelo atrás da orelha.

— Sim.

— Meu marido adora hóquei. Ele joga em uma liga de cerveja em Pine Ridge. — A mulher dá uma risada, inclinando-se sobre a mesa. — É um péssimo jogador, mas torço por ele mesmo assim. Boa sorte com tudo, querida. E me procure se precisar de ajuda.

Na saída do prédio, o ar gelado me atinge no rosto, mas não me importo. Dobro o pedaço de papel, coloco-o cuidadosamente na bolsa e envio uma mensagem para meu pai dizendo que está tudo resolvido. Admitir para ele que fui reprovada em duas matérias — apesar de ter dado o meu melhor, o que é meio deprimente — foi horrível, mas ele acabou me apoiando. Talvez ele esteja só aliviado por eu estar me esforçando para não esconder nada importante dele, mas está até animado, embora confuso, com o romance que estou escrevendo. Além dele, Cooper e Mia são os únicos que sabem, e pretendo manter em segredo até finalizá-lo.

Envio uma mensagem para Cooper também. Ele está em um seminário de não ficção a tarde toda, mas, a julgar pelo que ele me contou da primeira reunião da última semana, é um momento tão chato que ele dormiria na mesa, então tenho certeza de que está dando uma olhadinha no celular de vez em quando. Eu estou certa, pois antes mesmo de eu chegar ao prédio da aula de Literatura Americana I, ele me envia uma série de pontos de exclamação.

COOPER

!!!!!!!!!!!!!!!

Estou muito animada

Quer dizer, não tenho ideia do que fazer com um diploma de inglês

Mas isso não importa agora

Eu sei o que você vai fazer. Vai ser uma autora incrível

Eu escolhi inglês como minha especialização porque gosto de ler e parecia meio impraticável para mim, o que era perfeito, já que meu pai não cederia nessa história de faculdade

> Mas a verdade é que não é. O curso nos ajuda a aprender a pensar, e a nos comunicar, e a apreciar arte

> Ajuda a ter empatia

> Até mesmo com o perdedor sentado ao seu lado na aula comendo o sanduíche mais nojento de todos

> Me ajude, ruiva

> Acho que é pura cebola

> Sabe, seu discurso estava lindo até você falar do sanduíche

> Preciso ir para Literatura Americana!

> Você vai fazer com Stanwick, certo?

> Sim

> Legal, aproveite

> Estou menstruada, então espero não ter uma crise de cólica

Eu me encolho o máximo que consigo e solto um gemido.

    Minha menstruação me fez o favor de não ser uma filha da mãe enquanto eu estava na aula — e foi uma aula superinteressante, sobre literatura do período colonial —, mas agora parece que alguém está grampeando o meu útero. Cooper chegará a qualquer momento, e eu estou com uma calça de moletom velha e feia, uma camisa de mangas compridas com os dizeres "Santo Salchow", um presente de Natal que ganhei de Mia, e meias felpudas. Uma parte distante de mim acha que eu deveria pelo menos escovar o cabelo antes de ele chegar, mas isso exigiria movimentos e nada me parece pior.

— Tudo bem aí? — chama Mia.

— Acho que estou morrendo.

Ela enfia a cabeça no meu quarto.

— Você não está morrendo.

— Não sei, talvez eu esteja com hemorragia. — Outra fisgada me atinge; a sensação é de que alguém prendeu minha lombar em um torno. — Se este for o meu fim, certifique-se de que Tangerina se lembre de mim como aquela que lhe deu mais lanches.

— Ela está bem? — Ouço Cooper perguntar.

— Não — diz Mia. — Mas pelo menos é dor física. Minha menstruação me transforma em uma cadela furiosa.

Cooper entra no quarto carregando uma sacola plástica. Sua bolsa de equipamentos está pendurada no ombro; ele mandou uma mensagem para dizer que estava vindo direto do treino. A esta altura, estou acostumada a ver sua barba um pouco maior por conta do inverno, mas isso faz com que o desejo me invada. Eu pressiono minhas pernas juntas; mesmo com cólica, meu corpo está doendo de necessidade. Ele olha para trás, com a testa franzida.

— Mia estava fazendo uma piada? — pergunta. — Eu meio que presumi que a maldade era o estado padrão dela.

— Eu ouvi isso! — grita Mia de seu quarto.

— Como se você não se orgulhasse disso! — berra Cooper de volta.

Solto uma risada, enterrando a cabeça no travesseiro.

— Seja grato por meus remédios ansiolíticos manterem as coisas estáveis.

— Sou grato por qualquer coisa que ajude você. — Ele se senta ao meu lado na cama, com a mão no meu ombro, e remexe a sacola. — Trouxe reforços.

Cooper pega uma bolsa térmica, os absorventes internos e externos que pedi a ele que comprasse no caminho e, o melhor de tudo, balas de ursinho. Abro o pacote e sinto o cheiro açucarado.

— O pacote é novo porque reclamei que sua bolsa de equipamentos estava fedorenta demais para guardar meus preciosos ursinhos?

Ele revira os olhos.

— Não é tão ruim.

— Tem cheiro de suvaco fedido. Daqueles bem fortes. — Torço o nariz enquanto mastigo.

— Bem, não está tão ruim agora. Comprei um desodorizador para bolsas de ginástica e está funcionando. — Ele se abaixa e abre o pequeno bolso lateral onde guarda os lanches, também conhecidos como balas de ursinho para mim e barras de proteína para ele, e tira um saco plástico. — Além disso, eu os coloquei aqui. Uma dupla camada de proteção contra o mau cheiro.

Estou prestes a pensar em uma resposta sarcástica, mesmo que seja adorável que ele esteja tentando deixar a bolsa menos nojenta por minha causa, quando uma pontada de dor me faz cerrar os dentes e me curvar. Cooper prontamente se coloca ao meu lado e me puxa para seus braços. Ele coloca o pacote de bala de ursinhos na minha mesa de cabeceira e afasta meu cabelo da testa.

— Ah, querida.

— É só... Porra. Isso dói.

— Sim. Está tudo bem, estou com você. Quer a bolsa térmica?

Balanço a cabeça.

— Será que você pode...

Paro, corando. Cooper já fez o suficiente. Há uma diferença entre me tocar cuidadosamente porque ajuda com as cólicas e pedir a ele que encarasse a maré vermelha.

Ele passa a mão por baixo da minha camisa e esfrega minha barriga. Eu gemo, afundando meu rosto em seu pescoço. Cooper tem um cheiro de limpeza, com notas de canela — sua colônia masculina, quase picante. Eu mordo suavemente, e ele dá uma risadinha. Continua massageando minha pele enquanto beija o topo da minha cabeça.

— O que eu posso fazer por você, ruiva?

— Eu sou muito nojenta.

— Você nunca é nojenta.

Eu olho para ele.

— Você sabe, eu faço cocô e tudo mais.

Ele ri.

— Já ouvi algo a respeito de garotas que fazem isso. Tão estranho.

— Ok, se não sou nojenta, o que quero pedir é...

Ele traça a marca de nascença próxima ao meu umbigo.

— Quer que eu faça você gozar.

Enterro meu rosto em seu peito.

— Você não precisa fazer isso.

— Porra, "preciso"? Eu quero. Isso ajuda, não é? Com as cólicas?

— Normalmente, sim.

Ele dá um tapinha na minha barriga.

— Me dê um segundo. Vou atrás de uma toalha, para não precisarmos lavar os lençóis.

Quando ele se senta, lanço-lhe outro olhar semicerrado. Nem tenho certeza de como isso aconteceu, mas tenho a devoção de Cooper e acho que, se eu pedisse a ele que fizesse qualquer coisa, ele ao menos consideraria. No entanto, até onde eu sei, isso não se enquadra nos deveres normais de um namorado, e não quero que ele fique enojado e decida que não se sente mais atraído por mim.

Tudo isso sai da minha boca em um turbilhão. Ele apenas levanta a sobrancelha quando termino de divagar.

— Meu bem, não há literalmente nada que possa me fazer parar de sentir atração por você. — Ele me dá um sorriso e acrescenta: — Você sabe que eu adoro uma bagunça.

46
PENNY

Desabo na cama. Este será o melhor orgasmo menstrual de todos os tempos ou um desastre total e, embora eu torça para que seja o primeiro, o último parece mais provável.

Cooper volta com uma toalha e forra a cama. Então, ele me convence a sair da posição em que me enrolei mais uma vez, com bala de ursinhos como moeda de troca.

— Você quer que eu tire suas roupas? — pergunta ele enquanto como algumas balas.

— Acho que só a parte de baixo — respondo, depois de engolir.

Cooper tira seu moletom e a calça jeans e fica apenas de camiseta e cueca, então se acomoda ao meu lado na cama. Fica apertado, ainda mais considerando as circunstâncias, mas já fizemos isso funcionar várias vezes. Ele se inclina e me beija.

— Levante seus quadris para mim, meu bem.

Meu rosto parece que está literalmente em chamas enquanto ele puxa minha calça de moletom e minha calcinha para baixo. Pressiono minhas pernas juntas, mas ele passa a mão sobre minha coxa.

— Deixe-me ver. Quer que eu toque no seu clitóris mantendo o absorvente interno? Ou vamos tirar para que eu possa usar o dedo em você?

— Eu quero seus dedos — admito. — Posso ir até o banheiro pra tirar.

Ele me beija de novo, suavemente, e alcança entre minhas pernas.

— Deixa que eu tiro.

Fico tensa quando ele puxa o cordão do absorvente. Cooper faz isso bem devagar e me beija o tempo todo. Não parei para pensar se isso seria sexy ou simplesmente estranho, mas, de alguma forma, ele consegue fazer com que seja a primeira opção. Talvez seja o fato de ele ser homem o suficiente para não ficar envergonhado ou enojado, ou talvez seja a maneira como ele acaricia meu cabelo enquanto olha para mim. Eu posso jurar que há amor em seus olhos, mas provavelmente estou imaginando coisas. Cooper substitui o absorvente por dois dedos; eu suspiro contra sua boca. Ele morde meu lábio, tão gentil quanto o jeito que me toca, e acaricia meu clitóris de uma maneira demorada e sensual.

— Fale comigo — murmura ele. — Está gostando?

Concordo com a cabeça e então me lembro de me comunicar.

— Sim. Eu me sinto muito... satisfeita.

— Bom. — Ele curva os dedos e me faz gritar. Juro, seus dedos são como mágica; Cooper sabe exatamente como atingir meu ponto G. Ele continua tocando meu clitóris com o polegar, e não demora para que eu esteja tremendo, incapaz de conter os gemidos.

— Shhh — diz ele. — Eu tô aqui. Você é uma menina tão boa, Penny, me deixando cuidar de você.

Eu fungo. Não mereço isso, mas vou aguentar quanto ele estiver disposto a dar.

— Cooper. — Estendo meus braços em volta de seu pescoço, puxando-o para outro beijo. — Lindo, eu preciso...

— Me diz, minha linda. Me diz, que eu te dou.

Lágrimas escorrem pelos cantos dos meus olhos. Talvez minha menstruação esteja me deixando mais emotiva do que o normal, mas como não reagir a essas palavras, ditas tão baixinho que não poderiam ser para ninguém além de mim? Eu o beijo com tanta força que nossos dentes se roçam, mas ele dá o melhor que pode (e entende o que eu queria: um terceiro dedo), acariciando-me da maneira mais deliciosa possível. Movimento meus quadris, buscando um pouco mais de contato, um pouco mais de fricção, e ele me recompensa esfregando meu clitóris mais rápido. Os orgasmos sempre vêm rapidamente quando estou menstruada, e não demora muito para que eu morda seu ombro, atingindo um clímax que me faz tremer. Cooper estremece quando eu o mordo, rindo contra meu cabelo, e o som vai direto para o meu âmago.

— Puta que pariu, ruiva. — Ele continua movendo os dedos dentro de mim, pressionando os lábios na minha têmpora. — Você pode me dar mais um?

— Não tenho certeza — respondo em meio a outro suspiro.

— Eu acho que pode. — Ele olha para mim; desse ângulo e com pouca iluminação, seus olhos parecem o céu antes do anoitecer. Eu pisco, sustentando seu olhar. Há um brilho quase selvagem em seus olhos, como se ele estivesse admirando a mulher mais sexy que já viu, e sua voz tem aquele tom áspero de quando ele está prestes a gozar. — Relaxa e goza pra mim.

Eu me desmancho ao olhar para Cooper, enquanto lágrimas escorrem pelo meu rosto e meu coração dispara. O segundo orgasmo ruge através de mim, mais forte que o primeiro, e acho que grito o nome dele, mas não consigo me ouvir por causa do zumbido em meus ouvidos. Penso, vagamente, que é melhor que Mia esteja usando fones de ouvido, e isso me faz rir.

Ele aperta minha coxa.

— Do que você está rindo tanto?

— Da Mia. Espero que a música dela esteja alta.

Ele puxa os dedos com cuidado, como fez com o absorvente interno, e os enxuga na toalha. O constrangimento volta quando vejo quão sujo o deixei, mas Cooper balança a cabeça ao ver meu rubor.

— Nada disso. Eu gozei, você percebeu? Gozei nas minhas calças como se eu tivesse catorze anos de novo e estivesse assistindo pornografia no meu telefone debaixo das cobertas.

Engasgo com minha risada.

— De jeito nenhum.

Nós nos limpamos juntos, e não é a primeira vez que me sinto grata pelo banheiro privativo. A cólica não desapareceu completamente, mas está menos violenta do que antes. Cooper insiste em me carregar do banheiro de volta para a cama. Ele me acomoda debaixo das cobertas, põe a bolsa térmica, me dá as balas de ursinho e minha garrafa de água e finalmente se senta ao meu lado, equilibrando o notebook na barriga.

— Algo estranho aconteceu mais cedo — diz ele enquanto coloca o filme reconfortante que pedi. *A princesa prometida*. Ele nunca assistiu, e tenho certeza de que vai se divertir com as falas de "inconcebível!" do personagem de Wallace Shawn!

— Defina estranho.

— Você se lembra que deixei aquela mensagem de voz para meu tio?

— Sim.

— Acho que o vi.

Faço uma pausa com uma bala a meio caminho da boca.

— Como assim, você o viu? Ele não ligou de volta?

— Não, ele não disse nada, mas estava sentado na arquibancada durante o treino. Saiu antes que eu pudesse ver melhor. — Ele balança a cabeça. — Bem, eu acho que era ele. Não entendo por que meu tio apareceu de repente e não falou comigo.

— Talvez seu pai saiba que ele estava lá?

Cooper bufa.

— Merda! Se ele sabe, provavelmente está planejando mesmo levá-lo para o outro lado do país.

Eu me aninho contra seu peito, e ele me abraça.

— Espero que seja ele. Sei que você sente falta do seu tio.

Cooper confirma com a cabeça, dando play no filme.

— Preferia ter ele por perto do que ter meu pai, isso eu te garanto.

47

COOPER

Antes de colocar meu celular no bolso, dou uma verificada nele. Penny e eu temos aula no prédio de inglês nas tardes de quinta-feira, mas meu seminário termina meia hora antes da aula de redação criativa. Embora o final de janeiro tenha sido chuvoso e triste até agora e eu tenha pisado em uma poça de gelo meio derretido mais cedo, não consigo parar de sorrir. Assim que ela sair do prédio, vou surpreendê-la com uma ida à livraria.

Talvez outras mulheres gostem de flores, chocolates ou idas ao spa. Mas eu sei do que minha garota gosta: livros em vez de flores, balas de ursinhos em vez de chocolate e orgasmos semipúblicos em vez de tratamentos no spa.

Porra, estou sorrindo como um completo idiota. Eu costumava provocar James por causa disso, mas agora entendi como meu irmão se sente. Você tem a mulher que precisa em sua vida, e então tudo parece possível. Estamos no meio da temporada, e cada jogo conta, porém estou relaxado. Tirando o fato de que a UMass está na nossa frente por um jogo e meu pai e eu não nos falamos desde o Natal, a vida tem sido boa. Penny é meu anjo ruivo, e, se não fosse pelo fato de eu saber que não gostaria de um relacionamento com ninguém além dela, não posso acreditar que passei quase vinte e um anos sem experimentar como é poder chamar uma garota de minha.

Ela está praticamente pulando ao sair do prédio enquanto conversa com uma colega de classe, mas assim que me vê, corre para meus braços e se joga. Eu a seguro facilmente, fazendo-a rir contra meus lábios enquanto sou agraciado com um beijo. Penny está aquecida por ter passado mais de uma hora dentro de uma sala de aula quentinha. Eu a beijo por alguns segundos antes de colocá-la no chão.

— O que você está fazendo aqui? Pensei que tivesse treino.

— Tenho umas duas horas antes de precisar estar no rinque. — Coloco uma das mãos enluvadas em sua cabeça. — Acho que é tempo o suficiente para a surpresa que planejei.

Seu sorriso ilumina todo o rosto.

— Uma surpresa?

— Você tem tempo?

— Para você, sempre. — Ela pega minha mão enquanto descemos a calçada. — O que é?

— Você não sabe como as surpresas funcionam?

Penny continua me implorando por dicas durante o caminho. Uma das coisas boas de McKee é que Moorbridge está interligada com o campus, então você pode passear por ambos sem precisar de um carro. Poderíamos ter pegado o ônibus; está frio, com pilhas de neve nas calçadas e gelo derretido no chão, mas é agradável andar com ela ao meu lado.

Ela percebe que estou indo para a Book Magic quando viramos a esquina da Main Street e começa a pular de verdade, praticamente me arrastando para a entrada. Eu a paro pouco antes de ela entrar correndo e digo:

— Tem algumas regras.

Penny faz beicinho, aqueles grandes olhos azuis se destacando.

— Regras?

— Bem, uma regra — corrijo. Vou aproveitar a deixa. — O que você quiser, eu compro.

Um sorriso vagaroso surge em seu rosto.

— O que eu quiser?

— Qualquer coisa.

— Uau. — Ela suspira. — Isso é melhor do que sexo.

— Bem — digo —, não melhor, mas...

— Tchau! — Penny abre a porta e corre para dentro antes que eu consiga terminar minha frase.

Eu a sigo, balançando a cabeça, mas não consigo parar de sorrir. Ela pode pensar que uma visita à livraria independente da cidade é melhor do que meus serviços, mas a farei mudar de ideia mais tarde. Estou morrendo de vontade de gozar nos peitos dela de novo e sei que minha garota safada não vai se opor a isso.

Eu a encontro na seção de romance, como esperava, e vejo que já tem três livros debaixo do braço. Ela sorri para mim de uma forma que faz meu peito doer, e não posso deixar de segurar seu rosto com as duas mãos e puxá-lo para um beijo. Seus lábios estão um pouco rachados e gelados, e tenho uma vontade incontrolável de dar uma olhada na loja até encontrar alguém e apresentar Penny como minha namorada.

Quando nos separamos, a expressão travessa em seu rosto desaparece. Ela parece apenas feliz. Ainda não sei o que aconteceu em seu passado e que às vezes a faz fugir de mim, mas espero que ela esteja percebendo que, seja lá o que for, não vou a lugar algum. E então vejo alguém, uma mulher alguns anos mais velha que nós, usando uma camiseta da Book Magic. Seus óculos de armação preta, além do cabelo castanho e cacheado, dão a ela uma aparência de coruja. Ela aponta para o livro no topo da pilha de Penny.

— Esse é muito bom.

— Ah, ótimo — responde Penny. — Não leio muito romance histórico, mas está na minha lista há um tempão.

A mulher acena com a cabeça enquanto endireita um expositor.

— Quando você acabar, volte aqui e me diga o que achou. É o meu favorito da série, Miles é um herói maravilhoso.

— Ela está escrevendo um livro — comento, apontando para Penny. — Minha namorada. É muito bom.

— Cooper — diz ela, corando.

— O quê? — respondo. — Sei que é, eu já li, então saiba que não estou mentindo. É um romance.

A mulher nos lança um olhar interessado.

— Temos um grupo de escrita criativa que se reúne aqui duas vezes por mês — comenta ela. — Você é aluna da McKee? Podia se juntar a nós.

— Hum, eu... — Penny me lança um olhar assustado.

— Ela adoraria — concluo.

Ela cora ainda mais, então diz:

— Isso parece incrível, eu realmente adoraria. Quando é a próxima reunião?

Deixo Penny conversando com Monica (a mulher se apresenta enquanto continuamos conversando) e vou até a seção de fantasia. Escolho alguns livros para mim e depois pego um exemplar de *Daisy Miller*, que preciso para minha aula de Modernismo. Quando encontro Penny no caixa, ela tem dez livros nos braços e conversa com Monica como se fossem velhas amigas.

— Vou enviar o primeiro capítulo por e-mail hoje à noite — diz Penny enquanto tiro os livros de seus braços. Ela estende a mão para beijar minha bochecha. — Obrigada, lindo.

Monica dá a volta no balcão para registrar a compra.

— Seu namorado apoia sua escrita e ainda está comprando livros? Cuide bem dele.

48
PENNY

28 de janeiro

> Ela amou

COOP

> Ruiva!! Isso é incrível

> Eu sei! Nem consigo acreditar

> Bom, eu acredito. Seu livro é excelente

> Estou animada para ir ao grupo de escrita

> Quer que eu te encontre na cidade quando você acabar? Podemos sair para jantar, mesmo que termine tarde

> Adorei a ideia

> Você ainda precisa vir jantar na casa do meu pai. Ele continua me perguntando quando você vai lá, como se você não o visse mais do que eu

Que tal este fim de semana? Podemos levar Tangy

> Papai a ama tanto. Ele vai acabar pegando outro gato

Você deveria ir ao abrigo com ele para escolher um

1º de fevereiro

COOP

Quando sugeri o lance do abrigo, não quis dizer literalmente

> Eu sei, é loucura

> Eu mal consegui terminar a frase antes de ele pegar as chaves do carro

Qual é o nome?

> O gatinho se chama Gretzky

> Que fofo

> Eu gosto mais da nossa filha <3

> Mas ele é um doce

> Parece que Nikki também gosta de gatos

> O casal ainda está firme e forte?

> Eu acho que sim

> Você segue tranquila com isso?

> Só quero que ele seja feliz

3 de fevereiro

COOP

> ?!

> Estamos no mesmo cômodo, lindo

> Eu sei, mas você parece tão em paz com seus fones de ouvido

> E você pensou que esse era o momento perfeito para me tirar do conforto?

Eu sei que você está escrevendo cenas obscenas muito importantes

Mas só estou sugerindo que, caso precise de alguém para te inspirar, estou bem aqui

E super entediado

> Na verdade, estou escrevendo uma cena de batalha

É mesmo???

> Claro que isso te deixa animado

Eu literalmente tenho uma espada tatuada no meu corpo

> Só vem aqui e me beija

49

COOPER

Lá está ele de novo.

Sentado nas arquibancadas, observando o treino nas sombras. Cometi alguns erros durante nossos treinos porque não consigo parar de olhá-lo. Ele usa jaqueta de couro preta, boné dos Yankees cobrindo boa parte do rosto, barba por fazer... É meu tio Blake.

Mas o que ele está fazendo aqui? Veio me ver patinar como se eu estivesse de novo no time do jardim de infância, sem mandar uma mensagem sequer para me avisar que está na cidade?

Evan semicerra os olhos quando aponto para ele.

— Tem certeza? — pergunta ele. — É mesmo seu tio?

— Sim. Não sei por que ele não pôde simplesmente enviar uma mensagem. — Dou um tapinha no ombro de Evan. — Vou perguntar ao técnico se posso fazer uma pausa para falar com ele.

— Tudo o que Cooper quer, Cooper consegue — zomba Brandon enquanto patino. — Acho que é assim quando você enfia o pau...

Eu patino de volta até ele.

— Quer mesmo terminar essa frase? — Eu me inclino, olhando deliberadamente para o técnico antes de fixar meu olhar em Brandon. — Porque, se eu tiver que acabar com a sua raça, eu vou. E então direi ao técnico exatamente quem ousou desrespeitar a filha dele.

Brandon engole em seco, mas não diz mais nada.

— Foi o que eu pensei. — Balanço minha cabeça. — Segura a porra da sua língua. E, da próxima vez que vir Penny, você vai se desculpar pelo que fez em Vermont. Estamos entendidos?

Sua expressão vacila, como se ele estivesse pensando em me mandar tomar naquele lugar. Eu apenas levanto a sobrancelha.

— Tudo bem — responde.

O técnico me dá permissão para falar com tio Blake — ao menos espero que seja ele, porque, se não for, isso vai ser estranho —, então subo a escada. Quando chego à fileira em que está sentado, ele levanta a mão em um pequeno aceno.

Se antes eu não tinha certeza, agora tenho: é meu tio. Um pouco mais velho, um pouco mais acabado, mas definitivamente é ele.

— Oi, Cooper — diz enquanto me sento ao seu lado no banco. Sua fala é descontraída, como tivéssemos nos encontrado na semana passada no jantar de domingo.

— Tio Blake. — Aceito seu abraço de lado. Ele cheira à fumaça de cigarro e sabonete barato, mas isso é normal quando se trata dele. — O que está fazendo aqui? Eu liguei pra você.

— Voltei a Nova York a negócios — explica ele. — Pensei em ver meus sobrinhos, e os ingressos dos Eagles são muito caros.

Minha animação se desfaz. Claro, ele espera ver James. Todo mundo sempre faz isso.

— Você pode simplesmente pedir ingressos a ele — respondo friamente. — Preciso voltar para o treino.

Tio Blake estende a mão e me dá um soco no braço antes que eu possa alcançá-lo.

— Brincadeira, Coop. Pensei que você levasse uma piada de boa. Desculpe não ter respondido à sua mensagem, achei que vir aqui seria mais fácil.

Mordo o interior da minha bochecha.

— O que está acontecendo? Você está bem?

— Eu só quero botar o papo em dia, assim como você. Talvez possamos sair para jantar? Quando você terminar, é claro.

Eu levanto minhas sobrancelhas.

— Hum, claro?!

— Seu aniversário está chegando, certo? — pergunta ele. — Esse pode ser o meu presente para você.

Já faz tanto tempo que não o vejo que estou surpreso que ele se lembre da data do meu aniversário. Meu tio não vem à cidade desde que eu tinha dezessete anos, e isso foi apenas por um curto período, antes de ele ir para a reabilitação novamente. Eu me pergunto se ele está sóbrio, então me sinto culpado por pensar nisso. Ele está fazendo o melhor que pode, tenho certeza, e mencionou um jantar, não beber. Meu pai é quem julga suas lutas e a ele, e, se há alguém com quem não quero parecer, é com ele.

— Obrigado. — Olho para o gelo, onde o time ainda está treinando. O técnico Ryder apita, e os caras param, dando atenção a ele. — Vou me trocar.

— Isso aí, garoto. — Ele me dá um tapinha nas costas antes de se levantar. — Estou animado para saber o que meu sobrinho favorito tem feito.

Quando o treino termina, eu me troco o mais rápido que posso e me despeço dos rapazes e do técnico Ryder. Parte de mim, uma pequena parte irracional, se pergunta se tio Blake ainda estará me esperando quando eu sair, mas ele está recostado no prédio, fumando. Como estamos no inverno, o sol já desapareceu no horizonte, mas uma luz no teto ilumina meu tio, fazendo brilhar o couro preto de sua jaqueta.

Quando ele me vê, seus olhos brilham. Eles são como os meus, como os do meu pai, daquele azul profundo. Azul Callahan, minha mãe costumava brincar.

Ela sempre foi mais gentil ao falar sobre tio Blake, mesmo que não fosse parente direta dele.

— Conhece um lugar bom por aqui para comer alguma coisa? — pergunta ele.

— Pode ser pizza?

— Calma lá, garoto. Posso fazer algo melhor no seu aniversário de vinte e um anos.

— Há uma lanchonete boa perto daqui. — Coloco minha bolsa no ombro. — Você veio de carro?

Ele esfrega o cabelo.

— Peguei uma carona com um amigo.

— Sem problemas — digo, remexendo no bolso em busca das chaves enquanto atravessamos o estacionamento. — Você se lembra daquela picape que comprei depois de economizar durante todo o verão? Da última vez que você esteve na cidade? Tenho trabalhado nela esse tempo todo.

— Sério?

— Sim. Está andando que é uma beleza agora. — Passo a mão pelo capô preto reluzente antes de entrar. — Legal, né?

Tio Blake se acomoda no banco do carona.

— Tenho certeza de que Rich adorou isso.

— Foi um ponto sensível — digo alegremente. — Ele queria me dar um Range Rover como o do James, mas eu prefiro este carro.

— Olha só, você e eu somos iguais — comenta ele. — Existem Richards e James. Blakes e Coopers.

Eu olho para ele.

— Essa é uma boa maneira de pontuar as coisas.

Meu tio me dá um meio sorriso.

— Me fala sobre a sua vida, garoto. Sei que não estive muito presente, mas estou limpo e sóbrio.

Meu coração transborda de emoção.

— Fico feliz.

— Demorei um pouco para me recuperar e fazer dar certo, mas aqui estou.

Viro à esquerda; sei como chegar a esse restaurante de olhos fechados. Já perdi a conta de quantas vezes Sebastian e eu pedimos hambúrgueres tarde da noite pela janela do drive-thru. Os milkshakes têm a consistência perfeita. Eu não ia tomar um, mas não é como se pudesse tentar usar minha identidade falsa mais uma vez para pedir uma cerveja na frente de tio Blake.

— Estou bem — respondo. — A temporada está indo bem. Eu sou... sou o capitão do time.

— Aí está o Cooper de que me lembro. — Ele bate palma. — Suponho que isso compense a perda do *draft*.

Sinto um bolo na garganta.

— Sim, em parte. — Entro no estacionamento. Não está lotado nesta noite aleatória de fevereiro, há apenas alguns carros ali. — As coisas estão indo bem, adoro minha equipe e estou melhorando muito.

— Não precisa ser tão humilde. Você teria passado na primeira rodada, e sabe disso tanto como eu. — Tio Blake vai na frente até a porta e a mantém aberta para mim; o ar abençoadamente quente nos atinge no rosto. — Se fosse meu filho, eu teria pressionado você a fazer isso.

— Não é como se eu não quisesse.

Ele faz um gesto com a mão.

— Certo. Foi Rich.

Solto uma risada.

— Ninguém o chama assim, você sabe.

— Eu sou irmão dele, tenho permissão.

Pedimos hambúrgueres, batatas fritas e um milkshake de chocolate para cada um. Preciso trazer Penny aqui; sei que ela preferiria o milkshake de morango e adoro a dancinha feliz que ela faz quando está saboreando algo bom. Talvez quando a McKee fizer uma das exibições de filmes ao ar livre na primavera, podemos lanchar e assistir juntos.

Tio Blake escolhe uma mesa no canto. O neon da placa na parede acima deixa seu rosto em tons de rosa e roxo. Quando me sento à sua frente, ele se inclina, com os cotovelos apoiados no tampo pegajoso da mesa.

— Os olheiros entraram em contato?

— Alguns. Eles sabem que vou ficar aqui até terminar os estudos. O agente do meu pai e do James vai trabalhar nisso depois da formatura.

— Foda-se — diz ele, brincando com seu relógio. É caro, um Rolex de ouro e prata. Meu pai também tem um Rolex e, considerando que foi o presente de formatura do James, ganharei um no ano que vem. — As equipes vão fazer fila pra ficar com você. Você não precisa de um agente. Poupe seu dinheiro.

Eu balanço a cabeça.

— Sem chance. Os contratos são complicados.

— Você tem algo que eles querem. Eu assisti seus momentos de destaque da temporada. Você é uma estrela, porra. Pode ser o próximo Makar.

Deixei escapar uma risada incrédula. É incrível que ele tenha visto a gravação, mas é um salto muito grande passar de "melhor defensor do Hockey East" para "vencedor do Norris Memorial Award". Mesmo que esse seja meu desejo, não é o tipo de sonho que eu admitiria em voz alta.

— Claro.

— Não deixe ninguém lhe dizer o contrário. Você tem a porra do talento, já deveria estar na liga. E não ficar jogando em um time de faculdade e fazendo dever de casa.

— Eu estou bem aqui — digo, um pouco brusco. — E a McKee não tem um time universitário qualquer. Somos bons o suficiente para vencer o Frozen Four este ano.

Ele se recosta no assento, com as mãos erguidas em sinal de rendição.

— Estou falando sério, garoto. Mas não precisamos conversar sobre isso.

— Desculpe. — Tiro o boné e passo a mão no cabelo enquanto respiro. — Mas estou bem onde estou. De verdade.

— Bem, vá em frente, me fale mais. — Ele dá um sorriso sedutor para a garçonete enquanto ela serve nossas refeições, e a mulher cora ao se afastar. Resisto à vontade de revirar os olhos; aparentemente, meu tio não perdeu o charme. — Eu estou aqui agora. E desta vez ficarei por um bom tempo.

— Sério?

— Seríssimo. — Ele pega seu milkshake e bate o copo no meu para comemorar. — Fiquei longe por tempo demais. É hora de fazer diferente.

50
PENNY

Eu me acomodo nas almofadas do sofá, respirando o cheiro familiar de ilangue-ilangue e flor de laranjeira. A dra. Faber está sentada à minha frente em sua poltrona de couro, seu caderno aberto em uma nova página. Ela cruza as pernas e entrelaça os dedos das mãos, cada um adornado com pelo menos um anel. Já me sentei tantas vezes neste exato lugar que já perdi as contas, porém sempre que chego, lembro-me da primeira vez.

Eu usava uma calça jeans rasgada, o que enfureceu meu pai. De alguma forma, ele enfiou na cabeça que a dra. Faber era idosa e ficaria ofendida se sua paciente adolescente mostrasse muita pele. Quando Faber abriu a porta, não era nem um pouco velha, aparentava ter trinta e poucos anos e usava um vestido de alcinha e tamancos, tinha tatuagens em ambos os braços, cabelo cor-de-rosa em um corte assimétrico. Eu a amei logo de cara. Não a vejo com tanta frequência como antes, mas seu consultório, com paredes azuis e arte abstrata, sua coleção de almofadas e seu velho aquecedor barulhento, é reconfortante. Não tenho tias, mas foi assim que dra. Faber sempre me pareceu: como um parente com quem posso ser honesta, sem medo de ser julgada. Não vejo a hora de contar a ela que o cara com quem eu estava saindo agora é meu namorado.

— Seu pai trouxe você? — pergunta ela.

Coloco meu cabelo atrás da orelha, incapaz de conter o sorriso.

— Meu namorado me trouxe, na verdade.

Ela sorri também.

— Namorado? Penny, isso é maravilhoso. É o rapaz que você mencionou na nossa última sessão? — Ela folheia suas anotações. — Pouco antes do Natal, você mencionou que estava compartilhando experiências com um cara chamado Cooper.

— Sim. É ele mesmo.

Ela toma nota.

— Como isso aconteceu?

— Nós meio que... desenvolvemos sentimentos, eu acho, enquanto trabalhávamos na lista que eu tinha. Você sabe qual.

Ela assente, ainda sorrindo. Quando expliquei a lista para ela na época em que comecei a fazer as sessões, eu esperava preocupação, mas ela me deu apoio para tentar algum dia, desde que eu estivesse cumprindo os itens com alguém em quem eu realmente pudesse confiar. É por isso que gosto da dra. Faber; ela entendia o que eu havia passado e nunca fez com que eu me sentisse desconfortável em relação aos meus desejos.

— Seu pai sabe que você está namorando?

— Sim. E gosta do meu namorado. Ele já conhecia Cooper, sabe? Por causa da equipe de hóquei.

— Certo, é claro. — Ela ajeita a postura, cruzando as pernas novamente. — Você parece bem, Penny. Você se sente bem?

— Sim. — Respiro fundo. — Muito bem. Eu... eu realmente gosto dele. Cooper é tão diferente de Preston. Nós nos divertimos juntos, e eu acho que estou começando a confiar ainda mais nele.

— Isso é ótimo. — Ela escreve mais e me dá um sorriso gentil. — Vamos falar mais sobre isso daqui a pouco, porque sei em que época do ano estamos e tenho certeza de que você também não se esqueceu.

O calor que passa por mim esfria.

— Não.

— Mas quero saber mais sobre Cooper e sua lista. Você completou todos os itens?

— Quase. — Solto uma risada. — Tenho certeza de que você sabe qual sobrou.

— Sexo vaginal?

Sua voz é franca. Essa é outra coisa que sempre apreciei nela; fala das coisas como elas são, ao mesmo tempo que permanece gentil. Ela me lembra da minha mãe. Ela nunca conheceu a dra. Faber, é claro, mas acho que a aprovaria.

— Eu quero fazer. Quero ter essa experiência com ele.

— Cooper expressou algo a respeito disso?

— Tenho certeza de que ele quer. — Mordo o lábio inferior, considerando minha afirmação. — Ele nunca me pressionou nem nada. E nos divertimos fazendo outras coisas. Mas seria muito especial, sabe? Ou pelo menos espero que seja, ao contrário da última vez.

— Não se apresse, mas acho que se permitir viver essa experiência pode ser fortalecedor. Ainda mais do que os atos para retomar o controle que já praticou com seu namorado.

— Você fala sobre isso de um jeito muito melhor do que minha colega de quarto. Ela ri.

— No fundo, é isso o que é, certo? Está retomando o seu poder. Você é poderosa, Penny. O fato de ter se dado tanto espaço para explorar sua sexualidade do jeito que você queria é algo que não deve ser considerado leviano. A Penny que eu conheci na primeira sessão não teria feito isso.

De repente, sinto um bolo na garganta, mas digo:

— Obrigada. Eu sei. Às vezes, eu me sinto a mesma daquela época, mas então me lembro de que não sou. Estou amadurecendo.

Dra. Faber me lança um olhar caloroso, empurrando sutilmente os lenços em minha direção. Ela já sabe que existe a probabilidade de eu chorar em sessão, seja porque estou feliz ou porque estou triste.

— O dia 18 de fevereiro está chegando — comenta ela, com um tom cuidadoso em sua voz.

— Sim. — Pego um lenço de papel, embora não esteja chorando, e dobro-o em um quadradinho. No primeiro aniversário do acontecido, eu estava mal; era difícil até falar sobre por causa da raiva e do pânico. Estou melhor agora, mas isso não significa que estou ansiosa para que esse dia chegue, mesmo que essa seja a data do aniversário de Cooper. Se eu conseguir passar por isso sem ter um ataque de pânico, considerarei como um dia bem-sucedido. — Tenho tentado não pensar nisso.

— Para fugir?

— Mais por teimosia. — Dou de ombros. — É o dia do aniversário de Cooper. Quero comemorar com ele. Estou ajudando seus irmãos a planejarem uma festa-surpresa. Eu não quero que seja um desastre, sabe? E não tenho uma crise de ansiedade há anos. Então, toda vez que minha mente traz isso à tona, tento redirecionar.

— Quais estratégias de enfrentamento você está usando?

— Eu me lembro de que posso controlar meus pensamentos. Faço um exercício de respiração. Reservo um tempo para ler por alguns minutos. As estratégias que conversamos.

— Isso é excelente — diz ela. — Mas eu também quero que você se dê um desconto se acabar sendo difícil. Apoio totalmente seu desejo de criar novas memórias, tem dado muito certo, mas esse dia ainda tem um peso.

— Não é justo — falo com raiva.

— Eu nunca disse que era — responde a dra. Faber. Ela se inclina, juntando as mãos novamente. — Penny, Cooper sabe o que aconteceu com Preston?

— Não — admito.

— Por que você acha que está se contendo?

Eu rasgo o lenço em pequenas tiras, e aí percebo que estou fazendo uma bagunça, então, em vez disso, enrolo-o na minha mão. Eu me forço a encarar a dra. Faber.

— E se ele descobrir tudo e decidir que é muita coisa para assimilar?

— Ele fez alguma coisa que te levou a acreditar que essa é uma possibilidade real?

— Sempre é uma possibilidade. — Eu mexo em meu anel lunar; é isso ou pegar outro lenço para destruir. — E se ele pensar...

Não consigo nem dizer isso em voz alta, mas a dra. Faber me entende.

— Só você sabe a hora certa de contar a ele — diz ela. — Mas eu acho importante tentar compartilhar sua história com seu namorado. Siga a sua intuição. Acabou de me dizer que está começando a confiar em Cooper. Se você confiar seu passado a ele, isso poderá aproximá-lo ainda mais.

— Ou afastá-lo de vez.

— Talvez — diz a dra. Faber, se aproximando e segurando minha mão. — Mas o amor quase sempre vale o risco.

51
PENNY

> Tudo certo na terapia
>
> Terminei agora

COOP
> Boa menina. Estou bem na porta

Guardo meu celular na bolsa e levanto a gola antes de sair do prédio. A picape de Cooper está estacionada bem perto do meio-fio. Escondo meu sorriso, o eco de elogios pairando em minha mente, enquanto abro a porta. Estou grata por ele não me fazer atravessar o estacionamento todo, porque o vento está terrível.

No primeiro ano em que morei em Nova York, pensei que a mudança no clima me ajudaria. Quando eu morava em Tempe, fevereiro significava um clima agradável e ameno. Afinal, uma noite fresca foi o que levou àquela festa em casa. Eu queria que o ar frio e a lama bagunçada me lembrassem de que eu não estava nem perto de Preston.

Não funcionou muito bem, mas talvez este ano, com o aniversário de Cooper para comemorar, eu finalmente consiga seguir em frente. Terminei minha sessão com a dra. Faber com um sentimento de esperança, principalmente porque meus remédios ainda estão funcionando bem e fui capaz de usar com sucesso meus mecanismos de enfrentamento. Além disso, não tive uma crise de pânico desde que conheci Cooper, e isso deve valer de alguma coisa.

Ele se inclina para me beijar enquanto eu coloco o cinto de segurança. Está quentinho dentro da picape, e sua barba arranha minha pele de um jeito gostoso. Aprofundo o beijo antes que ele possa se afastar e, de alguma forma, isso o faz apoiar o cotovelo na buzina. Nós nos assustamos com o barulho e começamos a rir.

Amor. Dra. Faber mencionou amor. Eu não tinha certeza se voltaria a dizer essa palavra para alguém. Ainda não tenho, mas a possibilidade brilha como um raio de sol no horizonte.

— Opa — diz ele, dando um último beijo antes de dar partida. — Tem certeza de que está tudo bem?

— Sim — afirmo. Pego meu telefone para enviar uma mensagem dizendo a mesma coisa para meu pai. — Foi basicamente um check-up para liberar minha próxima receita.

— Bom. — Ele estica o pescoço para ter certeza de que ninguém está vindo antes de sair do estacionamento. — Boa menina. Estou orgulhoso de você.

— Foi só uma sessão de terapia.

— E é um trabalho árduo. Tem balas de ursinho para você no porta-luvas.

Meu coração dispara enquanto eu pego o saquinho. Quando meu pai me levava para a terapia, na época em que eu precisava ir a mais sessões, ele sempre levava algo que me animasse depois, como um sorvete, uma ida à livraria ou até mesmo balas de ursinho. O fato de Cooper ter planejado esse gesto é mais gentil do que ele imagina.

— Ainda está bem para ir ao jogo? — pergunta ele.

— Com certeza. Quero conhecer seu tio.

— Legal.

Ele coloca a mão na minha coxa, dirigindo com a mão livre. Sinto um calor tomar conta de mim. A natureza casualmente possessiva, combinada com o fato de ele não ter chamado a atenção para isso, é sensual o suficiente para me deixar com vontade de pedir a ele que pare o carro. Eu não o chupo em sua picape desde que nos encontramos aqui pela primeira vez, então podemos repetir. Talvez depois do jogo. Outro dia ele brincou comigo sobre usar meus dedos nele e não consigo parar de pensar no quão sensual seria lhe dar um gostinho de seu próprio veneno, especialmente se eu tivesse seu pênis imponente descendo pela minha garganta ao mesmo tempo. É algo que sempre gostei, mas não cheguei a colocar na lista; não pensei que algum dia seria capaz de encontrar um cara que estivesse tão em sintonia com minhas fantasias.

Cooper me olha.

— Está pensando em quê?

— Em safadeza.

Ele balança a cabeça.

— Você anda com mais tesão que eu.

— Só às vezes.

Brinco com seus dedos, mordendo meu lábio enquanto olho para ele. Ele olha de novo, engolindo em seco, e quase peço a ele que desista do jogo para que possamos foder, mas sei o quanto tudo isso é importante para Cooper. O relacionamento que ele vem construindo com Ryan, pelo qual a mãe do menino é grata porque ela não sabe nada sobre hóquei, e o que está resgatando com o tio, agora que Blake está sóbrio há dois anos e de volta à vida dele.

Então, mordo a língua e reprimo o desejo que toma conta de mim no caminho para o rinque em Pine Ridge, onde o time de Ryan está jogando. Eles são os Moorbridge Ducks, e os uniformes são tão pequenos e adoráveis que quase choro quando os vejo. Muito fofo.

Cooper me beija assim que estaciona a picape.

— Puta que pariu, Penny. Olhar sedutor não é chamado assim à toa.

Eu apenas pisco inocentemente para ele.

— Posso enfiar meus dedos na sua bunda depois do jogo?

Ele rosna, praticamente me puxando para o seu banco, e ainda bem que ele desligou a picape, porque meu joelho bate no câmbio de marcha. Acabo em seu colo, entrelaçando nossas pernas, e ele beija meu rosto em todos os lugares que consegue alcançar; suas mãos estão na minha bunda, massageando-a através da calça jeans. Eu tremo, embora não esteja mais com frio. Ele é tão grande que me faz sentir pequena.

— Você é uma menina safada — murmura.

Cooper passa o nariz pela gola da minha jaqueta, beijando e chupando meu pescoço. Estremeço, minhas mãos encontram o caminho até o cabelo dele. Sinto seu pau através da calça. Se não nos afastarmos, ele vai ficar duro, e eu não ficarei muito atrás; já consigo até sentir minha calcinha ficando úmida. Eu me esfrego contra ele, incapaz de me conter, e ele geme, inclinando a cabeça para trás.

Aproveito seu pescoço exposto para dar-lhe um chupão também, bem perto da cicatriz embaixo da orelha. Quando perguntei sobre isso, ele me disse que era de um acidente de carro que sofreu na infância, do qual mal se lembra. Ele sibila, puxando meu cabelo quando eu mordo seu ombro em seguida. Inclino-me para trás a fim de olhar o resultado do meu trabalho, mas Cooper me puxa para perto novamente, a boca contra minha orelha.

— Claro que pode — sussurra, sua voz é baixa, áspera e *deliciosa*. — Mas vou gozar na sua cara e deixar você toda melada, porque só mulheres como você torturam os namorados antes de irem a um lugar público.

Eu bato nossos dentes enquanto nos beijamos, sorrindo o tempo todo.

— Só se você cuspir depois para me limpar.

<hr>

— Então ele rasgou as luvas e desafiou o garoto para uma luta. E só tinha seis anos. — Blake sorri para Cooper, dando um tapinha em seu ombro. — Mal fazia parte da liga infantil e já estava determinado a defender seus companheiros de equipe.

Cooper abaixa a cabeça, mas vejo seu sorriso. Durante todo o jogo, torcemos por Ryan, que está se tornando um jogador de hóquei confiante e até marcou um gol, e Blake Callahan está me contando alegremente todas as histórias da infância de Cooper que consegue lembrar.

— Ryan é briguento também — diz Cooper. — Ele era tímido quando começou a frequentar as aulas de patinação que eu dava com Penny, mas está bem diferente agora.

Observamos Ryan lançar o disco e torcer, mas o goleiro defende. Dou um gole no meu refrigerante.

— Você vai voltar para as aulas, certo?

— Assim que vencermos o Frozen Four — promete Cooper.

— Ótimo. Sinto sua falta.

Lanço um olhar de soslaio para Blake, mas ele não parece incomodado com o sentimentalismo. Aparentemente, ele se lembra de Cooper como o jogador que costumava ser (o Cooper do ensino médio era ainda mais selvagem do que o Cooper da faculdade, não que eu tenha certeza se acredito nisso) e mal acreditou quando Cooper avisou que iria lhe apresentar a namorada. Blake tem sido espirituoso, engraçado sem fazer esforço, e cheio de flertes também; ele conversou descaradamente com uma mulher na barraca de ingressos e deu uma piscadela quando o marido dela veio buscá-la. Não é de admirar que Cooper tenha sentido falta da presença do tio em sua vida, especialmente considerando quão rigoroso seu pai é. Sebastian me disse outro dia que o pai deles aprova nosso relacionamento, mas Cooper não quer falar sobre ele, então achei melhor não tocar no assunto. A fundação de sua família vai dar uma festa de gala (pois é, foi essa palavra que ele usou, como se, de repente, estivéssemos em uma das cortes reais de livros fantásticos) no próximo mês, e já estou me preparando para o constrangimento.

— Penny — começa Blake —, você não concorda que Cooper poderia assinar com um time amanhã e acabar com a raça de todos da liga?

— Provavelmente. — Sinto um bolo se formar na minha garganta ao imaginar Cooper me deixando para ir jogar na NHL. Já havia pensado sobre o fato de ele se formar um ano antes de mim. Será uma droga ficar longe dele por um ano enquanto está fora em alguma cidade, possivelmente viajando pelo país ou até mesmo no Canadá, por mais necessário que seja. Afinal, a ideia de desistir dele é ainda pior. — Mas não há pressa. Certo?

— Certo — diz Cooper, semicerrando os olhos para o tio.

— Só queria que ela soubesse que você é um garanhão — retruca Blake, esfregando a barba e me dando um sorriso maroto. Não consigo deixar de corar. — Além disso, ela entende. Certo, Penny? O pai é técnico e tudo.

— Sim.

Então volto a me concentrar no jogo, em como Ryan exibe suas habilidades cada vez melhores no gelo. Cooper já foi assim, pequeno, mas feroz. Eu também. É bobagem pensar nisso, porque ele estava em Nova York enquanto eu estava no Arizona quando tínhamos mais ou menos a idade de Ryan, mas e se tivéssemos nos conhecido quando crianças? Será que teríamos gostado um do outro? Tenho a imagem repentina de um pequeno Cooper me desafiando para uma corrida de patins. Ele estaria usando uma camisa de hóquei e protetores, os olhos azuis brilhando, e eu estaria de polainas e malha, meu cabelo preso em um coque em vez de solto sobre os ombros. Eu era tímida quando era pequena, e algo me diz que eu teria uma queda tão grande por Cooper que não seria capaz de falar perto dele.

Agora ele é o homem por quem estou perigosamente perto de me apaixonar e, embora seu futuro esteja na NHL, nenhuma parte de mim quer que isso aconteça logo, mesmo que ele pudesse tentar.

— Se o próprio pai não vai se gabar dele, alguém precisa fazer isso — acrescenta Blake. Ele cutuca a lateral de Cooper. — Um dia, esse seu amiguinho usará a sua camisa.

O sorriso de Cooper não é o habitual: nem largo, nem intimidado. Apenas suave. Meu coração se derrete, e só fico ainda mais mexida quando Ryan patina apressado no gelo ao final, alguns minutos depois do jogo, e joga os braços em volta da cintura de Cooper.

— Você viu tudo? — pergunta ele com entusiasmo. — Até meu gol?

— Cada momento, amigo — garante Cooper. Ele tira o capacete de Ryan e bagunça seu cabelo suado. — Onde está sua mãe? Vamos falar com ela sobre arranjarmos um tempinho para eu te ajudar a melhorar o manuseio do bastão.

52

COOPER

Está chuviscando quando voltamos de Pine Ridge e, de alguma forma, na corrida da minha picape até a porta, ficamos encharcados. Estou tremendo de forma incontrolável. No momento em que entramos em casa, empurro Penny contra a porta, beijando-a tão profundamente que sinto o gosto do açúcar em sua língua. Ela está gelada como eu, mas pelo menos há faíscas na forma como nossa respiração se espalha. Ela abraça meu pescoço e me puxa ainda mais para perto. Estamos juntos há tempo suficiente para eu saber que isso significa que Penny quer todo o meu peso sobre ela. Meu pau está reagindo. Ele se mexeu quando ela sussurrou sacanagem no meu ouvido logo antes de irmos para o jogo de Ryan, e agora está tudo voltando. Eu a prendo, pressionando-a contra a porta, com minha perna entre as dela. Tiro seu casaco e desenrolo o cachecol do pescoço; estou prestes a levantar seu suéter para dar uma olhada em seus seios quando alguém tosse.

Os olhos de Penny se arregalam.

— Cooper! — diz ela, batendo no meu braço.

Eu gemo, me virando. Sebastian, Rafael e Hunter estão no sofá, empurrando um ao outro enquanto jogam videogame. Victoria está sentada no outro sofá, com a cabeça de Remmy apoiada em seu colo. Izzy está no chão com Tangy, lendo um livro, ou pelo menos estava, até nos ver.

— Por que vocês não fazem isso no carro? — fala ela lentamente. — Ou, sei lá, no quarto?

— O que vocês estão fazendo aqui?

— Acredite se quiser, mas nossa vida nem sempre gira em torno de você — afirma Sebastian. Ele olha por meio segundo. — Estão com fome? Fiz ensopado.

— Um ensopado ótimo — comenta Hunter. O garoto não tira os olhos do jogo; está tão concentrado que a língua aparece no canto da boca.

— A maneira como ele preparou o pão de centeio torrado? Perfeição — acrescenta Rafael.

Remmy faz um gesto com a mão e diz:

— Ei, Coop. Acho que Pen está em algum lugar atrás dessa parede de músculos, então, oi, Penny.

— Oi — responde ela enquanto passa os dedos pelos cabelos molhados. — Ensopado parece, hum, ótimo, Sebastian, obrigada.

— Mais tarde — acrescento. — Precisamos fazer uma coisa primeiro.

— Claro. — Izzy exagera no tom ao falar. — Tentem maneirar no barulho.

Penny faz beicinho.

— Eu realmente queria ensopado — diz ela. — Pelo menos ele está quente.

Eu a puxo para cima.

— Tenho uma ideia melhor para te aquecer.

Quando Penny percebe que a estou levando ao banheiro, e não ao meu quarto, a hesitação persistente em seu rosto desaparece. Ela sorri e me beija assim que fechamos a porta.

— Cabe nós dois?

Ligo o chuveiro e tiro as minhas roupas.

— Veremos.

— Sempre pensando em maneiras de me deixar nua — diz ela, brincando.

Observo com avidez enquanto ela tira a roupa, expondo toda aquela pele macia e sardenta.

Eu levanto as sobrancelhas.

— Você que começou.

Penny cruza os braços sobre o peito, inclinando o quadril. Minha boca fica seca ao vê-la; ela está usando apenas uma calcinha de algodão e meias. Seus olhos azuis piscam para mim, suaves como uma manhã de primavera, enquanto ela umedece os lábios. Uma gota de chuva escorre por seu rosto, uma prévia tentadora de como ela ficará quando estiver encharcada no chuveiro.

— E você me fez promessas, Cooper.

— É melhor eu honrar a minha palavra.

Ela desliza a calcinha pelas longas pernas e depois se livra das meias, passando por mim para abrir a porta de vidro do boxe. Já está embaçado, aquecendo todo o banheiro. Penny suspira de prazer quando a água toca seu corpo. Meu pau, já ficando duro, livre de qualquer coisa tão boba quanto uma cueca boxer, se contorce com o barulho. É como quando ela fez daquele maldito ponto de interrogação e de exclamação nosso código para sexo; uma olhada para ele e meu pau já começa a acordar.

Eu me junto a ela no redemoinho de vapor, puxando-a contra meu peito e dando um beijo rápido no lugar onde seu ombro encontra seu pescoço. Ela geme, inclinando a cabeça para trás. Levo minha mão à sua barriga, pressionando a ponta dos dedos contra sua pele lisa. Penny se move levemente, não é exatamente uma dança, mas o mais próximo disso considerando que estamos dentro de um boxe, e eu me movo com ela, saboreando o calor que toma conta de mim. Há algo contemplativo nela, neste momento. Uma deliberação na maneira como olha para mim através de seus cílios. Minha barriga aperta ao ver seus lábios entreabertos, suas bochechas coradas e os botões rosa-claros de seus mamilos endurecidos.

— Você está bem? — murmuro.

Talvez ela esteja pensando em sua sessão de terapia. Nunca fiz terapia, mas não tenho dúvidas de que é difícil. Sinceramente, parece um pouco com o processo de escrita, entregar um pedaço de si mesmo para outra pessoa por livre e espontânea vontade e esperar que ela entenda. Penny é muito corajosa por fazer as duas coisas.

— O que está passando pela sua cabecinha?

Ela balança a cabeça levemente enquanto se vira em meus braços, então ficamos de frente um para o outro.

— Algo que a dra. Faber me disse.

— Você contou a ela sobre mim? — Seguro seu queixo. — Não que você precise conversar sobre isso, se for difícil.

— Não, está tudo bem — diz ela. — Eu contei. Ela aprova.

— Fico feliz.

Penny sorri. Adoro o jeito como ela sorri para mim quando estamos sozinhos. É como se estivesse me dando uma parte de si mesma, um pedacinho do sol que vive dentro de sua alma. Passo o polegar sobre seu lábio inferior e gemo, como sempre faço, quando ela morde.

— Você realmente quis dizer o que falou mais cedo? — pergunta ela.

— Eu não minto. — Inferno, só dessa mulher dizer que quer me foder, eu a levaria à Dark Allure para escolher um cintaralho. Estamos quase terminando a lista dela, então talvez seja hora de fazer uma nova juntos. Nunca tive medo de nada quando se trata de sexo, e não será agora que terei. — Aquele óleo de massagem que eu gosto está no canto ao lado do xampu.

Seu sorriso se torna malicioso. Ela joga o cabelo molhado, que ficou vários tons mais escuro pela água, sobre o ombro e se ajoelha.

— Sebastian deve adorar isso.

— Ele acha que é óleo de barba.

Ela cai na gargalhada quando estica o braço e pega o frasco.

— Por que está aqui?

— Porque eu não consigo tirar você da merda minha cabeça, e pelo menos tenho alguma privacidade no chuveiro. — Eu a seguro enquanto ela tenta tirar a tampa do frasco. — Avise se o ladrilho machucar muito seu joelho.

Penny apenas faz um gesto com a mão.

— Estou bem.

— Dói mais quando você está com frio.

Ela olha para mim, mordendo o lábio enquanto bombeia meu pau com a mão delicada.

— Não estou mais com frio.

Eu apoio uma das mãos contra a parede do chuveiro, e então afundo a outra no cabelo dela. A água bate nas minhas costas e me faz gemer tanto quanto o primeiro toque dos lábios de Penny no meu pau. Ela me beija por inteiro, depois usa a boca na cabeça, fazendo aquele movimento giratório com a língua que deixa minhas bolas tensas.

— Que inferno.

Ela se afasta deliberadamente.

— Você não quer dizer "paraíso"?

A piadinha me faz bufar. Penny ri antes de retornar aos movimentos, engolindo profundamente o meu pau. Estou tão concentrado nas sensações, em quão quente, molhada e apertada ela se sente, que me surpreendo com a pressão de seu dedo contra o meu cu. Está escorregadio por causa do óleo, esfregando de uma forma que adiciona um novo nível às sensações que já estão passando por mim. Eu sufoco um gemido e me apoio mais firmemente contra o ladrilho.

Penny tira o dedo.

— Está tudo bem? — pergunta, pressionando a ponta do dedo em mim ligeiramente.

Eu puxo seu cabelo com força. Parece estranho, mas não de um jeito ruim.

— Sim, querida. Continue.

Ela então volta a usar o dedo de um jeito tão lento que parece tortura, dando atenção ao meu pau o tempo todo. Quando ela o dobra e roça minha próstata, eu rosno, resistindo por pouco à vontade de enfiar tudo em sua garganta. Penny entende a dica, me levando até o fim enquanto explora aquele ponto dentro de mim. Então adiciona um segundo dedo; há um momento de desconforto, mas depois ele desaparece em meio a todo o resto. Eu só me massageei ali por fora e achei que era bom, mas isso é completamente diferente do que estou sentindo agora. O que Penny está fazendo comigo provoca ondas profundas de prazer que me deixam quase ofegante, prestes a descer direto por sua garganta. Ela também não desiste da missão de me torturar e de me fazer ter um dos melhores orgasmos da minha vida.

Fecho os olhos; estou todo tenso, quase tremendo de novo, desta vez de calor e de prazer, em vez de frio. Penny arranha a minha barriga com a mão livre. Eu suspiro, pressionando mais firme contra ela, incapaz de evitar forçar o resto do meu pau em sua garganta.

Abro os olhos, observando-a. Ela me conduz lindamente, minha boa menina, enquanto continua provocando minha próstata. Sinto que estou prestes a gozar, a ponto de quase explodir de tanto prazer. Quando ela pressiona a ponta dos dedos contra aquela pequena protuberância, massageando-a com firmeza, eu gozo de verdade.

Penny engole tudo, parecendo um maldito sonho. Ela tira os dedos de dentro de mim enquanto me afasto. Sua boca não está molhada pela água do chuveiro; há saliva em seus lábios e em seu queixo. Eu a ajudo a se levantar, e ela estremece, mas está sorrindo enquanto me beija.

— Puta merda — digo bem contra sua boca.

— Foi bom?

— Devo estar no paraíso, como você disse. — Passo minha mão nas curvas de seu corpo. — Seu joelho está doendo?

Ela dá outro beijo em meus lábios, mais suave desta vez.

— Valeu a pena.

— Então isso é um sim. — Estendo a mão e desligo o chuveiro. Eu a ajudo a sair do boxe e a enrolo em uma toalha, em seguida, puxo outra toalha em volta da minha cintura. — Vamos terminar isso no meu quarto.

Penny protesta quando eu a pego no colo, mas não quero que ela caia se estiver se sentindo instável.

— Quer dizer que vou chegar lá também?

— Sim, meu bem. Você vai gozar.

Ignoro os gritos vindos do andar de baixo enquanto abro a porta do meu quarto. Deito Penny na minha cama e abro a toalha. A água pontilha seu corpo, rosado como toranja por causa do calor. Ela se apoia nos cotovelos, encontrando meu olhar enquanto abre as pernas.

— Agora estou desejando ter gozado na sua cara — murmuro. Mesmo que eu esteja exausto do orgasmo, meu pau se mexe com interesse.

Ela sorri atrevidamente.

— Você sabe que eu amo quando está dentro de mim.

O sentimento de possessividade toma conta de mim, enviando calor do meu fio de cabelo até os dedos dos pés. Dou um passo à frente e pressiono a mão contra sua barriga.

— Aqui.

Ela estremece quando coloca a mão sobre a minha.

— Pronto, lindo.

Caio de joelhos, beijando-a nos lábios antes de arrastar minha boca para baixo, até seus seios perfeitos. Eu seguro sua boceta, quente e molhada, e esfrego a palma da minha mão contra seu clitóris. Ela choraminga, pressionando o corpo contra o meu, buscando o máximo de contato possível. Eu planejei me ajoelhar, massagear seu joelho enquanto usava minha boca para fazê-la chegar lá, mas em vez disso me estico na cama e a puxo para que fiquemos de conchinha.

Meu pau amolecido se encaixa confortavelmente na dobra de sua bunda. Eu coloco meu queixo sobre seu ombro enquanto trabalho com meus dedos.

Ela já está fora de si, será fácil; coloco dois dedos nela e encontro seu ponto G enquanto continuo a esfregar seu clitóris. Penny está tremendo, soltando uma série de breves suspiros e gemidos. Meu gozo está em sua barriga. Ela é toda minha, porra. O pensamento me faz sufocar outro gemido.

Eu garanto um orgasmo a ela, então continuo até que ela me dê um segundo. Não quero parar de tocá-la, nem por um momento, mas eventualmente Penny se contorce em meus braços. Suas pupilas estão dilatadas, seu lábio inferior mordido. Ela segura meu rosto com ambas as mãos e me beija como se fosse a última coisa que faria. Penny está tremendo ainda mais do que quando chegamos em casa, mas pelo menos está aquecida.

— Fode minha bunda mais tarde — murmura. — Eu quero sentir você profundamente.

Então ela desliza para fora da cama e usa a toalha para limpar o que sobrou.

Eu não me movo por um momento, preso em suas palavras — palavras que ela aparentemente diz para que eu fique pensando sobre isso o restante da noite —, observando a maneira como ela se move enquanto anda. Penny vasculha minha cômoda em busca de uma camiseta e espia o corredor. A barra parece estar limpa, porque ela sai correndo, voltando um momento depois com nossas roupas esquecidas no banheiro.

— Cooper? — pergunta enquanto joga minhas roupas para mim. — Acabei com você?

— No bom sentido. — Balanço minha cabeça levemente. — Tem certeza de que quer voltar lá embaixo?

Ela considera, mas então seu estômago ronca alto.

— Bala de ursinho não é jantar — diz ela, um tanto triste. — Aprendi isso da maneira mais difícil.

Quando descemos, Penny se acomoda no sofá com Victoria — os caras puxaram Remmy para o jogo — e pega o notebook. Vou até a cozinha e esquento duas tigelas de ensopado, depois as levo com pão e chá gelado.

— Que banho demorado — diz Izzy, olhando para mim.

Ela ainda está no chão, com alguns brinquedos para gatos espalhados ao seu redor. Tangy está sentada a um passo de distância, balançando o rabo. Ela não parece muito impressionada com a exibição. Minha filha demora muito tempo para ficar animada. Um simples brinquedo não serve; para isso é preciso abrir o atum ou dar a catnip ou, em ocasiões especiais, colocar os vídeos de pássaros.

— Concordo — diz Sebastian secamente. Ele ergue o punho ao causar uma morte. Hunter lhe dá um *high five*. — Estávamos prestes a enviar um grupo de busca.

Penny ri, me agradecendo enquanto pega sua tigela de ensopado.

— É melhor não procurar se não tiver certeza de que vai gostar do que encontrar.

Izzy cobre as orelhas de Tangy com as mãos.

— Com licença, há crianças aqui.

— O que vocês estão jogando? — pergunto incisivamente.

Eu me junto a Izzy no chão, mas deslizo para ficar encostado nas pernas de Penny. Em vez de vestir as roupas que estava usando, ela optou por ficar com minha camisa, acrescentando uma calça de moletom que precisou dobrar uma dezena de vezes para prender em seus quadris estreitos. Deixei minha tigela de lado para esfriar, massageando o joelho de Penny através do tecido. Ela pousa a mão no meu ombro e aperta, num agradecimento sutil.

— *Halo* — responde Rafael. — Quer jogar?

— Talvez depois de eu comer.

Tangy passa por Izzy e se acomoda no meu colo. Eu aperto o peso quente dela contra minha barriga enquanto faço carinho no joelho de Penny. Lá fora, relâmpagos iluminam o céu, seguidos alguns instantes depois pelo estrondo de um trovão. Penny enfia a mão no meu cabelo, agora meio seco, e acaricia meu couro cabeludo. Meus olhos se fecham.

 As pessoas falam sobre o amor como se fosse algo natural, mas até agora eu não tinha certeza se um dia conheceria esse sentimento. Se quer saber, em momentos como este — com Penny ao meu lado e entrando na minha vida de forma tão intensa quanto Tangerina —, agradeço ao universo por ter a sorte de experimentá-lo.

53
COOPER

14 de fevereiro

PENNY
ACABEI

Poxa, sem mim?

Cala a boca, você sabe o que eu quero dizer

Linda

Estou muito orgulhoso

Não acredito

Eu, sim

Você arrasa!

Eu continuo olhando para o Word sem acreditar

Como se fosse desaparecer

> É uma bagunça, mas existe??? Eu tô???

>> Manda para mim

> Você não tem aquele trabalho gigante para escrever?

>> Eh. Ainda vou precisar de algumas horas para terminar

> Foi o que ela disse

>> Caí igual um patinho nessa, né?

> Ops

>> Vou ler na viagem de ônibus para Lowell

>> Vamos jantar para comemorar

> Podemos comer macarrão instantâneo?

> E cupcakes

>> O que você quiser, linda

> Vou tirar uma soneca agora

>> Vou levar tudo aí

>> Afinal, é Dia dos Namorados

>> <3

54
PENNY

— Espera aí, você tá me dizendo que suas comemorações literalmente têm nomes?

Izzy para de andar no meio do corredor mais uma vez, forçando-me a estacar para evitar esbarrar nela. Já estamos nesta loja de artigos de festas em um shopping aleatório há quase uma hora, vendo itens de decoração para a festa de aniversário de Cooper, e, apesar de adorar Izzy, ela é muito lenta quando se trata de compras.

Ela concorda com a cabeça e responde:

— Sim. Dia da Izzy, que é a melhor data, obviamente. Mas também Dia do James, Dia do Sebastian e Dia do Cooper.

Ela joga um monte de copos de shot neon no carrinho. Olho para eles, confusa.

— Podemos comprar isso sem ter vinte e um anos?

Ela dá de ombros.

— Não é como se estivéssemos comprando álcool. Essa missão é de Seb.

Não acho que Sebastian tenha vinte e um anos ainda, mas nem me dou ao trabalho de perguntar. Seu documento falso provavelmente é de ótima qualidade.

— Ele vai mesmo fazer aquele drinque autoral?

— O *slap shot*. — Izzy sorri. — Um tapa em forma de drink. Mal posso esperar, vou ficar tão bêbada.

— Como ficou na festa em Haverhill?

Ela vasculha as prateleiras e bufa.

— Aquila era a Izzy do primeiro semestre. A Izzy do segundo tem mais classe.

— E essa classe envolve falar sobre si mesma na terceira pessoa?

Ela coloca três faixas diferentes de "Feliz Aniversário" no carrinho.

— Deus, eu amo que você esteja namorando Cooper. Por favor, me diga que você também o critica assim. Meu irmão precisa de alguém para dar uma trava nele às vezes.

— Provavelmente o crítico ainda mais — admito. — É bem fácil.

— Você tem que ir com a gente para Outer Banks neste verão.

Coloco uma mecha de cabelo atrás da orelha, sorrindo. É bom pensar que estaremos juntos em um futuro não tão distante e com um nível de compromisso que me faz ser convidada para as férias em família. Nunca estive em Outer Banks — na verdade, nunca estive na praia, ponto-final — e gosto da ideia de ver Cooper sem camisa e de bermuda.

— Vou torcer para que ele me convide.

— Ah, ele vai. — Izzy fica na ponta dos pés para pegar algumas toalhas de mesa de plástico azul. — Cooper está apaixonado por você.

Congelo. Acho que me desligo por um momento, porque Izzy diz mais alguma coisa, mas não a ouço. Ela joga as toalhas de mesa no carrinho e balança a mão na frente do meu rosto.

— Terra para Penny.

Pisco, balançando a cabeça levemente.

— Desculpa.

— Ele ainda não disse isso? — Ela inclina a cabeça para o lado. — Esquisito. Porque ele está completamente apaixonado.

Então ela segue para o próximo corredor como se não tivesse acabado de soltar uma informação bombástica.

Não que seja uma surpresa. Não sou idiota, sei que Cooper se preocupa comigo. Bastante. Mas se importar com a pessoa que você namora e amá-la são duas coisas completamente diferentes, e eu não sei como me sentir a respeito disso. Desde os dezesseis anos, penso com base em um princípio geral: outras garotas conseguem amor, mas eu não. Não romanticamente, pelo menos. Posso ter amigos e tenho meu pai, mas namorado? Um namorado que me ama pelo que sou? Eu tive um desses, ou pelo menos pensei que tinha, até que ele arruinou minha vida.

Cooper não é nada parecido com Preston. Eu sei. Porém, tenho dificuldade para lembrar das diferenças entre eles neste momento.

Olho para minhas mãos. Estão tremendo. Não tremiam antes, mas agora, quando isso acontece do nada, não é boa coisa. Engulo em seco. Minha boca está estranha, como se eu tivesse acabado de comer um monte de bolas de algodão. Eu me esforço para lembrar meus exercícios respiratórios. As coisas têm estado tão boas. Meus remédios estão funcionando. Minhas técnicas de enfrentamento têm sido eficazes. A terapia duas vezes por mês tem sido o suficiente. Minha vida finalmente parece estar nos trilhos, e não preciso ficar me desculpando por nada.

Cooper nunca insistiu em saber mais sobre meu passado, e eu comecei a acreditar que poderia deixar tudo para trás.

Eu deveria saber que não posso fugir do meu passado. Não quando ele é tão doloroso e fica rondando minha mente, pronto para me pegar no meu primeiro tropeço, especialmente no final de fevereiro.

Por que o aniversário de Cooper tinha que ser logo no dia 18 de fevereiro?

De todos os dias do mês, do ano?

— Penny! — chama Izzy.

Ouço o som da sua voz vindo de um lugar distante, como se estivesse gritando comigo do outro lado de um campo de futebol. Dou um passo à frente e quase tropeço.

Cada vez que Cooper e eu riscamos algum item da lista, é como dizer um "foda-se" para a lembrança do que aconteceu. Agora que fizemos tudo, exceto o último item — o maior deles, o ato que vem acompanhado de um "eu te amo", se é que já existiu —, pensei que estava finalmente evoluindo. Que eu viveria minha própria vida no dia 18 de fevereiro sem sentir um pingo de vergonha ou pânico, que aproveitaria o aniversário de vinte e um anos do meu namorado e, quando todos os convidados fossem embora, o levaria para a cama e finalmente apagaria o momento horrível em que percebi que Preston disse que me amava só para poder gravar tudo em seu telefone.

Agora, empurrar o carrinho para o próximo corredor parece quase impossível. O restante? Chega a ser cômico.

<hr />

— Ele está chegando! — grita Sebastian. — Fiquem quietos!

Apago as luzes de um lado da sala e, do outro, ele levanta o polegar para mim enquanto abaixa a música. Nunca dei uma festa-surpresa, mas, depois de colocar a cabeça no lugar esta tarde, foi divertido preparar tudo. Agora que a temporada de futebol americano foi encerrada, James está de férias e levou Cooper para passar o dia fora; enquanto isso, decoramos a casa, montamos um bar completo e recebemos todos os seus companheiros de equipe e amigos da faculdade. Tangerina ficou extremamente descontente com a comoção, então a trancamos no quarto de Izzy com seus brinquedos e sua torre de gato favorita. Experimentei o *slap shot* de Seb mais cedo, e é exatamente o tipo de bebida que Cooper vai adorar, uma versão de uísque smash, mas a hortelã é substituída pela cereja, que se junta ao limão. Não acho uma boa ideia beber esta noite, mas espero que Cooper se divirta. Ele merece, especialmente agora que o número de jogos na temporada regular para manter o foco é cada vez menor.

A porta da frente se abre, e Cooper entra primeiro.

— Bem, ele tem sido legal comigo... — diz, mas a frase morre quando James acende as luzes e todos gritamos: "Surpreeesaa." Ele fica paralisado por um momento, está realmente surpreso, o que é adorável, e faz meu coração disparar de felicidade. Até que começa a rir. — Não acredito!

— Feliz aniversário! — grita Sebastian. — As bebidas são por sua conta na próxima vez que estivermos no Red's, seu safado. Agora vamos festejar!

Ele aumenta o volume da música, e Nirvana começa a tocar nos alto-falantes. Evan montou uma playlist com as músicas favoritas de Cooper. Eu incluí algumas das que fiz Cooper gostar ultimamente, incluindo meus favoritos da vida: Taylor Swift e Harry Styles.

Cooper me puxa para seus braços e me gira; uma mão fica nas minhas costas e a outra, na minha bunda, dando um aperto possessivo que melhora quando ele me beija com força contra a porta da frente, agora fechada. Respiro fundo, apreciando seu cheiro e o frio do ar noturno ao seu redor. Senti sua falta hoje e, quando as coisas deram errado mais cedo, desejei poder conversar com ele. Mas não quis estragar o seu aniversário, e essa foi a melhor decisão que tomei. Eu só preciso me manter no presente. Uma festa de merda na casa de Jordan Feinstein, quando pensava que tomar uma cerveja escondida era algo escandaloso, não tem nada a ver com uma festa surpresa de aniversário para o meu namorado.

Sorrio enquanto seus lábios se movem contra os meus.

— Feliz aniversário, lindo.

— Você fez tudo isso? — pergunta ele enquanto olha ao redor da sala.

Encostamos os móveis nas paredes para abrir espaço para uma pista de dança e, graças a todas as decorações que Izzy e eu compramos, o espaço está enfeitado com balões e serpentinas azuis e prateadas. Em vez de um bolo, optamos por cupcakes da padaria da cidade de diferentes sabores — são roxos e brancos com pequenos tacos comestíveis enfiados no meio. Sebastian e James estão planejando cuidar do bar na cozinha, Bex tem uma câmera analógica para tirar fotos, e ainda temos uma fogueira lá fora para quem quiser uma pausa de tudo sem congelar o traseiro. Além disso, teremos torneios de *beer pong* e dardos que os colegas de Cooper estão planejando. Acho que esse deve ser o tipo de festa favorito dele.

— Foi ideia da Izzy — admito. — Para comemorar o Dia do Cooper. Mas Sebastian e eu ajudamos a planejar. Bex também, além de Evan, Remmy e Mia. James ajudou mantendo você ocupado o dia todo.

Cooper balança a cabeça em descrença.

— Então basicamente todo mundo participou. Isso é incrível, ruiva. Obrigado.

Eu sorrio para ele.

— Qual é a sensação de jogar as identidades falsas fora?

— Como se eu fosse um novo homem.

Ele me abraça mais forte, colocando o queixo no topo da minha cabeça e nos balançando ao som da voz de Kurt Cobain. Ouço enquanto ele cumprimenta alguém, aceitando votos de aniversário. Pressiono meu rosto contra seu pescoço e ignoro quem quer que seja.

Ele passa a mão pelo meu cabelo meio preso, meio solto. Escolhi esse penteado porque outro dia, enquanto estávamos jogando *Super Smash Bros*, ele me olhou no meio da corrida e disse: "Você fica linda quando seu cabelo está assim."

Meu vestido de veludo azul-bebê tem mangas compridas e um decote profundo que posso usar sem sutiã; ele faz até o meu busto, que é quase inexistente de seios, parecer atraente. Estou usando as botas de cano alto que ele adora e uma calcinha rendada minúscula com meia-calça, que já espero que ele rasgue, e trouxe na minha bolsa algo ridículo que ajudará a riscar o único outro item faltante na lista além do sexo vaginal: fantasias sexuais. Eu sei que ele vai gostar. Já vi como ele olha para Arwen o suficiente para entender que orelhas de elfo o deixam excitado, e como ele parece animado tendo uma versão dele estrelando como um lobisomem no livro que estou escrevendo, posso seguir com o plano. Quanto mais eu conseguir manter as coisas de forma leve, mais solta e relaxada irei me sentir, e precisarei de toda a ajuda que puder mais tarde.

Em um dado momento, nós acabamos nos desvencilhando um do outro. Cooper segura minha mão enquanto avançamos pela festa. Sebastian dá um tapa nele, e eu pego uma água com gás para mim antes de nos juntarmos a um grupo formado pelos seus companheiros de equipe, já absortos em um jogo de dardos. Converso com Evan, Victoria e Mia enquanto Cooper joga e ganha a primeira partida, porque aparentemente sua capacidade atlética geral se aplica a qualquer coisa que ele tente. Também é muito sexy de assistir, o que faz Victoria me sacanear quando fica claro que não estou disfarçando nem um pouco o meu rubor. Enquanto se prepara para outra rodada, ele inclina a cabeça para trás para um beijo, e preciso me segurar muito para não o arrastar escada acima neste exato momento.

— Quer jogar a próxima? — pergunta ele.

— Acho que não sou muito boa nisso. — Franzo o cenho. — Não sou boa em coisas que envolvem... seja lá o que isso envolva.

— Coordenação motora e olhos atentos — sugere Mia.

Ela comprime os lábios, pintados de preto fosco e tão elegantes quanto seu delineador, e levanta o copo para mim. Está usando jeans skinny pretos, um salto alto que quebraria meu tornozelo e um tomara que caia que lhe veste bem, apesar do tom de verde. Todos estão olhando para ela desde o momento em que a festa começou. Mia fará sua escolha até o fim da noite e tenho certeza de que isso deixará um rastro de corações partidos.

— Você é mais habilidosa com os pés.

— Foi o que ela disse — comenta Izzy com malícia enquanto passa.

Ela está usando um minivestido prateado com botas de couro branco e muita maquiagem cintilante. Quando Sebastian a viu, brincou dizendo que ela parecia uma dançarina de boate e, sinceramente, até que faz sentido. Ela arrumou o cabelo no banheiro enquanto Mia me ajudava com a maquiagem, e agora ele cai em volta de seu rosto em cachos largos e macios. Pena que, se algum cara pensar em olhar para Izzy, ele vai acabar arrumando problema com os três irmãos mais velhos dela. Comparada a ela e a Mia, pareço uma criança brincando de se fantasiar.

Estendo a mão e pego a de Izzy.

— Iz, a festa está incrível.

Ela sorri.

— Talvez eu devesse virar organizadora de eventos.

— Você pode mesmo — incentiva Mia.

Ela faz um gesto segurando sua bebida para o espaço, já reduzida apenas a gelo. De alguma forma, parece mais lotado que antes. Eu me pergunto quando toda essa gente chegou e se Cooper conhece todos que estão aqui, ou se acabaram de saber que estava acontecendo uma festa na casa dos Callahan, algo que nunca acontece, e resolveram dar uma passadinha. Sinto uma comichão só de pensar em estranhos aleatórios aparecendo.

— A ideia de ser responsável por algo assim me dá vontade de enfiar um dardo bem no meio do meu olho, mas você seria boa nisso.

— Total — concorda Victoria, aceitando outra bebida de Remmy quando ele aparece com um drinque para ela e uma cerveja para ele. Remmy a beija de leve nos lábios, o que me faz sorrir.

— Mas você é fantástica.

— E um pouco assustadora — acrescenta Sebastian, logo atrás de Remmy com uma cerveja em uma mão e um drinque na outra. — Comprei a salsa errada e tive que voltar à loja.

Ele entrega o drinque para Mia, que o encara com a sobrancelha arqueada antes de trocar o copo vazio pelo cheio.

— Você não estava brincando quando disse que seria meu barman particular.

Sebastian toma um longo gole de cerveja antes de responder:

— Querida, eu cumpro minhas promessas.

Cooper e eu nos entreolhamos. Mia e Sebastian vivem flertando, mas, honestamente, não acho que Mia goste tanto dele assim. Por outro lado, Mia não gosta de muitas pessoas, então essa geralmente não é uma boa maneira de medir o interesse dela por alguém.

— Eu nem sabia que existia um tipo errado de salsa — diz Cooper. — Isso está me cheirando a mentira.

Izzy solta um suspiro.

— Eu lhe dou o melhor Dia do Cooper desde o *meet & greet* com os Rangers e é assim que você me agradece?

Ele ri, bagunçando o cabelo dela.

— Obrigado, Iz. Você é a melhor irmã mais nova que um cara poderia ter.

— Não toque no cabelo — resmunga ela, mas vejo seu sorriso.

Não pela primeira vez, eu me pergunto como deve ser estar na pele dela. Izzy é tão glamorosa, mas mesmo assim está disposta a fazer qualquer coisa pelo vôlei, além do fato de ter crescido com três atletas superprotetores como irmãos mais velhos. Parece tão estranho para mim que mal consigo imaginar.

— Vamos cantar o parabéns daqui a uma hora.

Cooper geme.

— Vou ter que ficar lá parado sem jeito enquanto vocês fazem isso?

— Vai ser divertido — diz ela. — Certo, Penny?

Dou de ombros, piscando para Cooper inocentemente.

— É uma festa de aniversário.

— Eu deveria ter imaginado que você e Izzy formariam uma dupla horrível — reclama. — Lamento o dia que encorajei a amizade de vocês.

Eu apenas estendo a mão e beijo sua bochecha.

— Me ensine a jogar dardos.

55

PENNY

Sou péssima nisso, como eu já imaginava. Apesar da ajuda de Cooper, eu atiro mais dardos na parede do que no tabuleiro, o que pelo menos faz todo mundo rir. Quando o jogo termina, recosto-me, satisfeita, na parede. Ser o centro das atenções, mesmo para algo idiota como um terrível jogo de dardos, me deixa desconfortável.

Passo os braços em volta da barriga e observo Cooper conversando com seus colegas de equipe. Até Brandon está aqui. Evan insistiu que Cooper gostaria que o time todo, mesmo os caras com quem ele não se dá muito bem, estivesse presente. Tenho certeza de que ele está apenas tentando manter uma boa relação com todos. É por isso que não protestei, já que, especialmente agora, o hóquei vem em primeiro lugar, mas Brandon foi um idiota, e, mesmo que Cooper o tenha perdoado, eu não perdoei.

Eu o encaro. Brandon faz contato visual comigo, sem dúvida sentindo meu olhar, e ergue sua cerveja. Tento sorrir, mas meu rosto parece de plástico.

— Penny, quer beber alguma coisa? — pergunta Sebastian enquanto se dirige à cozinha.

Um drinque não vai fazer mal. Afinal, é uma festa. Vou comer um monte de cupcakes para absorver o álcool.

— Aceito, obrigada.

Ele traz um *slap shot* para mim e outro para Cooper. Eu viro a bebida um pouco rápido demais. O uísque desce queimando, fazendo meus olhos lacrimejarem, mas gosto da sensação. Gosto do jeito que o líquido se dissolve no meu estômago. Peço outro, e viro esse também.

Mia me puxa para o centro da sala para dançarmos juntas algumas músicas de *Reputation*. Izzy e Bex se juntam a nós, além de Victoria e Dani, e logo praticamente todas as garotas na sala estão dançando enquanto os rapazes observam, alguns deles assobiando e segurando seus telefones como se estivessem em um show. À medida que uma música dá lugar à outra, percebo que os cantos da sala parecem nebulosos. O som parece baixo, como se eu o estivesse ouvindo à distância. James chega com uma bandeja de shots, e eu pego dois, bebo um e entrego o outro para Mia. Ela o segura, sorrindo, antes de beber tudo de uma vez.

Bex tira algumas polaroids com sua câmera.

— Uma do aniversariante com a namorada! — grita ela mais alto que a música.

Cooper se aproxima, abraçando minha cintura e apoiando o queixo no meu ombro. Meu coração bate forte, mas de alguma forma sorrio enquanto Bex tira a foto. Ela sacode o instantâneo para ajudar a revelar a imagem e depois passa para nós. Cooper está sorrindo; ele colocou dois dedos em cima da minha cabeça, como orelhas de coelho. Estou sorrindo, mas pareço tão confortável quanto me sinto. Distante dele, mesmo estando em seus braços.

— Lindos — diz Bex. — Estou muito feliz que vocês estão juntos.

Afasto a onda de emoção e respondo:

— Obrigada. Também estou muito feliz.

Cooper me beija, mas, antes de aprofundá-lo, Evan assobia e o arrasta para tomar shots com Mickey e Jean e um monte de outros caras da equipe. Atravesso lentamente a multidão à procura de Mia, mas não a encontro; quando chego à cozinha, ela está vazia, exceto por, entre todas as pessoas, Brandon. Tento recuar rapidamente, mas ele me vê.

— Penny?

Engulo em seco, resistindo à vontade de fugir para a sala.

— O quê?

Ele faz um gesto segurando a cerveja.

— Podemos conversar?

Parte de mim quer dizer não, mas Brandon parece estar sendo sincero. Se Cooper tivesse um problema real com ele, teria me contado, certo? Ele foi um idiota com a gente em Vermont, mas isso não significa que não seja capaz de ser legal. Dou um passo à frente, sentindo-me um pouco instável; o uísque está batendo com força.

— Eu só queria me desculpar. — Ele contorna o balcão e se recosta no mármore. Dou outro passo vacilante, e ele estende a mão para me ajudar a manter o equilíbrio. Brandon faz uma careta, segurando meu antebraço. — Eu fui um idiota e sinto muito. Eu respeito o técnico Ryder, você e Cooper. Estava rancoroso e não deveria ter me envolvido...

Eu me afasto dele.

Tropic Blue.

— Penny? — chama Brandon, franzindo a testa. — Você está bem?

Agora que senti o cheiro de sua colônia, ela é a única coisa na qual consigo focar. Está se impregnando em mim como fumaça, uma nuvem nojenta de água do mar e carvalho. Quase engasgo. Viro a cabeça para o lado a fim de respirar fundo, mas a porra do perfume não vai embora. Olho para minhas mãos. Estão tremendo, mas não consigo senti-las. Na verdade, não consigo sentir nada, e a música de fundo se tornou apenas uma melodia distante. Dois segundos atrás eu estava aquecida, com uísque no estômago, mas agora sinto tanto frio que é como se eu estivesse pelada no meio da rua.

Tropic Blue. Não sinto esse cheiro desde Preston, mas meu nariz se recorda de cada nota. Era o que ele estava usando naquela noite, havia se encharcado dele. No momento em que aquele aroma me atingira, a excitação tomou conta de mim. Os namorados de outras garotas usavam apenas desodorante, mas o meu já havia avançado para um perfume de verdade. Preston era um homem maduro, e naquela noite, quando subimos juntos a escada na festa de Jordan, eu estava determinada a fazer com que ele me transformasse em uma mulher.

Os beijos no corredor de cima. A busca por um quarto vazio. Algumas tragadas no seu baseado, mesmo que isso tenha feito minha vista lacrimejar.

Fecho os olhos, como se esse gesto fosse interromper a memória que estava passando como um filme na minha mente. Pressiono a palma das mãos contra o rosto. Acho que Brandon ainda está falando comigo, mas não consigo escutar nada além de um zumbido, nem me concentrar em nada que não seja o cheiro em sua pele. Ele agarra meus braços, afastando minhas mãos do rosto. Eu o empurro e corro. Preciso ir embora. Se eu fugir, ele não vai me filmar...

Atravesso a sala e subo a escada com pressa. Não consigo respirar. Parece que alguém enfiou brasas na minha garganta, e o rosto de todos é um grande borrão, uma mancha de memória. Tropeço nos degraus, quase caindo ao errar um passo. Minha visão fica embaçada quando abro a porta do quarto de Cooper, batendo-a atrás de mim. Eu me deito no chão, caindo no choro enquanto enterro a cabeça nos braços. Ainda não consigo sentir nada, nem meus pés nem minhas mãos, mas meu coração está batendo forte como se estivesse prestes a sair pela boca.

Estou na casa de Cooper. Estou em Nova York.

Cooper.

Estou com Cooper, não com Preston. Eu nem sei onde Preston está agora. Mas sei onde meu namorado está.

Ele está lá embaixo, se divertindo na sua festa de aniversário. Sou namorada dele e deveria estar ao seu lado, mas em vez disso estou aqui, sozinha. Estúpida. *Em crise.*

Água do mar e carvalho. Borrifei nos meus pulsos porque queria o cheiro dele em mim. Ele adorou isso, não é? Ele me tinha na palma da mão.

O frasco de vidro era de um azul profundo com tampa turquesa. *Mais bonito que seus olhos*, disse ele, no dia em que achei o frasco em seu quarto, na primeira vez em que fui à sua casa. Será que ele já estava planejando isso naquele momento? O que o fez achar que eu era a garota perfeita para enganar?

Tento me levantar, mas acabo caindo no chão, batendo a cabeça na quina da estante ao lado da janela. A dor atravessa minha testa, mas cerro os dentes e rastejo até o armário. Preciso tirar aquele cheiro do meu nariz. Preciso sair dessa memória e quebrá-la em pedaços.

De alguma forma, alcanço o armário. Abro-o e rastejo para dentro, enrolando-me como um caracol em cima de uma pilha de sapatos. Estendo a mão e pego um suéter aleatório, puxando-o do cabide e enterrando meu rosto nele. O cheiro almiscarado de Cooper preenche meu nariz, e meu próximo soluço é de alívio. Consigo fazer isso; consigo me acalmar. Só preciso apenas de cinco minutos e estarei de volta à festa.

— Ruiva? Linda, onde você está? — A voz soa distante, mas pelo menos sei que é de Cooper. Preston nunca me chamou de ruiva.

Mas não voltarei tão rápido.

56

COOPER

— Esse drinque é muito bom — digo a Seb enquanto jogo meu braço sobre seus ombros, puxando-o para um abraço. Ele não está esperando meu peso, então desequilibramos e caímos juntos contra a parede, mas isso só nos faz rir. — Você que criou, mesmo?

— Afiado, assim como você, irmão — responde ele, sorrindo para mim. — Doce também.

— A primeira parte soou bem foda.

— Sim, bem... Você é tão doce com Penny que me dá até dor de dente.

Eu nem tento negar, e a pior — ou possivelmente a melhor — parte é que não quero. E daí que sou um doce com minha namorada? Ela é tudo para mim. Aceitarei ser chicoteado se isso significar que posso ficar de joelhos para adorá-la.

Então, em vez disso, eu só bagunço o cabelo de Seb, dando um beijo rápido em sua têmpora.

— Obrigado, irmão.

Tive muitos Dias do Cooper memoráveis, mas este é o melhor de todos. Estar cercado por pessoas de quem gosto, todos os meus irmãos, meus amigos e companheiros de time, minha namorada... isso faz com que meu coração transborde de emoção, mais do que imaginava ser possível. A única parte ruim de ter todo mundo por perto é que não posso arrastar Penny para o quarto e tirar aquele vestidinho azul que ela está usando. Se não fosse falta de educação, eu insistiria em subir correndo para dar uma rapidinha.

Olho ao redor enquanto tomo minha bebida, mas não a vejo. Com quase todo mundo amontoado na sala, já ultrapassamos a capacidade máxima da casa, mas para onde quer que olhe, vejo um rosto familiar. Tenho certeza de que Izzy não pretendia que fosse assim, mas é um bom lembrete de todas as conexões que fiz até agora na McKee. Tio Blake me fez pensar no *draft* de novo, mas e se eu entrasse e uma equipe me chamasse? Talvez eu nunca tivesse estreitado laços com Evan e Remmy. Nem teria morado com James no ano passado. E o pior: eu provavelmente não teria conhecido Penny, e ela é tudo para mim. Só de pensar nisso sinto uma fisgada no coração. Esfrego o peito enquanto me recosto na parede.

Bex tirou uma Polaroid de nós dois há apenas alguns minutos, e essa foto vai para minha carteira amanhã de manhã. Balanço a cabeça, sorrindo para o meu copo de plástico. Quando descobri que James tinha uma foto de Bex na carteira, peguei muito no pé dele. Agora, sou eu quem está morrendo de vontade de mostrar a foto pra todo mundo. *Ei, quer ver minha namorada? Ela não é a mulher mais linda que existe?*

— Vamos jogar *beer pong* — sugere Evan, cutucando a lateral do meu corpo. — Tente bater o recorde da última vez.

— Com certeza — diz Remmy. — Quero Vic no meu time.

Evan geme.

— Isso significa que Cooper vai querer que Penny seja a parceira dele.

Remmy ri.

— Eu adoro a Pen, mas, se ela não consegue lançar um dardo sequer, o que te faz pensar que ela consegue lançar uma bola de pingue-pongue?

Dou de ombros.

— Bem, é. Mas eu não me importo.

— Porque você já está amarrado — comenta Jean, com a boca cheia de batatas fritas. — Ela colocou uma corda bem em volta do seu pescoço.

— Você é algum tipo de poeta enrustido? — pergunta Remmy. — Tem um toque de country em você?

— Eles também têm cowboys no Canadá — afirma Jean, exagerando no sotaque, fazendo Remmy cair na gargalhada.

Evan suspira, olhando ao redor da festa.

— Vocês acham que eu tenho chance com a Mia?

Seb bufa. Ele dá um tapinha no ombro de Evan.

— Amigo, com todo respeito, ela te comeria vivo e ainda cuspiria sua jockstrap.

— Eu comeria muito ela — diz Mickey, interrompendo a conversa com uma garota que reconheço vagamente como amiga de Izzy. Ela dá a ele um olhar indignado e sai. Estremeço, mas ele parece não notar.

Eu entendo, Mia é uma força da natureza. O antigo Cooper já teria tentado levá-la para a cama. Concordo com Sebby, ela faria Evan de gato e sapato. Mickey até poderia chegar à cama dela com um bom papinho, mas duvido que ele conseguiria se manter lá se quisesse.

Sigo o olhar de Evan. Mia está com um cara do time de beisebol que reconheço vagamente, e ele está com as duas mãos na cintura dela. Mas não vejo Penny.

— Preciso encontrar Penny, já que vamos jogar — digo aos rapazes. — Volto em um segundo.

— Sem rapidinhas! — diz Remmy, estalando os dedos para mim enquanto me afasto.

— Como se você e Victoria já não tivessem dado uma banheiro — zomba Jean.

— Foi tipo cinco segundos — fala Remmy, triste. — Daí ela pegou minhas bolas e me disse paraassisti-la indo embora.

— Sexy.

— Isso só é interessante para você porque nunca foi além com uma garota.

Eu bufo enquanto suas vozes desaparecem ao fundo. Uma música de Harry Styles está tocando — pelo menos eu acho que a música é dele; mesmo que eu finja que não me importo com isso na frente de Penny, o cara tem umas músicas boas —, então imagino que vou encontrar minha garota na pista de dança. Mas passo a multidão duas vezes e não a vejo. Izzy está com alguns de seus amigos do time de vôlei, James e Bex estão se beijando no armário de casacos, Mia e aquele jogador de beisebol estão se pegando com vontade, e um grupo de calouros do time assumiu o controle do jogo de dardos. Nada de Penny.

— Ei — chamo Rafael quando ele passa. — Viu a Penny por aí?

— Acho que ela foi para a cozinha.

Eu bato em seu ombro.

— Obrigado, cara.

Na cozinha, porém, há apenas uma pessoa: Brandon. Honestamente, estou surpreso que ele tenha aparecido. Ainda bem. Agora que estamos tão perto de conquistar o Hockey East, precisamos que a equipe esteja muito unida no fim da temporada, mas ainda assim. Não nos falamos além do necessário desde que disse que ele deveria pedir desculpas a Penny, e desconfio de que ainda não tenha feito isso.

Eu me inclino contra o batente, cruzando os braços sobre o peito.

— Você viu a Penny por aí?

— Ela estava aqui.

— Vocês conversaram? Ainda estou esperando um pedido de desculpas, sabe. Pode chamar de presente de aniversário.

Ele anda ao redor do balcão, esfregando o queixo.

— Era isso que eu estava tentando fazer.
— Tentando?
— Eu não sei, cara. Ela entrou em pânico, simplesmente fugiu...

Sinto um aperto no peito.

— Para que lado?

Ele levanta as mãos de forma apaziguadora.

— Eu não quis...
— Pra. Qual. Porra. De. Lado?
— Não sei. Acho que ela subiu a escada.

Empurro a multidão. Na base da escada, esbarro em uma garota que não reconheço; ela grita enquanto sua bebida espirra em nós dois, mas ignoro. Subo a escada de dois em dois degraus e abro a porta. Meu coração está acelerado. O que quer que Brandon tenha feito, o que quer que tenha acontecido, eu cuidarei disso depois que souber que minha garota está bem.

— Ruiva? Linda, onde você está?

Eu não a vejo. Dou uma volta, para o caso de não a ter visto, mas meu quarto não é tão grande assim. Minha cama ainda está feita e ninguém está sentado à minha mesa. Espio debaixo da cama para o caso de ela estar tentando brincar de alguma forma estranha de esconde-esconde, mas não há nada além de poeira. Penny não teria ido para o quarto de Seb, mas talvez esteja no de Izzy com Tangerina. Ou no banheiro do outro andar.

Estou prestes a sair quando vejo que a porta do meu armário está entreaberta.

Eu me agacho, abrindo-o por completo.

— Penny?

Meu coração bate tão forte que dói. Penny está em posição fetal no chão do meu armário, com o rosto enterrado em um dos meus suéteres de tricô. Seus ombros tremem enquanto ela chora de soluçar, o tipo de choro que vem do fundo do peito. Ela está tremendo tanto que posso ver, mesmo a trinta centímetros de distância.

Tudo congela. Não consigo ouvir por um momento, a raiva que corre através de mim é muito forte, mas balanço a cabeça, piscando para afastar a névoa das extremidades da minha visão, e isso ajuda. Meu coração está prestes a explodir. Digo seu nome de novo, mais baixo, mas ou Penny não me escuta, ou me ignora, porque não levanta a cabeça.

Eu preciso olhar nos olhos dela.

Entro no armário. É muito apertado, considerando que é um armário normal e que tenho o dobro do tamanho de Penny, mas mesmo assim consigo me acomodar. Estendo a mão, colocando-a em seu joelho, e ela a afasta.

— Ruiva — murmuro. Tenho dificuldade em manter a voz baixa, mas será horrível se eu gritar, mesmo que seja isso que eu realmente queira fazer, pois vou assustá-la ainda mais. — Ei, bala de ursinho. Você pode olhar para mim?

Ela levanta a cabeça.

Eu reprimo um xingamento. O que eu realmente gostaria de fazer é bater meu punho na parede, mas, com muito esforço, consigo me impedir.

Seus grandes olhos azuis estão vermelhos. O rosto de Penny está corado, molhado graças às lágrimas. Mas nada se compara ao corte em sua testa. Já está se formando um hematoma no local, e um fio de sangue escorre pela lateral do rosto dela.

Tudo no maldito mundo desaparece.

Eu cerro minha mandíbula até conseguir falar de maneira quase normal.

— Quem fez isso com você?

Sua voz é um sussurro rouco.

— O quê?

— Foi o Brandon? — Estou tremendo quase tanto quanto ela. — Que porra ele fez com você?

Suas sobrancelhas se juntam. Penny balança a cabeça.

— Foi o cheiro.

Eu rasgo uma tira da bainha da minha camiseta e seguro-a na têmpora ensanguentada. Será que ela sofreu uma concussão? Seus olhos parecem estar focados.

— Que cheiro?

— Ele... eu não... — Seu rosto se contorce enquanto ela soluça de novo. Penny bate na minha mão, mas, quando vê o sangue, estremece.

— O quê? Linda, respira e me diga o que há de errado.

— O perfume! — exclama ela, e sua voz sai brusca. — Tropic Blue. O mesmo. Exatamente o mesmo do Preston. Ele sempre usou esse perfume, estava usando quando ele...

Penny segue balançando a cabeça e abraça os braços.

Um arrepio atravessa minha espinha. Penny não fala muito do ex, mas imaginei que fosse por causa de uma história ruim. Isso não me soa como um término normal. Fecho meus olhos rapidamente. Não queria perguntar, mas agora que o caminho está livre, preciso fazer isso. Ela precisa de mim.

— Quando ele o quê?

Ela soluça novamente. O som penetra em minha pele como uma faca.

Eu a puxo para perto, balançando-a.

— Quando ele o quê, Penelope? Me diz.

Penny balança a cabeça.

— Cooper, não posso. Não quero perder você.

Estou balançando a cabeça antes mesmo que ela termine de falar.

— Você não vai me perder. Seja o que for, você não vai me perder.

Ela funga.

— Como pode ter tanta certeza?

Sinto um bolo na garganta. Eu nunca disse essas palavras antes, mas elas são mais verdadeiras do que qualquer outra coisa no mundo, e não adianta hesitar, pois Penny precisa saber de uma vez por todas que, enquanto ela permitir, serei dela. Não consigo me lembrar do momento em que percebi; pode ter sido em mil momentos diferentes, breves momentos que se juntaram para criar uma constelação que está impressa no tecido da minha alma. Cada vez que ela sorri para mim, eu me apaixono novamente.

— Porque eu te amo.

57
COOPER

No momento em que as palavras saem da minha boca, meu peito fica mais leve. É como se eu estivesse carregando um segredo enorme — embora, honestamente, eu tenha certeza de que qualquer um pode ver os sentimentos estampados na minha cara sempre que olho para ela — e agora posso finalmente relaxar.

Por um longo momento, Penny apenas me encara. Resisto à vontade de puxá-la de volta para os meus braços. Preciso que ela escolha isso, que escolha a mim e a nós. Para cruzarmos juntos esse caminho. Não importa quão ruim seja a história, não importa o que ela tenha suportado, estarei lá no final, abraçando-a com força.

Penny tem que saber disso. Se ela não souber, então eu terei falhado como namorado.

— Eu confio em você — afirma ela. Há alguma coisa em sua expressão que se aproxima um pouco mais da Penny que estou acostumada a ver. — Nunca pensei que seria capaz de confiar em alguém assim de novo.

Com essa deixa, eu estendo a mão, puxando-a para meus braços. Ela se aconchega em meu corpo, parecendo pequena. Eu intensifico a pressão em volta de sua cintura enquanto roço meus lábios em seu cabelo suavemente.

— Você pode confiar em mim. Não tenha pressa.

Ela balança a cabeça, fungando.

— Acho que caí — diz ela. — Quando subi.

— Vou partir esse cara em pedacinhos amanhã.

Acho que recebo um sorriso. Posso sentir o contorno de seus lábios contra meu peito.

— Tudo que eu conseguia sentir era o cheiro de Tropic Blue.

— O que é Tropic Blue?

— Um perfume. — Ela funga novamente. — Um bem horrível. Meu ex costumava usá-la o tempo todo.

— Preston.

Penny endurece em meus braços.

— Sim. Preston. Mas Brandon estava usando. Ele estava tentando se desculpar pelo que aconteceu em Vermont, e estendeu a mão e eu senti o cheiro, e foi como... foi como se eu tivesse feito uma viagem ao passado. Em uma festa em uma casa diferente. Em um 18 de fevereiro diferente. — Ela ri de verdade desta vez, balançando a cabeça, porém é de uma forma amarga. — Eu precisava fazer isso parar.

O suéter. Ela devia estar procurando algo para interromper a memória, para se livrar do ataque de pânico. Eu pego e entrego para ela.

— Aqui, minha linda.

Penny olha para mim. Seus olhos ainda estão marejados de lágrimas, mas sua voz está mais firme. Limpo uma lágrima perdida em sua bochecha. Ela enterra o nariz no suéter novamente. Eu nem tento conter a onda de posse que sinto.

— Obrigada — diz com voz rouca. — Considere isso um elogio, eu acho. Você é muito cheiroso.

— Fico feliz.

Passo a mão pelos cabelos dela, desembaraçando-os suavemente.

— Preston filmou nossa transa.

Eu pensei que tinha me preparado o suficiente para o que quer que ela fosse dizer. Estava errado. Suas palavras me atingiram como a porra de um trem de carga. É como se Penny tivesse me dado um soco bem no pescoço; eu perco o ar por um momento.

De repente, tudo faz sentido. Nada de sexting, nada de fotos. Não há videochamadas quando estamos longe um do outro. O tripé do sex shop... Meu rosto queima. Fui um idiota com ela sem nem perceber, zombando de sua dor. Puta merda.

Seu lábio inferior treme e novas lágrimas escorrem de seus olhos. Eu me forço a continuar olhando para ela, mesmo que eu queira derreter no chão. Não sei o que dizer. Que porra você diz quando alguém que ama lhe conta algo tão doloroso a ponto de você conseguir sentir uma lembrança que nem é sua?

— Querida. Eu sinto muito. — Engulo todos os palavrões que gostaria de lançar contra Preston, um idiota que eu socaria sem pensar duas vezes se tivesse a chance. — Ele... Quer dizer, foi...

— Não, não foi assim. — Ela abafa um riso sem humor. — Eu queria muito. Eu pensei que o amava. Eu queria me aproximar mais dele, compartilhar essa experiência.

— Isso é fofo — digo, com esforço.

— Foi a nossa primeira vez. — Penny brinca com minha camisa com as unhas. Ela foi ao salão com Mia outro dia para fazer a mão; cada unha azul meia-noite tem um floco de neve. — Já estávamos namorando há um tempo e era perfeito, sabe? Eu era uma patinadora artística. Ele era um jogador de hóquei. Mais velho, o que fez eu me sentir especial. A equipe dele estava sempre do outro lado do gelo enquanto eu praticava com a minha equipe, e todos nós saíamos juntos. Quando já estávamos namorando há seis meses, eu me sentia pronta para dar o próximo passo. Preston já tinha feito sexo antes, mas eu não, e queria me sentir conectada a ele.

Estou começando a sentir uma leve náusea. Faz sentido para mim que Penny tenha dado tanta importância para sua primeira vez. A virgindade é uma construção social, claro, mas isso não significa que não seja importante para a maioria das pessoas. Não é à toa que ela planejou uma lista de coisas que queria fazer; ela precisava de controle sobre suas próprias experiências desde que sua primeira vez foi arruinada.

— Você planejou como seria?

— Mais ou menos. Tínhamos uma festa numa noite depois de um grande jogo. Os pais de um colega de equipe estavam fora, então a casa era só nossa. Fomos parar na cama e transamos.

Penny levanta os olhos, como se quisesse avaliar minha reação. Eu só esfrego seu braço suavemente.

— Você percebeu na hora?

— Não. — Ela balança a cabeça. — Ele escondeu o telefone. Só fiquei sabendo algumas semanas depois, quando descobri que ele estava mostrando o vídeo para todo mundo. Adorei cada momento da nossa primeira vez, e pensei que havia sido um momento particular e especial, entretanto, todos os seus amigos riam de como eu era uma puta. Ele fez isso por causa de um desafio.

Que porra é essa? Meu aperto aumenta ao ponto dela se contorcer. Eu me forço a respirar fundo e a relaxar.

— A merda de um desafio?

— Me deixa terminar — interrompe ela. Sua voz vacila, mas eu concordo. — De repente, não eram apenas os amigos dele que estavam assistindo, era toda a nossa escola. As pessoas tentavam negar, mas todos viram, até meus amigos. Eu terminei com Preston, mas meu pai quis saber o motivo, e eu simplesmente... não consegui contar pra ele. Depois que minha mãe morreu, nós dois nos afastamos, então eu nem sabia como contar uma coisa dessas. Foi muito constrangedor. Eles viram tudo, Cooper. Do início ao fim.

Penny faz uma pausa. Eu a abraço, esfregando suas costas suavemente.

Ela respira fundo e continua:

— Meu pai descobriu pouco antes da minha apresentação na Desert West. Foi a primeira vez em anos que ele foi a uma competição minha. Alguma aluna contou pra mãe, e a mãe contou pra ele. Meu pai tentou me confrontar, mas eu precisava me apresentar. Tive uma crise de pânico no meio do meu solo. Foi assim que fraturei meu LCA. Eu caí e bati no gelo.

Ela está falando em um tom tranquilo, como se já tivesse explicado isso antes e precisasse se distanciar do que aconteceu para superar essas histórias.

— E o que houve com o Preston? Por favor, me diga que aquele filho da puta está na prisão.

Ela balança a cabeça.

— Nós prestamos queixa, mas nada aconteceu além da expulsão dele e de alguns caras do time de hóquei.

— Jesus Cristo.

— Mas, honestamente, eu nem... me importei — diz ela, hesitante. — Sobre o que aconteceu com eles, quero dizer. Eu simplesmente odiava que todos pensassem que eu era uma... uma vagabunda, que havia me colocado na situação, que me permiti ser filmada. Alguém até abordou meu pai em um restaurante e disse que nunca deixaria a filha fazer algo assim. Os pais de Preston andaram falando umas merdas sobre nós para quem quisesse ouvir.

— Mas seu pai apoiou você, certo?

Ela respira fundo.

— Sim. Mas nossa relação já não era a mesma coisa, sabe? Não fazia muito tempo, mas tentei esconder tudo dele e, de repente, não só tive uma lesão grave, como sempre que íamos a algum lugar da cidade, as pessoas olhavam, e eu não era... eu não era mais a garotinha dele. Tudo estava diferente. Isso afetou até o trabalho dele na Arizona State, porque um dos netos de seu chefe estava na equipe. Eles não renovaram o contrato dele, então meu pai conseguiu o emprego na McKee e nos mudamos para Moorbridge, para meu último ano do ensino médio. Levamos tanto tempo para chegar aonde estamos agora, e eu quase estraguei tudo em Vermont.

Eu me afasto para poder fitá-la nos olhos. Não me admira que ela tenha sido tão inflexível sobre o nosso acordo ser um segredo desde o primeiro momento. Penny não queria que seu pai a julgasse, mesmo que isso significasse esconder outra coisa dele.

— Meu bem, estou tão...

Ela enxuga o rosto rapidamente.

— Não — diz ela. — Temos que voltar para a festa.

— Não vamos voltar para lá. — Beijo sua testa suavemente. — Não importa.

— Mas é sua festa de aniversário.

— E eu não dou a mínima para a festa se você está mal. — Acaricio seu rosto. — O que posso fazer? Como posso ajudar?

— Não quero mais pensar nisso. — Ela agarra o vestido, levantando-o. — Eu só quero deixar tudo isso para trás. Preciso da última coisa da lista, Cooper, por favor. Eu preciso disso. Eu preciso de você.

Ela tenta puxar o vestido pela cabeça, mas ele fica preso nos cotovelos. Puxo-o suavemente para baixo. Nós dois bebemos e estamos no meu armário, e, por mais que eu adorasse ficar tão junto dela agora, não posso. Penny merece mais. Eu faço que não com a cabeça.

— Mas eu confio em você — sussurra ela.

— Eu sei — digo. Sei quanto foi difícil para Penny me contar essa história; posso ver em seus olhos. Falar sobre a mãe foi custoso, mas isso foi pior, e exigiu um nível de confiança que ela não tinha dado a um cara desde Preston, e agora nós dois sabemos como a história deles acabou. — Eu sei que você quer, linda. Então me deixa continuar mostrando que pode confiar em mim. Faremos isso quando estivermos sóbrios e preparados, realmente prontos, tá bem? Eu prometo.

Ela cola o corpo ao meu, chorando.

— Você disse que me amava.

Eu a aperto com força em resposta.

— Você ainda ama? — Sua voz é quase inaudível. — Eu estraguei tudo?

— Não, linda. Você não estragou nada. — Eu a balanço no meu colo. Aqui, longe da festa e do resto do mundo, parece que esta é minha única chance de fazê-la perceber quão profundos são meus sentimentos. — Eu te amo e não vou parar de te amar.

— Eu quero dizer isso também. — Ela crava as unhas nas minhas costas. — Mas, sempre que tento, as palavras me fogem.

Meu coração bate forte. Eu quero que ela diga. Quero que ela diga isso mais do que jamais desejei qualquer coisa. Mas Penny acabou de me dar um grande pedaço de si mesma e não posso pressioná-la. Preciso confiar que o momento está chegando, por mais assustador que seja esperar.

— No seu tempo — sussurro. — Eu estarei aqui.

58
PENNY

19 de fevereiro

> Quero que saiba que estou pronta

> E não só por causa da noite passada

> Estou pronta porque quero dar esse passo com você

> Porque confio em você

> Tá bem?

COOP

Ok, meu bem

Vem aqui, estou preparando algo

Eu pensava que minha primeira vez tinha sido especial.

Claro, foi na casa de outra pessoa. Nós dois estávamos bebendo. Mas foi do jeito que eu queria que fosse, como imaginei, e aconteceu com a pessoa com quem pensei que ficaria pelo resto da minha vida. Eu desejei cada momento daquilo, a estranheza e o desconforto. Antes de perceber o que ele fez, revivi cada detalhe em minha mente. Queria que aquela memória ficasse tão desgastada quanto um par de patins velho.

Acontece que eu não sabia o que "ser especial" significava até este exato momento.

Cooper e eu não voltamos à festa. Em vez disso, ele me ajudou a tirar minhas roupas e a vestir algumas das dele, para me deixar confortável, e pegou Tangy no quarto de sua irmã. Eu a abracei enquanto ele explicava a situação para Sebastian. Enquanto estava lá embaixo, Cooper pegou cupcakes e garrafas de água para não ficarmos de ressaca pela manhã. Adormeci em seus braços com uma dor de cabeça por causa do uísque e de nariz entupido devido à crise de choro, e não duvidei nem por um segundo que ali era onde ele queria estar.

Mas isso? Isso é mágico.

Paro na porta do quarto dele e o observo.

— Você fez isso?

Cooper passa a mão pelos cabelos, abaixando a cabeça enquanto sorri. Com a temporada se aproximando do fim, seu cabelo e sua barba estão um pouco mais compridos. Lá fora está nevando, uma espécie de neve grossa e molhada — coisas que sempre me fazem pensar em Lucy de *Minduim*. Eles não cancelaram a aula, mas suspeito de que todos que foram à festa ontem à noite usaram a ressaca como desculpa para um dia de neve. Tivemos uma guerra de bola de neve mais cedo com os irmãos dele, e Izzy e eu fizemos um pequeno boneco de neve que está na varanda da frente. Depois do peso da noite passada, o dia parecia tão doce quanto o chocolate quente que Sebastian preparou para nós.

Agora, entretanto, estamos sozinhos. Cooper limpou o quarto, trocou os lençóis e acendeu velas nos parapeitos das janelas. Pendurou fios de luz sobre a cama e ao redor das janelas. A luz fraca causa uma onda de calor pelo meu corpo. Quando transamos, geralmente somos obscenos, mas de alguma forma Cooper sabia — assim como ele sabe muitas coisas, pelo que estou vendo — que preciso que esta vez seja delicada.

— Ficou muito brega? — pergunta ele.

Eu me inclino e o beijo nos lábios.

— Não.

— Tomara que a gente não coloque fogo na casa.

— Só com a nossa paixão — respondo, só para vê-lo estremecer.

Mordo meu lábio inferior enquanto sorrio para ele.

— Exagerei?

— Venha aqui.

Cooper praticamente rosna enquanto me puxa para seus braços e me carrega até a cama. Como sempre, ele me joga ali. Eu quico um pouco, observando enquanto ele me vê deitada ali. Os lençóis são novos e estão limpos, e não vejo a hora de senti-los na minha pele nua.

Agarro minha bainha para puxar meu suéter, mas Cooper balança a cabeça e faz isso sozinho. Pisco enquanto ele arruma meu cabelo. Não vou chorar, já chorei muito ontem à noite, mas a expressão terna em seu rosto quase desencadeia o meu sistema hidráulico. Toda essa ternura silenciosa, quase tímida, é para mim, apenas para mim.

Cooper tira a minha calça jeans, depois passa as mãos pelas minhas coxas e se ajoelha para que fiquemos mais ou menos no mesmo nível dos olhos e ele possa me beijar. Eu o beijo de volta, mas apenas por um momento, pois estou ansiosa para vê-lo se despir também, para sentir sua pele nua. Faz apenas alguns dias desde a última vez que transamos, mas parece que faz muito tempo que não vejo suas tatuagens. Quando puxo o seu suéter azul-marinho, Cooper o tira junto com sua camiseta, e então despe a calça. Quando se junta a mim na cama, nós dois usando apenas roupa íntima, aprecio a sensação de seu corpo quente enquanto ele me puxa para perto. Cooper é como o sol do Arizona ao meio-dia em julho, e eu quero aproveitar seu brilho.

Ele beija o meu pescoço, depois coloca as borboletas do meu colar na boca, chupando-as por um tempinho antes de devolvê-las, molhadas, para a minha pele. Eu tremo, levando minha mão ao emaranhado de seu cabelo.

— Desliguei meu celular e meu computador — afirma Cooper.

Meus olhos ficam marejados de lágrimas. É demais para não chorar.

— Sério?

— Somos só nós dois, ruiva. Eu posso te mostrar.

Eu acaricio sua barba enquanto balanço a cabeça.

— Eu confio em você.

Depois de guardar essas palavras em meu peito por tanto tempo, dizê-las me causa estranheza. Mas é uma estranheza boa e espero que, com o tempo, pareça tão normal quanto respirar. Desde o nosso primeiro encontro, Cooper tem me dado motivos para confiar nele. Ele me deu o maior de todos na noite passada, quando disse que me amava. Eu ainda não disse que o amava também; é o último passo e ainda parece distante, mas sei que estou cada vez mais perto. Como eu não estaria, quando ele fez este refúgio acolhedor para nós?

Cooper nos rola de lado, passando a mão grande pelo meu cabelo.

— Minha boa e linda menina — murmura. — Fala comigo, tá bem? Me diga do que você precisa.

— Só preciso de você.

Esfrego meus quadris contra ele. Cooper está começando a ficar duro, posso sentir. Isso provoca outra onda de calor agradável pelo meu corpo. Em breve, vou senti-lo profundamente em meu âmago. Adorei tudo que fizemos juntos até agora, mas é isto que tenho desejado desde a primeira vez que ele se ajoelhou no chão e abriu minhas pernas para me provar.

Cooper nos senta, o que é mais difícil do que parece, porque me recuso a parar de beijá-lo, e tira meu sutiã. Ele passa a mão pelo meu busto, acariciando meus seios antes de segurar o cós da minha calcinha. Seu toque pode ser gentil, mas a ferocidade em seus olhos me faz ficar sem fôlego.

— Isso é muito importante para mim — diz ele enquanto me acaricia com a ponta dos dedos. — Quero ouvir cada gemido, cada chorinho e cada vez que você disser meu nome. Você é minha, e eu sou seu, e quero ouvir isso.

Ele arrasta a calcinha pelas minhas pernas e a joga de lado, depois faz o mesmo com sua cueca boxer. Então, puxa minha perna até eu cair nos travesseiros. Cooper olha diretamente para meus seios por um longo momento antes de colocar um na boca, chupando-o praticamente inteiro enquanto brinca com o outro usando a ponta áspera dos dedos.

Eu desliza meus quadris, buscando contato, e ele me recompensa colocando sua coxa entre minha perna e esfregando-a lentamente contra minhas partes já molhadas. Gemo como ele quer, e ele me recompensa dando o mesmo tratamento ao meu outro seio, enquanto sua perna se move com uma fricção lenta e deliciosa. Não está nem perto de ser o suficiente, mas ele sabe disso. Quando finalmente termina de me torturar, ele substitui a perna pelas mãos, me abrindo ainda mais. Estou exposta, cada centímetro do meu corpo nu, mas não sinto nada além de desejo em seu olhar quente. Sem preocupação, sem pânico. Eu me sinto sexy graças ao gemido baixo de Cooper e à maneira como ele umedece os lábios. Eu me sinto uma mulher que sabe exatamente o que quer e que vai conseguir.

— Quero ter certeza de que está bem e de que está molhada — afirma enquanto beija minha barriga.

Ele dedica uma atenção especial à minha marca de nascença, o que me faz conter as lágrimas novamente. Lágrimas boas. Coloco minha mão em seu cabelo e empurro sua cabeça para baixo.

O primeiro toque de sua língua na minha boceta o faz gemer. Cooper pressiona a língua contra mim, respirando sem se afastar. Então gira a ponta da língua em volta do meu clitóris, chegando perto o suficiente para que meu estômago se contraia, mas recuando no último segundo. Puxo seu cabelo. Ele ri antes de finalmente chupar o meu ponto sensível.

— Sua safada — fala em sua voz abafada. — Porra, eu nunca vou cansar do seu gosto.

Cooper enfia o dedo em mim enquanto chupa meu clitóris, depois adiciona outro, fazendo uma tesoura. Ele esfrega as pontas dos seus dedos contra meu ponto G, fazendo com que eu incline minha cabeça para trás enquanto as estrelas dançam nos limites da minha visão. Ele tem piedade de mim e continua se empenhando naquele local até me fazer gozar gritando seu nome. Não me dá um descanso, nem quando tremo de hipersensibilidade; um terceiro dedo me invade enquanto Cooper continua brincando com meu clitóris.

— Cooper — digo, gemendo. — Mais.

— O quê, meus dedos não são grossos o suficiente para você?

Eu cravo meu calcanhar em suas costas.

— Por favor, lindo. Não quero mais esperar.

Cooper finalmente se afasta, seus lábios brilham com meu líquido e suas pupilas estão dilatadas. Ele tira os dedos, e sinto a dor imediata do vazio. Normalmente, neste momento, ele pegaria um brinquedo para me foder, mas não hoje. Em vez disso, Cooper pega uma camisinha na mesinha de cabeceira e rasga a embalagem com os dentes.

Eu me sento, alcançando seu pau. Está muito duro — eu nunca me canso do quão excitado Cooper fica quando me come —, e ele geme assim que minha mão o envolve. Um brinquedo é legal, claro, mas seu pau é quente e duro, e sua pele é como veludo. Ele é tão grosso e comprido que será melhor do que qualquer brinquedo, mesmo aquele caro que Cooper comprou para mim. Tenho bastante prática, mas vou sentir toda a sua magnitude, da mesma forma que sinto quando fazemos anal e ele enfia até o fim. Esfrego a cabeça com meu polegar, espalhando o pré-gozo, e uso minha outra mão para acariciar suas bolas. Estão pesadas, e certamente doloridas.

Eu o ajudo a colocar a camisinha. Assim que acabamos, Cooper me puxa para um beijo profundo, lambendo minha boca. Ainda posso sentir o gosto do chocolate quente em sua língua. Seu perfume, graças a Deus, tem cheiro de limpeza, é fresco e nada parecido com Tropic Blue. Ele acaricia a lateral do meu rosto com ternura enquanto se afasta. Então pisca seus lindos olhos azuis, mais escuros de desejo, e passa o polegar sobre meu lábio inferior.

— Está tudo bem? — pergunta. — Ainda está comigo?

Apenas aceno com a cabeça, paralisada pela intensidade em sua voz. Cooper me beija mais uma vez, como se não pudesse evitar, e depois me empurra contra a cama. Abro minhas pernas enquanto ele se acomoda entre elas. Ele pega seu pau na mão, dando-lhe uma última estocada, e então, enquanto me fita, o enfia dentro de mim, centímetro por centímetro, sem titubear.

Ele está tremendo por causa do esforço para não ir rápido demais. Agarro seu braço, arqueando as costas enquanto o seguro. Está apertado, mas isso só torna tudo ainda mais delicioso. Posso senti-lo chegar bem fundo, e posso jurar que ele está me preenchendo por completo.

— Porra. — Suspira. — Porra, minha linda, é como se você tivesse sido feita só para mim.

Envolvo minha perna em sua cintura e o incito a se aproximar. Quero sentir seu peito contra o meu; quero beijá-lo enquanto ele me fode com estocadas profundas. Quero ter sido feita para ele, para ele e para mais ninguém. Cooper pega a deixa, pressionando sua testa na minha enquanto empurra. Respiramos na boca um do outro, têmpora a têmpora, enquanto ele penetra mais fundo do que antes. Ele dá um beijo firme em meus lábios enquanto dá outra estocada, mais rápido desta vez. Eu o aperto, e ele praticamente solta um gemido, seus quadris ajustando a velocidade antes de recuperar o ritmo.

Eu o provoco assim algumas vezes, e ele revida tirando quase tudo de dentro de mim. Imploro para que ele coloque o pau todo dentro de novo, e ele o faz, mas só depois de cravar as unhas na minha coxa com força suficiente para que eu grite.

Assim que começa a me foder com força, ele não para. Nós dois estamos rindo, nos beijando e nos agarrando, e a alegria e o alívio parecem um bálsamo para minha alma. Cooper goza enfiando seu pau profundamente dentro de mim, estocadas descompassadas e ainda assim deliciosas. Seus dedos encontram meu clitóris e me levam ao ápice. Ele cai em cima de mim como um cobertor grande, quente e atlético, e eu acaricio seu cabelo enquanto sua boca paira em meus seios de forma preguiçosa. Eu poderia fazer isso por toda a eternidade e ainda não ficaria satisfeita. A julgar pela maneira como geme meu nome, parece que Cooper sente o mesmo.

59
COOPER

— Não estou gostando disso.

Lanço um olhar rápido para Seb enquanto tiro mais neve do para-brisa da minha picape.

— Você não precisa gostar.

— Há uma razão pela qual ele não...

— Sim — interrompo. — A razão é que nosso pai é um idiota que só sabe criticar os outros. Tio Blake está dando o seu melhor e está indo bem. Se continuar se recusando a enxergar isso, então quem perde é ele.

— Mas é estranho. — Seb chuta um montinho de neve, espalhando-a pela calçada. — Ele ficou fora da nossa vida por anos e, de repente, volta? Por que agora?

Cerro os dentes enquanto termino de limpar o para-brisa. Sei que Sebastian só viu tio Blake algumas vezes e não é, nem de longe, tão próximo dele quanto eu, mas seria bom contar com seu apoio.

— É complicado — digo enquanto jogo o raspador de gelo na picape. — Não consigo nem imaginar quão difícil deve ser ficar sóbrio, e permanecer sóbrio, quando se tem um vício. Ele está aqui e quer fazer parte da família. Se você fosse no almoço, veria isso.

Seb olha para a casa.

— Tudo bem. Mas vamos levar Izzy com a gente.

Esperamos trinta minutos enquanto Izzy se arruma, então saímos para encontrar tio Blake em um restaurante no centro da cidade. Quando chegamos, ele já está lá, tomando um refrigerante enquanto lê alguma coisa no telefone. Ele se levanta para dar um tapinha nas minhas costas e depois puxa Izzy para um abraço.

— Não acredito — diz ele. — Isabelle, você está enorme.

Izzy coloca uma mecha de cabelo atrás da orelha.

— Oi, tio Blake.

— Você ainda joga vôlei?

— Sim — responde ela. — Estou no time da McKee. A temporada acabou.

— Ainda consegue lançar aquele saque impiedoso?

Ela ri.

— O que você acha?

— Boa garota. E você, Sebastian?

— A temporada de beisebol começa em breve — responde Sebastian.

Ele se afasta quando tio Blake estende a mão para bater em seu ombro. É quase impossível não revirar os olhos. Quem visse a cena até pensaria que eu o convidei para almoçar com um desconhecido da rua, não com nosso parente.

— Estou bem.

— Bom, bom.

O garçom chega e anota nossos pedidos. Tio Blake se recosta na cadeira, observando-nos.

— Não acredito em quanto você se parece com o nosso pai — fala Izzy, deixando escapar.

— Só que mais bonito — diz ele com um sorriso. — E com mais carisma.

— O que está fazendo em Nova York? — pergunta Seb. — Coop disse que você pretende ficar de vez por aqui.

— Sim. — Ele coça a nuca. — Estou tentando encontrar um lugar.

— Que tal encontrar um trabalho?

— Sebastian — repreendo.

Meu irmão fica olhando para o tio Blake.

— Eu nem sei o que você faz.

Tio Blake esfrega a mão no queixo. Ele fez a barba, então o que Izzy disse faz sentido: sem barba, ele se parece com nosso pai, só que alguns anos mais novo.

— Tenho algumas coisas encaminhadas.

— Tipo o quê?

— Sebastian, sério, cala a boca.

Izzy arregala os olhos com meu tom ríspido. Não consigo evitar. Não tenho ideia do que tio Blake está fazendo agora, mas não me importo. Ele poderia trabalhar como lavador de pratos, e eu não daria a mínima. O importante é que ele está aqui e está tentando.

— Tudo bem, Cooper. — Tio Blake se inclina, apoiando os cotovelos na mesa. — É uma pergunta justa. Eu costumava trabalhar com finanças. Na cidade. Quando estive na Califórnia, ajudei a desenvolver vários negócios.

— E agora? Você vai voltar para Wall Street?

— Estou tentando. — Ele olha para mim. — Mas eu tenho... algumas dívidas, da reabilitação. Um bom centro de tratamento não é barato, e seu pai se recusou a me ajudar.

Sebastian faz uma careta.

— Não era uma obrigação dele.

— Não — concorda nosso tio. — Ele ajudou no passado, mas não desta vez. Não na vez em que as coisas apertaram.

— Típico dele — digo.

Sebastian bufa.

— Claro. Desta vez é diferente, né?

Tio Blake olha para Seb, que cruza os braços sobre o peito.

— Talvez devêssemos conversar sobre isso em particular, Cooper.

— Não — diz Seb. — Tudo que vai dizer pra ele pode dizer pra gente também.

Eu me levanto, fazendo minha cadeira deslizar para trás.

— Eu deveria saber que seria um erro trazer você. Vamos lá fora.

Sebastian também se levanta.

— Meu Deus, Cooper. Use a cabeça.

— Não. — Tiro meu boné e passo a mão no meu cabelo. As pessoas na mesa ao lado estão olhando para nós, mas não me importo. — Eu esperava isso do meu pai, mas é uma merda perceber essa postura em você também. Ele é da família, e, se precisar da nossa ajuda para voltar à nossa vida, eu vou ajudar, porra.

Abro a porta assim que o garçom chega com nossas bebidas. Não ligo. Perdi a fome. Encaro a calçada lamacenta, enfio as mãos nos bolsos e o queixo na gola do suéter. Meu casaco ainda está lá dentro, mas tanto faz. Uma mulher passa por mim com seu cachorro, que tenta brincar comigo, mas eu mostro os dentes para ele enquanto sua tutora o puxa.

Porra, minha barriga está doendo.

A campainha da porta toca quando tio Blake sai um momento depois. Temos quase a mesma altura, então ficamos ombro a ombro. Não quero olhar para trás e ver Seb e Izzy no restaurante, mas não consigo evitar. Izzy parece chateada, e Seb a está consolando. Merda. Eu me sinto mal, mas não tenho culpa se eles não entendem quanto isso é importante para mim.

— Eu não queria ter que fazer isso — diz tio Blake depois de um momento longo e silencioso. — Mas, se eu conseguisse ajuda para pagar as dívidas, seria mais fácil me instalar aqui. Você tem seu fundo fiduciário agora, não é?

Ganhei acesso ao fundo assim que completei vinte e um anos.

— Sim.

Ele acenou com a cabeça.

— Bom. Isso é bom. — Seu rosto se contorce enquanto ele solta uma risadinha entrecortada. — Sinto muito — acrescenta. — Isso é patético. Mas, se você puder me ajudar, eu posso retribuir. Rich não é o único com contatos. Posso encontrar um agente melhor para sua carreira, alguém que fará o que é melhor para você, não o que é melhor para seu pai.

Hesito por um instante.

— Mas... Jessica será minha agente. Teremos uma relação só nossa...

Tio Blake levanta as sobrancelhas.

— Você tem certeza disso? Tem certeza de que seu pai não vai tentar controlar tudo? Você me contou como ele lidou com a carreira do seu irmão. É da natureza dele, Cooper. Como eu já te disse, ele é um tipo de pessoa. James também. Mas há pessoas como nós. Você não quer traçar seu próprio caminho?

É tudo o que eu sempre quis, e tio Blake é o único que reconhece isso. Quem me levou ao rinque pela primeira vez? Quem me ensinou a segurar um taco de hóquei? Talvez ele esteja certo, sempre fomos diferentes. Não somos apenas os segundos filhos, mas estamos em uma categoria totalmente diferente. Se eu realmente quiser seguir o futuro que sempre sonhei, talvez precise me distanciar. Eu me esforcei muito para chegar até aqui, e nada do que eu fizer me deixará no mesmo nível de James. A partir do momento em que escolhi o hóquei, perdi a atenção do meu pai.

Mas posso ajudar o tio Blake. Podemos estabelecer um novo relacionamento.

Ele não é meu pai, mas é da família e enxerga quem eu sou de verdade.

— De quanto você precisa?

60

PENNY

Enquanto Cooper avança para o meio do círculo, levanto minha cerveja junto ao restante do grupo. Embora haja outras pessoas no Red's, nós tomamos conta do lugar quando chegamos. Todos estão vibrando de forma animada e aliviada.

— Os campeões mais fodas do Hockey East! — ruge ele.

Os caras explodem em aplausos. Evan e Remmy, Jean e Mickey, Brandon e todos os outros jogadores por quem passei quase uma temporada inteira torcendo começam a gritar: "McKee fodona!"

Eu me junto a eles, assim como o restante do nosso grupo, e falamos muito alto, chegando a abafar a música e as televisões do bar. Por terem vencido a disputa, o time conseguiu uma vaga nas competições regionais. Sei que ainda há muito hóquei para ser jogado, mas sinto no fundo do meu coração que eles irão até o Frozen Four em Tampa Bay e serão campeões. De todas as equipes de hóquei da primeira divisão universitária do país, eles serão os donos do troféu.

Ainda não contei ao Cooper, mas comecei a procurar voos para a Flórida. Seria preciso me trancar para me impedir de torcer por ele — e usando sua camisa, muito obrigada. No jogo desta noite contra o Maine, gritei tanto que minha garganta doeu. Eu estava sentada ao lado de uma senhora e eventualmente ela ficou tão irritada que disse: "Seu namorado não é o único jogando."

Ela devia ser fã dos Black Bears.

— Discurso! — pede Remmy. Os caras repetem, batendo as mãos nas mesas e no balcão do bar, e pisando firme no chão.

Cooper levanta a mão, fingindo pensar.

— Ah, porra — diz ele. — Lá vamos nós.

Todos riem, até o barman e o grupo de rapazes sentados numa mesa próxima.

— Você é Cooper Callahan? — pergunta um deles. — O outro filho de Richard Callahan?

— Sim, ele é — diz o tio Blake enquanto atravessa a multidão até nós. Ele bagunça o cabelo de Cooper, puxando-o para um abraço. — Esse é o meu grande sobrinho. Peguem o autógrafo dele agora, rapazes, antes que ele entre na NHL.

— Seu pai era um ótimo quarterback — comenta um dos caras. — Bom para você, garoto, encontrou seu próprio caminho para o sucesso.

Cooper fica corado. Ele estende a mão para mim, passando o braço em volta dos meus ombros e me aproximando dele.

— Fizemos uma ótima partida, pessoal. Uma ótima temporada. Foi uma honra acompanhar vocês e sei que ainda temos muito a mostrar. Vamos comemorar, depois voltar ao gelo e nos preparar para mandar ver nas Regionais.

— Isso aí! — diz Brandon. Ele ergue a cerveja, acenando para mim e para Cooper. Aceno de volta. Ele não sabe os detalhes sobre o motivo que me fez fugir na noite da festa de aniversário de Cooper, mas se desculpou para nós dois adequadamente pelo que aconteceu em Vermont, e eu realmente acho que ele está orgulhoso por apoiar Cooper. — Royals!

— Royals! — gritam os caras.

Cooper me beija, suas mãos se entrelaçando em meu cabelo. Consigo ouvir as provocações de seus companheiros de equipe e sorrio em seus lábios. Achei que nunca mais me permitiria chegar perto de um jogador de hóquei, muito menos de um time inteiro, mas olhe só para mim. Beijar meu namorado campeão do Hockey East em um bar, já ansiando por uma chance de ficar a sós com ele. Experimentar o último item da lista acabou com qualquer inibição, tenho estado em cima de Cooper sempre que posso. Tudo que fizemos antes foi incrível, claro, mas agora que sei como é, nada se compara a gozar com o pau de Cooper bem dentro de mim. Eu até marquei uma consulta com minha ginecologista para colocar um DIU e assim permitir que ele me penetre sem barreiras. Quero que Cooper me possua de dentro para fora o tempo todo.

— Minha Penny da Sorte — murmura, segurando minha camisa em suas mãos. — Eu não teria conseguido sem você.

— Eu contribui tanto assim para o seu foco? — provoco.

Ele se afasta, me encarando, e sei que não está brincando.

— Você se lembra de como tudo isso começou? — pergunta ele. — Nosso acordo? Ainda funciona para mim, minha linda. Basta sentir o seu gosto e me sinto pronto para qualquer coisa.

Acho que Evan nos ouve, porque ele se vira para nos evitar e começa a falar em voz alta com alguém sobre qual será o nível que a McKee alcançará nas Regionais, porém não consigo nem ficar muito envergonhada.

— E agora? — pergunto, tímida. Eu estendo a mão para poder sussurrar a próxima parte em seu ouvido. — Estou molhada graças a você desde o momento que o jogo começou.

Cooper geme.

— Puta que pariu.

Antes que eu possa convencê-lo a me levar para sua picape, para o banheiro ou mesmo para o fundo do bar, seu tio bate em seu ombro.

— Tem algumas pessoas que quero que você conheça — diz ele. — Parceiros de negócios. Desculpe, Penny.

— Tudo bem — digo. Sebastian tem se mostrado resistente em relação ao tio Blake, mas alguém precisa apoiar Cooper, e sei que esse relacionamento é importante para ele. Mesmo que seja um pouco estranho que ele esteja dando, tipo, milhares de dólares de seu fundo fiduciário para o tio, essa decisão é dele e eu irei apoiá-lo. — Vou dançar com Mia.

Minha amiga me puxa para um abraço quando me vê. Ela também está usando uma camisa de hóquei, do Mickey, mas se recusa a entrar em detalhes, e seu jeans skinny preto deixa sua bunda fantástica. Digo isso a ela, gritando as palavras acima do barulho do bar, e ela sorri, agarrando minhas mãos e me girando em círculos. Alguém aperta o play de uma nova música na jukebox, e Johnny Cash é substituído por The Heavy. Bebo o restante da minha cerveja, coloco o copo vazio em uma mesa e danço junto. Sei que sou péssima nisso, mas não me importo, não enquanto Mia e eu estivermos sincronizadas e não conseguirmos parar de rir. Eu não sei a letra da canção, mas tento acompanhar. Mia dá um beijo na minha bochecha enquanto esfrega seus quadris contra os meus.

A parte de trás do meu pescoço arrepia. Alguém está me observando. Eu faço uma dancinha enquanto me viro, esperando que seja Cooper, mas em vez disso meu olhar encontra o de um cara sentado em uma mesa próxima. Ele parece ter uns trinta anos, está de terno e com um copo de cerveja vazio próximo ao cotovelo. O telefone está apoiado no porta-guardanapos, e eu poderia até pensar que ele está apenas mandando uma mensagem, mas há algo no jeito que ele está olhando para nós que faz minhas mãos ficarem úmidas.

Ele está assistindo à cena e gravando.

— Mia — digo com urgência. — Mia, para.

Faço um gesto para o cara, que levanta a mão e acena. O rosto de Mia passa de alegre a vermelho de raiva em meio segundo. Não tenho tempo de registrar nada além do embrulho no meu estômago antes que ela se aproxime dele, pegue seu telefone e jogue-o contra a jukebox. A música não para, mas quase todo mundo no bar congela. Cooper atravessa a multidão, com Sebastian logo atrás.

— Sua puta! — Explode o cara, cambaleando e ficando de pé. Ele é trinta centímetros mais alto que Mia, mas ela apenas cruza os braços sobre o peito. — Você vai pagar por isso.

— Cala a boca, micropênis — diz Mia. — Nós vimos o que você estava fazendo.

Cooper puxa meu cotovelo, alternando o olhar entre mim e Mia.

— O que aconteceu?

Engulo a onda de repulsa que estou sentindo por tempo suficiente para explicar:

— Ele estava com o telefone, acho que estava...

Cooper já está caminhando na direção do sujeito.

— Você é tão patético assim? Não consegue fazer com que as mulheres olhem para você, por isso precisa gravá-las? Seu idiota nojento.

Cooper fica cara a cara com o homem, empurrando Mia para trás. Ela tenta atacar o sujeito, mas Cooper a puxa pela cintura e a coloca nos braços de Sebastian. Cooper tem a mesma altura do cara, mas deve ter pelo menos quinze quilos a mais. Há um brilho perigoso em seus olhos enquanto ele encosta o homem na parede.

Mesmo assim, o idiota pega seu copo de cerveja e o bate na lateral da cabeça de Cooper antes que ele possa dar um golpe.

Grito quando o vidro explode. A têmpora de Cooper fica com um corte e o sangue escorre pelo seu rosto como tinta. Ele arma o punho e dá um soco na cara do sujeito, depois na barriga.

Sebastian coloca Mia no chão, ela está lutando para sair de seus braços como um gato selvagem.

— Pelo amor de Deus, Mia, fique aí! — diz ele antes de entrar na briga ao lado do irmão.

O cara ainda está lutando, dando chutes e socos para todas as direções. Ele acerta Sebastian no pescoço com o punho. Sebastian cambaleia para trás, com falta de ar, e a raiva de Cooper atinge um novo nível; ele agarra o homem pela cintura e o arrasta pelo meio da multidão. Evan e Remmy ajudam a empurrá-lo para a calçada. Alguém finalmente desliga a música, o que é bom porque meus ouvidos estão zumbindo, e todos nós escutamos em alto e bom som quando Cooper grita:

— Se quiser continuar com a *porra* dos olhos, seu canalha, dá o fora daqui.

Atravesso a multidão até vê-lo. Seu olhar está selvagem e sombrio, e ele está tremendo. Há sangue em seu rosto, escorrendo para os olhos, para a barba, para a gola da camisa. Sufoco uma risadinha histérica enquanto pego um pano no bar e o pressiono contra sua têmpora.

Talvez outra garota ficasse brava, mas não sinto nada além de satisfação e admiração. Cooper brigou por mim. Ele brigou pra caralho por mim.

— Ai, amor.

Ele me puxa para perto, enterrando o rosto no meu cabelo. Está me sujando de sangue, mas não dou a mínima.

— Você está bem? — questiona ele.

Eu me afasto, engolindo em seco enquanto aceno.

— Sim. Obrigada.

Ele ri.

— Obrigada?

— Ninguém nunca fez algo assim por mim — digo, então beijo seus lábios, embora sinta o gosto metálico. — Ninguém nunca brigou por mim.

— Já que não posso bater no seu ex, isso é o melhor que consigo fazer.

Blake se aproxima com uma expressão sombria no rosto.

— Vá para a emergência — diz ele. — Você vai precisar de pontos. Vou acalmar a situação por aqui.

61

COOPER

Tentar escrever uma redação estando de ressaca já é ruim, mas acrescente os pontos na cabeça e eu mal consigo me concentrar na tela do computador. Ainda assim, esse artigo é para amanhã, e, apesar dos próximos jogos, preciso manter minhas notas na média. Estou encarando meu exemplar de *Daisy Miller* novamente, me esforçando para me lembrar do que eu estava tentando escrever sobre o passeio noturno pelas ruínas romanas, até que a campainha toca.

Izzy está lá em cima com Tangy, fazendo a lição de casa, e, até onde eu sei, Sebastian também está no quarto. Nós nos protegemos durante a briga no bar, claro, mas as coisas ainda estão estranhas. Ele não agradeceu ao tio Blake por convencer o pessoal do Red's a esquecer tudo — para falar a verdade, ele fez com que concordassem em banir o cara que tentou gravar o vídeo de Penny e Mia —, e a única vez que interagimos hoje foi quando ele tentou me convencer, mais uma vez, a não transferir o dinheiro para a conta bancária do tio Blake. Eu já fiz isso, mas não pretendo contar a ele porque o faria reagir como se o tio Blake tivesse me pedido para lhe dar um rim.

E eu faria isso se ele precisasse. Especialmente depois de ontem à noite. Ele até ligou para o técnico e explicou toda a situação enquanto Penny ia comigo para a emergência. Ainda não falei com o técnico, porque, por mais que seja justo eu estar protegendo e defendendo Penny, tenho mantido meu temperamento sob controle, e a briga no bar jogou todo meu esforço pelo ralo. Já que não tem nada a ver com hóquei e foi o outro cara que começou, acho que estou safo, mas isso não significa que não seja uma perda de controle em um péssimo timing.

A campainha toca novamente. Eu me levanto do chão da sala de estar, os livros e meu notebook espalhados em frente à televisão, e abro a porta. Acho que é demais esperar que seja Penny. Ela teria mandado uma mensagem se estivesse a caminho, e, de todo modo, acredito que esteja na casa do pai agora.

É o *meu* pai.

Engulo em seco enquanto dou um passo para trás. A energia que irradia dele é como uma bomba — brilhando e soltando fumaça, prestes a explodir. Ele entra sem dizer uma palavra. Enfio as mãos no bolso do moletom enquanto ele passa por mim. Meu pai para bem no centro da sala, olhando ao redor durante o que parece ser o momento mais longo de todos os tempos antes de me encarar. O terno, o casaco caro e o relógio brilhando em seu pulso parecem deslocados na nossa casa universitária. Por que ele está aqui? Quando mandei uma mensagem dizendo que ganhamos o Hockey East, ele respondeu com o emoji de joinha e me aconselhou a não relaxar e a ser mais rápido no *forecheck*.

Talvez esse tipo de pressão funcione com James, mas tenho vergonha de admitir que preciso de mais do que isso. Nem que fosse um "boa, garoto", e já teria me feito sorrir em vez de querer jogar meu telefone do outro lado da sala.

Seu rosto se contorce em desaprovação enquanto ele me examina. Sei que estou horrível; os pontos e o hematoma ao redor são nojentos. Tenho certeza de que também estou pálido, de ressaca e exausto, com o cabelo oleoso e precisando de um banho. Com o humor em que estou hoje, daria pra pensar que acabamos de receber a notícia de que não participaríamos dos playoffs, em vez de ter ganhado.

Meu pai funga enquanto tira o casaco e o coloca no encosto do sofá. Ele está sem gravata, e também tira o terno para depois arregaçar as mangas metodicamente até os cotovelos.

— Cooper.

— Senhor.

Ele aponta para meu rosto.

— Por que eu soube disso pelo seu irmão?

Engulo a indignação que sinto quando olho para a escada. Maldito Sebastian. É claro que ele teve que envolver meu pai nisso.

— Por que você veio até aqui? Podia ter ligado.

— Eu estava na cidade organizando algumas coisas para o evento da fundação.

O evento. Estive tão focado no hóquei e em Penny que esqueci completamente disso. Uma noite em Nova York, no Plaza Hotel, fingindo estar de boa com toda a minha família para que meus pais consigam muitas doações para sua fundação. Parece um inferno.

— Bem, você pode voltar para o que quer que estivesse fazendo — digo, ignorando a forma como meu estômago se contorce. Uma pequena parte de mim esperava que ele quisesse me parabenizar pessoalmente pela vitória na conferência. — Tio Blake e eu cuidamos disso. Está tudo bem.

Ele ri brevemente.

— Ah, é isso? Você já cuidou disso? Meu filho está com pontos na porra do rosto por causa de uma briga de bar e meu irmão viciado conseguiu resolver a situação? O que aconteceu com o combinado de me avisar se ele entrasse em contato com você?

— Ei — digo bruscamente. — Ele está sóbrio. E realmente vem me dando apoio. Diferente de você.

Meu pai suspira.

— Cooper, você não sabe de tudo que aconteceu.

— Eu sei o suficiente. Ele é seu irmão, mas nunca foi nada além de um idiota pra você. Não importa o que ele faça, você não consegue vê-lo de outra maneira. E é assim que você sempre me viu. Isso quando você me vê, né?

Ele hesita.

— O que disse?

Mordo meu lábio, mesmo que esteja doendo. Meus olhos ardem com lágrimas.

— Não finja que não começou a me ignorar quando percebeu que eu não seria um jogador de futebol como James. Como você. Pelo menos o tio Blake não age como se quisesse que eu fosse outra pessoa.

— Eu não quero...

— Pode parar com esse teatrinho. — De repente, me dou conta do quanto estou moído. Eu gostaria de estar em qualquer lugar menos aqui, tendo essa conversa, mas não tenho escolha. É tarde demais. Não posso voltar atrás. — Pare de fingir porque eu sei a verdade. James sempre foi seu favorito, ainda mais agora que ele é seu sucessor. Quando olha para Sebastian, só enxerga o seu melhor amigo morto. Izzy é sua garotinha perfeita e não pode errar. Eu? Eu sou um desgosto e nunca vou deixar de ser isso, não importa quanto eu tente.

— É isso que você realmente acha?

— Quando me tornei capitão, você nem se importou. — Pressiono a palma das mãos nos olhos, tentando conter as lágrimas. Não choro na frente do meu pai desde que era criança e não vou fazer isso agora. — Eu me esforcei muito para chegar lá, e tudo que você fez foi apontar meus erros.

Meu pai abre a boca, mas não consegue dizer nada. Passo por ele, indo até a mesa na entrada para pegar minhas chaves. Talvez seja covardia ir embora, mas preciso ver Penny. Ela é a única que pode tornar esta situação menos pior. Além disso, se eu ficar aqui mais um segundo, tenho medo de fazer ou dizer algo de que me arrependa. O que meu pai disse? O hóquei traz à tona o que há de pior em mim? Essa não é a hora perfeita para provar que ele está certo?

— Cooper.

Abro a porta.

— Droga, Cooper, olhe para mim.

Respiro fundo e fecho a porta. Quando me viro para olhar para ele, sinto as primeiras lágrimas caírem, mas mantenho a cabeça erguida. Olho para cima e vejo Sebastian parado ali. Ele parece abatido, o que faz meu coração palpitar. O que ele achava que aconteceria se envolvesse nosso pai nessa história?

— Seu tio é um manipulador. — Meu pai balança a cabeça, rindo amargamente. — O que quer que ele tenha te contado, é mentira.

— Você simplesmente não suporta a ideia de eu ter me aproximado dele.

— Ele está usando você e, quando achar que você serviu ao seu propósito, ele vai procurar outra pessoa. Você não é idiota, filho, mas está agindo como um.

Abro a porta novamente.

— Obrigado pelo aviso.

Ele me segue até a varanda, mas eu o ignoro. Entro na minha picape e dou partida. Ele bate no vidro, mas eu simplesmente saio da garagem.

Quando chego à casa de Penny, mal consigo enxergar através das lágrimas. Achei que tinha chorado muito na noite do meu aniversário, depois que Penny adormeceu e não precisei mais ser forte por ela, mas isso é pior. Consigo estacionar o carro e, de alguma forma, me vejo tocando a campainha. O técnico atende. Quando me vê parado ali, ele me puxa para um abraço. Sem dizer nada, ele apenas fecha a porta atrás de nós, deixando-me apoiar nele com todo o meu peso. Sua mão esfrega minhas costas suavemente.

— Ei — diz. — Ei, filho, está tudo bem. Respire fundo.

62

PENNY

Dou uma voltinha devagar no provador, observando a saia do vestido que eu estou usando subir e descer.

— Só estou dizendo que não precisamos ir.

— O que é fofo — responde Cooper. — Mas não posso fazer isso com minha mãe, não importa o que esteja acontecendo com meu pai.

Mordo o lábio enquanto olho para Cooper. Ele está no canto, sentado em um pufe de pernas finas ridiculamente pequeno. Se eu não estivesse tão preocupada com a possibilidade de quebrar o assento, deslizaria para o colo dele e beijaria seu rosto todo.

Na semana seguinte da vitória na competição — e tudo o que veio depois dela, incluindo uma briga que Cooper teve com o pai e ainda não me contou os detalhes —, ele tem revezado entre dois estados de espírito: retraído, carrancudo para tudo e todos ao seu redor, ou com tesão pra caramba. Esse último é mais divertido para mim, claro, se não fosse pelo fato de eu saber que ele está fazendo isso para se distrair do que quer que esteja acontecendo com o pai. Cooper também tem passado muito tempo com o tio. Espero que Blake seja eternamente grato ao sobrinho pelos duzentos e cinquenta mil dólares. Quando Cooper me disse a quantia exata, meu estômago embrulhou. É muito dinheiro para dar a alguém, mesmo com a melhor das intenções.

— Tudo bem — digo. — Mas sempre podemos desistir se for muito custoso.

— Entendido.

— Eu só quero que você tenha um...

— Dê uma voltinha para mim. — Cooper faz o movimento com o dedo. — Eu gosto de como essa cor fica em você.

Olho para o vestido. O preto é mais o estilo da Mia do que o meu, mas não posso negar que me deixa elegante. Um pouco mais madura. Provavelmente esse é o visual ideal para ir a uma festa de gala chique em Nova York de braço dado com Cooper. Em vez de girar, coloco as mãos nos quadris.

— Cooper Callahan. Você está ouvindo alguma coisa do que estou dizendo?

— Com você nesse vestido? — Ele sorri sem arrependimento. — Na verdade, não.

Tiro o vestido pelos ombros e o coloco sobre a cadeira.

— Você é horrível.

— Experimente o verde. Esmeralda vai ficar ótimo em você, linda.

Suspiro e coloco o vestido verde, depois me viro para que ele possa me ajudar com o zíper. Quando está totalmente fechado, deixo a saia cair. Este é um vestido formal adequado, longo e elegante com decote em coração. Cooper tinha razão. O verde-escuro fica excelente em mim. Enquanto me olho no espelho, ele assobia e depois ajusta as calças de maneira não tão sutil.

Levanto a sobrancelha para ele sem me virar. Cooper pode ver pelo espelho.

— Realmente acha que isso vai funcionar?

— Eu não sei, você acha?

Jogo minhas mãos para cima. Porra. Talvez seja uma má ideia, mas está funcionando; agora eu só quero sentar no pau dele. Tento tirar o vestido, mas ele se levanta, me interrompendo com uma das mãos no meu pulso.

— Não — murmura. — Quero te foder enquanto você ainda está com ele.

— Nós não compramos.

— Não me importo.

— Se você estragar esse vestido...

Ele me cala com um beijo.

— Sem desculpa. Pague por isso e o que mais quiser. Eu sei o que fazer. Agora seja uma boa menina e vamos até o fim.

O desejo percorre meu corpo, firmando-se em algum lugar nas partes de baixo. Fiquei molhada por causa dele durante o dia inteiro e, pelo visto, comprar vestidos em Nova York é ótimo para minha libido. Izzy ficaria orgulhosa. Ele me beija mais profundamente e me pressiona contra a parede. Espero que ninguém esteja por perto para nos ouvir. Esta loja é tão chique que o provador é uma experiência totalmente privada com champanhe disponível, mas não somos os únicos no lugar. Quando desço a mão em suas calças, ele geme em minha boca, provocando outra onda de desejo. Esse som é tão sexy que juro que conseguiria gozar só de ouvi-lo. Até ontem, eu não teria pensado que poderia gozar apenas com Cooper brincando com meus peitos, mas isso aconteceu com certa facilidade. Basta dar uma olhada em seus olhos ou sentir o toque dele, e juro que não consigo me controlar.

Eu o masturbo enquanto nos beijamos. Traço minha unha sobre a veia que corre ao longo de seu pau, e Cooper sibila, me puxando para seus braços. Desabamos no chão, um grande emaranhado de membros com saia chique. Antes que eu tenha tempo de me ajustar, ele rasga minha calcinha e a joga de lado, depois empurra a saia para cima. Suas mãos encontram a parte macia entre as minhas coxas. Ele enfia o pau de uma vez. Solto um suspiro quando seu membro me invade, centímetro por centímetro. Era de se esperar que eu já estivesse acostumada com isso, considerando quantas vezes Cooper fodeu minha boceta desde a primeira vez, mas ainda não superei quão grande ele é. Ele me preenche por completo, chega mais fundo do que qualquer brinquedo, e é ainda melhor agora que coloquei o DIU.

— Tão apertada — murmura. — Você me envolve tão bem, ruiva.

Eu gemo alto, mas ele abafa o som com um beijo. Coloco minhas mãos em seu peito para me dar vantagem enquanto me esfrego em seu pau. Ele me observa lutar para acertar o ângulo para algumas estocadas antes de ficar com pena de mim e me mover para cima e para baixo, com as mãos plantadas na minha bunda. Eu me aperto ao redor dele, fazendo-o sufocar um gemido. Cooper continua me ajudando a me mover com o braço em volta da minha cintura, então envolve meu cabelo em seu punho, puxando-me até que eu encontre o seu olhar.

— Eu te amo — diz ele.

As palavras dançam na ponta da minha língua. É um convite, uma porta aberta para um jardim secreto que ambos poderíamos partilhar. Cooper encontrou a chave e destrancou a porta, e tudo que preciso fazer é passar por ela.

Mas parece que a porta está pairando na beira de um penhasco. Eu poderia chegar à terra prometida, mas poderia cair com a mesma facilidade.

— Eu...

Algo faz seus olhos piscarem. Decepção. Talvez até medo. Meu coração vira gelo e se parte ao meio. Por que não consigo dizer o mesmo? Por que não posso simplesmente retribuir o sentimento?

— Cooper, eu... — Engulo o enorme nó que ameaça me sufocar. — Eu...

Ele olha para o lado.

— Está tudo bem.

— Não está, não. — Viro seu rosto para o meu e o beijo suavemente nos lábios. — Sim, eu... eu te...

— Não — interrompe. Cooper está sério como nunca o ouvi. — Não fale essas palavras por mim. Fale por nós, quando você realmente sentir isso.

Eu sinto, mas, se eu disser agora, ele vai pensar que estou apenas tentando acalmá-lo. Eu o beijo novamente, esperando que a energia que brilha entre nós lhe dê um gostinho dos meus sentimentos. Por um instante, ele não retribui o beijo, mas depois morde meu lábio inferior, e o gesto brincalhão alivia um pouco o aperto em meu peito. Se fosse outro cara, poderia ter dado um ultimato, mas Cooper não fez isso, e esse é um dos muitos motivos pelos quais quero atravessar aquela porta. Mas paciência tem limite, especialmente para alguém como Cooper.

Só espero que, quando eu girar a maçaneta, não seja tarde demais.

63
COOPER

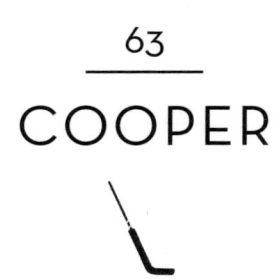

3 de março

PAI

> Cooper, precisamos conversar.

> Há coisas que você precisa saber sobre seu tio.

> Cooper, por favor, atenda o telefone

5 de março

JAMES

> Coop, o que o nosso pai tem a dizer é importante

> O quê? Você está me ignorando também?

> É melhor você ainda ir à festa

9 de março

PENNY

> Tem certeza de que é uma boa ideia?

> Ele é mais pai para mim do que meu próprio pai, Pen

> Ok

> Só... certifique-se de estar sendo cuidadoso

> Seb falou com você?

> Não. Só estou preocupada

O Baile de Gala Anual de Caridade da Fundação Família Callahan — sim, um nome e tanto — é o orgulho e a alegria da minha mãe, o que significa que ela espera que todos os quatro filhos se comportem da melhor maneira possível. Smoking e vestidos de festa são obrigatórios. Brigas são repreendidas apenas com um olhar rápido. Na maioria dos anos, gasto toda a minha paciência para conversa fiada em uma hora de evento, pois sempre há novos amigos dos meus pais para conhecer e fazer amizade. No ano passado, quando Bex compareceu pela primeira vez, as pessoas estavam tão interessadas no romance dela e de James que Sebastian e eu escapamos do salão de baile e invadimos um casamento que estava acontecendo ao lado. Este ano, Penny será minha acompanhante e, embora não queira evitar, tenho a sensação de que vamos atrair muitos olhares. Ela merece receber atenção mesmo, pois está gostosa pra caralho com esse vestido cor de esmeralda, combinado com saltos dourados de tiras e brincos de argola, e, claro, aquele cabelo ruivo selvagem está solto em volta dos ombros.

Além disso, estou levando tio Blake comigo.

Foda-se, pai. Espero que você goste de me ver com seu irmão no mesmo ambiente em que estão todos os seus benfeitores.

Na entrada do Plaza, tio Blake para, ajeitando a gravata-borboleta.

— Não uso isso há anos. Desde que você era pequeno.

— Sim, bem, você deveria frequentar este baile todos os anos. Meu pai tem sido um idiota com você. — Deslizo meu sapato na calçada, apertando a mão de Penny. Tê-la aqui significa mais do que ela imagina, mesmo que os últimos dias tenham sido tensos. Eu não deveria tê-la pressionado para dizer aquelas palavras. — Ele precisa saber que você faz parte desta família e que não vai embora.

Tio Blake bate com a mão no meu ombro.

— Vamos celebrar novos começos. Vou me mudar para meu novo apartamento amanhã. Você pode vir me visitar na cidade quando quiser. Você e Penny.

Eu o puxo para um abraço.

— E o trabalho?

— Já voltei. — Ele me aperta com força. — Não teria conseguido sem o seu apoio.

Antes de segui-lo até a entrada, Penny puxa minha mão para me dar um beijo.

— Se você precisar de uma pausa, a gente se esconde em algum lugar.

Eu rio contra sua boca.

— Eu am...

Me impedir dói, mas faço isso, cortando minhas próprias palavras com outro beijo. Se eu continuar pressionando, e ela se sentir encurralada, pode ceder a algo que realmente não sente, ou talvez acabe fugindo. Pigarreio.

— Combinado.

A pessoa responsável por verificar os nomes na porta franze a testa quando tio Blake fala o seu, mas, assim que me inclino e explico a situação, ele acena para nós três passarmos. Quando entramos no salão de baile, não consigo decidir para onde olhar. Meus pais fazem de tudo por este evento, mas este ano parece mais sofisticado do que nunca. Uma banda ao vivo está tocando em um palco do outro lado da sala. As mesas estão arrumadas, cada uma com um arranjo de flores brancas e azuis no centro e louça de cristal. Não há apenas um, mas dois bares completos, e garçons de camisa branca e calças sociais andando por aí com bandejas de aperitivos. As velas bruxuleiam na luz fraca. Certa vez, perguntei à minha mãe por que ela sempre organizava a festa de gala durante a pior época do ano, bem no final do inverno em Nova York, quando o tempo ainda está frio e a neve que sobrou é triste e cinzenta, e ela respondeu que faz exatamente por essa razão: ela queria dar a si mesma — e a seus amigos, colegas e benfeitores — algo pelo qual ansiar nos dias sombrios do início de março. Pela forma como Penny está ofegante, acho que minha mãe acertou em cheio no equilíbrio ideal entre mágico e sofisticado.

— Vou no bar — diz tio Blake.

Acho que minha expressão alarmante fica evidente, porque ele ri e diz:

— Pegar uma água com gás, garoto, acalme-se.

Ele atravessa a multidão com a cabeça erguida, como se soubesse que pertence a este lugar.

— Quer uma taça de vinho? — pergunto a Penny. — Eles não vão verificar as identidades.

— Hum, claro. — Ela desliza o dedo pela cadeira mais próxima. É dourada, com um laço de seda azul amarrado nas costas. — Isso é realmente... muito sofisticado, Cooper. Tem certeza...?

Encosto meus lábios nos dela.

— Você é a mulher mais bonita deste lugar. Vamos lá, quero te apresentar para algumas pessoas.

Antes de avançarmos, porém, minha mãe nos avista. Ela está usando um vestido azul-escuro com um xale de seda nos ombros. Seu cabelo está preso em um coque elaborado, fixado no topo da cabeça com uma presilha cravejada de cristais. As rugas nos cantos dos olhos se enrugam quando ela me puxa para um abraço, depois faz o mesmo com Penny.

— Querido — diz ela. — Izzy ainda está se arrumando, mas seus irmãos estão por aqui em algum lugar. Vocês dois estão tão lindos. Obrigada por ter vindo, Penny.

— Obrigada por me convidar — responde ela. — O baile está incrível, sra. Callahan.

— Ah, me chame de Sandra. — Ela aperta o braço de Penny, olhando para mim por um momento. Meu coração transborda. — Estou tão emocionada com o namoro de vocês dois, você não tem ideia. — Então ela se inclina, o sorriso desaparecendo de seu rosto. — Querido, você precisa dizer ao seu tio que vá embora.

Estou balançando a cabeça antes mesmo que ela termine a frase.

— Não.

— Seu pai não o quer aqui. — Minha mãe olha para o bar, onde tio Blake está rindo com o barman. — E, francamente, eu também não.

Dou um passo para trás. Esperava isso do meu pai, agora minha mãe também?

— Mas... mãe, ele é da família.

Ela me lança um olhar firme, estendendo a mão para segurar minha bochecha.

— E às vezes a família é mais amada a distância.

— Não. Isso não é justo. — Eu me afasto do toque dela. — Ele está limpo. Está sóbrio. Voltou a Nova York para ficar conosco de novo.

Minha mãe suspira.

— Ah, Cooper. Ele disse isso quando você tinha sete anos. Depois, tentou quando você tinha dez anos, e novamente quando você tinha dezessete.

— E, em vez de ajudá-lo, vocês continuam o afastando.

— Não — responde ela bruscamente. Seu lábio treme, uma onda de desgosto aparecendo em seu rosto. Mas que inferno. Achei que, mesmo que meu pai não entendesse, ela entenderia, e o fato de minha mãe nem estar brava, apenas chateada por causa de algo que eu fiz, me atinge como um golpe nas costelas. — Tentamos por muito tempo, mas algumas coisas não podem ser perdoadas. Seu pai e eu não íamos sobreviver se você se machucasse novamente. Faça-o ir embora, Cooper, por favor. Podemos conversar sobre isso mais tarde.

— Novamente? — repete Penny. — O que você quer dizer com "se você se machucasse novamente"?

— Foi só um acidente — digo lentamente. — Mãe, não foi culpa dele.

— Que acidente? — Penny puxa meu braço. — Cooper?

Minha mãe comprime os lábios com força.

— Vou pedir a ele que vá embora e, se ele não for, mandarei os seguranças escoltá-lo. — Ela enxuga rapidamente os olhos, depois pisca duas vezes, endireitando-se. Então coloca um sorriso de volta no rosto. — Você precisa confiar em mim, querido.

— Ele não é um criminoso!

Minha voz se eleva, embora eu não queira que isso aconteça; algumas pessoas olham em nossa direção. Minha mãe atravessa o salão, e eu a sigo, mas Penny finca os pés para me impedir.

— Cooper, acho que você precisa ouvir sua mãe. E seu pai. Algo não está certo.

— Você também? — reclamo. — Sério, Penny?

— É estranho que ele tenha pedido todo aquele dinheiro. — Seus olhos procuram os meus. — Pense nisso, Cooper. Que homem adulto pede tanto dinheiro ao sobrinho?

— É para pagar os custos da reabilitação.

Ela balança a cabeça. Sua voz é muito suave.

— Nenhuma reabilitação custa mais de duzentos e cinquenta mil dólares.

— O quê, você é especialista nisso?

Não consigo manter o veneno fora do meu tom. Eu me desvencilho dela e vou atrás da minha mãe.

Meu pai acaba esbarrando em nós.

Se eu achava que sabia como meu pai fica quando está bravo, percebo que havia testemunhado nada mais do que uma leve irritação. A raiva praticamente exala de suas feições; a boca dele se resume a um traço, seu olhar é tão sombrio que até fico surpreso. Ele arranca o copo da mão do tio Blake, cheira e o bate no topo da bancada.

— Gim — rosna ele. — Esse sempre foi o seu favorito, não foi?

— Richard, querido — diz minha mãe, olhando ao redor. O sorriso dela é vacilante novamente. — Por favor, não faça cena.

— Ah, mas eu vou fazer a porra de uma cena. — Ele olha para mim por meio segundo antes de agarrar meu tio pelo ombro e praticamente arrastá-lo até a porta mais próxima. — Você sempre foi bom em se infiltrar em lugares aos quais não pertence, Blake, preciso te dar esse crédito.

— Pai! — grito.

Minha voz ecoa pela sala e sei que estou chamando muita atenção, mas não me importo. Dou um passo à frente, porém alguém me agarra pela cintura.

— Não — diz James em meu ouvido. — Deixa ele cuidar disso.

Dou uma cotovelada em meu irmão com força e pareço assustá-lo, porque ele solta um palavrão.

— Cooper.

— Foda-se — digo. — Você não entende.

James me agarra pelo cotovelo e me empurra contra a parede. Consigo ver Penny por ali, ela colocou a mão no braço da minha mãe. A banda ainda está tocando, então duvido que os convidados que estão por perto possam nos ouvir, mas com certeza podem nos ver.

— Me escuta — diz ele. — Tio Blake está usando você.

Eu rio.

— Você é igual ao meu pai. Ele diz para pular, você nem questiona. Pensei que talvez, depois de lutar por Bex, você finalmente fosse começar a agir pela sua cabeça, mas eu estava errado.

Ele comprime a boca.

— Não diga merdas que você não quer dizer.

Alcanço a porta pela qual meu pai e tio Blake passaram e a abro. Estamos em uma espécie de camarim e, a julgar pela penteadeira no canto, é aqui que as noivas se arrumam antes de subir ao altar. Meu tio está com as mãos levantadas, no meio de uma frase. No momento em me vê, ele se cala.

— Cooper — diz. — Volte para a festa. Eu e seu pai vamos resolver isso.

— Não dê ouvidos a ele — falo, olhando para meu pai. — O que quer que ele esteja dizendo, saiba que não acredito.

Meu pai está segurando um papel. Ele o estende para mim.

— Tudo bem. Se você não acredita em mim, veja a prova.

É um cartão de embarque. JFK para LAX. Nome do passageiro Blake Callahan. Olho para ele, amasso e o jogo de lado.

— Isso devia ser prova do quê? Ele vai voltar para a Califórnia, tanto faz.

— Ele não está sóbrio. Ele não está limpo. Aquilo era um gim-tônica na porra da mão dele, e tenho certeza de que ele tem cocaína em algum lugar. — A voz do meu pai soa como gelo. — Seu tio estava usando você esse tempo todo, filho. Quer saber por que mantenho o meu irmão longe, porra? Não é porque eu o odeio por ser um viciado. É porque ele quase matou você!

A porta se fecha enquanto as palavras do meu pai ecoam no ar.

Penny está com as mãos na cintura, um olhar abatido, mas determinado no rosto.

— Cooper — diz ela. — Sua mãe acabou de me contar que ele... Que, quando você tinha sete anos, você sofreu um acidente de carro.

— Eu já falei sobre esse acidente com você. Foi assim que arrumei a cicatriz na orelha. — Olho por cima do ombro para meu tio, que morde o lábio inferior. — Alguém bateu em nosso carro no caminho para o treino.

— Ele estava bêbado e chapado. — Penny tenta, mas não consegue conter o choro. — Você sofreu uma concussão e quebrou o braço.

— Eu me lembro. Mas ele não estava... não estava... — Olho para meu tio de novo. Ele encontra meu olhar, mas há tristeza em seus olhos. Meu coração se aperta. — Foi só um acidente.

— Em vez de prestar queixa, paguei pela reabilitação dele — afirma meu pai. — Só que ele pegou o dinheiro e fugiu para a Califórnia. — Ele se volta para meu tio mais uma vez. — Você poderia ter matado meu filho, porra, e, em vez de colocá-lo na prisão, onde era *o seu lugar*...

— Pare — interrompo. Ele tenta continuar, então eu grito. — Simplesmente pare! Pare, porra. — Vou até meu tio. Estou tremendo tanto que praticamente posso sentir meus dentes batendo. — Eu não me importo com o passado.

— Não é o passado — diz papai. — Ele nos manipulou naquela época e tentou novamente quando você era adolescente, mas eu o mantive afastado. Desta vez tentei, mas ele sabia muito bem como driblar o meu bloqueio, filho. Ele sabia como virar você contra mim. Contra a sua família.

— Ele faz parte da porra da nossa família!

Meu pai balança a cabeça.

— Quanto você deu a ele, Cooper?

— Eu não...

— Quanto, caramba?

Reprimo um xingamento.

— Só... o que ele pediu. Certo, tio Blake? Para a reabilitação?

Meu pai solta uma risada curta.

— Claro. O cartão de reabilitação. O dinheiro é para dívidas, Cooper. Dívida de jogo. Dívida com traficantes. Ele não dá a mínima para nada além de conseguir o que precisa.

— Pare de mentir!

— Não é mentira — diz James. — Ele veio falar comigo primeiro, no outono passado. Tentou fazer com que eu lhe desse dinheiro. Acho que, quando recusei, ele passou a ir atrás de você.

— Blake sabia que você teria acesso ao seu fundo fiduciário este ano — diz meu pai. Ele nem parece mais zangado. Apenas exausto. — E, agora que ele tem o dinheiro, não vai voltar tão cedo, não até precisar de mais.

Eu balanço a cabeça.

— Não. Ele não faria isso comigo. Certo, tio Blake? — Ele olha para mim, mas não diz nada. Engulo em seco. Há um bolo em minha garganta do tamanho de um disco de hóquei. — Você tem o apartamento e o trabalho, nós vamos a um jogo dos Rangers em breve... mesmo que tenha tido uma recaída de novo, podemos ajudá-lo. Eu ajudo.

Tio Blake esfrega a mão no queixo.

— Sinto muito, garoto.

Eu não quero que isso seja verdade. Estou desesperado para que todos estejam mentindo — todos menos ele. No entanto, vejo isso em seus olhos. Ele conseguiu o que queria e não vai voltar.

Solto uma risada, um som metálico. Parece uma sequência de risadas em vez do som real que emito. Minhas mãos estão úmidas, e, quando tento abrir e fechar o punho, não consigo controlar o movimento. As paredes deste camarim de merda parecem borradas. Dou um passo para trás e quase tropeço em uma cadeira. Há outra porta, não aquela que dá para o salão de baile, mas para outro lugar. Eu preciso chegar lá. Preciso de ar antes que pare de respirar.

Sou o maior idiota do mundo. Nunca fui a primeira escolha do meu pai. Sou a segunda escolha até quando meu tio resolveu decidir qual sobrinho enganar, aparentemente. Nem nisso fui o primeiro. Agora que Penny ouviu toda a confusão, ela vai fugir de mim, aos gritos. Eu me convenci de que ela me amava, só não sabia como dizer isso, mas a verdade é que era apenas uma questão de tempo até que ela fosse embora.

E depois de tudo o que aconteceu? Eu também não quero que ela fique comigo. Eu sou um imbecil, e ela consegue alguém melhor.

Abro a porta e corro para o corredor. Alguém me chama, mas não tenho certeza de quem, e neste momento, não me importo.

Meus sapatos rangem no chão caro enquanto avanço, direto para o saguão chique e delicadamente decorado. Abro a porta antes que o recepcionista possa agir e saio derrapando para a calçada. Começo a tremer imediatamente, mas é uma sensação boa. Eu me permito sentir algo diferente de dor, mesmo que seja quase tão desagradável.

Estamos bem perto do Central Park. Corro até a entrada mais próxima e desço apressado por um dos muitos caminhos. Não estou muito familiarizado com este parque, mas há uma pista de patinação ao ar livre por aqui em algum lugar que ainda deve estar aberta. Fomos ano passado, todos nós, até o meu pai, que não gosta de patinar.

Sei que estou no meio de uma das maiores cidades do mundo, mas, se eu conseguir ver um rinque — um pedaço da felicidade de outra pessoa, sob as estrelas e uma lua de fim de inverno —, então talvez o mundo pare de girar.

64

PENNY

Cooper foi embora.

Corro até a porta e olho o corredor. Não o vejo, mas ele não pode ter ido longe. Engulo o xingamento que quero soltar. Meu coração está doendo por ele. Mas a raiva também está me corroendo, incandescente e perigosa. Mas não é direcionada ao tio dele. Eu não dou a mínima para esse cara, desde que devolva o dinheiro de Cooper.

Atrás de mim, alguém rosna. Eu me viro. Richard mantém Blake encostado na parede, o braço sobre a traqueia do irmão.

— Vou lhe dizer o que vai acontecer — afirma ele com a voz letalmente suave. — Você vai devolver cada maldito centavo que tirou do meu filho. E, depois de fazer isso, vai embora e nunca mais vai pisar aqui. Fique longe da minha família.

— Pai — diz James. — Pai, não...

Blake empurra Richard para trás, fazendo-o tropeçar, e ergue o braço. James avança, mas, antes que possa intervir, Richard se esquiva do soco de Blake e acerta seu queixo. Sua aliança de casamento corta a bochecha de Blake, que uiva, cobrindo o rosto enquanto tropeça. Richard apenas se endireita, ajustando o paletó do smoking enquanto examina o nó dos dedos.

— Penny. — James me empurra para a porta. — Vá atrás de Cooper.

Paro na porta.

— Não.

— Não?

Olho para Richard.

— Sabe, você tem sido um pai de merda para Cooper.

Ele hesita.

— Como é?

Blake, ainda encolhido no chão, ri.

— Ah, isso é engraçado.

— Cala a boca — exijo. — Você é um verme maldito e covarde e espero nunca mais vê-lo depois de hoje.

— Puta merda — diz James.

Ele parece um pouco assustado comigo, o que me agradaria em outras circunstâncias, mas agora eu o ignoro, indo em direção a Richard. Estou começando a entender o jeito dele, mas de que adianta amar alguém se você não declara seus sentimentos para essa pessoa?

— Tudo que ele sempre quis foi sentir que você se importa.

— Eu me importo. — Ele estremece enquanto gira o ombro. — Eu faria qualquer coisa por ele.

— Então diga a Cooper! Diga a ele!

— Ele sabe disso.

— Não sabe. Ele não faz ideia, esse é o problema. Você sabe como ele ficou animado para contar que foi nomeado capitão? E quão chateado ficou quando você não disse a ele quanto estava orgulhoso? Talvez, se você não fosse tão ruim em dizer ao seu filho que o ama, ele não sentiria a necessidade de comprar a afeição do tio — digo, cuspindo as palavras.

Talvez eu não devesse estar falando assim com meu futuro sogro, ao menos espero que seja meu futuro sogro, mas tanto faz. Ele precisa ouvir umas verdades. Se ele apenas escutasse Cooper, se tivesse dado ao filho o que ele precisa, nada disso teria acontecido.

Richard parece atordoado. Que bom. Espero que ele ouça o que estou dizendo. Eu seco meus olhos; comecei a chorar enquanto estava falando e não consigo mais segurar.

— Precisa dizer a ele como você se sente, caso contrário, Cooper não confiará em você e continuará se machucando. Acredite em mim, eu sei disso. — Vou até a porta e a abro. — Agora, se você me der licença, preciso encontrar meu namorado. Porque eu o amo e não tenho medo de dizer isso a ele.

Seguro minha saia e corro pelo corredor. Nos filmes, eles fazem isso parecer fácil, mas não é nem um pouco. Quase tropeço nos meus próprios calcanhares, firmando-me graças ao mínimo de equilíbrio que anos de patinação artística me renderam.

No saguão, a mulher da recepção pergunta, sem tirar os olhos do computador:

— Está procurando um rapaz?

Esfrego meu joelho, que está doendo. Sei que vou morrer de frio, mas preciso encontrar Cooper antes que ele se afaste demais.

— Sim. Para que lado ele foi?

— Esquerda.

— Obrigada! — falo enquanto saio correndo do prédio.

O ar me atinge como uma chuva gelada. Este vestido não tem alças e minha jaqueta está na entrada, no local onde deixamos os casacos, o que significa que virarei um bloco de gelo em menos de dez segundos. Pego um elástico da minha bolsa, prendo meu cabelo em um coque bagunçado e enrolo minha saia novamente. Um homem passeando com um cachorrinho usando um suéter assobia quando passo correndo. Mostro o dedo para ele enquanto ainda estou em movimento, o que faz eu me sentir fodona, mas quase escorrego em um pedaço de gelo. Meu joelho reclama. Continuo mancando. Não vejo Cooper em lugar algum. Onde estamos mesmo? Logo abaixo do Central Park, eu acho. Nunca estive nesta parte da cidade.

Seria muito estúpido me perder enquanto tento encontrar meu namorado, mas não é como se eu pudesse parar agora. Cooper tem um coração de ouro. Não consigo nem imaginar quanta dor ele deve estar sentindo.

— Cooper! — chamo.

Está relativamente quieto aqui, mas não ouço nada além de buzinas fracas e o eco da minha voz. Pego meu telefone e ligo para ele. Vai direto para a caixa postal.

Ótimo.

Olho para o céu. Para onde ele iria? Ele poderia ter pegado um Uber, mas estávamos planejando passar a noite no Plaza, então não há outro lugar aonde ir. Talvez ele tenha ido até a estação de trem, mas não sairia da cidade sem mim. O céu noturno é suave como um espelho, com um número impressionante de estrelas pontilhando o azul profundo. Sei que, se quisesse desanuviar a cabeça, encontraria a pista de gelo mais próxima, mas estamos no meio de Manhattan.

E é aí que lembro: há um rinque próximo daqui.

65

PENNY

Adiante, há uma entrada para o parque. O Central Park é enorme, porém há uma pista de patinação no gelo ao ar livre lá. Pelo menos é um ponto de partida. Corro pela entrada, parando assim que entro na trilha.

Mesmo no início de março, com as árvores nuas, a neve no chão meio derretida, o lugar é lindo. É como se eu tivesse entrado em um jardim secreto. As luzes da rua iluminam o caminho sinuoso e, por meio segundo, esqueço que as coisas estão prestes a desmoronar. Há um lago à frente, a água escura e brilhante. A lua se espelha nele como uma lasca de prata. A visão disso me acalma. Ando lentamente, virando a cabeça para todos os lados, para o caso de Cooper atravessar meu caminho. O frio não o incomoda tanto quanto a mim, então eu não me espantaria se ele saísse andando pela neve com seus sapatos elegantes.

Falando em sapatos, meus dedos estão congelando. Mordo o lábio, estremecendo a cada passo.

Não acredito que já tive medo de contar a ele sobre meus sentimentos. Que pensei que poderia lhe dar minha confiança sem oferecer o meu coração. Não quero ser como Richard, com dificuldade para dizer ao próprio filho como se sente. Eu amo Cooper e, para ser honesta comigo mesma, me apaixonei por ele no instante em que nos falamos pela primeira vez. O que quer que eu tenha pensado sobre ele antes, quaisquer que sejam as barreiras que achei que poderia erguer em volta do meu coração, nada disso importa mais. E, se eu precisar andar a noite toda em busca do meu namorado, para que eu possa lhe declarar os meus sentimentos, então é o que farei.

Vejo uma placa para o Wollman Rink e começo a correr, meus calcanhares batendo na calçada. Tento o telefone dele mais uma vez, mas novamente cai na caixa postal. Envolvo meus braços em volta do meu corpo e chamo seu nome:

— Cooper!

Sigo adiante contornando algumas árvores e então eu o vejo, olhando para uma pista de gelo. O rinque é maior do que eu imaginava, iluminado com holofotes e luzes saindo dos arranha-céus ao fundo. É cercado por árvores, pinheiros altos e bordos desfolhados por causa da estação. Mesmo à noite, há muitos patinadores no gelo. Uma música pop toca na bilheteria. A cena me lembra a caixa de música que minha mãe guardava na cômoda: pequenos patinadores andando em círculos enquanto *Für Elise* tocava. Agora essa caixa é minha, mas está no meu armário.

Vou colocá-la na minha cômoda assim que chegarmos em casa.

Cooper está de costas para mim, mas eu o reconheceria em qualquer lugar. Os ombros largos, a forma como o cabelo se enrola quando chega perto da nuca. Meu coração transborda.

Esse é o meu garoto.

— Cooper! — grito enquanto corro.

Ele se vira, arregalando os olhos ao me ver. Cooper me segura quando eu escorrego bem em sua frente, firmando meus ombros.

— Penny? Meu Deus, você está congelando.

Antes que eu possa perguntar, Cooper tira o paletó e o coloca sobre meus ombros. Ele olha para os meus pés e depois para mim, arqueando uma sobrancelha.

— Arriscando os dedos dos pés por mim, ruiva?

Sorrio, uma onda de alívio me inunda. Se ele está bem o suficiente para me provocar, então é um bom sinal.

— Cooper, sinto muito.

Sua expressão se fecha.

— Sinto muito por ter deixado você lá.

— Tudo bem. Quer dizer, estou preocupada com você e meio preocupada com a possibilidade de perder um dedo do pé, mas isso não importa. Porque eu te amo.

Ele se afasta, colocando vários metros de distância entre nós. Odeio ficar longe do toque; odeio isso mais do que qualquer coisa no mundo.

— Você não precisa me dizer isso. — Sua voz soa vazia. — Não precisa me dizer nada.

Aperto mais seu paletó em volta do meu corpo.

— Eu preciso. Não é por você, é por nós. É como você disse.

— Eu nunca sou a primeira escolha de ninguém, Pen. Você não precisa fingir que sou a sua. — Cooper esfrega o rosto, olhando para o rinque.

Nunca o vi parecer tão derrotado. Isso me assusta. E pensar que eu ajudei a fazê-lo se sentir assim... não posso suportar.

— Você é a minha primeira escolha. É por isso que estou aqui agora.

— Pra começo de conversa, por que você quis ficar comigo? — Ele ri, e é um som feio, nada parecido com sua risada melódica habitual. — Você queria experiências sem compromisso. Uma opção segura. Queria algo de mim e eu entreguei, e talvez seja aqui que tudo termina.

— Não. — Minha voz é apenas um fio. Estou assustada. — Não, droga, você não está me ouvindo. Não é isso.

Seus olhos estão vazios. Não estão com o tom de azul forte com o qual estou acostumada.

— Então me diga o que é.

Engulo em seco, forçando-me a continuar encarando Cooper. Há meses que lhe dou pedaços de mim e agora, diante da possibilidade de perder tudo, sei que a jornada para chegar até aqui valeu a pena. Cada pedaço feio do meu passado valeu a pena, porque me levou até ele.

— É como se eu estivesse caindo durante toda a minha vida e finalmente pudesse pousar em algum lugar seguro. Você é essa segurança e eu te amo. Essa é a verdade.

— Penny — diz ele, com a voz embargada.

— Por favor, Cooper. Eu estou escolhendo você. Acima de tudo. Me escolha também.

Finalmente ele estende a mão e me puxa para seus braços. Eu choro, enterrando o rosto em seu peito. Sua mão acaricia minhas costas, e ele murmura, baixo e rouco:

— Eu escolheria você em todos os universos. Tirei meu coração sangrento e vermelho do peito e o entreguei a você, e ele será seu para sempre. Ele pertence a você, e mesmo que tente devolvê-lo, se o abandonar, eu não irei aceitar.

— Você vai aceitar o meu?

Cooper levanta minha cabeça e me beija.

— Sim.

— Para sempre?

— Para sempre.

Soluço e enxugo os olhos.

— Que bom. Porque precisamos um do outro. E que tipos de pais de pet seríamos se nos divorciássemos?

Ele me abraça com mais força. Por um longo momento, apenas respiramos juntos. Embora ainda esteja tremendo, eu me sinto quente por dentro e por fora.

— Nem diga essa palavra — murmura ele. — Quando nos casarmos, já era, ruiva. Tangy vai ter que lidar com a gente sendo insuportável.

Casamento. Eu gosto de como soa. No que me diz respeito, já pertencemos um ao outro, mas um dia, seria legal tornar isso oficial. Não me importo em como será o futuro, contanto que eu possa estar com ele.

Cooper apoia o queixo no topo da minha cabeça, suspirando como se estivesse sendo enganado.

— Você está tremendo. Não vamos declarar nosso amor um pelo outro e depois morrer em um banco de neve no meio de Manhattan, né.

Olho para o rinque.

— Sabe o que nos aqueceria?

O cara que administra a bilheteria e o aluguel de patins parece surpreso ao entregar a cada um de nós um par de patins, além de um par de meias esportivas feias, mas necessárias para mim. Cooper precisa de ânimo, e eu preciso de um pouco mais de magia nesta noite.

Patinamos na pista de mãos dadas. É estranho segurar minha saia o suficiente para não passar por cima dela, mas Cooper me mantém firme. Não estamos patinando muito bem — estamos ridículos, principalmente considerando que sou uma patinadora artística e ele é um jogador de hóquei —, mas isso não importa. Cooper continua parando, nos equilibrando para que possamos nos beijar. Eventualmente, desistimos do fingimento e apenas balançamos no lugar. Sempre que olho para cima, fico dividia entre manter meus olhos nele — meu novo para sempre —, ou nas estrelas brilhantes no céu.

Acho que é a melhor patinação da minha vida.

66
COOPER

Quando acordo, tudo que percebo é Penny.

Seu perfume de lavanda, ainda persistente em sua pele. Seus cabelos brilhantes espalhados no travesseiro. Suas sardas. Sua marca de nascença em forma de estrela. Os cílios tão longos que quase roçam suas bochechas. A curva marcada de seu corpo, e sua perna lisa e clara jogada sobre a minha. Seu nariz arrebitado e lábios teimosos. As mordidas que deixei na parte interna das coxas, nos seios. A imagem da perfeição, nua e linda e toda minha.

Também percebo seu ronco. Mas nunca vou contar isso a ela.

Não acredito que cheguei a considerar desistir dela. Penny está certa. Não importa como tudo começou, fomos feitos um para o outro. Posso ter errado a respeito de tio Blake, mas não estou errado sobre ela.

Já estou ficando duro, reação do meu corpo por ter dormido nu e enroscado nela, e não tenho escrúpulos ao acordá-la com um beijo. Quando finalmente chegamos ao Plaza, depois de patinar no gelo no Wollman Rink e de uma refeição noturna em um buraco que tinha falafel, subimos a escada sem nem sequer pensar em voltar ao baile de gala. Nós nos aquecemos de vez com uma ducha no enorme e luxuoso boxe. Fodemos lá também. Depois, de novo no chão. E então, finalmente na cama. Apesar de tudo isso, estou quase pronto para outra rodada.

Penny se mexe quando sente meu beijo e minha mão acariciando seus cabelos.

— Lindo — murmura ela.

— Oi, querida.

Ela abre um lindo olho azul.

— Já é de manhã?

— Quase.

Penny solta um bocejo contra o travesseiro.

— Preciso de café.

— Estamos sem café, infelizmente. Posso lhe servir um pouco de ereção matinal? Isso faz com que ela se sente.

— Cooper!

— Ah, aí está ela. Minha própria bela adormecida.

— Vou bater em você com esse travesseiro.

Apenas sorrio para ela.

— E eu direi obrigado.

— Vou fazer xixi. — Ela desliza para fora da cama, espreguiçando-se e me dando uma visão completa de seu lindo corpo. Mordidas de amor ficam fantásticas nela. — E usar enxaguante bucal. Se me permite dizer.

— Se depender de mim, você nunca mais volta a andar direito.

Penny revira os olhos, mas está corando. Eu a amo por vários motivos que não têm nada a ver com a forma como nos divertimos juntos, mas não posso negar que encontrar minha alma gêmea sexual significa muito para mim.

Eu me inclino contra os travesseiros, dando uma olhada no meu pau duro. É muito satisfatório saber que ela ainda gosta tanto de mim. Alguns minutos depois, quando Penny volta com hálito fresco e mentolado, desliza direto para o meu colo. Ela se encaixa perfeitamente em mim. Então me beija, entrelaçando nossas línguas enquanto esfrega meu pau. Eu a beijo de volta, passando minha mão pelas suas costas, apertando sua bunda. Ela geme suavemente em minha boca. Minhas bolas doem, tensas; como sempre, a mera presença dela me leva ao limite.

— Preciso estar dentro de você, minha linda — sussurro. — Posso ter você?

Ela mordisca meu lábio.

— Sempre.

Eu me viro, então ela fica embaixo de mim, com a cabeça apoiada nos travesseiros. Penny segura meu queixo enquanto me puxa para outro beijo e, enquanto isso, passo minha mão por seu corpo, por sua boceta. Ela já está molhada.

Sorrio contra sua boca.

— Uma garota tão boa.

— Sem provocações — murmura. — Me dê tudo. Quero que você acabe comigo.

Estou muito duro agora, graças à fricção de nosso corpo, então apenas abro suas pernas e esfrego meu pau na sua entrada. Ela olha para mim, e eu poderia entender isso como uma provocação, porém, em vez disso, bato em sua boceta com a palma da mão. Sua boca se abre de surpresa, e ela geme, inclinando a cabeça para trás. Bato nela de novo, com um pouco mais de força, e ela levanta os quadris, buscando mais da dor que se mistura tão lindamente com prazer. Eu me rolo de lado, para ficar de conchinha com ela, e pressiono sua perna contra o peito para ter acesso a sua doce boceta. Bato nela mais algumas vezes, ouvindo seus pequenos suspiros, observando enquanto ela estremece em meus braços, e, finalmente, enfio tudo de uma vez. O jeito que a sinto é incomum, tão apertada que mal consigo me mover, sentindo sua boceta ao meu redor enquanto ela tenta se acostumar com meu pau. Ela grita meu nome. O calor corre do meu fio de cabelo até a ponta dos pés. Acaricio com o nariz sua nuca e a mordo enquanto me movimento dentro dela. E porque ela é minha boa menina, minha melhor garota, tudo para mim, isso a faz puxar mais do meu corpo contra ela.

Sua voz treme quando diz meu nome de novo. Não Callahan. Cooper.

— Só você me pega desse jeito — sussurro em seu ouvido.

Agora que ela colocou o DIU e somos monogâmicos, abrimos mão dos preservativos na maior parte do tempo, e o movimento do meu pau nu contra seu encaixe apertado pra caralho me deixa tonto. O fato de ela confiar em mim e me amar o suficiente para me dar este presente me surpreende. Se estiver ao meu alcance, passarei o restante da minha vida adorando o altar que é o corpo dela.

Estico a mão para esfregar seu clitóris, mas ela afasta.

— Eu vou gozar assim — diz ela, com a voz trêmula. — Me fode com mais força.

Em vez disso, eu a puxo para mais perto, usando o incentivo para me aprofundar ainda mais dentro dela. Penny grita tão alto que estou feliz por estarmos em um quarto de hotel, não em casa. Devo ter acertado o ângulo perfeito, porque ela fica tensa, todo o seu corpo é um fio elétrico prestes a explodir, logo antes de gemer meu nome. Uma umidade quente e escorregadia cobre minha virilha quando ela goza. A maneira como ela grita e a evidência de seu prazer marcando nós dois me levam ao clímax também, e eu gozo dentro dela, gemendo enquanto sinto seu cheiro. Estrelas brilham nas extremidades da minha visão. Ela está agarrada em mim com tanta força que eu não conseguiria me mover, mesmo que quisesse.

— Uau — murmura, atordoada. — Um orgasmo vaginal. Nunca senti isso assim tão intenso.

— Meu ego não precisa de carinho, mas gosto quando você faz isso mesmo assim.

Ela ri. Pressiono minha mão contra seu esterno; seu coração está acelerado como se ela tivesse acabado de correr uma maratona. O meu também está batendo forte.

Um orgasmo vaginal. Eu nem tinha certeza de que isso existia mesmo. Agora que sei que é uma possibilidade, será divertido proporcionar isso para Penny.

Ficamos assim por um tempo, até que ela pega o telefone.

— Ah, merda. Nós precisamos ir.

— Podemos pegar um trem mais tarde.

— Não — diz ela, olhando para mim por cima do ombro. — Você vai tomar café da manhã com seu pai.

Levanto minhas sobrancelhas.

— Não.

— Eu combinei com ele ontem à noite. Vocês precisam conversar, amor.

Sinto um bolo na garganta. Isso é injusto, me chamar dessa maneira em um momento assim.

— Duvido que ele queira falar comigo.

— Ele quer. — Penny se afasta e desliza da cama. — Ele só...

Eu olho para suas coxas lisas. Estou ficando com água na boca.

— Eu não terminei, sabia?

Ela cruza os braços sobre o peito, o que só me faz olhar para seus seios. Por mais divertido que seja gozar dentro dela, adoro quando posso chupar aqueles mamilos rosa-claros.

— Bem, que pena — diz Penny. — Seu pai deu um soco no seu tio ontem à noite.

Solto uma risada.

— Sem chance. Richard Callahan não bate nas pessoas.

— Ele bate quando é para defender o filho. — Penny passa os dedos pelos cabelos, desembaraçando os nós. — Eu sei que seu pai tem sido péssimo, mas eu disse isso a ele. Eu expliquei que precisa ser honesto com você, e essa honestidade começa agora. Vá se vestir.

Meus olhos se arregalam.

— Você fez o quê?

— Alguém precisava dizer umas verdades para o seu pai, e eu não vou me desculpar por ter feito isso.

— Puta merda, eu queria estar lá para ver a cena.

— Acho que assustei o James — diz ela, estremecida. — E talvez tenha chamado seu tio de verme. Eu estava *furiosa*.

— E você achou que esse insulto foi muito exagerado.

— Ele mereceu — afirma ela, com um tom feroz na voz. Imagino a cena; Penny com seu vestido chique, de braços cruzados sobre o peito, o queixo inclinado enquanto olhava para homens adultos. Como eu poderia ter pensado que ela não me escolheria? Quando eu fugi, ela continuou lá, aguentando a pressão, depois me encontrou e me entregou seu coração. Você não afasta uma garota assim, você a mantém por perto e agradece às suas estrelas da sorte por ela ter decidido que quer passar a vida ao seu lado.

— Seu tio pode não merecer outra chance, mas seu pai merece. Não deixe as coisas entre vocês piorarem, Cooper. Demora muito para consertar.

67

COOPER

Assim que nos vestimos, descemos para o saguão e esperamos. Depois da noite passada, certifiquei-me de que Penny se agasalhasse com meias grossas, botas, jeans, uma camiseta, um suéter e, em seguida, casaco, luvas e gorro de tricô da McKee. Ela parece um bolinho, toda encasacada e me encarando como se estivesse profundamente irritada, mas não me importo. Não posso deixar que ela corra o risco de pegar um resfriado, não depois da aventura na noite passada.

Sinto como se estivesse esperando na sala do dentista para fazer um tratamento de canal. Nunca fiz um, mas imagino que seja assim: olhar para o relógio, desejar que o tempo passe devagar, porém rápido, com um buraco de pavor se formando no estômago do tamanho do Grand Canyon. Prefiro tratamento odontológico a conversar com meu pai. Pelo menos o dentista seria menos estranho e talvez até menos doloroso. Você recebe um anestésico no dentista, não uma conversa franca.

Se é que será uma conversa franca. Não consigo imaginar que ele tenha algo de bom a dizer. Depois que percebeu que eu dei dinheiro ao meu tio, a expressão de decepção em seus olhos foi o suficiente para me fazer querer rastejar para o esgoto e me tornar um dos ratos do metrô.

— Graças a Deus ele concordou. — Ouço minha mãe dizer. Viro minha cabeça; ela está saindo do elevador de braços dados com meu pai. Quando ela nos vê, sorri cansada. — Aí estão eles, Richard.

Penny fica na ponta dos pés e me beija na bochecha.

— Divirta-se. Vou tomar um brunch com Izzy e sua mãe.

— Preciso de uma mimosa — diz minha mãe. — E um bagel.

— Podemos ir comer bagels também? — pergunto ao meu pai.

Ele está péssimo, com olheiras e a barba por fazer. Quando abotoa o casaco, vejo hematomas no nó dos dedos. Hum. Não que eu achasse que Penny estivesse mentindo sobre a briga, mas parecia tão improvável que era difícil de acreditar. No entanto, aqui está a evidência, bem na minha frente.

Ele dá um beijo nos lábios da minha mãe antes de apontar para a porta.

— Podemos comer o que você quiser, filho. Mas preciso de um pouco de ar puro.

Fico no saguão por um momento para que minha mãe possa me abraçar. Ela beija a minha bochecha e me abraça com força.

— Dá uma chance pra ele, tá bem? — Ela se inclina para trás, segurando meu queixo com a mão enluvada. — Eu amo muito vocês dois. Preciso que fiquem bem.

— Eu também te amo — respondo. Minha voz falha, no entanto, ainda é mais fácil dizer essas palavras para ela do que para meu pai.

Ela dá um tapinha na minha bochecha antes de se virar para Penny.

— Izzy disse que estava acordada. — Ela franze a testa para o telefone. — Mas pontualidade não é o forte da minha filha.

— Também não é do Cooper, se não for um compromisso com o hóquei. — Ouço Penny dizer, com um tom seco. Quase me viro para mostrar a língua para ela, mas meu pai está me chamando.

Andamos lado a lado pela calçada. A princípio, penso que vamos apenas vagar por aí, mas então ele diz:

— Aqui no aplicativo mostra que a loja de bagels fica mais à frente.

Percebo que ele procurou a loja mais próxima enquanto eu me despedia da minha mãe e isso faz meu coração amolecer. Então, no instante seguinte, me sinto meio bobo. Perguntei se poderíamos comprar bagels, e ele encontrou uma loja. Estamos na porra de Nova York. Há uma loja dessas em cada esquina.

Mesmo assim pedimos um bagel completo assado com cream cheese para cada um, além de café.

— Penny e eu fomos patinar no gelo ontem à noite — comento. — No rinque Wollman. Lembra que fomos lá no ano passado?

— Lembro que quase quebrei meu pulso — meu pai diz secamente. — Essa garota tem um gênio difícil.

— Fique bravo comigo se quiser, mas não fique bravo com ela.

— Bravo? — Meu pai lidera o caminho até um banco dentro do parque. — Eu não estou bravo com ela. Nem com você, filho. Estou com raiva de mim mesmo.

Quase deixo meu bagel cair na calçada.

— Pai? Você está se sentindo bem?

Ele olha para as árvores.

— Blake vai transferir o dinheiro de volta para você. O que sobrou do dinheiro, pelo menos. Vou inteirar o restante, e então ele vai embora.

Engulo um pedaço grande demais de bagel.

— Obrigado.

Apesar de saber que é o melhor, meu coração ainda dói. Talvez seja como minha mãe disse, e ele será realmente mais amado de longe, mas gostei de tê-lo por perto. Se não fosse por tio Blake, talvez eu nunca tivesse descoberto o hóquei, e então talvez eu fosse um WR de merda ou algo assim. Ele foi um bom tio para mim, mesmo que alimentasse o meu lado mais frágil e inseguro.

Meu pai suspira, ainda olhando ao redor do parque. Um grupo de mulheres passa rapidamente por nós, e um passeador de cães vem na direção oposta. Ninguém olha muito para a gente, e sou grato por isso.

James disse que tem dificuldade em sair em público com o nosso pai; alguém sempre reconhece um ou ambos.

James. Preciso me desculpar com ele e com Sebastian. Meus irmãos só estavam tentando ajudar, e eu fui péssimo com os dois. Sei que o relacionamento do meu pai e do tio Blake é complicado por vários motivos, mas não quero que meu relacionamento com meus irmãos siga o mesmo caminho.

Meu pai apoia o café com cuidado no banco e se vira para mim com as mãos unidas sobre os joelhos. Sinto meu olhar novamente atraído para sua mão esquerda; os dedos inchados e machucados fazem meu coração palpitar.

— Não acredito que você deu um soco no tio Blake — digo, deixando escapar.

Ele fecha os olhos brevemente.

— Não estava no meu melhor momento, eu acho.

— Não é você quem sempre me diz para manter a cabeça fria?

— É verdade — concorda ele com a ironia. — Mas, quando se trata dos meus filhos, não há nada que eu não seja capaz de fazer. — Meu pai suspira novamente. — Cooper, não tenho sido um pai muito bom para você. Quando vi como você estava ontem à noite, meu coração se partiu. Me desculpe por ter estragado as coisas entre nós. E eu precisava ouvir isso. Espero que esteja planejando manter aquela garota por perto, porque ela pode ser uma boa fonte de apoio.

Abaixo minha cabeça, um pequeno sorriso no rosto.

— Ela é a melhor.

— E você merece o melhor. Merece um pai que não faça você questionar o amor dele.

Olho para cima. A voz do meu pai está falhando. Seus olhos estão marejados de lágrimas e, quando ele pisca, algumas delas escorrem pelo rosto. Não sei se já vi meu pai chorar antes. Quando James foi convocado pelos Eagles, talvez? No velório do meu avô? Eu balanço a cabeça, mal compreendendo o que ele está dizendo.

— Assim, eu sei... eu sei que você me ama.

— Eu amo você. Amei você desde o momento em que sua mãe e eu descobrimos que teríamos a sorte de ter outro filho.

Mordo meu lábio. Do outro lado do caminho, dois esquilos perseguem um ao outro. Uma mulher passa com uma criança no colo. Tantas coisas corriqueiras estão acontecendo ao nosso redor, mas meu coração está batendo como se eu estivesse correndo em fuga pelo gelo durante uma partida.

— Cooper, olhe para mim.

É difícil, mas eu me forço. Meu pai enxuga os olhos cuidadosamente com um lenço de papel antes de dobrá-lo em um quadrado e guardá-lo no bolso.

— Sempre tive orgulho de você, mesmo quando não demonstrei. Estou especialmente orgulhoso do homem que você está se tornando. E lamento que tenha duvidado disso. Lamento que tenha sentido que nada do que fez foi suficiente.

Minha visão fica embaçada com minhas próprias lágrimas. Eu pisco de volta, impacientemente.

— Por que você nunca disse isso? Quando me tornei capitão, por que agiu como se não se importasse?

— Eu me importo. Fiquei tão orgulhoso de você que mal conseguia falar. — Ele ri amargamente. — Mas tinha acabado de saber do seu tio pelo James. Eu estava tentando proteger você e, claro, tudo que fiz foi levá-lo direto até ele.

— Pai?

— Sim, filho?

— Você... — me interrompo. Porra, isso é difícil, mas preciso saber a resposta de uma vez por todas. Se ele leva a honestidade a sério, então esta é a chance de perguntar. — Você gostaria que eu jogasse futebol americano? Eu desapontei você quando escolhi o hóquei?

Ele me surpreende mais uma vez, deixando o copinho de café cuidadosamente de lado para me puxar para um abraço. Fico paralisado por um momento, meu cérebro lutando enquanto tento entender o que está acontecendo; um abraço do meu pai, um pai que só me dava um aperto de mão e me fazia dizer "sim, senhor", mas então eu relaxo. É como quando falei com o técnico, mas a sensação é ainda melhor, porque é o meu pai que está me dando esse abraço, não o pai da minha namorada.

— Nunca. Nem um pouco.

— Tem certeza? Porque James...

Ele esfrega minhas costas com movimentos longos e reconfortantes.

— É o James. E você é você. Eu nunca quis que você fosse outra pessoa, e é culpa minha se fiz você pensar assim. Meu pai, seu avô, deu o melhor de si, sabe? Mas ele era do tipo inflexível. Sempre havia um próximo passo. Outro lugar para ir. E isso funcionou como motivação para mim. Mas vejo agora que suas necessidades são diferentes, e sinto muito por ter falhado com você por tanto tempo. — Ele respira fundo e estremece. — Vou repetir isso para você quantas vezes forem necessárias. Não vou deixar meu amor passar despercebido. Não mais. Você é muito importante para mim, filho.

Tenho certeza de que meu cérebro entra em curto-circuito. Tento responder, mas minha voz sumiu. Eventualmente, consigo dizer um "obrigado" baixinho.

Meu pai dá um beijo no topo da minha cabeça. Mordo o interior da minha bochecha. Ele não fazia isso desde que eu era muito pequeno. Um garoto em um quarto com tema de hóquei, esperando o pai, quarterback, voltar do jogo a tempo de lhe dar um beijo de boa noite. Eu ficava acordado até mais tarde do que devia, só para poder ter alguns segundos a mais com ele.

— Eu fui te ver, sabe — diz ele. — Um dia depois daquela briga no bar.

— Não foi só para falar sobre o tio Blake?

— Não. E me arrependo do que disse. — Ele se afasta enquanto pigarreia. — Queria surpreendê-lo com um almoço para comemorar sua vitória no Hockey East. Mas Sebastian me ligou no caminho, e deixei minha preocupação e medo tomarem conta de mim. Devíamos estar comemorando sua conquista e, em vez disso, estraguei tudo. De novo.

Ouvir o que ele pretendia fazer, mesmo que não tenha acontecido, alivia a dor na minha alma.

— Ainda podemos fazer isso — ofereço. — Vamos jantar mais tarde, com Penny e o pai dela. Quero que converse com o técnico e conheça Pen melhor.

Meu pai concorda.

— Sua mãe também vai querer ir, tenho certeza. Afinal, vamos viajar com ela para ver as Regionais. Vamos ao Frozen Four também, quando você estiver lá.

O calor se espalha pelo meu corpo.

— Se chegarmos lá.

— Vocês vão chegar. — Ele assente, como se fosse um fato indiscutível. — Eu tenho visto sua atuação, filho. Vocês vão chegar lá e vão vencer.

Passo a mão pelo cabelo. É meio absurdo que, depois da conversa que acabamos de ter, eu ainda fique um pouco nervoso em pedir coisas a ele. Passei tempo demais me preocupando com sua rejeição, mas, se esse relacionamento realmente vai ser diferente daqui para a frente, preciso me mostrar disponível tanto quanto meu pai.

— Então, quer que eu marque o jantar? Ou está muito ocupado?

— Nunca para você. — Ele pega seu café e o restante de seu bagel e me dá um tapinha no ombro. — Vamos ver um pouco da patinação. E me fale mais sobre essa garota com quem você vai se casar um dia.

68

PENNY
EPÍLOGO

Semanas depois

Cooper está com a cabeça enterrada entre minhas coxas, me comendo como se fosse sua última refeição — poderia ser o caso, já que ele tem sido muito dramático sobre garantir que tudo esteja perfeito antes de partirmos para o Frozen Four —, e estou no limite do prazer novamente quando noto o relógio. Quando vi seu quarto pela primeira vez, disse que ele era um homem velho por ter um despertador antigo ao lado da cama, mas agora? Fico agradecida, porque sem ele eu não teria percebido que já estávamos pelo menos dez minutos atrasados para chegar ao campus. Quinze, se fôssemos realmente inteligentes.

Claramente não somos inteligentes.

Acordá-lo com minha melhor imitação de Arwen não estava nos meus planos, dei uma olhada na minha lista enquanto folheava o caderno durante uma sessão de escrita ontem, e me lembrei que tecnicamente não riscamos todos os itens, e eu já tinha as orelhas, e bom... isso levou a uns beijos, o que levou a um orgasmo vaginal que me fez ejacular, o que fez com que Cooper ficasse com aquele olhar que significa que estou prestes a ser devorada. É um olhar ao qual fico rendida demais para resistir, mas, em minha defesa, acho que a maioria das mulheres concordaria comigo. Não dá pra ser fodida por Cooper Callahan e depois o rejeitar quando ele estiver de joelhos.

Dou um tapa em seu ombro.

— Cooper!

— Hum — diz ele.

A vibração de sua voz me faz perder o foco, mas então vejo meu telefone no chão, meio embaixo da mesa dele, se acendendo com uma chamada. Aposto meu último orgasmo que é meu pai ligando, se perguntando por que não estamos no Centro Markley, prontos para dirigir até o aeroporto.

— Cooper. Callahan. Vamos nos atrasar.

Ele gira a língua em volta do meu clitóris.

— Adoro quando você diz meu nome assim.

— Estou falando sério.

— Minha rainha, você não vai embora sem outro orgasmo.

Rio com seu tom falso de seriedade, mas isso se transforma em um suspiro quando ele esfrega o meu ponto G.

— Lindo...

— Nós temos tempo. Me dê outro orgasmo e então nós iremos.

— Nós definitivamente não temos tempo — resmungo, mas permaneço no lugar.

Meu orgasmo *está* prestes a acontecer; mais algumas lambidas e a pressão na minha barriga diminuirá. Agarro seu cabelo, puxando-o ainda mais para perto da minha boceta, e ele me recompensa chupando meu clitóris. Quando chego lá, abafada pelo meu ombro para que não tenhamos que suportar o constrangimento de explicar por que estamos atrasados para seus irmãos, ele suspira, apoiando a cabeça na minha barriga.

— Boa garota — murmura.

Essas duas breves palavras fazem a felicidade pulsar em meu peito, porque eu amo ser a boa garota dele; a única coisa melhor que isso é quando ele diz que sou a garotinha dele, porque Cooper fica todo selvagem, mas aí me lembro de que não há tempo para mais nada.

Puxo seu cabelo com força suficiente para que ele erga os olhos.

— Vamos — digo. — Precisamos nos vestir.

— Queria voltar no tempo e nunca ter dado a suíte principal para Izzy — reclama enquanto se veste. — Estou todo pegajoso.

— Ah, cala a boca — digo com a cara fechada enquanto pulo, vestindo minha camisa primeiro porque estou com medo de encarar a situação da calcinha. — Olha o que você fez comigo. Minha calcinha vai ficar encharcada.

Cooper me joga uma camiseta limpa.

— Se limpe com isso. — Ele vasculha a mesa, o cesto, os lençóis. — Preciso do meu... Puta merda. Preciso do meu boné dos Yankees.

— Deixa isso pra lá — digo. — Desça com as malas.

— É meu amuleto da sorte, Pen.

— Pensei que seu amuleto da sorte fosse eu!

Cooper para, dando um beijo na minha bochecha rapidamente.

— Você é. Você é a minha Penny da Sorte. Mas isso é uma superstição. É muito importante. Todo o Frozen Four é...

Observo, piscando, enquanto ele se vira e sai correndo da sala. Reviro os olhos. Atletas e suas superstições. Não que eu esteja em posição de julgar. Eu me lembro da época em que não iniciava nenhuma sequência se não tivesse o elástico da cor certa no cabelo. Limpo-me, cheiro a camiseta, e estremeço quando a jogo no cesto.

Enquanto levanto minha legging, ouço alguém gritar.

Pego o despertador de Cooper, o objeto mais pesado que vejo, e corro na direção do barulho.

— Cooper?

Ele está no corredor... com Sebastian. Que está sem camisa e de cara fechada. Em frente aos dois, porém, está Mia. Ela está vestida e tudo mais, mas o batom está borrado.

Espera, *Mia*?

— Quando vocês iam nos contar? — questiona Cooper. — Depois do casamento?

Abaixo o despertador.

— Espera, vocês estão juntos?

— É complicado — diz Sebastian.

Ao mesmo tempo, Mia responde:

— Claro que não.

— Ai, meu Deus. — Tangy sai miando do quarto de Sebastian. Pego ela no colo e a seguro perto do meu peito. — Na frente da minha filha também?

Sebastian semicerra os olhos para mim.

— Espere, você está usando orelhas de elfo?

Fico corada e agarro as minhas orelhas.

— Não.

— Não mude de assunto — diz Cooper, seu tom é ameaçador. — Explique o que está rolando.

— Não há o que explicar — sibila Mia. Ela coloca a bolsa no ombro. — Nunca houve. E, de todo modo, estou indo embora.

Nós nos viramos e observamos enquanto ela segue pela escada. Cooper levanta as sobrancelhas para mim, mas eu apenas dou de ombros. Mia não me contou nada, mas, assim que eu entrar no avião, mandarei memes obscenos até que ela me conte todos os detalhes.

Antes de descer correndo a escada, ela joga o cabelo longo e escuro para trás e diz para um Sebastian atordoado:

— Aproveite a visão daí, Callahan.

A LISTA

1. Sexo oral (receber)
2. Sexo oral (fazer)
3. Tapas
4. Anal
5. Bondage
6. Sexo semipúblico
7. Privação do orgasmo
8. Fantasias sexuais
9. Dupla penetração
10. Sexo vaginal

Impressão e Acabamento:
BARTIRA GRÁFICA